BASTEI LÜBBE TASCHENBUCH

Weitere Titel des Autors:

Knochengrab
Lügenmeer
Schaufenstermord
Blutfeinde
Schwarzes Gold
Sommernachtstod
Rein wie der Tod

Titel in der Regel auch als E-Book erhältlich

ÜBER DEN AUTOR

Kjell Ola Dahl, 1958 in Norwegen geboren, schreibt seit einigen Jahren mit großem Erfolg Kriminalromane, seinen Beruf als Lehrer hat er dafür aufgegeben. Für *Sommernachtstod* erhielt er 2001 in Norwegen den angesehenen »Riverton-Preis«, Skandinaviens beste Krimiauszeichnung. Seine Kriminalromane werden in eine Vielzahl von Sprachen übersetzt und erscheinen in zahlreichen Ländern. Mit seiner Frau und seinen Kindern lebt er in Askim, unweit Oslos.

Kjell Ola Dahl

DIE KOMMISSARIN UND DER TOTE IM FJORD

Norwegen Krimi

Aus dem Norwegischen von
Kerstin Hartmann

BASTEI LÜBBE
TASCHENBUCH

BASTEI LÜBBE TASCHENBUCH
Band 16815

1. Auflage: Juni 2013

Dieser Titel ist auch als E-Book erschienen

MIX
Papier aus verantwortungsvollen Quellen
FSC® C014496

Vollständige Taschenbuchausgabe

Deutsche Erstausgabe

Titel der norwegischen Originalausgabe: »Isbaderen«
Originalverlag: Gyldendal Norsk Forlag AB
Published by agreement with Salomonsson Agency

Textredaktion: Hanna Granz, Witten
Titelillustration: © Trevillion Images/Adrian Muttitt
Umschlaggestaltung: Kirstin Osenau
Satz: two-up, Düsseldorf
Gesetzt aus der Sabon
Druck und Verarbeitung: GGP Media GmbH, Pößneck
Printed in Germany
ISBN 978-3-404-16815-6

OSLO, DONNERSTAG, 10. DEZEMBER

1

Nina bahnt sich ihren Weg gegen den Strom von Menschen, der sich von der T-Bahnstation Egertorget die Treppen hinauf schiebt. Sie geht die Karl-Johan entlang, wo die Wärmekabel unter dem Pflaster den Boden schneefrei halten. Dann beschleunigt sie ihre Schritte. Die Ampel springt auf Rot, aber Nina bleibt nicht stehen. Sie wirft einen Blick über ihre Schulter und läuft weiter. Die Abgase, die über den schwarzen Asphalt wabern, reflektieren das Scheinwerferlicht der Autos im morgendlichen Berufsverkehr und kriechen an den Karosserien entlang. Plastikweihnachtsmänner in Wollpullovern und Filzhosen stehen lachend hinter Schaufensterscheiben. Schaufensterpuppen lächeln ihr gefrorenes Lächeln und winken mit steifen Armen. Nina hastet vorbei, ein Schatten, der über die Scheibe huscht.

Sie läuft die Treppe zur T-Bahnstation Jernbanetorget hinunter. Ein Zug fährt donnernd ein und hält. Die Türen werden geöffnet. Menschen strömen auf den Bahnsteig.

Nina zögert. Wartet. Sieht sich um. Die Türen schließen sich wieder. Im letzten Moment springt sie hinein. Im Wagen hinter ihr tut ein Mann das Gleiche.

Der Zug fährt an. Drinnen ist es wärmer, aber Nina friert. Der T-Bahnzug ruckelt und schwankt in den Kurven. Die Passagiere klammern sich an den Stangen fest, die vom Boden bis zur Decke reichen. Nina sitzt mit dem Rücken zur Fahrtrichtung. Sie lässt ihren Blick über die Passagiere wandern, die dicht

gedrängt sitzen oder stehen, manche den Blick auf den Boden gerichtet, andere vertieft in eine Zeitung oder ein Buch. Ninas Blick wandert weiter und begegnet dem Blick ihres Verfolgers.

Er sitzt ganz hinten im Wagen und hebt die Hand zu einem Gruß.

Mit einem Ruck steht sie auf. Stolpert in den vorderen Wagenteil. Die Menschen stehen dicht gedrängt, und Nina versteckt sich hinter ihren Rücken, während sie sich einen Weg zur Tür bahnt. Der Zug hält in Grønland.

Die Türen werden geöffnet.

Nina wartet. Kurz bevor sie sich wieder schließen, springt sie raus.

Der Zug fährt weiter.

Nina steht auf dem Bahnsteig. Steht ganz still, als hätte sie Angst, sich umzuschauen, Angst, dass ihr schnelles Manöver ihr doch wieder nichts gebracht hat. Endlich dreht sie sich um. Ihr Verfolger steht einige Meter hinter ihr.

Ein paar lange, stumme Sekunden sehen sie sich in die Augen. Nina will etwas sagen. Die Worte ertrinken im Lärm eines neuen Zuges, der am Bahnsteig bremst und hält. Der Mann sieht Ninas Angst.

Die Türen öffnen sich, Menschen strömen heraus, und einige wenige steigen ein.

Die beiden stehen immer noch ganz still da. Nur Ninas Blick flackert.

Schon werden die Türen wieder geschlossen.

Nina springt in den Zug.

Mysteriöserweise gelingt dem Verfolger das Gleiche, als die Türen schon zuschlagen.

Der Zug fährt an. Nina geht im Wagen ganz nach vorn, schubst Menschen zur Seite. Muss stehen bleiben, weil sie nicht weiter kommt. Langsam dreht sie sich um und begegnet dem Blick des Verfolgers. So steht sie noch, als der Zug in

die nächste Station einfährt. Die Türen werden geöffnet. Nina wartet. Die Türen schließen sich wieder.

Wieder springt sie in letzter Sekunde nach draußen. Sie geht langsam und schaut dabei gehetzt in alle Richtungen. Als der Zug weiterfährt, dreht sie sich um. Sieht nur andere Passagiere, nicht den Verfolger. Nach und nach leert sich der Bahnsteig.

Da erst bemerkt sie es: Sie ist an ihm vorbeigegangen. Dann setzt sich der Mann in Bewegung. Kommt auf sie zu.

Nina geht rückwärts den Bahnsteig entlang. Jetzt sind sie allein. Nina steht an die Wand gepresst. Doch die Wand hat eine Öffnung.

Sie wirft sich herum, springt auf die Schienen und rennt in den Tunnel hinein. Bald ist sie im Dunkel verschwunden.

2

Am unteren Rand des Himmels zog sich ein purpurfarbener Streifen den Horizont entlang: eine rote Kerbe in einer Palette von Grautönen. Über dem Hafenbecken hing Eisnebel. Minus 24 Grad. In wenigen Tagen würde der Hafen zufrieren.

Lena bremste vor der roten Ampel am Kontraktskjæret. Schon der Gedanke an 24 Minusgrade ließ sie erschauern.

»Was hast du denn hier rumliegen?«, fragte Emil Yttergjerde und hielt ihr eine ungeöffnete Packung OB hin. Er hatte sich auf dem Beifahrersitz nach vorne gebeugt und suchte im Handschuhfach nach einer CD.

»Da findest du sie nicht«, sagte sie. »Sie steckt garantiert in einem anderen Cover. Wenn ich Auto fahre, schaffe ich es nicht, Ordnung in meinen CDs zu halten.«

»In einem anderen Cover? Wir reden von Tom Waits«, sagte Emil. »So behandelt man keinen Tom Waits.« Er suchte wei-

ter im Handschuhfach. Die Ampel sprang auf Grün, und Lena legte den Gang ein.

»Was ist das denn«, fragte Emil Yttergjerde, als sie wieder schaltete, abbog und die Straßenbahnschienen überquerte.

Lena zuckte zusammen. »Leg das weg«, sagte sie schnell. »Das ist ein Pfefferspray.«

»Das ist aber gefährlich«, sagte Emil.

»Genau deshalb sollst du es ja weglegen!«

Lena lenkte den Wagen in Richtung Rådhusbrygga, wo schon ein Streifenwagen und ein gelber Rettungswagen standen.

Sie hielt an und zog die Handbremse. Dann nahm sie Emil das Pfefferspray aus der Hand. »Wo ist der Deckel?«

»Der war nicht drauf.«

»Her mit dem Deckel!«

»Ich sage doch, der war nicht drauf!«

Lena packte das Spray weg, öffnete die Tür und stieg aus. Die Kälte traf ihren Körper wie eine Wand. Der Schnee knirschte unter ihren Füßen, als sie auf die beiden uniformierten Polizisten zu ging, die dabei waren, Absperrpfosten aufzustellen und das Absperrband zu befestigen. Zwei weitere Kollegen bewegten einen gelben Kran den Kai entlang.

Lena stieg über das Absperrband. Sie kam an einem Häuschen vorbei und trat an die Kaikante. Der Motor des Krans miaute. Ein Mann im Taucheranzug stand auf einem Rettungsfloß und befestigte ein Seil unter den Armen eines offenbar leblosen Mannes, der an der leicht vereisten Wasseroberfläche schwamm.

Einer der Jungs aus dem Rettungswagen tippte ihr auf die Schulter. »Sieht so aus, als wär'n Sie hier der Chef?«

Sie nickte.

»Er ist tot, und das schon eine Weile. Für uns gibt's hier nichts zu tun, wir hauen dann mal ab.«

Sie nickte wieder. »Okay.«

Der Rettungswagen fuhr davon.

Als der Kran die Leiche aus dem Wasser hob, schlug der steife Körper gegen die Kaimauer, und der Kranführer fluchte.

Eine Straßenbahn verließ langsam die Haltestelle am alten Westbahnhof und verschwand hinter den spitzen Dächern der Zelte auf dem Weihnachtsmarkt vor dem Rathaus, der wie ein weihnachtlich erleuchtetes Dorf aussah.

Wieder fluchte der Kranführer. Der Körper stieg höher und drehte sich in der Luft. Die Jacke des Toten hing an den Seiten herunter wie schwere Flügel. Von der Kleidung tropfte Wasser, das sofort zu Eiszapfen gefror. Der Mann an der Winde brüllte, jemand sollte mit anfassen. Behandschuhte Hände wurden in die Luft gestreckt. Sie reichten nicht hinauf. Der Körper hing zu hoch.

»Tiefer, tiefer, tiefer«, flüsterte Lena dem Kranführer zu.

Langsam schwebte die Leiche zu Boden. Emil Yttergjerde griff nach dem Tau und drehte den Körper auf den Rücken. Sie konnten zusehen, wie das Wasser auf dem Gesicht des Toten zu Eis gefror. Ein glasiertes Gesicht, das einem jungen Mann mit kurzem blondem Haar gehörte. Lena kniete sich hin und untersuchte die Hände. Kein Ehering, aber eine teure Armbanduhr am linken Handgelenk: ein Chronometer von Tissot, das immer noch tickte. Es war neun Uhr geworden.

Aus der Ferne klang Chorgesang in Wellen durch die Dämmerung herüber. Lena stand auf und sah sich um. Hinter den Zäunen, zwischen den Zelten des Weihnachtsmarkts, konnte sie eine Gruppe von Nonnen erkennen, die für die ersten Morgengäste eine Hymne sangen. Ganz in Schwarz. Sie erinnerten an Krähen.

Hinter der Absperrung hatte sich eine Gruppe von Schaulustigen versammelt. Eine Kamera blitzte auf.

»Abendgarderobe bei 25 Grad unter null«, murmelte Emil und fügte erklärend hinzu: »Auf dem Weg nach Hause von

einer Weihnachtsfeier, besoffen, und dann an die Kaimauer getreten, um zu pinkeln.«

Lena kniete sich wieder hin, durchsuchte die feuchten Taschen und fand einen Schlüsselbund. In der Innentasche des Jacketts steckte eine Brieftasche.

Sie öffnete das steif gefrorene Leder. Musste sich die Handschuhe ausziehen. Hauchte in ihre Fäuste und untersuchte die EC-Karte: Der Besitzer hieß *Sveinung Adeler*, dem Geburtsdatum zufolge war er 31 Jahre alt. Die Brieftasche enthielt auch ein Rezept für eine Kortisonsalbe und ein Bündel Geldscheine, das aus irgendeinem Grund noch nicht zu einem Eisblock gefroren war. Lena zählte eintausendzweihundert Kronen.

Der Tote war groß, schlank und wohlproportioniert. Zwei Jahre jünger als ich, dachte Lena. Der Kerl hat vielleicht gestern im gleichen Bus wie ich gesessen – oder im selben Fitness-Studio trainiert und geschwitzt.

Einfach nur traurig, dachte sie und schauderte. Die Nonnen hörten endlich auf zu singen. Es war heller geworden, Dezemberdämmerung. Hundert Meter entfernt legte scheppernd die Nesodd-Fähre an. Eine dunkle Herde winterlich gekleideter Menschen strömte heraus und verteilte sich auf dem Weg in Richtung Vika-Terrasse oder Nationaltheater.

Die Einzigen, die auf die Bühne starrten, auf der sie stand, waren die Presseleute hinter der Absperrung.

Als der Leichenwagen abfuhr, um den Toten in die Gerichtsmedizin zu bringen, hatten zwei Männer von der Spurensicherung den Kai in Besitz genommen. Lena und Emil schlenderten zurück zum Wagen.

Hinter der Absperrung warteten schon die Presseleute auf sie. Lena holte tief Luft und sagte: »Wir wissen nicht mehr, als Sie gesehen haben. Es handelt sich um einen Mann, offensichtlich Norweger, wahrscheinlich im Laufe der Nacht verun-

glückt. Sobald wir weitere Informationen haben, werden wir eine Pressemeldung herausgeben.«

Sie eilte an der Gruppe vorbei.

Da hielt sie eine Hand am Arm fest. Lena drehte sich um.

Der Mann war um die vierzig, hatte lange braune, gewellte Haare, ein ansprechend unrasiertes Gesicht, graue Augen, die ihren Blick suchten, und ein Lächeln, das einen kleinen Spalt zwischen den Schneidezähnen entblößte.

»Ein Foto von Ihnen?« Er winkte mit seiner Kamera. Seine Augen blitzten schelmisch, und sie lächelte zurück.

»Nein, danke«, sagte sie, öffnete die Wagentür und stieg ein.

»Hier!«

Sie nahm die Visitenkarte, die er ihr reichte, und zog die Tür hinter sich zu.

Emil setzte sich ans Steuer. Die Journalisten entfernten sich langsam. Lena sah der Gestalt hinterher, die lässig davonschlenderte, den Schal fester um den Hals zog und eine Mütze aufsetzte. *Steffen Gjerstad, Journalist* las sie auf der Karte.

»Den Kerl kenn ich ein bisschen«, sagte Emil. »Das heißt, meine Freundin kennt ihn. Sie sitzt an der Rezeption im Zeitungshaus von Dagens Næringsliv. Er arbeitet da.«

»Knackiger Hintern«, sagte Lena.

»Lena«, sagte Emil grinsend und schüttelte den Kopf. Dann startete er den Wagen und legte schwungvoll den Gang ein.

3

Fartein Rise war ein großer, hagerer Typ mit langem Haar, das er ständig mit zwei Fingern nach hinten strich und sich hinter die Ohren zu klemmen versuchte. Die Frisur musste ein Relikt aus alten Zeiten sein, als Fartein Rise noch Motorrad-

streife fuhr, eine imposante BMW ritt und mit seinem Hippiestil Frauen betörte. Seine kurze Lederjacke passte vom Stil her immer noch dazu, sein Haar war mit den Jahren allerdings dünner und grauer geworden.

»Es ist einfach unglaublich«, sagte Rise mit Bergenser Dialekt. »Einer der T-Bahn-Fahrer sieht einen Menschen auf den Schienen in den Tunnel laufen. Er schlägt Alarm. Die Zentrale in Tøyen stoppt den gesamten Verkehr und schickt Suchtrupps raus. Sie durchkämmen die Tunnel und finden keine Menschenseele – behaupten sie. Dann wird der Verkehr wieder frei gegeben. An der Haltestelle Grønland steht die Grorudbahn. Die schafft gerade mal zweihundert Meter. Und rate, was dann passiert? Diese Lady steht hinter einer der Säulen da unten und wirft sich einfach vor den Zug.«

Gunnarstrandas Kugelschreiber gab den Geist auf. Er hob den Blick und sah Rise an. Es schien, als warte Rise auf einen Kommentar. Gunnarstranda versuchte es noch einmal mit dem Kugelschreiber – ohne Erfolg. »Hast du einen Stift?«, fragte er.

Rise fischte einen silbernen Kugelschreiber aus der Brusttasche seiner Motorradjacke.

»Die Frau wurde vollkommen zerfetzt. Hätte alles in eine IKEA-Tragetasche gepasst«, sagte Rise. »Wenn's nicht so eine Sauerei gewesen wäre. Zwanzig Minuten Hochdruckwasserstrahler sind bei dieser Kälte für alle die Hölle.«

Gunnarstranda interessierte sich nicht für Rises Auftrag in der T-Bahn. Aber sein Gerede brachte ihn aus dem Konzept. Er hatte die Lottoscheine erst zur Hälfte ausgefüllt. In welcher Spalte war er grade gewesen?

Emil Yttergjerde kam zur Tür herein und setzte sich neben Gunnarstranda.

»Was für ein Morgen«, sagte Rise.

Gunnarstranda gab auf, legte den Haufen Lottoscheine zur

Seite und gab den Kugelschreiber zurück. »Wovon redest du, Rise?«

»Eine Frau hat sich vor einen T-Bahnzug geworfen«, sagte Fartein Rise. »Das ist natürlich tragisch, und Selbstmörder sind ja ganz schön clever. Aber wie kann das sein? Die Leute von der T-Bahn behaupten, sie hätten die Tunnel durchsucht, aber niemanden gefunden. Sogar ich als normaler Fahrgast sehe doch, dass es da unten viele Verstecke gibt. Nischen in der Tunnelwand, mit Gittern abgesperrt. Aber Gitter kann man aufbrechen.«

»Jedes Mal, wenn ich von Selbstmord höre, wird mir schlecht«, sagte Yttergjerde.

»Ich begreife nicht, wie das passieren konnte«, wiederholte Rise. »Die Leute, die den Tunnel durchsuchen, müssen doch kapieren, dass sie gründlich vorgehen müssen. Nach einem Selbstmord steht der Verkehr doch noch viel länger still.«

»Das ist denen sicher klar«, sagte Gunnarstranda trocken. Er mochte es gar nicht, wenn Leute sich über die Arbeit von anderen beklagten. Das klang wie das Tratschen von Waschweibern.

»War sie jung?«, fragte Yttergjerde.

Rise zuckte mit den Schultern. »Fast zahnlos und mit einem Spritzbesteck in der Tasche, Altjunkie. Typisch Bahnhofsszene. Wenn die wüsste, wie viel Trouble sie verursacht hat. Warum sollte sie sich da unten umbringen? Hätte sie sich nicht genauso gut eine Überdosis spritzen können?«

»Altjunkie?«, fragte Yttergjerde. »Kannten wir sie?«

Rise zuckte wieder mit den Schultern. »Sie hieß Nina Stenshagen.«

Yttergjerde schüttelte den Kopf.

»Wie ist das möglich«, fing Rise wieder an, »mit Scheinwerfern einen Tunnel zu durchsuchen, ohne ...«

Gunnarstranda, der beschlossen hatte, seine Lottoscheine woanders auszufüllen, hörte nicht mehr zu. Mit einem lauten Knall fiel die Tür hinter ihm ins Schloss.

4

Lena fand eine Parklücke zwischen halbmeterhohen Schneewällen in der Vogts Gate. Einparken mit wenig Spielraum – das konnte sie gut. Sie blinkte und fuhr seitlich neben das vordere Auto, ignorierte die Schlange von Autos, die hinter ihr bremsten, und setzte problemlos rückwärts in die Lücke, schwang das Lenkrad herum und zog die Handbremse an. Der Wagen rutschte an seinen Platz, als wäre die Parklücke für ihn gemacht. Lena stieg aus und überprüfte das Ergebnis, dann ging sie die wenigen Meter auf den Hauseingang zu. An den Schildern neben den Klingelknöpfen konnte sie ablesen, dass Sveinung Adeler im zweiten Stock wohnte.

Lena klingelte und wartete, während sie die Schlüssel am Schlüsselbund durchging, den sie in seiner Tasche gefunden hatte.

Aus dem Lautsprecher neben den Klingelknöpfen kam kein Ton; niemand öffnete. Kein Türsummen.

Sie drückte noch zweimal auf die Klingel, dann schloss sie die Haustür auf. Sie fand den Namen *S. Adeler* an einem der Briefkästen. Steckte den richtigen Schlüssel ins Schloss und öffnete ihn. Reklame ohne Adressat. Kein Brief. Sie schloss den Briefkasten wieder und ging die Treppen hinauf.

Nur Sveinung Adelers Name stand an der Tür. Wahrscheinlich hatte er allein gelebt. Sie versuchte, das Sicherheitsschloss zu öffnen. Musste den Schlüssel dreimal herumdrehen, bevor die Wohnungstür aufging.

Im Flur blieb sie stehen und ließ die Atmosphäre auf sich wirken. Es war ganz still in der Wohnung, nur das Brummen des Kühlschrankes war von irgendwoher zu hören. Lena schnupperte und nahm einen schwachen Geruch nach Grüner Seife wahr.

Links stand eine Schiebetür offen. Sie führte in ein Schlafzimmer. Ein weißes Doppelbett dominierte den Raum. Es war ordentlich gemacht. An der Wand hing ein Plakat von Rihanna in einem weißen Ganzkörpertrikot. Die Dame hätte sich genauso gut nackt fotografieren lassen können. Lena ging weiter ins Wohnzimmer. Eine Wand war fast vollständig mit DVD-Covern tapeziert. Ein riesiger Flachbildschirm beherrschte eine andere Wand. Surround-Anlage. Sie las die Filmtitel. Viel Action. Einige Titel waren ihr bekannt: *Pulp Fiction, Fargo*, die Filme mit Jason Bourne. Außerdem Hongkong-Filme und amerikanische Unterhaltungsfilme mit Travolta und Cage. Auf dem untersten Regal standen ein paar Cover mit dem Kaninchenlogo des Playboy auf dem Rücken. Hier wohnte ganz offensichtlich ein Junggeselle. Auf dem Tisch standen zwei leere Flaschen mexikanisches Bier. Keine Aschenbecher.

In einer Ecke des Wohnraums befand sich eine Küchenzeile. Auf der Anrichte lag ein Zettel. Eine Nachricht in zierlicher Schönschrift:

Brauche neues Waschpulver und Scheuermittel.

Die Nachricht war mit *Pamina* unterschrieben. Wahrscheinlich eine Putzhilfe. Diese Pamina war möglicherweise vor kurzem da gewesen. Es standen keine Töpfe mit Essensresten auf dem Herd.

Lena öffnete den Kühlschrank. Ganz oben stand ein Sechserpack mit noch vier Flaschen. Außerdem enthielt der Kühlschrank zwei Tomaten, ein Fertiggericht von Fjordland, einen Karton Apfelsaft und eine ungeöffnete Packung mit zwei eingeschweißten Hähnchenbrüsten. Offensichtlich der Kühlschrank eines Singles.

Lena ging in den Flur zurück. Öffnete einen Schrank. Haufenweise Joggingschuhe und Skistiefel. Sveinung Adeler war offenbar ein Sportfreak gewesen.

Der Spiegelschrank im Badezimmer quoll fast über. Eine

elektrische Zahnbürste und ein Rasierapparat zwischen modischen Flaschen mit Rasierwasser und Deos: Dolce & Gabbana, Armani, Hugo Boss, Tommy Hilfiger. Hier standen fast mehr solcher Fläschchen als bei Lena zuhause.

Sie wandte sich dem vollgestopften Wäschekorb zu: Jeans, Sportzeug, Unterwäsche.

Diese Wohnung erzählte nicht viel. Kein Nachschlagewerk, nicht einmal ein Schreibtisch. Kein PC. Warum nicht? Hatte er letzte Nacht einen Laptop dabeigehabt? Wenn ja, dann würde der im Schlamm des Osloer Hafenbeckens liegen bleiben, bis dieses irgendwann in ferner Zukunft von Archäologen durchkämmt würde.

Lena musste die Angehörigen informieren und brauchte deshalb persönliche Informationen. Sie schaute wieder ins Schlafzimmer. Kein Schreibtisch, keine persönlichen Ordner – nichts.

Sie verließ die Wohnung, schloss ab und verplombte die Tür mit dem Polizeisiegel. Ging die Treppen hinunter und trat auf die Straße. Die Kälte zog ihr die Nasenschleimhäute zusammen.

Eitelkeit und Winterwetter passen nicht zusammen, dachte Lena, als sie in ihrer dicken, langen Daunenjacke vorwärtsstolperte und die Schnüre ihrer Pelzmütze unter dem Kinn zusammenband. Sie fühlte sich wie ein Pinguin und dachte, dass sie auch wie einer aussah, aber das spielte keine Rolle. Gesundheit ging vor Schönheit bei dieser Eiseskälte. Die Menschen auf dem nicht geräumten Gehweg führten eine breite Palette verschiedener Mützen, langer Mäntel und klobiger Winterstiefel spazieren – auch der Mann, der ein paar Meter vor ihr ging. Lotsenjacke und Strickmütze. Fausthandschuhe.

Dieser Mann hielt sich die Fausthandschuhe an beide Seiten des Kopfes und spähte durch das Fenster ihres Wagens.

Sie räusperte sich laut.

Der Mann richtete sich auf. Sie erkannte ihn wieder, trotz der Mütze. Es war Steffen Gjerstad, der Journalist.

Gjerstad lächelte, als er sie erkannte. »Und schon treffen wir uns wieder.«

»Offensichtlich«, sagte sie, zog sich einen Handschuh aus und holte ihren Autoschlüssel aus der Jackentasche.

»Ich habe Sveinung erkannt, als er am Kran hing«, sagte Gjerstad. »Hab ihn ein paar Mal interviewt. Sie haben seine Wohnung durchsucht?«

»Wir müssen noch die Angehörigen benachrichtigen«, sagte Lena.

Sein Eisatem legte sich wie Raureif auf die Haarspitzen, die unter dem Rand seiner Mütze hervorlugten. »Er kam aus dem Vestland. Aus Jølster, glaube ich. Hat einen ziemlich breiten Dialekt gesprochen und den Ort mal erwähnt. Da wohnen also bestimmt seine Eltern – in Jølster.«

Unwillkürlich strich Lena sich mit der unbehandschuhten Hand durchs Haar und schob die Spitzen unter den Schal. »Und Sie haben den Mann interviewt? In welchem Zusammenhang denn?«

Steffen Gjerstad grinste. »Wir könnten Informationen tauschen«, sagte er und zwinkerte ihr verschwörerisch zu. »War es ein Unfall?«

»Sieht so aus.«

»Aber Sie sind nicht sicher?«

Sie mochte Steffen Gjerstad und lächelte hinter ihrem Schal. »Es wäre falsch, etwas zu behaupten, bevor wir ausführlich untersucht haben, wie er ins Wasser fiel. Wissen Sie, wo er gearbeitet hat?«

Steffen Gjerstad klemmte sich die Handschuhe unter die Achseln, zog eine Dose aus der Jackentasche und nahm eine Prise Schnupftabak. »Beim Staat. Finanzministerium.« Er wischte sich den Tabak von den Händen und sprach mit ausgebeulter Lippe.

Tabak zu schnupfen war nicht gerade der beste Anmach-

trick, dachte Lena. Dann rief sie sich sofort zur Räson: Anmache? Jetzt reiß dich aber mal zusammen!

Steffen fuhr fort: »Ich hab nichts Gedrucktes. Die Interviews, zwei davon – also das waren Recherchen – für Storys, an denen wir arbeiten. Wir, also die Zeitung.«

»Aber Sie kannten Adeler?«

»Nein. Ich wusste, wer er war, sozusagen. Er traf sich mit Maklern und Finanziers. Die Zeitung, für die ich arbeite, beschäftigt sich vor allem mit Wirtschaftsfragen, und die entsprechenden Kreise sind nicht groß.« Gjerstad schwieg ein paar Sekunden und dachte nach. »Sveinung Adeler war so eine Art Streber.« Er grinste. »Wollte an Orten wie dem Beach Club interviewt werden, ein richtiger Namedropper: Gestern hab ich den und den Star getroffen ... immer nach dem letzten Schrei gekleidet. Er trug die Nase ziemlich hoch, aber er war auch irgendwie in Ordnung. Machotyp, hat viel Sport getrieben, auf ziemlich hohem Niveau, glaube ich, hat LAUT UND DEUTLICH erzählt, dass er das Birkebeiner-Rennen und den Vasaloppet gelaufen ist und das da unten in Italien ...« Gjerstad schnippte mit den Fingern und suchte nach dem Namen. »Marcialonga.« Wieder dachte er einen Moment nach. »Nicht wirklich mein Stil.«

Lena schloss das Auto auf. Sie war selbst auch drei Jahre hintereinander das Birkebeiner-Rennen gelaufen. »Nett, Sie getroffen zu haben, Gjerstad.«

»Steffen.« Er zwinkerte ihr zu.

Wieder musste sie lächeln und wiederholte: »Steffen.«

»Und du?«, fragte er.

»Was ist mit mir?«

»Wie heißt du?«

»Lena.«

Er wartete auf eine Fortsetzung, mit einem lauernden Lächeln um die Mundwinkel.

»Stigersand«, fügte sie hinzu.

»Und hast du vielleicht auch eine Telefonnummer?«

Der geht aber ran, dachte sie, aber es gefiel ihr. Der Subtext gefiel ihr. Sie forcierte die Stimmung noch ein wenig und fragte: »Was willst du mit meiner Telefonnummer?«

Sie standen sich gegenüber und sahen sich verschmitzt in die Augen.

Dann sagte er: »Für den Fall, dass mir noch etwas einfällt, wie sie in den Krimis im Fernsehen immer sagen.«

Sie nickte, wortlos.

Er zog einen Kugelschreiber aus der Innentasche seiner Jacke. Mit den Handschuhen unter dem Arm notierte er sich ihre Telefonnummer auf dem Handrücken. Seine beiden Handrücken waren voller Kugelschreibernotizen. Der Anblick hatte etwas kindlich Jungenhaftes, und Lena spürte einen Hauch von Zärtlichkeit in der Brust. Jetzt reicht's aber, dachte sie und setzte sich in ihr Auto.

Sie fuhr davon, ohne sich noch einmal umzusehen. Hielt vor der roten Ampel bei Soria Moria. Da summte ihr Handy, eine SMS:

Hab vergessen, dir einen schönen Tag zu wünschen. Steffen

Er machte ihr gute Laune. Das musste sie ihm lassen.

5

Gunnarstranda hatte sich kaum hingesetzt, da ging die Tür auf.

Rindal stand in der Türöffnung und betrachtete ihn stumm.

»Meine Frau hat mich auch immer so angesehen«, sagte Gunnarstranda und stieß dabei seine Schreibtischschublade zu. »Wenn ihr der Weihnachtsbraten angebrannt war oder sie am Samstag vergessen hatte, zum Weinmonopol zu gehen.«

Rindal verzog keine Miene. Er trat ein und schloss die Tür hinter sich. »Könntest du dir die Mühe machen und mit der Betriebszentrale der T-Bahn sprechen?«

»Worüber?«

»Hab grade einen Anruf bekommen«, sagte Rindal. »Von deren Sicherheitsdienst.«

Gunnarstranda legte fragend den Kopf schief.

»Es geht um den Unfall heute Morgen. Scheint doch mehr dahinter zu stecken, als wir zunächst vermutet haben.«

Wir?, dachte Gunnarstranda, sagte aber nichts. Er wartete auf die Fortsetzung.

»Die Verkehrsleitung hatte eine Warnung bekommen, dass Leute im Tunnel herumliefen, also stoppten sie den Verkehr. Sie haben den Strom abgeschaltet und Leute losgeschickt, um den Tunnel zu durchsuchen. Das Ganze wurde dann als falscher Alarm abgeblasen, man hat keine Personen gefunden. Die Züge bekommen grünes Licht, der Verkehr läuft wieder. Und dann passiert dieser Unfall. Das hat es früher auch schon gegeben. Selbstmörder sind schlau. Die verstecken sich. Ich bin selbst mehrmals die Strecke zwischen Grønland und Tøyen abgelaufen. Du sicherlich auch. Da unten gibt's Bombenschutzräume und Gänge. Die betreffende Person hat es geschafft, sich zu verstecken, und ist dann vor den ersten Zug gesprungen, der kam. Aber jetzt ruft mich der Sicherheitsdienst der T-Bahn an und sagt, sie hätten einen Alarm an einem Notausgang registriert. Und zwar *nach* dem Unfall. Jemand hat also den Tunnel nach dem Selbstmord durch diesen Notausgang verlassen, und es war ganz sicher niemand von den Angestellten.«

»Und was ist mit Fartein Rise?«

»Wieso?«

»Ich dachte, das wäre sein Fall.«

Rindal holte tief Luft. »Was Fartein Rise angeht, musst du Folgendes wissen«, sagte er leise.

Gunnarstranda stand auf und zog sich die Winterjacke an, die über seinem Stuhlrücken hing.

»Rise und seine Partnerin haben vor zwei Jahren einen Sohn bekommen. Dieser Junge hat ein Syndrom, einen Hirnschaden oder irgendwelche Schleimgeschichten. Der Junge braucht 24 Stunden Betreuung, rund um die Uhr, muss beatmet werden und kriegt ständig zusätzliche Sauerstoffinfusionen. Er lebt zwar zuhause, aber das bedeutet Nachtwachen und Alarme und sofort ab ins Krankenhaus, wenn der Kleine im Bett anfängt zu schnaufen, und das passiert offenbar ziemlich häufig.«

Gunnarstranda sank wieder auf seinen Stuhl zurück. »Armer Mann«, murmelte er.

»Und das ist noch nicht alles«, fuhr Rindal fort. »Ein krankes Kind zu haben ist eine Sache, aber es belastet auch die Beziehung des Paares, kein Privatleben zu haben und Tag für Tag, Monat für Monat von ständig wechselnden Krankenschwestern und Pflegern umgeben zu sein. Noch schwieriger ist es, dabei eine berufliche Karriere im Auge zu behalten, besonders als Polizeibeamter. Rise hat sich um den Job hier beworben, um mal Atem zu holen. Aber er fährt jedes Wochenende und ein- bis zweimal unter der Woche nach Bergen. Die Zeit, die er nicht arbeitet und Wache hält, hat er ein schlechtes Gewissen. Was ich sagen will ist: Rise ist nicht unbedingt der richtige Mann, um in einem Fall wie diesem vernünftige Schlüsse zu ziehen.«

»Verstehe. Aber es klingt auch nicht besonders schlau, in Oslo zu arbeiten, wenn man Frau und Kind in Bergen hat, die einen rund um die Uhr brauchen.«

»Das ist, streng genommen, nicht unsere Sache«, sagte Rindal. »Aber du wirst verstehen, dass es die Psyche ganz schön belastet, ein Kind zu haben, das 24 Stunden am Tag gepflegt werden muss, oder? Der Mann braucht ein bisschen Fehlertoleranz von uns.«

Gunnarstranda blieb sitzen und sah Rindal schweigend an.

»Ich möchte nur, dass du weißt, was Sache ist«, sagte Rindal. »Ich bitte dich und die anderen, nicht so streng mit Rise zu sein. Deshalb möchte ich, dass du dir die Extraarbeit machst. Überprüf diesen Alarm, und beruhige die Leute in der Verkehrsleitung. Sie sind ziemlich aufgewühlt und wollen wissen, was da los war.«

*

Gunnarstranda war noch nie in der neuen Betriebszentrale der T-Bahn gewesen. Aber er konnte sich gut an die alte erinnern. Dort hatten analoge Glühbirnen geblinkt, eine Schaltfläche war auf einer Pappwand montiert, und alles war an klobige Schalter und graue Telefone angeschlossen, die einen in die 1960er Jahre zurückversetzten.

Die neue Zentrale war vom Rest der Welt durch eine riesige Schiebetür aus Glas getrennt. Der Raum war beeindruckend. An einer Längswand befand sich ein gigantischer Monitor, auf dem das digitale T-Bahnnetz mit sämtlichen Stationen in Farbcodes aufleuchtete: Wendeschleifen, Wegmarkierungen, Weichen und die Bewegungen der einzelnen Züge von Station zu Station. Es erinnert an Bilder aus dem Pentagon, dachte Gunnarstranda, als er dem breiten Bildschirm den Rücken zukehrte und zu den Männern hinüberging, die die Überwachungskameras steuerten. Auf den Monitoren an der Wand leuchteten Aufnahmen von fünfzehn der mehreren Hundert Überwachungskameras. Die Bilder zeigten Zugstrecken, Tunneleinfahrten, Ticketautomaten, Bahnsteige und einen Zug, der in eine Station einfuhr, die Gunnarstranda als Majorstua zu erkennen meinte.

Gunnarstranda kannte die meisten der Angestellten der Verkehrsleitung vom Sehen. Diese Leute hatten schon viele Jahre bei der T-Bahn gearbeitet, als Fahrer, Schrankenwärter oder Zugführer angefangen, als der Betrieb noch *Oslo Sporveier*

hieß. Wer hier in der Zentrale arbeitete, kannte die T-Bahn in- und auswendig.

Er nickte dem Dienst habenden Wachmann zu, den er zwar kannte, an dessen Namen er sich aber nicht erinnern konnte.

Zwei Minuten später hatte der Wachmann die Aufzeichnung von der Haltestelle Grønland auf sechs Uhr dreißig zurückgespult. Das Bild war farbig, mit hoher Auflösung.

»Was suchen wir?«, fragte er.

»Eine Frau in einem roten Jogginganzug.«

Das Bild zeigte Menschen, die still dastanden, andere gingen hin und her.

»Sie war Junkie und gehörte zur Szene vom Bahnhofsplatz«, fügte Gunnarstranda hinzu, »aber das sieht man möglicherweise auf der Aufnahme nicht.«

Kein Ergebnis. Sie hatten den Eingang der Station Grønland im Bild, auch die so genannte Junkietreppe, sie hatten die Gänge, die Bahnsteige, aber keinen roten Jogginganzug. Die Minutenanzeige auf dem Überwachungsbild tickte dahin.

»Mein Fehler«, sagte der Wachmann. »Der Fahrer, der Alarm schlug, meinte, sie sei auf dem Weg nach Süden, von Tøyen.«

Sie riefen neue Bilder auf. »In Tøyen gibt es mehrere Bahnsteige.«

Auf dem Bildschirm gingen Leute hin und her, stiegen aus und ein.

Doch auch hier gab es keinen roten Jogginganzug.

»Vielleicht ist sie mit der Bahn gekommen«, sagte Gunnarstranda.

»Wir haben dasselbe Bild, das der Zugführer sieht, wenn sich die Türen schließen«, sagte der Wachmann.

»Wenn die Person auf den Schienen um sechs Uhr dreißig gesehen wurde, dann suchen wir einen Zug, der kurz davor gehalten hat«, sagte Gunnarstranda.

Weitere Bilder erschienen auf dem Schirm. Züge in voller

Länge. Leute stiegen aus. Die Türen wurden geschlossen. Der Zug setzte sich in Bewegung. Der nächste Zug fuhr ein. Die Türen öffneten sich. Passagiere stiegen aus.

Da. Ein Mensch in einem roten Jogginganzug sprang heraus, als die Türen sich schon wieder schlossen.

»Das ist sie.«

Die Person verschwand aus dem Bild.

»Die Tunneleinfahrt«, sagte Gunnarstranda.

Sie sahen dieselbe rot gekleidete Gestalt den Bahnsteig entlanglaufen, sich umdrehen und auf die Schienen springen. Dann verschwand sie im Dunkel des Tunnels.

Gunnarstranda und der Wachmann starrten auf den Monitor. »Da«, sagte Gunnarstranda lächelnd. »Sie waren zu zweit.«

Bilder lügen nicht. Es war ganz deutlich zu sehen. Eine Person in einer kurzen Jacke mit einer Kapuze über dem Kopf lief hinter Nina Stenshagen her, sprang über die Plastikschranke am Ende des Bahnsteigs, lief die Treppe hinunter und verschwand ebenfalls im Tunnel.

»Der Mann weiß, was passiert ist«, sagte Gunnarstranda. »Er muss nach dem Unfall durch den Notausgang raus sein.«

»Das hilft uns wenig«, sagte der Wachmann düster. »Das bedeutet, dass unsere Leute die beiden einfach übersehen haben, als sie den Tunnel durchsuchten. Das darf eigentlich nicht passieren.«

»War das Licht eingeschaltet, als sie den Tunnel durchsucht haben?«

Der Wachmann nickte. »Aber im Tunnel sind keine Kameras.«

Gunnarstranda schwieg nachdenklich. Dieser Fall begann ihn zu interessieren. Der Mann auf den Bildern folgte Nina Stenshagen in den Tunnel. Warum? Was hatte er getan, als sie sich vor den Zug warf? Warum hatte er sich die ganze Zeit versteckt? Warum verließ er den Tunnel erst nach dem Unfall?

»Können Sie versuchen, das Gesicht des Mannes im Kapuzenpulli heranzuzoomen?«

Der Wachmann spulte zurück.

Er schüttelte den Kopf. »Sieht aus, als hätten wir nur seinen Rücken.«

»Er muss irgendwo eingestiegen sein«, sagte Gunnarstranda.

»Da gibt es viele Möglichkeiten.«

Gunnarstranda stand auf. »Können Sie ein bisschen weitersuchen und mich anrufen, wenn Sie etwas finden?«

6

Lena setzte sich an einen Tisch im Pausenraum, auf dem die aktuelle Boulevardpresse auslag. Mehrere leere und halbleere Tassen standen auf dem Tisch herum. Auf den Zeitungen stand eine Plastikdose mit Pfefferkuchen. Daneben ein Weihnachtsstern. Sie steckte eine Fingerspitze in die Blumenerde. Trocken. Sie griff nach einer halbvollen Teetasse und kippte den Inhalt in den Topf, dann stellte sie die Keksdose weg und griff nach der obersten Zeitung. Nichts über die Wasserleiche vom Rathauskai. Und die Internetzeitungen?

Lena stand auf, ging zurück in ihr Büro und holte ihren Laptop aus der Tasche, die über dem Stuhl hing.

VG-Nett und Dagbladet.no hatten Fotos vom Krankenwagen und dem Personal in Reflexwesten. Aftenposten hatte ein altes Archivfoto von Lena ausgegraben. Sie gefiel sich nie auf Fotos. Auf diesem hatte sie außerdem eine scheußliche Frisur. Die Artikel sagten nichts aus, nur dass eine männliche Leiche gefunden worden war.

Lena konnte sich nicht zurückhalten. Sie ging auf die Startseite des Birkebeiner-Rennens und suchte den Namen Sveinung

Adeler. Der Mann war gut in Form gewesen. 2:57:06 Stunden. Das war unglaublich gut! 54 Kilometer von Rena bis Lillehammer auf Skiern in unter drei Stunden! Ihre persönliche Bestzeit war 3:48:24 Stunden. Da war sie auf den letzten zehn Kilometern so fertig gewesen, dass sie allein aus Willenskraft durchgehalten hatte. Abzubrechen hätte bedeutet, bis in alle Ewigkeit von ihren männlichen Kollegen im Allgemeinen und von Emil Yttergjerde im Besonderen verspottet zu werden.

Sie beschloss, den Journalisten Steffen Gjerstad zu googeln, und fand zahlreiche Einträge. Offensichtlich nutzte er mehrere soziale Netzwerke. Sie wurde eingeladen, sich bei Twitter, Facebook und LinkedIn einzuloggen. Stattdessen suchte sie bei Google nach Fotos. Sie blätterte eine Weile. Ziemlich attraktiver Typ. Irgendwie authentisch. Auf zwei der Fotos war er zusammen mit einer Gruppe gleichaltriger Frauen zu sehen. Sie lachten. Es gefiel ihm offenbar, der einzige Mann unter lauter jungen Frauen zu sein. Auf einem Foto sah er mit einem leicht unsicheren Blick zum Fotografen auf. Das gefiel ihr. Das Lächeln auch.

Sie rief die Internetseiten von Dagens Næringsliv auf und gab seinen Namen ein. Schon erschien eine Liste mit Titeln der Artikel, die er geschrieben hatte: Wirtschaftsthemen und Features, ein Artikel über Segelboote, einer über den modernen Dresscode für Männer und einer über Trends und mechanische Schweizer Uhren. Nicht wirklich ihr Interessengebiet.

Aber was für ein Mensch war Steffen privat? Mochte er zum Beispiel Tom Waits? Hatte er auch Plakate von aufreizend gekleideten Sängerinnen an der Schlafzimmerwand?

Sie versah die Seite mit einem Lesezeichen und klappte den Laptop zu.

Das Telefon klingelte. Es war Ragnhild vom Polizeidistrikt Sogn og Fjordane. Lena und Ragnhild hatten zusammen die Polizeischule besucht. Sie plauderten eine Weile, bevor Ragn-

hild zur Sache kam. Sveinung Adelers Angehörige in Jølster waren vom dortigen Pfarrer benachrichtigt worden, und Ragnhild bot an, den Eltern einen Besuch abzustatten.

Lena nahm dankend an. »Frag sie, ob sie die Telefonnummer seiner Putzhilfe haben. Außerdem wüsste ich gern, mit wem er hier in Oslo so unterwegs war«, sagte sie. »Wäre schön, wenn die Eltern uns da weiterhelfen könnten. Frag, ob er eine Freundin hatte oder ob es Exfreundinnen gibt. Frag sie, wann sie zuletzt mit ihrem Sohn gesprochen haben und ob sie wussten, was er am Mittwochabend vorhatte. Und – warte.«

»Ja?«

»Kannst du sie um ein Foto bitten? So neu wie möglich am besten.«

Dann saß sie eine Weile reglos da. Dachte wieder an Steffen Gjerstad. Gleichzeitig klingelte ihr Handy.

Zwei Leute – ein Gedanke, dachte Lena. Es war Steffen. Sie griff nach dem Telefon. Es vibrierte in ihrer Hand wie ein kleines Herz. Sollte sie drangehen? Er gefiel ihr. Aber es sollte nicht zu schnell gehen.

Emil Yttergjerde kam herein und ging zielstrebig auf den Teller mit Pfefferkuchen zu. »Lena, dein Handy klingelt.«

Lena nickte und steckte es in die Tasche. »Lass es klingeln.«

7

»Ich bin die ganze Zeit davon ausgegangen, dass ich mit der Vermisstenabteilung zusammenarbeiten soll«, sagte Fartein Rise.

Sein Vorgesetzter Rindal sagte nichts. Er lehnte sich in seinem Sessel zurück und betrachtete Rise mit gesenkten Lidern.

»Ich habe mich auf die Stelle von Frølich beworben«, erklärte Rise. »Und Frølich war für Vermisstenanzeigen zuständig.«

»Frank Frølich wurde suspendiert«, sagte Rindal. »Sein Fall ist noch nicht abgeschlossen. Und bis auf Weiteres wird die Vermisstenabteilung umorganisiert.«

»Aber in der Stellenbeschreibung ...«

»Das spielt jetzt keine Rolle«, unterbrach ihn Rindal. »Die Verantwortung liegt bei mir. Vermisstenanzeigen werden von mir delegiert.«

Rise schien gekränkt.

Rindal holte tief Luft. »Du hast einen guten Job gemacht heute Morgen in der T-Bahn, aber es gab da offenbar irgendwelche Probleme mit den Notausgängen.«

»Gut, dann kümmere ich mich darum.«

»Gunnarstranda ist schon da.«

Rises Gesicht erstarrte.

»Ich habe dich nicht gefunden«, sagte Rindal und nahm sich ein Kaugummi aus der Extra-Packung auf seinem Schreibtisch.

»Du hast zuhause eine schwierige Situation und viel Fahrerei«, sagte Rindal. »Aber manche Fälle verlangen nun mal vollen Einsatz fast rund um die Uhr.«

Bevor Rindal fortfahren konnte, strich sich Rise die Haare hinter die Ohren und unterbrach ihn:

»Der Grund dafür, dass ich mich hier beworben habe, war, dass ich mehr Verantwortung wollte. Ich brauche etwas, woran ich wachsen kann. Das weißt du. Ich habe keine Lust, wöchentlich zwischen Bergen und Oslo hin und her zu pendeln und mich dann nur mit Peanuts zu befassen.«

Rindal lehnte sich zurück und dachte nach. Schließlich griff er nach einem Papier auf seinem Tisch. »Ich habe hier etwas vom Polizeilichen Sicherheitsdienst PSD. Ein verwirrter Brief an eine Parlamentsabgeordnete, wahrscheinlich ein Bluff. Aber

überprüfe es. Den Brief soll eine Frau geschrieben haben. Die Parlamentsverwaltung findet den Brief bedrohlich.«

Rindal schob das Papier über den Tisch, und Rise sah es sich missbilligend an.

Rindal musterte ihn.

Fartein Rise nahm das Papier und ging.

»Rise«, sagte Rindal.

Er drehte sich vor der Tür noch einmal um.

»Ich möchte, dass du Gunnarstranda kennen lernst.«

»Und warum?«

Rindal sah zu Boden. »Darüber reden wir später.«

Er drehte seinen Stuhl herum und konzentrierte sich auf seinen Computerbildschirm.

Rise betrachtete ihn einige Sekunden, dann ging er hinaus.

8

Auf dem Weg zu Rindals Büro traf Gunnarstranda Lena Stigersand. »Tust du mir einen Gefallen?«, fragte er.

Lena sah ihn fragend an.

»Ruf mich in acht Minuten an.«

Lena sah auf die Uhr. »Ab jetzt?«

Gunnarstranda nickte und ging weiter. Er wollte diesen Fall nicht ohne Weiteres aus der Hand geben. Es gab eine Reihe unbeantworteter Fragen zu dem Selbstmord in der T-Bahn.

Rindal hörte schweigend zu, während Gunnarstranda referierte, was er in der Verkehrszentrale der T-Bahn gesehen hatte.

Als Gunnarstranda fertig war, sagte er: »Es gibt zwei Möglichkeiten. Entweder hat der mysteriöse zweite Mann etwas mit dem Geschehen zu tun, oder nicht.«

Es gelang Gunnarstranda tatsächlich, der Versuchung zu widerstehen, darauf etwas zu erwidern.

»Es gibt also zwei Personen, die sich vor den Suchmannschaften verstecken«, wiederholte Rindal, »und weil die Suchtrupps niemanden finden, wird der Strom wieder eingeschaltet, das Licht ausgeschaltet, die Züge fahren weiter und die Frau wirft sich vor den Zug. Wieder wird alles gestoppt und Alarm geschlagen. Die Passagiere werden evakuiert?«

Gunnarstranda nickte. »Sie mussten auf die Schienen runterklettern und wurden zur Haltestelle Grønland zurückgeleitet.«

»Wann war das?«, fragte Rindal.

»Der Unfall passierte um 7.19 Uhr.« Gunnarstranda holte seine Notizen hervor. »Es muss ungefähr so abgelaufen sein: Ein Zugführer sieht eine Person von der Haltestelle Tøyen auf den Schienen in Richtung Grønland laufen und meldet das. Der Strom wird sofort abgeschaltet. Da ist es 6.37 Uhr. Um 6.43 Uhr fangen die Suchmannschaften an, die Strecke abzusuchen. Sie brauchen etwas mehr als zwanzig Minuten, weil da unten Bombenschutzräume und Gänge und sowas sind – das dauert seine Zeit. Sie leuchten durch die Gitter und sehen nach, ob sich jemand dort versteckt. Sie sehen niemanden. Die Strecke ist ungefähr 800 Meter lang. Als sie um 7.03 Uhr durch sind, stellen sie fest, dass der Zugführer sich entweder geirrt hat oder die betreffende Person wieder nach draußen gelaufen ist. Deshalb schicken sie zwei Mann zurück, einen auf jeder Spur, um die Strecke sicherheitshalber noch einmal zu checken. Diese beiden gehen etwas schneller und brauchen ungefähr zehn Minuten. Um 7.17 Uhr melden sie freie Bahn. Der Strom wird wieder eingeschaltet. Die Grorudbahn, die an der Haltestelle Grønland steht, fährt los, und um 7.19 Uhr kommt es zu dem Unfall.«

»Und der Alarm, der angezeigt hat, dass ein Notausgang geöffnet wurde?«

»Der wurde um 7.22 Uhr ausgelöst. Da waren alle Türen des Zuges noch geschlossen, und der Zugführer sprach gerade mit der Verkehrszentrale, um zu berichten, was geschehen war. Die Evakuierung der Passagiere begann erst eine halbe Stunde später.«

Rindal und Gunnarstranda sahen sich einen Moment stumm an.

»Es war jemand im Tunnel, der zusah, als sie sich das Leben nahm«, sagte Rindal mit zweifelnd gerunzelter Stirn.

Gunnarstranda berichtigte seine Schlussfolgerung. »Es war jemand im Tunnel, der weiß, was passiert ist.«

Rindal hob abwehrend beide Hände. »Jetzt geht deine Phantasie mit dir durch. Das hier war ein Selbstmord. Case closed.«

»Sie war ein Hardcore-Junkie. Warum hat sie sich nicht eine Überdosis gesetzt, wenn sie sterben wollte?«

Rindal schloss die Augen. »Ich will gar nicht hören, was du sagst.«

Gunnarstrandas Handy klingelte. Er sah auf das Display und stand auf. »Tut mir leid«, sagte er. »Ich muss dran gehen.« Er verließ mit dem Telefon am Ohr den Raum. »Einen Moment«, sagte er dann, drehte sich noch einmal zu Rindal um und ließ das Handy sinken. »Zwei Personen, Rindal. Beide verstecken sich. Wie kann es sein, dass der Sicherheitsdienst sie nicht entdeckt? Das ist eine riskante Situation für die T-Bahn, aber auch für die Polizei. Und genau diese Spur gedenke ich zu verfolgen.«

Als er die Tür hinter sich geschlossen hatte, bedankte er sich bei Lena und legte auf.

9

Lena hatte Gunnarstranda von der Schlange vor Mikkels Kebab-Bude im Grønlandsleiret aus angerufen. Sie bat den Mann hinter dem Tresen, ihr Essen einzupacken. Die tief stehende Sonne warf lange Schatten und ließ die beißende Luft noch kälter erscheinen, als sie zum Polizeipräsidium zurückstapfte. Am Eingang traf sie auf Fartein Rise, der das Gebäude gerade verlassen wollte.

»Stigersand?«

Sie blieb stehen.

»Sie bearbeiten doch den Fall mit dem Typen, der aus dem Hafenbecken gefischt wurde – Sveinung Adeler, oder?«

Fartein Rise blieb stehen und wickelte sich einen langen Schal um den Hals. Als er fertig war, sah er sie erwartungsvoll an.

»Sieht aus wie ein Unfall. Wahrscheinlich kam er betrunken von einer Weihnachtsfeier und ist auf dem Nachhauseweg ausgerutscht«, sagte sie, um das Schweigen zu beenden. »Wenn ich mit den Pathologen gesprochen habe, weiß ich vielleicht etwas mehr.«

Rise betrachtete sie stumm und mit ernstem Blick.

Die eisige Luft biss in Lenas Ohren, sie war hungrig und wollte ins Haus.

Als sie sich anschickte, weiterzugehen, sagte Fartein Rise schnell: »Was die Weihnachtsfeier gestern Abend angeht: Sveinung Adeler war mit einer Parlamentsabgeordneten essen.«

»Mit wem?«

»Aud Helen Vestgård.«

Lena wartete auf die Fortsetzung, auf einen Zusammenhang. Der kam aber nicht. Mit dem Kerl zu sprechen ist wie mit einem viel zu breiten Messer altes Wachs aus einem Kerzenhalter zu pulen, dachte sie, man kriegt es einfach nicht raus.

»Woher wissen Sie das?«

Rise zwinkerte nur schlau, drehte sich um und wollte schon den Weg hinuntergehen.

Verwirrt stand Lena ein paar Sekunden lang da und sah ihm nach, bevor sie ihm mit schnellen Schritten folgte. »Sie haben doch mehr als nur einen Namen, oder?«

Rise blieb stehen. »Was brauchen Sie denn noch?«

Lena suchte in ihrem Kopf nach einer vernünftigen Antwort. »Egal, irgendwas. Es muss überprüft werden, ob sie überhaupt etwas mit dem Fall zu tun hat.«

»Na klar«, sagte Rise grinsend. »Fragen Sie sie doch. Ist gar nicht so schwer.« Fartein Rise entblößte beim Lächeln eine gleichmäßige Zahnreihe. »Haben Sie Angst, mit Vestgård zu sprechen? Wenn Sie Hilfe brauchen, stehe ich zu Diensten.«

Lena spürte, wie ihr Ärger wuchs. »Wir beide sind Kollegen, wir informieren einander über das, was wir wissen, wir sitzen nicht auf Geheimnissen oder kaufen und verkaufen einander Informationen.«

Fartein Rise legte den Kopf schief, als wüsste er nicht, was sie meinte. »Was wollen Sie damit sagen? Wir arbeiten in einem Team, ja. Und ich habe Ihnen gerade einen Tipp für Ihren Fall gegeben und biete Ihnen meine Hilfe an, oder?«

»Sie könnten ja damit anfangen, mir zu sagen, woher Sie den Tipp haben.«

Rise schwieg beharrlich. Er wollte nicht noch mehr preisgeben, das war offensichtlich. Lena drehte sich auf dem Absatz um und ließ ihn stehen. Sie riss die Tür auf und ging ins Haus, ohne sich noch einmal umzudrehen. Aber sie machte sich schon wieder Vorwürfe. Sie hätte nicht so wütend auf Rise werden dürfen. Sein Tipp war nützlich. Sveinung Adeler arbeitete im Finanzministerium. Nicht unnatürlich, dass er mit einer lokalen Politikerin zu Abend aß. Aber Rise hatte irgendwie den Anschein erweckt, als wären die beiden allein gewesen. Aud Helen

Vestgård war eine verheiratete, attraktive Politikerin. Ab und zu trat sie im Fernsehen auf. Sie bezog Stellung zu brisanten Themen und gab immer sehr schlagfertige Antworten, wenn sie zur besten Sendezeit zu Politshows eingeladen wurde. Wenn sie mit einem jüngeren Angestellten essen gegangen war – würde das die Dinge komplizierter machen?

Lena schob die Gedanken beiseite. Sie musste sowieso mit Aud Helen Vestgård sprechen.

10

Der Spiegel hatte Form und Größe eines Din-A4-Blattes. Der Rahmen war schmal, aber fein gearbeitet. An den Rändern war die Fläche ein wenig gesprungen. Der ist richtig alt, dachte Gunnarstranda. Das Alter hat sich an den Rändern des Spiegels festgesetzt, es sieht ein bisschen aus wie Kopfsteinpflaster. Als er sich darin betrachtete, erkannte er sich kaum wieder. Die Wangen waren ausgebeult, und seine Nase bekam langsam die Form einer Kartoffel. Der Spiegel war mit anderen Worten unbrauchbar. Trotzdem überlegte er, ihn zu kaufen. Er wusste, dass Tove diesen Spiegel lieben würde. Er war das perfekte Weihnachtsgeschenk für jemanden, der sich für Antiquitäten interessierte. Und dennoch. Auch wenn der Spiegel ein richtiges Kleinod war, so konnte er sich doch nicht überwinden, ihn zu kaufen. Er stellte ihn zurück, vermied es, dem Verkäufer in die Augen zu schauen, und verließ den Gebrauchtwarenladen.

Draußen war es dunkel geworden. Er war überhaupt nur hier vorbeigegangen, weil er nach dem Bus suchte, in dem die Heilsarmee besonders bedürftige Drogenabhängige betreute. Er musste mehr über die tote Nina Stenshagen in Erfahrung bringen. Das bedeutete, dass er jemanden finden musste, der

etwas wusste und außerdem auch noch glaubwürdig war. Das war in Nina Stenshagens Kreisen gar nicht so einfach.

Er ging in Richtung Jernbanetorget und entdeckte den Bus, als er in die Dronningens Gate einbog. Der Bus war alt, aus den 80er Jahren, und spuckte dicke schwarze Dieselschwaden aus. Gunnarstranda winkte, und der Bus hielt am Straßenrand. Die vordere Tür wurde geöffnet, und Gunnarstranda stieg ein.

Es war fast niemand an Bord. Nur drei, vier erschöpfte Junkies saßen ganz hinten und aßen ihre Lunchpakete.

Der Bus fuhr weiter. Gunnarstranda lehnte sich an eine Haltestange und zeigte dem Fahrer seinen Ausweis. Der Mann war in den Vierzigern, hatte langes graues Haar und einen Pferdeschwanz und trug die Uniform der Heilsarmee.

»Es geht um Nina Stenshagen«, sagte Gunnarstranda.

»Was ist mit ihr?«

»Sie ist tot.«

»Überdosis?«

Gunnarstranda schüttelte den Kopf. »Sie ist heute Morgen im Tunnel zwischen Tøyen und Grønland unter einen T-Bahnzug geraten. Ich versuche, die Umstände zu klären.«

»Tja, da können wir Ihnen wohl leider nicht weiterhelfen.«

»Kannten Sie sie?«

»Man kennt Leute wie Nina nie wirklich, aber ich weiß, wer sie war. Hab ein paar Mal mit ihr zu tun gehabt.«

Gunnarstranda hielt sich fest, als die Ampel auf Grün sprang und der Mann Gas gab. »Hatte sie Feinde?«

»Nina? Kann ich mir kaum vorstellen. Sie hatte genug damit zu tun zu überleben, die Arme. Keine Feinde – wenn sie nicht irgendjemandem den Morgenschuss geklaut hat.«

Gunnarstranda schaute nach hinten. Einer der Passagiere ließ einen Karton Kakao herumgehen.

»Ist das wahrscheinlich?«

»Was?«

»War Nina der Typ, der anderen Stoff klaut?«

Der Mann am Steuer lächelte Gunnarstranda an, als sei die Antwort völlig klar.

»Wissen Sie, mit wem sie unterwegs war?«, fragte Gunnarstranda weiter.

»Sie hatte einen Freund, Stig. Schon ziemlich lange sogar. Das ist auch eine tragische Geschichte. Irgendwann war Nina mal auf Methadon. Vor fünf, sechs Jahren. Sie hat versucht, rauszukommen. Stig war nie auf Metadon. Also kam es, wie es kommen musste. Warten Sie, ich frag mal nach.« Er drehte sich um und rief nach hinten in den Bus: »Weiß jemand von euch, wo Stig ist, Stig Eriksen, der mit Nina zusammen war?«

Keiner antwortete. Aber einer von ihnen stand auf und stolperte nach vorn.

»Ist das alles?«, fragte Gunnarstranda den Fahrer. »Sie hatte einen Freund, hat versucht, rauszukommen, aber sonst? Wie ist sie an der Nadel gelandet? Woher kam sie? Hat sie zum Beispiel Dialekt gesprochen?«

»Nina war ein Oslomädel.«

»Und ihre Vergangenheit? Irgendwelche Jobs?«

Der Fahrer zuckte mit den Schultern. Wieder hielt er vor einer roten Ampel. »Keine Ahnung.«

»Aber ich weiß es«, sagte der Typ, der sich von hinten zu ihnen nach vorn gesellt hatte. Er war mager und hatte ein runzliges Gesicht. An einen der Sitze gelehnt drehte er sich mit zitternden Händen eine Zigarette.

Gunnarstranda beobachtete schweigend, wie er die Zigarette zwischen die Lippen schob und den Tabak in die Hosentasche steckte. Rød Miks. Die Marke hatte er früher selbst einmal geraucht.

»Nina hat bei der T-Bahn gearbeitet«, sagte der Typ. »Als sie noch eine ruhige Hand hatte, hat sie mehrere Jahre lang die Østensjøbahn gefahren. Schichtarbeit natürlich. Ist doch

immer das Gleiche: Sie kriegen Schlafprobleme, fangen an, Pillen zu nehmen, fangen an zu mixen, irgendwann kriegen sie keine Rezepte mehr. Tja, und dann müssen sie die Pillen auf der Straße kaufen. Und am Ende landen sie bei uns.« Er grinste und entblößte eine Reihe dunkler Zahnstummel im Unterkiefer. »So schief kann es laufen.«

Der Fahrer öffnete ihm die Tür, und der Mann sprang hinaus. »Passt auf eure Kinder auf«, rief er Gunnarstranda und dem Fahrer zu und verschwand.

11

Es war so kalt, dass der Winterdienst kein Salz streuen konnte. Leichter Schnee, der sich mit älterer, gefrorener Salzlake mischte, machte die Fahrbahn auf dem Drammensveien glatt und rutschig. Lena fuhr vorsichtig und blieb den ganzen Weg stadtauswärts auf der rechten Spur. Der Schnee lag grau und braun am Straßenrand. Bei Lysaker bog sie ab. Je weiter sie nach Bærum hineinfuhr, umso sauberer und weißer wurde der Schnee.

Die Straßenlaternen entlang des von Villen gesäumten Weges tauchten die Landschaft in ein dunkelgelbes Licht. Lena parkte vor einem Schneewall am Straßenrand.

Das Haus, in dem Aud Helen Vestgård und ihre Familie wohnten, thronte wie eine Burg ein paar Meter hinter dem Maschendrahtzaun im Winterdunkel. Alle Fenster waren erleuchtet, aber kein Bewohner war zu sehen.

Lena hatte den Zeitpunkt mit Bedacht gewählt. Die wichtigsten Nachrichtensendungen waren vorbei, und es dauerte noch mindestens eine Stunde, bis die Talkshows begannen. Also würde sie vermutlich nicht weiter stören.

Zwei Gestalten kamen den Hügel herauf. Es waren zwei junge Frauen. Die eine hatte lange blonde Locken, die beim Gehen wippten. Die andere hatte einen breiten Schal um Kopf und Schultern geschlungen. Beide verschwanden durch das Tor zu Vestgårds Haus. Die Töchter des Hauses, dachte Lena, oder die Tochter des Hauses mit einer Freundin. Lena sah ihnen nach, wie sie die Tür aufschlossen und ins Haus gingen. Sobald die Haustür hinter ihnen ins Schloss gefallen war, stieg sie aus ihrem Wagen.

Sie drückte die Klingel. Von drinnen war nichts zu hören. Es vergingen ein paar lange Sekunden, dann wurde die breite Eingangstür von einem Mann in den Fünfzigern geöffnet. Lena kannte sein Gesicht. Es war Frikk Råholt, Aud Helen Vestgårds Mann und Staatssekretär in irgendeinem Ministerium. Sie hatte sein Gesicht schon häufig im Fernsehen gesehen. Trotzdem war sie überrascht, wie klein er war. Sein Gesicht war fein geschnitten und ansprechend, das nach hinten gekämmte Haar wurde an den Schläfen grau. Fragend schaute er sie an.

Lena zeigte ihren Ausweis. »Lena Stigersand, Kriminalpolizei Oslo. Ich würde gern mit Aud Helen Vestgård sprechen.«

Frikk Råholt schien überrascht, aber seine gute Erziehung siegte. Er hielt ihr die Tür auf und trat zur Seite. »Kommen Sie rein.«

Er schloss die Tür hinter ihr. »Warten Sie hier, ich werde Bescheid sagen.« Er ging.

Der Flur war groß und einladend. An der Wand befand sich eine breite Garderobe mit Schiebetüren, und der Boden war schwarz gefliest.

Aus der Tiefe des Hauses erklang eine Radiomelodie: Dean Martin sang *Let it snow*.

Dean Martin wurde leiser, und die Stimme eines Radiomoderators ertönte.

In Lenas Körper machte sich schleichend das Gefühl breit,

einen Fehler gemacht zu haben. Sie sah auf die Uhr. Es waren mehrere Minuten vergangen, seit Råholt sie hereingelassen hatte. Was machte das Ehepaar nur so lange?

Ein neues Weihnachtslied ertönte. *Ich sah, wie Mama den Weihnachtsmann küsste.*

Lena setzte sich auf eine Bank neben der Eingangstür. Wenn Aud Helen Vestgård gestern Abend mit Sveinung Adeler essen gegangen war, hatte sie selbstverständlich auf dem Präsidium Bescheid gesagt. Herrgott noch mal, der Name des Ertrunkenen war vor vielen Stunden bekannt gegeben worden, und wenn Parlamentsmitglieder etwas regelmäßig taten, dann war das doch wohl das Verfolgen von Nachrichten, sei es im Fernsehen, Radio oder Internet.

Lena drehte den Kopf und zuckte zusammen.

Auf der Türschwelle stand Aud Helen Vestgård und betrachtete sie.

Lena sprang auf wie ein Schulmädchen, das auf frischer Tat beim Schlafen im Unterricht erwischt wird.

»Frau Stigersand?« Aud Helen Vestgård reichte ihr die Hand. Für eine Frau über vierzig hatte sie sich sehr gut gehalten. Sie verbrachte garantiert viel Zeit beim Sport. Ihr ganzer Stil war ein anderer als der ihres Ehemannes. Vestgård trug Jeans und ein knallrotes Oberteil, das ihre Figur betonte und sie gleichzeitig jugendlich lässig aussehen ließ.

»Ich bin, wie Sie sicher verstehen, ziemlich gespannt«, sagte Vestgård mit ihrer angenehmen Stimme. »Haben Sie etwas herausgefunden?«

Lena hatte keine Ahnung, wovon sie sprach, und musste dies mit einem unsicheren Lächeln um die Lippen zugeben.

Vestgård betrachtete Lena verwundert, erklärte aber: »Die Parlamentsverwaltung hat die Polizei über einen Brief informiert, den ich im Parlament bekommen habe. Es war ein verwirrter Brief, aber der Inhalt war eigentlich nicht misszuver-

stehen. Es war eine Morddrohung. Sehe ich es richtig, dass Sie *nicht* wegen dieses Briefes hier sind?«

Lena konzentrierte sich auf ihre Wortwahl, als sie antwortete: »Von einem Brief weiß ich leider nichts. Ich erforsche die Umstände um den Tod von Sveinung Adeler.«

Aud Helen Vestgård sah sie immer noch freundlich, aber fragend an: »Ach so?«

Lena zögerte und wählte ihre Worte mit Bedacht: »Ich dachte, Sie kennen ihn?«

»Das tue ich nicht.«

Aud Helen Vestgård schob ihre Hände in die Hosentaschen. Die Hose war so eng, dass nur ihre Fingerspitzen in die Taschenöffnung passten. »Entschuldigen Sie die Frage, aber woher glauben Sie zu wissen, dass ich diesen Mann kenne?«

Dieses Treffen nahm eine völlig andere Wendung als erwartet. Lena schwitzte in ihrer dicken Kleidung und öffnete den Reißverschluss ihrer Jacke. »Ihr Name wurde erwähnt, und dann sind wir verpflichtet, die Zusammenhänge zu überprüfen. Wir versuchen, alle Umstände um Adelers Tod zu erfassen und …«

Sie konnte nicht zu Ende sprechen.

»Können Sie mir bitte sagen, worum es eigentlich geht? Wer ist dieser Adeler, und was ist passiert?«

Lena ließ die Worte auf sich wirken. Die Frage stand der Parlamentsabgeordneten außerordentlich schlecht zu Gesicht. Ein Angestellter des Finanzministeriums war am Morgen im Hafenbecken aufgefunden worden. Der Tod des jungen Mannes war in aller Munde, und sie, die Parlamentsabgeordnete, wollte nicht wissen, was geschehen war?

»Er ist ertrunken«, sagte Lena mit Pokerface. »Letzte Nacht oder heute Morgen. Tragische Geschichte. Sveinung Adeler starb, nachdem er vor dem Rathauskai ins Wasser fiel. Aber es haben sich noch keine Zeugen gemeldet, und bevor wir irgend-

welche Schlüsse ziehen, müssen wir versuchen, nachzuvollziehen, was tatsächlich geschehen ist. Er war angezogen, als wäre er gestern bei einer Feier gewesen, und wir haben einen Hinweis bekommen, dass er tatsächlich gestern bei einer Weihnachtsfeier war, auf der Sie auch anwesend waren. Das ist also nicht der Fall?«

»Nein, das ist nicht der Fall.«

Lena wartete. Aber es kam nichts mehr. »Wo waren Sie gestern Abend?«

Vestgård lächelte schwach, fast ein wenig anerkennend. »Zuhause.« Sie fügte hinzu: »Hier, bei Mann und Kindern.«

Lena beschloss zu gehen.

»Sie verstehen sicher, dass ich das alles merkwürdig finde«, sagte Vestgård, noch immer mit den Fingerspitzen in den Hosentaschen. »Der Sicherheitsdienst meldet der Polizei einen Drohbrief. Obwohl ich vorher nicht ängstlich war, habe ich doch Todesangst bekommen. Das ist schließlich etwas *over the top*, dass jemand einen tot sehen möchte und dass der Sicherheitsdienst die Sache ernst nimmt, nicht wahr?«

Lena nickte. Das verstand sie.

»Und dann kommt die Polizei und fragt mich stattdessen etwas ganz anderes?«

Die Frau hielt Lenas Blick stand.

»Ich kann mich nur entschuldigen«, sagte Lena mitfühlend. »Andererseits bin ich natürlich froh, dass ich in meinem Fall etwas weitergekommen bin.«

Lena zog sich die Handschuhe an und griff nach der Türklinke hinter sich. »Ich bedanke mich trotzdem, dass Sie sich Zeit genommen haben, mit mir zu sprechen.«

Vestgård sagte gar nichts.

»Schönen Abend noch«, sagte Lena und stolperte hinaus.

Lena ging mit raschen Schritten die Auffahrt hinunter und zum Tor hinaus. Ihre Hände wollten ihr nicht gehorchen, als sie den Wagen aufschloss. Ihr kleiner Micra war ebenso fehl am Platz in dieser Umgebung wie sie selbst.

Sie hob den Kopf ein wenig und atmete die frische kalte Luft ein. Dabei entdeckte sie ein anderes kleines Auto, das ein paar Meter weiter parkte. Ein schwarzer Fiat 500.

Lena fand den Wagen total cool, perfekt und schick, original dasselbe Design wie der alte Klassiker. Dieser hier hatte sogar ein Klappverdeck – ein Cabrio! Sie hätte sich zu gern selbst so eins gekauft, wenn sie sich nur ein neues Auto leisten könnte. Bis es so weit war, musste es genügen, davon zu träumen.

Als Lena klein war, hatte ihr Vater ein Fiat 500 Originalmodell in der Garage stehen gehabt. Der Oldtimer war sein großes Hobby, und jeden Winter brachte er ihn in Schuss, um im Sommer damit fahren zu können. Er hatte das Auto geliebt, und er hatte es geliebt, daran herumzuschrauben. Das Auto war auch für sie ein Abenteuer gewesen. Klein und eng – man fühlte sich, als führe man mit einem Spielzeugauto durch die Straßen. Und jedes Mal, wenn Lena das Foto eines Fiat 500 sah, dachte sie an das Kopfkissen, das sie als kleines Mädchen gehabt hatte. Ein weißes Kissen mit einem schwarzen Fleck. Sie lächelte bei dem Gedanken. Es war nicht ihre Schuld gewesen. Sie hatte vergessen, dass sie schmutzig war. Papa hatte Öl auf ihre Nase gerieben, als er auf dem Rücken lag und schraubte und sie sich hinunterbeugte, um ihm zu sagen, dass es Abendessen gab.

Sie öffnete die Fahrertür ihres Micra und wollte sich gerade hineinsetzen, da bemerkte sie, dass in dem Fiat unter der Straßenlaterne jemand saß.

Lena stieg ein, warf den Motor an und drehte die Heizung auf. Der Person in dem Fiat musste eiskalt sein. Der Wagen hatte offensichtlich schon eine Weile so gestanden, denn auf der Innenseite der Windschutzscheibe hatte sich eine Eisschicht

gebildet. Warum hatte die Person nicht den Motor und die Heizung laufen?

Sie warf einen letzten Blick auf das Haus. An einem Fenster im ersten Stock standen Vestgård und ihr Mann und betrachteten sie. Sie dachte daran, was Vestgård über die Drohungen gesagt hatte. Was es in dieser Welt alles gibt, dachte Lena. Aber schließlich bin ich Polizistin. Sie öffnete ihre Tasche, zog einen Stift und einen Zettel heraus und notierte sich die Autonummer.

Den ganzen Weg zum Drammensveien hinunter war Lena in Gedanken versunken. Wie im Schlaf fuhr sie nach Hause und überlegte dabei, was sie noch tun wollte: zum Beispiel Ski laufen. Genau! Sie würde auf jeden Fall Ski laufen gehen.

Blind tastete sie nach einer CD im Stapel und legte sie ein. Sogleich erklang Tom Waits' Stimme, begleitet von Leierkastentönen, *Rain Dogs* zu singen.

Lenaversank in Gedanken, bis sie ihren Wohnblock im Tveteinveien erreichte und in die Tiefgarage fuhr. Zufällig warf sie einen Blick in den Rückspiegel. Ein Auto fuhr langsam hinter ihr die Straße entlang. Ein schwarzer, moderner Fiat 500 mit Klappverdeck.

War das möglich? Sie hielt an. Noch ein solches Auto? Irgendwie erschien ihr das unwahrscheinlich. Nachdenklich saß sie da und sah zu, wie das Garagentor hinter ihr herunterrollte.

Zwei Fiats 500 im Abstand von zwanzig Minuten – na gut. Aber beide schwarz und beide Cabriolets?

Konnte das ein Zufall sein?

Sie schob den Gedanken beiseite und fuhr auf ihren Parkplatz.

12

Der Schnee auf der beleuchteten Loipe war bestimmt ziemlich hart. Bei der Kälte würden die meisten Skiläufer wahrscheinlich zuhause bleiben, deshalb war er möglicherweise sogar gefroren, was die Loipe immer schwergängig machte. Dann würde sie nicht viel Haftwachs brauchen, dafür umso mehr Gleitwachs. Sie holte ihre Skier aus dem Flurschrank, lehnte sie mit der Unterseite nach vorn an die Küchenanrichte und fuhr prüfend mit der Hand darüber. Was für ein Wachs hatte sie zuletzt benutzt? Lila? Oder Blau? Jedenfalls musste es herunter. Sie holte das Wachseisen heraus und schaltete es ein. Dann legte sie Löschpapier auf und strich das heiße Eisen hin und her, so dass das Papier die Reste des alten Wachses aufsaugte. Die letzten Reste ließen sich leicht mit dem Messer entfernen. Anschließend rieb sie die Skier kräftig mit neuem Wachs ein und schmolz das Gleitwachs mit dem heißen Eisen fest. Sie schaute auf das Thermometer vor dem Fenster. Minus achtzehn Grad. Also konnten in der Loipe unter minus zwanzig Grad sein. Hellblaues VR 30 müsste passen. Noch einmal strich sie die Skier unter den Bindungen zweimal leicht ein und verteilte das Wachs langsam mit dem Korken. So. Perfekt. Wenn Lena das Birkebeiner-Rennen fahren wollte, musste sie jede Woche trainieren. Langsam sowohl die Länge der Strecke als auch das Tempo erhöhen. Sie zog sich Wollunterwäsche und Skihosen an, gönnte sich einen extra Wollpullover unter der Jacke und lief die Treppen hinunter zum Auto.

Sie fuhr nach Ellingsrud und lief ihre gewohnte Runde bis Mariholtet und zurück. Die Loipe war wie erwartet hart und vereist. Der Schnee war grenzwertig. Der Untergrund klebte. Sogar bei ein paar leichten Abfahrten musste sie Kraft aufwen-

den, um nicht langsamer zu werden. Dafür konnte sie sogar die steilsten Hänge leicht hinauflaufen, ohne ein einziges Mal auszurutschen. Die Kälte biss ihr in Zehen und Kinn, und ihr Atem kondensierte im Haar zu Raureif. Aber sie lief sich warm. Die Scheinwerfer entlang der Loipe warfen eine Art Bühnenlicht auf den Schnee und ließen die Dunkelheit ringsherum noch kompakter erscheinen. Das einzig vernehmbare Geräusch war das trockene Einstechen der Stöcke und das leise Surren der Skier auf dem Schnee. Ab und zu war es so still, dass sie das Knistern der Scheinwerfer hören konnte. Unter diesen Bedingungen wäre es durchaus möglich gewesen, die Tour auch im Dunkeln zu laufen, aber das Licht machte es zu einem angenehmeren Erlebnis.

Nach dem Duschen stand sie vor dem Spiegel und trocknete sich ab. Die Haut unter ihren Augen hatte einen dunklen Ton bekommen. Ich sehe erschöpft aus, dachte sie. Ich bin fast 34 und sehe erschöpft aus. Sie richtete sich auf und trat einen Schritt zurück. Betrachtete ihren nackten Körper, drehte und streckte sich. Dann spannte sie den Bauch und die Muskeln der Oberarme an.

Ihre Brüste waren etwas zu schwer.

Sie legte das Handtuch weg und hob ihre Brüste an. Da spürte sie mit dem Zeigefinger eine Verhärtung in der Nähe der Brustwarze.

Einen kurzen Moment lang begegnete sie ihrem eigenen angstvollen Blick im Spiegel. Dann umfasste sie noch einmal mit beiden Händen ihre Brust.

Tastete erneut. Ja, sie hatte richtig gefühlt. Da war ein Knoten.

Zum Vergleich tastete sie ihre rechte Brust ab. Diese war ganz weich, keine Verhärtung.

Lena war plötzlich wieder genauso heiß wie nach der Ski-

tour. Der Dampf und die Stille in ihrem Kopf nahmen ihr den Atem. Sie öffnete die Tür zum Flur, ging nackt ins Wohnzimmer und starrte eine Weile ins Leere. Bilder flimmerten durch ihren Kopf.

Sie sah ihren geliebten Vater, der im Laufe weniger Wochen alle möglichen Nebenwirkungen einer Chemotherapie bekommen hatte: enormen Gewichtsverlust und eine Lungenentzündung nach der anderen, bis er die Kontrolle über seine Beine verlor. Er bekam eine Infektion und Probleme mit den Zähnen, schließlich verlor er auch noch seine Haare, bis nur noch wenige Strähnen an seinem Kopf herabhingen, die er sich trotzig nach hinten kämmte. Ihr Vater hatte sich in einen Schatten seiner selbst verwandelt. Er war gefangen in den Krallen des Todes, die ihn zerquetschten und seinen mageren Körper quälten und ihn mit jedem Tag, den er durchlitt, dem Ende etwas näher brachten.

Lena war jetzt fast ebenso kalt, wie ihr vorher heiß gewesen war.

War das möglich? Dass man einfach seine Brust berührte, und schon stand das ganze Leben auf dem Kopf?

Nein, sagte sie sich, ich bin stark! Sie starrte ihr Spiegelbild im Fenster an. Ein geschmeidiger Körper, durchtrainiert und muskulös.

Ja, sie war stark, aber was würde in ein paar Monaten sein? Wenn ihr Körper geschwächt wäre von Bestrahlung und Chemotherapie und keine Immunabwehr mehr besaß?

Sie sank auf einen Sessel und ermahnte sich: *Bleib ruhig. Es kann auch ein ungefährlicher Fettknoten sein, oder ein Splitter, auf den du mit vier Jahren getreten bist, der sich eingekapselt hat und im Körper umhergewandert ist und jetzt an einer völlig anderen Stelle wieder auftaucht.* Plötzlich war sie sich sicher. *Das* war die Erklärung. Genau das war nämlich schon einmal passiert, als sie sechzehn war und einen Knoten am Arm hatte.

Nach ein paar Wochen hatte sie ein ungefährliches, winziges Sandkorn herausgepult.

Plötzlich schienen ihr all die Gedanken an Krankheit absurd. Sie war gesund. Es gab keinen Knoten. Es konnte einfach nicht sein. Es musste etwas anderes sein.

Sie ließ ihre Finger aufmerksam die linke Brust entlangwandern und fühlte nichts. Wurde übermütig und drückte fester zu. Da spürte sie ihn wieder, aber er war klein – klitzeklein. Eine winzige Verhärtung. Sie sah auf, sah sich plötzlich wieder im Spiegel der Fensterscheibe und ertappte sich bei einem Selbstbetrug.

Am ganzen Körper glühend, stand sie auf und zog sich an. Ihr Körper hatte auf Autopilot geschaltet. Sie ging hinunter in den Kellerverschlag und holte den Karton mit dem Weihnachtsschmuck. Wieder im Wohnzimmer kramte sie Weihnachtsmänner und Kerzenhalter heraus, während sie an etwas ganz anderes dachte. *Hier sitze ich mit einer Weihnachtsfrau in der Hand.* Lena betrachtete das schrumplige Gesicht und dachte: *Herrgott noch mal, was tue ich denn hier*?

Sie ließ die Weihnachtsfrau wieder in die Kiste fallen und ging in die Küche. Im untersten Fach des Kühlschranks standen acht kleine Flaschen Sekt und Prosecco. Ihre Freunde wussten, dass Lena Perlwein mochte und ihn in kleinen Flaschen sammelte. Sie brachten sie ihr als Geschenk mit, wenn sie ins Ausland reisten. Lena betrachtete die Auswahl und entschied sich für einen Prosecco. Sie las das Etikett: *Villa Sando Fresco*, öffnete die kleine Flasche und goss sich ein Sektglas ein. Anschließend holte sie die Packung mit den Crackern aus dem Schrank und dazu Käse. Chèvre. Der Käse unter der Käseglocke hatte seine besten Tage hinter sich. Aber mit Honig und Nüssen war es der herrlichste Luxus der Welt. Drei dünne Cracker, auf jedem ein Stück Chèvre, jedes Stück Käse mit einer Haselnuss verziert, die wiederum mit Honig glasiert war.

Sie drapierte alles auf einem Teller und trug ihn ins Wohnzimmer. Zappte durch die Kanäle. Ernste Männergesichter redeten – schnell ein neuer Kanal. Eine Reality-Show mit blonden Mädchen, die tiefe Dekolletees entblößten ...

Aber Lena wollte etwas Lustiges sehen. Sie stand auf und ging ins Schlafzimmer, wo das Regal mit den DVDs stand. Ihr Blick fiel auf *Das Piano*. Sie liebte diesen Film. Die Beziehung zwischen der stummen Ada und dem tätowierten George lebte von Begehren und verbotener Liebe. Aber *Das Piano* lud auch nicht gerade zum Lachen ein. Lena schob den Film zurück und suchte stattdessen nach *Notting Hill*.

Kurz darauf saß sie wieder vor dem Fernseher und sah Hugh Grant als attraktiven Buchhändler und die Märchenprinzessin, wie sie Bücher anschaute. Lena konnte sich nicht auf den Film konzentrieren. Ihr fiel auf, dass das Proseccoglas leer war. Sie ging in die Küche. Der Prosecco war alle. Die Flaschen klirrten, als sie einen *Henkell Trocken* herausnahm. Sie setzte sich wieder vor den Fernseher. Spulte den Film vor bis zu der Stelle, wo Hugh Grant sich als Journalist ausgibt und sich als Vertreter der Zeitschrift *Horse and Hound* vorstellt. Aber die Szene kam ihr gar nicht mehr lustig vor.

Sie verspürte den Drang, noch einmal ihre linke Brust abzutasten, zwang sich aber, es zu lassen.

Lena legte die Füße auf den Tisch, deckte sich mit einem Plaid zu und starrte an die Decke. Als sie aufwachte, war der Film vorbei. Sie fror unter dem Plaid.

Mühsam stand sie auf, trottete ins Schlafzimmer und kuschelte sich unter ihre Bettdecke.

FREITAG, 11. DEZEMBER

1

Rikard Svenaas öffnete die Luke an Schranke 2.

Svenaas lief immer mit einem schiefen Grinsen herum, das seine Zähne entblößte, als hätte jemand seine Lippen mit einem scharfen Messer abgeschnitten. Gunnarstranda erschrak jedes Mal, wenn er ihn sah, obwohl er ihn nun schon fast zwanzig Jahre kannte.

»Kannst du nicht einmal die Lippen runterziehen, Mann, ich werd ganz nervös, wenn ich dich so sehe.«

»Ich bin schon mein ganzes Leben so, Gunnarstranda. Du und meine Frau, ihr könntet einen eigenen Nervclub gründen, aber es hilft nichts, so seh ich nun mal aus, wenn ich mich konzentriere. Was machst du hier?«

»Ich will mir die Sachen ansehen, die Nina Stenshagen bei sich hatte, als sie im Tunnel überfahren wurde.« Gunnarstranda wartete draußen vor der Luke, während Svenaas dahinter verschwand. »Kann nicht viel gewesen sein«, rief er dem breiten Rücken hinterher. »Ist gestern Vormittag eingeliefert worden.«

Svenaas kam mit einer kleinen Plastiktüte zurück, auf deren Etikett Nina Stenshagens Name stand.

Die Tüte enthielt zwei in Cellophan verpackte Spritzen, ein Handy, eine zerdrückte Packung Petterøes Tabak, einen Nagelclipper, ein Einwegfeuerzeug mit dem Logo Rema 2000 und etwas Kleingeld.

»Das Handy«, sagte Gunnarstranda. »Kannst du bei Telenor anrufen und den Pin knacken?«

Svenaas griff nach dem Handy und betrachtete es genau, die Lippen zu einem noch breiteren Grinsen verzerrt. »Nicht nötig. Es ist eingeschaltet. Aber der Akku ist schwach.« Er reichte Gunnarstranda das Handy. Dieser setzte sich die Lesebrille auf.

Es war ein Nokia, ein ähnliches Modell wie sein eigenes. Er drückte auf Menü, fand Ninas Telefonliste und blätterte so lange, bis er den Namen Stig gefunden hatte. Dann zog er einen Kugelschreiber aus der Tasche, notierte sich die Nummer und wollte Svenaas das Handy zurückgeben, zögerte aber noch. »Du kannst sowas gut, kannst du mal nachsehen, wen sie gestern angerufen hat – also in der Zeit, bevor sie überfahren wurde?«

»Wir können nur sehen, welche Nummern sie zuletzt angerufen hat.« Svenaas hantierte mit dem Handy. »Hier hast du den letzten Anruf.« Er las die Nummer laut vor. Gunnarstranda schaute auf seinen Zettel. Es war dieselbe Nummer – Stig Eriksen.

»Wann hat sie diese Nummer gewählt?«

»Dienstagabend.«

Gunnarstranda runzelte die Stirn. »Sind Datum und Uhrzeit richtig eingestellt?«

Svenaas sah nach und nickte.

»Wenn sie mit dem Handy am Mittwoch oder Donnerstag jemanden angerufen hätte, dann wäre das gespeichert, oder?«

Svenaas nickte wieder. »Sieht aus, als hätte Nina Stenshagen dieses Handy nach Dienstagabend nicht mehr benutzt.«

Gunnarstranda schob die Tüte wieder über den Tresen. »Bist du so nett und kopierst mir die gespeicherten Telefonnummern, bevor der Akku leer ist?«

Svenaas grunzte zur Antwort und verschwand wieder im Raum hinter der Luke.

Gunnarstranda gab Stig Eriksens Nummer in sein eigenes

Handy ein. Es war noch früh, aber Stig lebte auf der Straße. Leute, die bei dieser Kälte draußen leben, schlafen morgens nicht lange. Die Klingeltöne dröhnten an seinem Ohr. Gunnarstranda wollte schon aufgeben, als es am anderen Ende endlich knarrte. Er hörte Verkehrslärm am anderen Ende, dann meldete sich eine Stimme.

»Ja?«

»Stig Eriksen?«

»Wer ist da?«

»Gunnarstranda, Kripo Oslo. Es geht um Nina Stenshagen. Nina …«

Er verstummte. Stig hatte die Verbindung abgebrochen.

Gunnarstranda betrachtete einige Sekunden lang sein Handy. Dann rief er noch einmal an. Nach drei Signalen wurde Stigs Handy gänzlich abgeschaltet.

Gunnarstranda stand einen Moment reglos da und dachte nach.

Svenaas lugte hinter einem Regal hervor. »Na, was sagt er?«

»Er wollte nicht mit mir sprechen.«

»Überrascht?«

Gunnarstranda antwortete nicht.

Svenaas wedelte mit dem Handy. »Das hier kann noch etwas dauern.«

Als Gunnarstranda wieder in seiner Abteilung war, blieb er am Fenster stehen und dachte an Nina Stenshagen. Eine obdachlose Frau, die mit 44 Jahren stirbt. Wenn es stimmte, dass sie als Zugführerin bei der T-Bahn gearbeitet hatte, dann kannte sie die Tunnel unter dem Osloer Zentrum in- und auswendig. Sie hatte gewusst, wo Bombenschutzräume oder Notausgänge waren. Er trat ans Fenster und sah hinaus. Es war früh am Morgen und immer noch dunkel. In den Straßen unten bei Grønland bildeten sich Ketten von Autoscheinwerfern, weiß und rot. Irgendwo da draußen saß Stig Eriksen und fror.

Tja, dachte Gunnarstranda. Stig hatte wohl einfach keine Lust, mit der Polizei zu sprechen.

War er vielleicht derjenige gewesen, der Nina in den Tunnel verfolgt hatte? Aber wenn er es gewesen war, *warum* hatte er es getan?

Gunnarstranda drehte sich um, und vor ihm stand Emil Yttergjerde.

»Hast du Fartein Rise gesehen?«, fragte Gunnarstranda.

Emil schüttelte den Kopf. »Hab ihn zuletzt gestern Nachmittag gesehen, als er eine Morddrohung gegen eine Dame vom Parlament überprüfen wollte.«

Gunnarstranda ging auf den Korridor. Rindal stand in der Tür seines Büros und wedelte mit einem Papier. »Hast du mal einen Moment Zeit?«

2

Im Chefbüro schloss Rindal die Tür und reichte Gunnarstranda das Papier.

Es war eine Kopie. Das Original war auf einem linierten und gelochten, aus einem Block herausgerissenen Blatt geschrieben. Es war eine ziemlich holprige Mitteilung, adressiert an Aud Helen Vestgård, Parlamentsgebäude: Vestgård solle sich zusammenreißen, sie wisse doch, dass sie als Frau eine historische Aufgabe habe, nämlich gegen die Unterdrückung der Frauen durch die Männer zu kämpfen. Wenn sie weitermache wie bisher und sich den maskulinen Werten der Gesellschaft unterwerfe, dann würde es ihr schlecht ergehen.

Der Brief war mit Namen und Adresse unterschrieben.

»Die Parlamentsverwaltung hat den Brief an den Polizeilichen Geheimdienst in Nydalen geschickt«, sagte Rindal,

»und der hat die Sache an uns weitergeleitet. Sie rechnen damit, dass der Brief von einer verwirrten Person verfasst wurde, und gehen deshalb davon aus, dass es sich nicht um eine Bedrohung der nationalen Sicherheit oder einen Fall für die Terrorschutztruppe handelt.«

Gunnarstranda zog die Augenbrauen hoch. »Terror?« Er las laut aus dem Brief vor:

»... könnte es Ihnen schlecht ergehen.« Er sah Rindal fragend an. »Welches Genie ist denn auf die Idee gekommen, diese Zeile könnte eine Terrordrohung sein?«

Rindal überhörte die Frage und sagte: »Der Geheimdienst will den Fall nicht übernehmen. Andererseits meint der Sicherheitsbeauftragte im Parlament, dass hier eine Abgeordnete bedroht wird, und will deshalb untersucht haben, was dahintersteckt. Ich bin derselben Meinung wie der Sicherheitsdienst. Die Dame, die den Brief geschrieben hat, ist wahrscheinlich durchgeknallt. Aber das Parlament wartet dringend auf eine Antwort. Kannst du die Sache bitte klären – und zwar sofort?«

Rindal setzte sich wieder und konzentrierte sich auf den Monitor seines PCs.

Gunnarstranda blieb stehen.

»Nimm die Tür mit, wenn du gehst«, sagte Rindal.

Gunnarstrand rührte sich nicht.

Rindal schwang seinen Stuhl herum und sah ihn an. »Ja?«

»Ich dachte, du hättest den Bergenser darum gebeten?«

»Er heißt Rise«, sagte Rindal kurz. »Wir wollen in diesem Haus gern mit unserem Namen angesprochen werden, Gunnarstranda. Das ist für alle am besten. Es würde dir auch nicht gefallen, der Glatzkopf genannt zu werden, oder?«

Gunnarstranda seufzte. »Könntest du mich bitte aufklären?«

»Worüber?« Rindal schob wütend das Kinn vor.

»Darüber, was Rise unternommen hat und warum ich für

einen anderen das Wasser tragen soll? Gefiel Rise der Auftrag nicht?«

Rindal sah ihn mit offenem Mund an. »Rise ist ein fähiger Polizist«, sagte er dann und fügte hinzu: »Ich weiß das.« Er hob eine Hand, als Gunnarstranda etwas sagen wollte. »Du brauchst gar nicht zu protestieren. Ich weiß, dass er gut ist, weil er schon früher unter mir gearbeitet hat. Du wirst die gleiche Erfahrung machen wie ich. Ihr werdet nämlich zusammenarbeiten.«

Gunnarstranda sah Rindal ernst an, sagte aber nichts.

Rindal zuckte die Achseln und drehte seinen Stuhl wieder zum Schreibtisch herum, um sich auf einen Kugelschreiber zu konzentrieren, der auf der Schreibunterlage lag.

»Ja«, sagte Rindal zum Kugelschreiber, »wie gesagt: Der Mann hat es schwer. Es macht etwas mit den Menschen, wenn sie es schwer haben. Also, Rise hat diesen Drohbrief nicht sehr ernst genommen. Das ist eine Sache zwischen Rise und mir, und ich werde natürlich mit ihm darüber sprechen. Aber ihr beide werdet von jetzt an zusammenarbeiten. Das betrifft zum Beispiel auch die Geschichte in der T-Bahn, wenn sich herausstellt, dass mehr dahintersteckt.«

Rindal drehte sich wieder um und sah Gunnarstranda an. »Du brauchst gar nicht so geknickt dreinzuschauen. Du hast einen höheren Rang als Rise, und ich erwarte von dir, dass du für eine reibungslose Zusammenarbeit sorgst. Aber bis ich Rise über die Situation informiert habe, bleibt immer noch das Problem, dass jemand wissen will, was hinter der Morddrohung gegen Vestgård steckt. Für sie ist es sehr unangenehm. Vestgård hat mit Kollegen im Parlament darüber gesprochen. Die Leute, die jetzt beim Mittagessen über diesen Drohbrief tratschen, sind dieselben, die unser Staatsbudget beschließen, die deinen und meinen Lohn und zukünftige Überstundenvergütungen absegnen. Du erkennst also sicher die Notwendigkeit, dass hier

unmittelbar etwas geschieht? Ich erwarte deinen Bericht vor zwölf Uhr, capisce?«

Gunnarstranda blieb eine Antwort schuldig. Rindal sah ihn triumphierend an und setzte sein berühmtes Hackman-Lächeln auf.

Gunnarstranda drehte sich um und verließ den Raum. Capisce? Machte Rindal jetzt einen Italienischkurs?

3

Lena wartete ungeduldig, bis es zwei Minuten nach acht war. Sie schloss ihre Bürotür ab, holte ihr Handy aus der Tasche und rief an.

Die Stimme am anderen Ende war freundlich und warm, aber Lena konnte sich trotzdem nicht entspannen. Sie erklärte, worum es ging, wie es sich anfühlte, dass der Knoten in der Nähe der Brustwarze saß und dass es leicht weh tat, wenn sie darauf drückte. Es war schwer zu sagen, wie groß er war. Sie hatte ihn vorher noch nie ertastet, musste aber zugeben, dass sie ihre Brüste nicht regelmäßig untersuchte.

Die freundliche Stimme sprach von Mammographie und Gewebeproben und fragte, ob die Brustwarze nässte.

Lena erschauderte.

In diesem Moment versuchte jemand, ihre Tür zu öffnen. Es war idiotisch. Jetzt würden sie sich fragen, warum sie abgeschlossen hatte. Es klopfte. Lena hob die Stimme. »Einen Moment!«

Sie ging mit dem Handy am Ohr zur Tür. Sagte, nein, das hätte sie bisher nicht bemerkt. Die Stimme fuhr fort: Wenn die Brustwarzen zu nässen begännen, sollte Lena darauf achten, welche Farbe der Ausfluss hatte und ob Blut in der Flüssigkeit war.

Lena drehte sich mit dem Rücken zur Tür. »Ich habe einiges darüber im Internet gelesen«, sagte sie betreten. »Aber ich möchte gern, dass Sie mir so schnell wie möglich einen Termin geben.«

»Es gibt auch viele gutartige Knoten«, sagte die Stimme.

»Ich arbeite bei der Polizei!«, sagte Lena, »und ich habe gleich eine Sitzung. Wann, glauben Sie ...«

»Montag«, sagte die Stimme. »Zwölf Uhr dreißig.«

»Ich werde da sein«, sagte Lena und beendete das Gespräch. Sie wandte sich zur Tür, schloss auf und öffnete sie. Wer auch immer eben angeklopft hatte, war offenbar wieder gegangen.

Als Lena den Korridor entlangging, stieß sie fast mit Rindal zusammen.

»In mein Büro«, kommandierte Rindal und marschierte voran.

Als Rindal seine Bürotür geschlossen hatte, blieben sie stehen und sahen sich an.

»Könntest du mich im Fall Sveinung Adeler mal auf den neusten Stand bringen?«

Lena fluchte innerlich. Sie hatte die Berichte zuhause auf dem Laptop. »Ich hab das leider alles zuhause auf dem PC ...«

»Sag mir einfach, was der neuste Stand ist«, sagte Rindal freundlich.

Lena erklärte, dass sie versuchte nachzuvollziehen, was passiert war, bevor Adeler ins Wasser fiel. Es gab keine Überwachungskamera, die den Rathauskai erfasste. Zeugen hatten sich noch keine gemeldet. Es gab eine Transaktion mit der EC-Karte am Mittwoch, bei der Adeler dreitausend Kronen abgehoben hatte. In seiner Brieftasche hatten sie etwas mehr als zweitausend gefunden. Ein Verbrauch von achthundert war völlig normal, besonders im Dezember, so kurz vor Weihnachten. Vieles deutete darauf hin, dass es ein Unfall war.

»Warum sollte es kein Unfall gewesen sein?«

»Der Bericht von der Gerichtsmedizin ist nicht eindeutig. Formal wissen wir also nicht, woran er gestorben ist. Außerdem war sein Hosenstall nicht offen«, sagte Lena. »Wenn er betrunken war und an die Kaikante trat, um zu pinkeln, dann hätte sein Hosenstall offen sein müssen. Der Gürtel und der oberste Hosenknopf waren ebenfalls geschlossen.«

»Vielleicht hat er es nicht mehr geschafft, sie aufzumachen. Er war festlich gekleidet und kam sicher von einer Weihnachtsfeier, sturzbesoffen, oder?«

»Wie gesagt: Wie wissen noch nicht, ob er Promille im Blut hatte. Deshalb finde ich es zu früh, den Fall abzuschließen.« Sie verfluchte sich selbst für ihr Strebersyndrom. Braves Mädchen, mach deine Hausaufgaben. Untersuche gründlich. Was machte es für einen Sinn, etwas anderes zu glauben, als dass Adelers Tod ein Unfall war? Überhaupt keinen. Abgesehen davon wusste Lena, dass Rindal eigentlich gern Emil Yttergjerde statt ihrer mit dem Fall betraut hätte. Einige in der Abteilung hielten Lena für eine reine Quotenfrau, und deshalb war sie in den Augen einzelner Herren nicht so gut wie *die anderen* – also diejenigen Angestellten, die einen Schwanz zwischen den Beinen hatten. Und Lena hatte gerade das starke Gefühl, dass Rindal sich für seine Niederlage bei ihrer Anstellung rächen wollte.

Aber Rindal stand nur da und betrachtete sie, stumm und abwartend.

Ich hätte mir den Arzttermin aufschreiben sollen, bevor ich ihn vergesse, dachte Lena. Sie sah auf die Uhr und wollte gerade gehen, als Rindal plötzlich doch den Mund aufmachte.

»Wunderbar«, sagte er abwesend und räusperte sich. »So weit, so gut. Aber was um Himmels willen hat dich dazu veranlasst, in dieser Situation ausgerechnet zu einer Parlamentsabgeordneten nach Hause zu fahren und sie zu bitten, dir Rede

und Antwort zu stehen? Bist du da nicht ein bisschen zu weit gegangen?«

Mit wem hat Rindal gesprochen, dachte Lena sofort, korrigierte aber sofort ihre Denkrichtung: Wer hat mit Rindal gesprochen?

»Es war umgekehrt«, sagte sie. »Ich habe einen Tipp bekommen, dass Adeler am Abend vor seinem Tod mit dieser Parlamentsabgeordneten zusammen war. Ich dachte, Vestgård könnte uns vielleicht nützliche Informationen über Adelers letzten Tag geben. Deshalb bin ich zu ihr nach Hause gefahren. Ich weiß natürlich, dass sie eine Person des öffentlichen Lebens ist, und habe deshalb beschlossen, mich diskret an sie zu wenden. Ich habe sie bewusst nach der Arbeit aufgesucht, bin in Zivil und in meinem Privatwagen hingefahren. Ich wollte nur sichergehen, dass sie nichts mit der Sache zu tun hat.« Lena fuhr mit festerer Stimme fort: »Vestgård allerdings hat etwas von Morddrohungen gefaselt. Das brachte mich wiederum in Verlegenheit. Wenn hier im Hause bekannt war, dass Vestgård solche Drohungen bekommen hat, als ich zu ihr fuhr, dann hätte ich davon wissen müssen. Warum hat mir niemand etwas gesagt?«

Rindal stellte sich auf diesem Ohr taub. Er sagte: »Du hättest den Hinweis auf Vestgård erst mit mir besprechen müssen, bevor du losfährst und in ihr Haus eindringst.«

»Ich bin in kein Haus eingedrungen. Es war reine Routine. Ich gehe doch nicht zu meinem Vorgesetzten und bitte um Erlaubnis, bevor ich feststelle, ob jemand mit einem Fall etwas zu tun hat oder nicht?«

»Dieser Jemand war in diesem Falle aber eine Parlamentsabgeordnete. Und deshalb hättest du genau das tun müssen.«

Lena entspannte sich etwas. Auch wenn Rindal noch nicht in der Defensive war, wirkte er doch nicht mehr so aufgebracht. Jetzt dachte er nach. Sie bewegte sich rückwärts auf die Tür zu.

Rindal räusperte sich.

Lena blieb stehen.

»Früher oder später landet der Fall vom Rathauskai weiter hinten auf der Prioritätenliste«, sagte Rindal.

Sie nickte.

»Je eher, desto besser«, fuhr Rindal fort. »Wir haben viel zu tun.«

Lena antwortete nicht.

»Geh jetzt«, sagte Rindal ärgerlich.

Lena verließ das Büro. Auf dem Korridor blieb sie einen Moment stehen und dachte: Was ist da drinnen eigentlich gerade passiert?

4

Die Stimme aus der Gegensprechanlage gehörte einer Frau. Sofort nachdem Gunnarstranda gesagt hatte, dass er von der Polizei war, summte das Türschloss.

Natürlich musste die Dame ganz oben wohnen – in einem Haus ohne Fahrstuhl. Sie stand in der Tür, als er sich schnaufend die letzten Treppenstufen hinaufquälte. Eine blonde junge Frau Mitte zwanzig in einer weiten Jogginghose und einem riesigen selbstgestrickten Pullover.

In der Wohnung herrschte eine Backofenhitze. Die Luft roch intensiv nach Spiegeleiern und Morgenstimmung. Eine sanfte Stimme sang leise aus einer Ministereoanlage. Gunnarstranda warf sich die Winterjacke über den Arm und registrierte die CD-Hülle auf dem Lautsprecher: *Norah Jones*. Der Musikgeschmack der jungen Frau stimmte ihn sofort freundlich.

Er fragte, ob sie einen Ausweis bei sich hätte.

»Ich habe eine Kreditkarte mit Foto. Wenn Sie meinen Pass sehen wollen, muss ich suchen.«

»Die Kreditkarte ist okay.«

Die junge Frau hob eine Umhängetasche vom Boden auf und wühlte aufgeregt darin herum.

Gunnarstranda fragte: »Woran denken Sie, wenn Sie den Namen Aud Helen Vestgård hören?«

Sie zuckte mit den Schultern. Ihr langes Haar trug sie hochgesteckt. Sie fuhr fort, nach ihrer Kreditkarte zu suchen.

Gunarstranda sah sich um. Auf dem Wohnzimmertisch lag ein unordentlicher Haufen abgegriffener Fachbücher, loser Zettel und aufgeschlagener Hefte. Neben den Büchern stand ein Teller mit Resten von Brot und Spiegelei. Sie war mitten im Frühstück gestört worden und hatte es nicht geschafft, sich etwas anderes als Pulli und Jogginghose überzuziehen. Offensichtlich eine Studentin, die zuhause saß und lernte. Plötzlich fühlte er eine Art väterlicher Fürsorge für die junge Frau. Außerdem bekam er Hunger.

Endlich. Sie reichte ihm die Karte. Er betrachtete sie eingehend. Das Foto war von ihr. Wenn er der Unterschrift auf dem Drohbrief Glauben schenken durfte, dann hatte diese Frau ihn geschrieben. Er reichte ihr die Karte zurück.

»Wissen Sie, wer Vestgård ist?«, fragte er.

»Ich weiß, dass sie eine Politikerin ist, ja, aber ich interessiere mich nicht für Politik.«

Er nickte zu den Büchern hinüber. »Was machen Sie?«

»Ich lerne fürs Examen.«

Er griff nach einem Buch. Der Titel war auf Englisch, und der Umschlag war mit einem menschlichen Körper illustriert, bei dem nur die Muskeln zu sehen waren. Ein Lehrbuch der Anatomie.

»Medizin?«

»Kinesiologie, das ist eine Art Medizin, aber alternativ.« Noch immer wirkte sie verwundert und schien sich unwohl zu fühlen. Über der Heizung unter dem Fenster hingen drei Unter-

hosen und eine rote Strumpfhose zum Trocknen. Sie raffte alles zusammen und stand dann mit dem Knäuel in der Hand da und wusste nicht, wohin damit. Sie sagte: »Tut mir leid.«

»Sie brauchen meinetwegen nicht aufzuräumen«, sagte er. »Kinesiologie – Sie beschäftigen sich also mit Energiebahnen im Körper und sowas?«

Sie lächelte über seinen Versuch, ihr entgegenzukommen. »So ähnlich. Und mit noch etwas mehr.«

»Meine Lebensgefährtin interessiert sich für alle möglichen alternativen Geschichten«, sagte er.

Sie nickte und machte die Musik aus.

»Homöopathie und Healing und so.«

Wieder nickte sie.

Gunnarstranda nahm ein Heft vom Tisch, das Notizen enthielt. Er studierte die Handschrift – sie war deutlich anders als die in dem Drohbrief. Diese Notizen waren mit einer sehr zierlichen Schrift geschrieben. Die Buchstaben A und R hatten fast die Form von Druckbuchstaben – kunstvoll und ganz anders als diese Buchstaben im Drohbrief geschrieben worden waren. »Ihre Notizen?«, fragte er.

Erneutes Nicken.

»Ich möchte, dass Sie sich das hier ansehen.« Er griff in seine Jackentasche und reichte ihr eine Kopie des Drohbriefes.

Sie klemmte sich die Unterwäsche unter den Arm und hielt den Brief mit beiden Händen, während sie las. Als ihr klar wurde, was da stand, verdrehte sie die Augen und schnappte nach Luft.

»Unterschrieben mit meinem Namen?«

»Können Sie mir das erklären?«

Sie schüttelte den Kopf. »Hab diesen Brief noch nie gesehen.«

Er blätterte in ihren Notizen und bemerkte, dass sie den Buchstaben G wie einen Angelhaken abschloss. In dem Brief sah

dieser Buchstabe eher aus wie eine Locke. »Dieser Brief ist Aud Helen Vestgård im Parlament zugestellt worden«, sagte er. »Da der Inhalt als Morddrohung betrachtet werden kann, müssen wir untersuchen, ob diese Drohungen eine reale Gefahr darstellen. Ihr Name steht unter dem Brief, und jetzt sagen Sie, Sie hätten ihn nicht geschrieben. Die Frage ist, ob ich Ihnen glauben soll oder nicht. Was halten Sie von Aud Helen Vestgård?«

»Ich habe keine Meinung zu ihr. Sie interessiert mich nicht. Ich habe keine Zeit, um Zeitungen zu lesen. Schon seit mehreren Wochen nicht. Ich verstehe überhaupt nicht, was das Ganze soll!«

Sie betrachtete ihn mit weit aufgerissenen, klaren blauen Augen.

»Glauben Sie, jemand könnte Ihnen damit schaden wollen?«, fragte Gunnarstranda. »Jemand, der Ihnen Ärger machen oder Sie beim Lernen stören will zum Beispiel?«

Die junge Frau dachte nach und schüttelte dann den Kopf. »Keine Ahnung, absolut nicht.«

»Ein Geliebter, den Sie gerade verlassen haben, oder vielleicht die Ex Ihres Jetzigen?«

Sie schüttelte wieder den Kopf. »Bin verlobt, und das schon eine ganze Weile.«

»Jemand, der Sie vielleicht beneidet?«

Wieder zuckte sie mit den Schultern. »Aber wieso denn?«

»Sie studieren, vielleicht sind Sie sogar gut. Können Sie sich jemanden vorstellen, der sich Gemeinheiten ausdenken könnte, weil er eine Rechnung mit Ihnen offen hat?«

»Keine Ahnung.«

»Jemand, den Sie mit Ihrer Wesensart provozieren?«

Sie dachte eine Weile nach. Schließlich schüttelte sie den Kopf. »Mir fällt niemand ein.«

»Jemand hat diesen Drohbrief in Ihrem Namen geschrieben. Warum Ihr Name?«

»Tut mir leid. Ich habe keinen Schimmer.«

»Das Verrückte an dem Drohbrief ist gerade, dass er unterzeichnet wurde«, sagte Gunnarstranda. »Echte Drohbriefe tragen keine Unterschrift. Sie werden anonym verschickt. Deshalb glaube ich, dass jemand Ihnen Ärger machen will.«

Gunnarstranda verschränkte die Hände hinter dem Rücken. »Hoffentlich stört Sie das nicht beim Lernen. Andererseits scheint irgendwer Ihnen mit diesem Brief Probleme machen zu wollen. Sollte Ihnen doch noch einfallen, wer es gewesen sein könnte, dann melden Sie sich doch bitte.« Er reichte ihr seine Visitenkarte. »Abgemacht?«

Sie nickte.

Gunnarstranda ging zur Tür und schaute noch einmal zum Tisch hinüber. »Viel Glück beim Lernen und beim Examen.«

5

Eine Krähe schlug mit den Flügeln und hüpfte über die Schneedecke. Der Anblick erinnerte Lena an einen Mann mit Buckel – den Glöckner von Notre-Dame. Kaum hatte sie das gedacht, entdeckte sie eine weitere Krähe. Dann flatterte es hinter einem Baumstamm. Es waren viele. Graue und schwarze Krähen mit schwarzen, kräftigen Schnäbeln. Eine von ihnen starrte sie an. Die Augen wie Knöpfe. Eine andere hatte etwas Rotes im Schnabel. Leichenfledderer, dachte Lena und entdeckte im nächsten Moment den Kadaver. Er lag am Fuß des Baumstamms. Fleischreste vermischt mit zottigem Fell. Die Krähen hackten und zerrten Fetzen von einem kleinen Tier, vielleicht von einer kleinen Katze.

Die Ampel am Grønlandsleiret sprang auf Grün, und als Lena die Straße überquerte und sich dem Baumstamm näherte,

erschraken die Krähen und hüpften davon. Sie wandte den Blick von ihnen ab und entdeckte einen Mann in kurzer Lederjacke und den Motorradstiefeln, der ihr entgegenkam. Lena steuerte auf ihn zu.

»Rise!«

»Ja?«

Lena kam sofort zur Sache. »Ich muss dich was fragen. Es geht um den Tipp, den du bekommen hast, dass Sveinung Adeler am Mittwochabend mit Aud Helen Vestgård essen war. Ich muss wissen, woher du den hattest.«

Fartein Rise sah sie lange an, ohne etwas zu sagen, bevor er fragte: »Wieso?«

»Ich habe eine Abreibung bekommen, weil ich sie zuhause befragt habe.«

Fartein Rise stieß einen Pfiff aus. Diese Information schien ihn irgendwie positiv zu stimmen. Er sagte: »Ich habe es von einem Journalisten erfahren.«

»Und von wem?«

»Er arbeitet bei Dagens Næringsliv. Steffen Gjerstad.«

Lena schwieg verblüfft.

»Wir haben über dich gesprochen, und er hat gesagt, er hätte versucht, dich anzurufen, aber du wärst nicht drangegangen.«

Ich bin eine eingebildete Gans, dachte Lena und stapfte weiter den Hügel zum Polizeipräsidium hinauf.

Als Steffen Gjerstad am Tag zuvor angerufen hatte, war sie nicht drangegangen, weil sie geglaubt hatte, er versuche, sie anzubaggern. Aber er hatte ihr offenbar nur einen Tipp zum Fall Sveinung Adeler geben wollen. Alles, was sie anfasste, lief momentan schief.

Lena nahm den Fahrstuhl und ging in ihr Büro. Dort holte sie die Visitenkarte heraus, die Gjerstad ihr am Vortag gegeben hatte.

Ihre Finger zitterten, als sie die Nummer eingab.

Das Telefon klingelte nur einmal, bevor er abnahm. »Hier ist Lena«, sagte sie. »Stigersand«, fügte sie schnell hinzu.

»Hei Lena, ich habe auf deinen Anruf gewartet.«

»Du hast einem Kollegen von mir, Fartein Rise, die Information gegeben, dass Sveinung Adeler am Mittwochabend bei einem Essen war«, sagte sie.

»Ja«, sagte Steffen und klang sehr zufrieden.

»Es gibt da eine Reihe von Unklarheiten«, sagte Lena. »Woher weißt du, dass die beiden zusammen waren?«

»Genau das wollte ich dir ja die ganze Zeit erzählen«, sagte er. »Wollen wir heute Abend zusammen essen? Ich lade dich ein.«

Er wollte also nicht antworten. Er wollte die Situation ausnutzen, um sie besser kennen zu lernen.

»Was meinst du?«, fragte er verschmitzt.

Ist das denn so schlimm, dachte sie dann. Ist das denn wirklich so schlimm. Sie musste ihm eine Antwort geben. Ja oder nein, dachte sie. Kopf oder Zahl?

»Wir können ein Bier trinken gehen«, sagte Lena, »und das bezahle ich selbst.«

Als sie aufgelegt hatte, klingelte das Telefon sofort wieder. Es war das Sekretariat des Gerichtsmedizinischen Instituts.

6

Torleif Mork, ein Mann mit kurzem weißem Bart und vergnügt zwinkernden Augen unter dem Helm gab Gunnarstranda eine gelbe Reflexjacke und einen blauen Helm mit Stirnlampe. »Wenn ein Zug kommt, pressen wir unseren Rücken gegen die Tunnelwand und sehen zum Zugführer hoch«, sagte Mork.

»Wenn wir Glück haben, sieht er uns und fährt langsamer, dann wird der Sog nicht so heftig.«

Sie stiegen vom Bahnsteig herunter, wo die Züge von Tøyen in Richtung Zentrum fuhren. Mork rief die Betriebszentrale an. Kurz darauf wurde im Tunnel das Licht eingeschaltet.

Sie stolperten die Metalltreppe hinunter und gingen auf dem Schotter neben den Gleisen her. Mork deutete auf die gelbe Stromleitung, die ungefähr dreißig Zentimeter über dem Boden verlief. »Da drin steckt genügend Power, um alle unsere Züge gleichzeitig fünfzig bis sechzig Kilometer in der Stunde fahren zu lassen. Bitte nicht berühren.«

Es war still im Tunnel. Sie liefen jetzt auf einem Plattenweg, auf dem jeder Schritt hohl widerhallte. Mork erklärte, dass die Platten als Deckel über den längs verlaufenden Kabelkästen fungierten. Das monotone Dröhnen dauerte nicht lange an. Zunächst ertönte ein Schaben von Metall auf Metall, aber es wurde stärker. Gunnarstranda bereute, dass er keine Ohrenschützer mitgenommen hatte. Das muss schlimmer sein, als beim Glockenläuten im Kirchturm zu stehen, dachte er und presste seinen Rücken gegen die Tunnelwand. Der Zug, der um die Kurve geschossen kam, wirkte unglaublich groß. Wagen hinter Wagen dröhnte vorbei. Gunnarstranda sah, wie Mork den Mund bewegte, aber er hörte nichts als diesen ohrenbetäubenden Lärm.

»Was haben Sie gesagt?«, brüllte Gunnarstranda, als der letzte Wagen endlich vorbei war.

»Ich habe gesagt, dass wir bald unter dem Meeresspiegel sind«, sagte Mork grinsend.

Sie gingen weiter und kamen an einer in den Fels gehauenen Nische vorbei. Die Öffnung war mit einem Gittertor verschlossen, vor dem ein solides Hängeschloss hing. Sie gingen weiter und leuchteten in alle Öffnungen, an denen sie vorbei kamen.

»Niemand kann sich in diesen Räumen verstecken, ohne

vorher das Schloss zu zerstören«, sagte Mork. »Alle Hängeschlösser sind intakt, und jeder Raum wurde mit Lampen abgesucht.«

Wenige Sekunden später mussten sie wieder ihren Rücken gegen die Wand pressen. Der Zug neigte sich in ihre Richtung, und Gunnarstranda hatte fast das Gefühl, das Metall würde ihm an der Nase vorbeistreichen. Dieser Zug fuhr schneller und war länger. Er zählte sechs Wagen.

Sie gingen weiter. Der Tunnel sah jetzt anders aus. Er war betoniert, und die Decke wurde von riesigen Säulen getragen.

»Da«, sagte Mork und zeigte mit dem Finger. »Da kann sie gestanden und sich versteckt haben, bevor sie sich vor den Zug geworfen hat. Das ist übrigens eine ziemlich verbreitete Methode.«

Sie blieben stehen und betrachteten die Tragsäulen zwischen den Schienengängen. Ein weiterer Zug kam herangebraust, jetzt in entgegengesetzter Richtung. Er fuhr so schnell, dass man die einzelnen Gesichter der Passagiere hinter den Fensterscheiben nicht erkennen konnte. Gunnarstranda erschauderte bei dem Gedanken an die Frau, die hier in Stücke gerissen worden war.

Es wurde wieder still.

»Lassen Sie uns weitergehen«, sagte Gunnarstranda.

Der Tunnel weitete sich. Eine Treppe führte steil in einen Seitentunnel hinauf.

Gunnarstranda fand es befreiend, nicht mehr an die Tunnelwand gepresst stehen zu müssen, als der nächste Zug vorbeidonnerte.

Sie gingen die Treppe hinauf und weiter durch einen schmalen, leicht ansteigenden Tunnelarm, bis sie eine Doppeltür mit einem so genannten Panikhebel in der Mitte erreichten.

»Die gleiche Sorte Tür wie in Kinos«, sagte Mork. »Man muss nur kräftig drücken, um rauszukommen. Das hier ist schließlich ein Notausgang.«

»Wurde hier der Alarm ausgelöst?«

»Ja. Der Mann, der nach dem Unfall den Tunnel verlassen hat, ist hier rausgegangen.« Mork zeigte nach oben. »Dort befindet sich ein Sensor. Wenn die Tür geöffnet wird, löst sie den Alarm aus.«

Mork rief in der Zentrale an. »Wenn gleich der Alarm losgeht, dann bin das nur ich, Torleif Mork«, sagte er und legte wieder auf.

Sie öffneten die Tür und traten auf den Åkebergveien hinaus, direkt hinter dem Polizeigebäude.

Gunnarstranda kehrte wieder um und ging langsam zurück. Eines konnte er mit Sicherheit feststellen: In diesem Seitentunnel, der zum Notausgang führte, konnte man sich nicht verstecken.

Aber *wo* hatte sie sich dann versteckt?

Sie gingen zurück an die Schienen. Offenbar war gerade eine Verkehrspause. Es war ganz still. »Gibt es noch andere Notausgänge?«

Mork hob einen Arm und zeigte hinter Gunnarstranda. »Da«, sagte er.

Gunnarstranda drehte sich um. Was er vor sich sah, erinnerte an einen Gruselfilm. Eine breite, staubige und vollkommen dunkle Treppe führte in eine noch dunklere Grotte. Gunnarstranda spürte, wie sich bei diesem Anblick sein Magen zusammenzog. *Hier* konnte man sich verstecken.

Es gab eine Öffnung zwischen den längs verlaufenden Stromleitungen. Diese Öffnung machte es möglich, die Schienen zu überqueren. Gunnarstranda stieg zuerst drüber.

»Hier sollten Lampen sein«, sagte Mork, als sie die Treppe hinaufgingen. »Hm …«

Die Treppe führte in einen langen Gang. Die Lichtkegel ihrer Stirnlampen warfen Streifen auf die Wände und brachten eine alte eingekerbte Inschrift zum Vorschein.

Sie kamen zu einer doppelten Metalltür, die offen stand. »Das hier ist ein alter Bombenschutzraum«, sagte Mork. Seine Stimme erzeugte ein Echo in dem riesigen Raum. »Sie wissen ja, die T-Bahn wurde in den 1960er Jahren gebaut, und damals herrschte ein ganz anderes Klima als jetzt, ich meine politisch.«

Gunnarstranda ließ den Schein seiner Stirnlampe über die Wände schweifen. Rechts stieg in einem Schacht ein riesiges Lüftungsrohr auf. »Wozu dient die Lüftung?«

»Die gehört zu einem Parkhaus über uns, glaube ich.«

»Hier kann sich jemand versteckt haben«, stellte Gunnarstranda fest.

Sie gingen weiter. Der Boden war feucht.

Sie schoben eine Doppeltür mit Panikhebel auf. Hinter der Tür lag eine weitere dunkle Grotte. »Wer diese Tür aufdrückt, kommt nicht ohne Spezialschlüssel zurück«, sagte Mork. Er nahm einen Stein, der an der Wand der Grotte lag, und blockierte damit die Tür. Sie gingen weiter und kamen bald an eine weitere Doppeltür. Gunnarstranda drückte sie auf. Das Sonnenlicht blendete ihre Augen. Sie standen am Grønlandsleiret.

»Sind diese Notausgänge videoüberwacht?«, fragte Gunnarstranda.

Mork schüttelte den Kopf.

Sie gingen zurück. Die Tür fiel hinter ihnen ins Schloss. Der Wechsel von Licht zu Dunkelheit war brutal. Gunnarstranda stand einen Moment still, um die Augen an die Dunkelheit zu gewöhnen.

Mork beugte sich vor, um den Stein zurückzulegen. Der Lichtstrahl seiner Stirnlampe streifte den Betonboden.

»Warten Sie«, sagte Gunnarstranda. »Nicht bewegen.«

»Was ist denn?«

Gunnarstranda nahm seinen Helm ab und richtete den

Lichtstrahl auf den Betonboden direkt neben der Tür. »Das ist Blut«, stellte er fest. »Das ist schlicht und einfach Blut.«

Die beiden Männer schwiegen. Es war eine Blutlache so groß wie ein Fassdeckel, an den Rändern ausgetreten. »Hier hat jemand Blut verloren«, sagte Gunnarstranda schließlich. »Jemand hat hier gelegen und geblutet und wurde dann nach hinten in den Bombenschutzraum gezerrt.«

Mork hob den Kopf und ließ die Stirnlampe um sie herum leuchten. »Was sollen wir jetzt tun?« Seine Stimme klang trocken, metallisch.

Im Tunnel donnerte ein Zug vorbei.

»Wir müssen suchen«, sagte Gunnarstranda, als man wieder etwas hören konnte.

»Wonach suchen?«

»Nach dem Versteck.«

Sie brauchten nur fünf Minuten. In einem der Nebenräume des alten Bombenschutzraumes verlief ein breites Lüftungsrohr vom Boden bis zur Decke und machte einen Bogen von neunzig Grad. Dort, wo das Rohr endete, verlief ein ebensolches Rohr horizontal von Wand zu Wand. Vor diesem Rohr lag eine Leiter. Aber warum lag sie da? Gunnarstranda kniete sich hin und leuchtete unter das Rohr. Da. Die Öffnung zwischen dem Boden und dem Rohr war schmal, aber nicht zu schmal. Unter und hinter dem Rohr war gerade Platz genug, um einen Menschen zu verstecken. »Hier«, sagte Gunnarstranda und leuchtete auf den Betonboden. Die Blutspur war unübersehbar.

»Es sollte eigentlich unmöglich sein, sich hier zu verstecken.«

»Wenn hier kein Licht ist, dann ist es möglich«, sagte Gunnarstranda.

»Und wer hat hier gelegen?«, fragte Mork.

»Entweder der Mann, der durch den Notausgang geflohen ist, oder die Frau, die sich vor den Zug geworfen hat.«

»Aber wenn hier jemand verletzt gelegen hat, dann müssen

die Leute ihn doch gehört haben. Wer Schmerzen hat, gibt doch Klagelaute von sich!«

Gunnarstranda sagte nichts.

»Was glauben Sie?«

»Genau das möchte ich vorläufig noch für mich behalten«, sagte Gunnarstranda leise. »Ich glaube eigentlich, ich habe genug gesehen«, fügte er hinzu und zeigte auf den Ausgang. »Gehen wir?«

Mork nickte.

Gunnarstranda spürte, wie ihm etwas über das Gesicht strich. Er griff danach.

»Was ist das?«, fragte Mork, der fast mit ihm zusammengestoßen wäre. »Ein Kabel«, sagte Gunnarstranda und zeigte ihm die Leitung, die von der Leuchtröhre an der Decke herunterhing. »Jemand hat hier absichtlich einen Kurzschluss verursacht.«

7

»Sveinung Adeler war stocknüchtern«, sagte Schwenke und blätterte durch den dünnen Papierstapel, den er in den Händen hielt. Er schob seine Brille zurecht. »Absolut null Promille. Er hätte Auto fahren können.«

Der Gerichtsmediziner drehte sich um und öffnete die Tür zum Labor. Ein Geruch nach Formalin und Schlachthof schlug ihnen entgegen. Schwenke ging zu dem Toten voraus.

»Wann ist er gestorben?«

»Schwer zu sagen, wenn wir nicht wissen, wann er gegessen hat oder wann er ins Wasser gefallen ist. Die Nahrung ist gut verdaut. Lutefisk, Speck und Kartoffeln. Übrigens der dritte Magen, den ich diese Woche öffne und der kein Erbsenpüree

zum Lutefisk enthält. Meinst du, da zeichnet sich ein Trend ab?«

Niemand wusste wirklich zu sagen, wann Schwenke Witze machte und wann er ernst war. Auch jetzt war das nicht eindeutig. Lena wandte den Blick ab und dachte bei sich: Adeler war nüchtern. Würde ein Mann, der nüchtern ist, von einem Kai ins Wasser fallen?

»Was, glauben Sie, war die Todesursache?«, fragte Lena. Sie versuchte, den Körper nicht anzusehen, der weiß und mit zusammengenähtem Bauch auf dem Seziertisch lag.

»Er ist ertrunken, kein Zweifel«, sagte Schwenke. »Aber es gibt da eine Kleinigkeit, wegen der ich Sie hergebeten habe.«

»Ja?«

Schwenke beugte sich vor, hob eine Tüte hoch und zog ein nasses weißes Hemd heraus. »Das hier hatte er an. Sehen Sie mal«, sagte Schwenke und zeigte Lena den Kragen. Dort war das Hemd gerissen und zerfetzt. »Drei Risse.«

»Wann kann das passiert sein?«

»Ich zeige Ihnen noch etwas«, sagte der Gerichtsmediziner und ging um den Tisch herum.

Schwenke hob den Kopf des Toten an. Vorsichtig drehte er ihn zur Seite und zeigte mit den Fingerspitzen. Im Nacken hinter dem Ohr, direkt unter dem Haaransatz, wies die Leiche deutliche Kratzer auf. »Verletzungen«, sagte Schwenke. »Schrammen und Risse an den Stellen, wo auch das Hemd zerrissen ist.«

Lina wusste nicht, welche Schlüsse sie daraus ziehen sollte, und fragte Schwenke stattdessen geradeheraus: »Was, glauben Sie, bedeutet das?«

»Die Frage ist, ob ihm diese Verletzungen zugefügt wurden, bevor oder nachdem er ins Wasser fiel. Als ich das hier gesehen habe, dachte ich erst, er müsse sich die Schrammen zugezogen haben, als er vom Kai fiel. Wir wissen ja nicht, wie er gefallen

ist, ob er vorwärtsfiel, rückwärts ausgerutscht ist oder ob er im Fallen irgendetwas gestreift hat. Aber dann habe ich das Hemd untersucht und fand die Risse. Daraufhin habe ich seine Jacke untersucht. Aber die hat keine Risse. Also ist die Frage, wie er sich beim Fallen verletzt und das Hemd zerrissen haben kann, ohne die Jacke zu beschädigen? Er trug ja beide Kleidungsstücke, als er gefunden wurde. Schließlich habe ich den Bericht der Spurensicherung vom Tatort noch einmal gelesen.«

»Und?«, fragte Lena, immer noch verwirrt.

Schwenke schnitt eine Grimasse, als fiele es ihm schwer, zu sagen, was er zu sagen hatte. »Da das Hemd zerrissen ist, die Jacke aber nicht, können die Schrammen von einem Objekt stammen, das sich zwischen Jacke und Hemd geschoben hat. Ich dachte zuerst, die Risse im Hemd und auf der Haut rührten von einem Gerät wie einem Bootshaken oder einem ähnlichen Werkzeug her, das jemand in seine Kleidung eingehakt hat.«

Lena versuchte sich das vorzustellen: Sveinung Adeler strampelt im Wasser, und jemand schiebt einen Bootshaken unter seinen Hemdkragen.

»Um ihn herauszufischen?«, fragte sie.

»Oder um ihn unter Wasser zu drücken«, sagte Schwenke.

Sie wechselten einen Blick. Lena verfolgte den Gedanken nicht weiter. »Ich kann mir nur einfach nicht vorstellen, dass er aus einem Boot ins Wasser gefallen ist«, sagte sie.

»Ich glaube auch nicht, dass er von einem Boot gefallen ist. Ich möchte, dass Sie sich das hier ansehen«, sagte Schwenke und zeigte ihr den Bericht der Spurensicherung. »Ich habe nach einem Bootshaken gesucht. Aber gefunden habe ich das hier.«

Lena las: »254 cm Fichtenlatte, 1 cm x 8 cm.« Sie sah auf. »Was ist das?«

»Eine Latte von zweieinhalb Metern Länge«, sagte Schwenke trocken. »1 cm dick und 8 cm breit. Die Latte befand sich auf dem Rathauskai 1. Das ist der Kai, der direkt unterhalb der

Festung liegt. Die Spurensicherung meint, dass er dort ins Wasser gefallen ist. Und sie haben notiert, dass dort auch die Latte lag.«

Lena musste sofort nachhaken. »Sie glauben, dass jemand mit der Latte versucht hat, den Mann unter Wasser zu drücken, und dass die Latte die Risse im Hemd und die Verletzungen in seinem Nacken verursacht hat?«

Schwenke antwortete nicht. Wie immer, wenn er mit schwerwiegenden Schlussfolgerungen konfrontiert wurde, schwieg er nachdenklich.

»Ich werde in meinem Bericht schreiben, dass er ertrunken ist, dass aber die Risse im Hemd und die Verletzungen im Nacken mit großer Wahrscheinlichkeit entstanden sind, nachdem er ins Wasser fiel und bevor das Herz aufhörte zu schlagen. Mehr nicht. Was ich allerdings täte, wenn ich Sie wäre, ist, das Labor zu bitten, die Latte sehr gründlich zu untersuchen und mit dem Hemd abzugleichen. Wenn stimmt, was ich glaube, dann hängen möglicherweise Fasern seines Hemdes an der Latte. Wenn Sie Fasern seines Hemdes an der Latte finden, dann haben Sie den Beweis dafür, dass jemand auf dem Kai war, als der Mann ertrank. Bei der Wassertemperatur wäre Adeler ungefähr nach einer Minute bewusstlos geworden. In der Situation hat also jemand eine Latte gegen seinen Nacken gedrückt, so dass sein Hemdkragen gerissen ist. Mit welchem Ziel? Will mich dazu nicht weiter äußern, aber es war garantiert jemand da, jemand, der diese Latte in den Händen hatte.«

Lena schloss die Augen und öffnete sie wieder. Sie blickte direkt auf die weiße Leiche.

Sekundenlang sah sie sich selbst auf solch einem Seziertisch liegen. Ein Kadaver, ein geschlachtetes Tier, in dem dieser Zyniker mit Wonne herum schnitt. Eine Niere für den Meistbietenden – oder soll's eine Leber sein? Gebraucht, in gutem Zustand, 33 Jahre alt und vom Besitzer gut gepflegt. Wenig missbraucht,

abgesehen von Piccolosektflaschen und zwei Paracetamol bei Fieber, ein kleiner Rabatt wäre möglich – wegen heftiger Strahlenbehandlung?

»Jemand hat diese Latte benutzt«, wiederholte Schwenke.

»Ich habe gehört, was Sie gesagt haben«, sagte Lena. »Jetzt kommt es darauf an, was das Labor dazu sagt.«

8

Auf dem Tresen stand ein Weihnachtsmann. Strickpullover, Knickerbocker aus Cordsamt, rote Strümpfe und Holzschuhe. Der Weihnachtsmann hatte keinen Bart – also war dies nicht ein Exemplar des Mannes, der am Nordpol wohnte, sondern ein norwegischer Stallwichtel. Der Wichtel hob den linken Arm und öffnete den Mund, indem er den Unterkiefer fallen ließ, der wie bei einer Marionette eingehängt war. Er drehte den Kopf nach links und sagte Ho! Ho! Ho!, wobei der Kiefer auf und zu klappte. Der starre Blick ließ den Wichtel wild und, wie Lena fand, irgendwie erschreckend aussehen.

Die Frau hinterm Tresen schob ein Glas Bier zu ihr herüber. Der Wichtel senkte den Arm und hätte beinah das Glas umgeworfen. Lena brachte es in Sicherheit und trat gleichzeitig einen Schritt zur Seite. Die Barkeeperin schob ihr das Glas hinterher.

»Das ist nicht meins, ich hab nichts bestellt.«

»Das geht auf mich«, rief eine Stimme von rechts.

Sie drehte sich langsam um. Steffen Gjerstad hatte seine Winterkleidung abgelegt und posierte nun in einem engen Jackett und sorgfältig verschlissenen Jeans – Hugo Boss, dachte sie, oder Dolce & Gabbana. Schlank, langbeinig und selbstsicher lehnte er am Tresen. Er hatte die Hände gefaltet und betrachtete sie. Nervös? Vielleicht ein bisschen. Aber auch auf der Hut.

Sie sahen sich an. Lena spürte ein Ziehen im Bauch und senkte den Blick.

Steffen war ein attraktiver Mann. Das hatte ihr Körper schon festgestellt. Gleichzeitig hatte sie große Angst, dass dieses Gefühl nach außen allzu sichtbar würde, und traute sich deshalb nicht, sofort wieder aufzusehen. Also griff sie nach dem Glas, hob es mit immer noch gesenktem Blick zu einem Skål und trank.

Es war ein dunkles Ale, das etwas bitter schmeckte, aber nicht unangenehm. Dennoch: Während sie schluckte, fühlte es sich an, als sollte sie sich davon lieber fernhalten.

Nein, sagte sie zu sich selbst. Nicht an Krankheit denken. Nicht jetzt.

Steffen Gjerstad sagte etwas, aber seine Worte ertranken in der Musik.

Sie hob den Kopf. »Was hast du gesagt?«, rief sie und trat etwas näher.

»Warum hast du so lange gewartet, bevor du angerufen hast?«

Sie zuckte noch einmal mit den Schultern.

Er stand noch in derselben Positur, seitlich an die Bar gelehnt. Jetzt war sie an der Reihe, etwas zu sagen.

»Warum hätte ich anrufen sollen? Du bist nicht einmal Kriminaljournalist.«

Er lachte laut. »Du hast mich gegoogelt?«

Sie lächelte automatisch zurück. Etwas entspannter lehnte sie sich mit dem Rücken an den Tresen und ließ ihren Blick durch das Lokal wandern. Gleichzeitig hatte sie Konzentrationsprobleme. Sie brauchte Ruhe, Harmonie. Am besten wäre es, sie führe nach Hause, ließe sich ein Bad einlaufen und entspannte sich.

Ein Tisch am Fenster war frei. Er kam ihr zuvor, nickte zu dem Tisch und sagte: »Bist du dabei?«

Dann saßen sie sich gegenüber. »Die Information, die du Fartein Rise gegeben hast, war nicht wasserdicht«, sagte sie, »aber ich war dumm genug, sie zu überprüfen.«

»Wieso das?«

»Aud Helen Vestgård. Ich habe gefragt, ob sie am Mittwochabend mit Adeler zusammen war. Aber sie hatte keine Ahnung, wovon ich sprach.«

»Sie lügt.«

Die Antwort kam überraschend schnell und selbstsicher.

»Bevor du mir erzählst, warum ich dir glauben soll und nicht ihr, kann ich dir erzählen, dass ich dafür bereits eine Rüge wegen unangemessenen Auftretens gegenüber einer Person des öffentlichen Lebens eingesteckt habe.«

Er stieß einen Pfiff aus.

»Gib's zu«, sagte sie. »Du hast keine Ahnung, was Adeler am Mittwochabend gemacht hat, am allerwenigsten, mit wem er zusammen war.«

Steffen, der vorgebeugt dagesessen hatte, das Kinn auf die Hände gestützt, richtete sich jetzt auf und betrachtete sie stumm und nachdenklich.

»Warum hast du Fartein Rise die Information gegeben und nicht mir?«

»Du wolltest ja nicht mit mir sprechen«, sagte Steffen. »Ich habe angerufen. Du bist nicht drangegangen, und du hast auch nicht zurückgerufen.«

Lena schlug erneut den Blick nieder.

»Ich kenne Rise aus der Zeit, als ich in Bergen gearbeitet habe«, fuhr er fort. »Wir haben uns gestern getroffen. Er ist neu hier im Job. Ich habe ihn gefragt, wie es ihm gefiele, und da tauchte dein Name auf. Ich habe ihm gesagt, dass ich dich am Kai getroffen und dass ich versucht hätte, dich anzurufen, weil ich wüsste, was Adeler am Mittwochabend gemacht hat.«

Sie kam sich blöd vor. »Das sollte jetzt auch kein Verhör werden«, sagte sie. »Ich war nur etwas perplex, als Aud Helen Vestgård mir so vehement widersprochen hat.«

»Klar«, sagte Steffen eifrig. »Aber es ist Unsinn, wenn Vestgård behauptet, Sveinung Adeler nicht zu kennen. Die beiden kennen sich sehr gut. Sie war fast eine Art Mentor für ihn. Das ist allgemein bekannt. Adeler war ein Partylöwe, sie Parlamentsabgeordnete ...«

Lena hob abwehrend beide Hände: »Okay, eine von deinen Quellen sagt, dass Adeler am Mittwochabend mit Vestgård essen war. Wo?«

Steffen grinste: »In Grefsen. *Flamingo Bar und Restaurant* – ein anonymer Treffpunkt. Der lokale Geheimtipp da oben. Und warum haben sie sich gerade da zum Essen getroffen?« Er hob den Zeigefinger. »Ich vermute, weil sie keine Aufmerksamkeit erregen wollten.«

»Worauf willst du hinaus?«, fragte Lena skeptisch. »Hatten sie ein Verhältnis?«

Steffen ließ das Glas zwischen seinen Fingern rotieren. Es war leer. Er stand auf. »Noch eins?«

»Rotwein«, antwortete sie schnell.

Nur ein Glas, sagte sie zu sich selbst. Sie konnte sich erlauben, so lange sitzen zu bleiben, wie Steffen ihr relevante Informationen gab. Sie beobachtete, wie er bestellte. Er kannte die Barkeeperin offensichtlich, eine hübsche, asiatisch aussehende Frau mit Pony. Sie lachte über etwas, das er sagte, während sie Bier in sein Glas zapfte. Er kannte auch einige von den Gästen und wechselte auf dem Weg zurück zu ihrem Tisch ein paar Worte mit einem Mann in einer braunen Cordsamtjacke.

»Der Hauswein«, sagte Steffen und stellte das Glas vor sie hin.

Sie saßen da und sahen sich an. Ihr gefiel die Art, wie er sie betrachtete.

Sie hob das Glas und nippte am Wein. »Nun mal ehrlich«, sagte sie.

»Ja?«

»Welche Rolle spielst du in dem Ganzen?«

»Ich habe auf die Frage gewartet«, sagte er und setzte sich besser zurecht. »Die Zeitung bereitet eine größere Artikelserie über Rohstoffbörsen und Rohstoffproduktion vor.«

Er flocht die Finger ineinander und dachte nach, als müsse er nach Worten suchen. Dann fuhr er fort:

»Interessiert?«

»Wenn es relevant ist.«

»Mal sehen.«

»Ich habe mir selbst versprochen, nach diesem Glas zu gehen.«

Die Replik brachte ihn aus dem Konzept, er lächelte abwesend und konzentrierte sich erneut.

»Okay, also es ist so: Einer der wichtigsten Rohstoffe heutzutage ist *Phosphat.* Phosphat braucht man, um Dinge zum Wachsen zu bringen. Phosphat ist ein wichtiger Bestandteil von Kunstdünger. Um die Nahrung für die Welt zu produzieren, wird Phosphat benötigt, das aus Phosphatgestein gewonnen wird. Das Problem ist aber, dass es auf der Welt nur noch sehr wenig Phosphatgestein gibt. Das ist tatsächlich ziemlich erschreckend. Wenn die Phosphatressourcen der Erde verbraucht sind, dann wird es auf der Welt nicht mehr genug Nahrung geben, um die Gesamtheit der Menschen zu ernähren, die heute die Erde bevölkern. Wir sprechen hier von einer latenten ökologischen Krise, wie die Welt sie noch nie erlebt hat. Noch nie. Schon jetzt können wir die ersten Anzeichen der Krise erkennen. Denn je weniger Phosphat es auf der Welt gibt, desto höher steigen die Preise für Dünger. Schon heute sind die Preise für Kunstdünger so hoch, dass viele Bauern in ärmeren Ländern ihn sich kaum noch leisten

können. Und diese Preissteigerung hat gerade erst begonnen.«

Steffen nippte an seinem Glas.

Lena fragte: »Aber ist das relevant für …?«

»Dazu komme ich noch«, sagte Steffen grinsend. »Ich versuche gerade, dir einen Vortrag zu halten, also sei nicht so ungeduldig, Lena. Also: Phosphat ist einer der wertvollsten Rohstoffe der Welt. Damit ist viel Geld zu machen. Verstehst du? Und wer investiert in diesen Markt? Viele. Und unter diesen Vielen ist auch der Norwegische Ölfonds, zu dem auch der Staatliche Rentenfonds Ausland gehört, also der SPU. – Immer mit der Ruhe, ich komme gleich zu Adeler. Der Norwegische Ölfonds benimmt sich wie ein ganz gewöhnlicher Kapitalist. Er kauft und verkauft Aktien und Obligationen, er shortet mit auf Aktien und gamblet mit Derivaten. Der Ölfonds ist ein ganz normaler Investor, abgesehen von einer Besonderheit: Er ist nämlich ein UNGLAUBLICH reicher Kapitalist! Es hat wohl kaum einen reicheren Investor gegeben, weder in diesem noch im vorigen Jahrhundert. Er ist so fett und wohlgenährt, dass er schon fast nicht mehr gehen kann. Er ist wie Kittelsens Troll auf der Karl-Johans-Gate. Aber von ihm fallen nicht Moos und Bäume herunter, wenn er geht, sondern Geld und Gold. Er ist so feist und riesig, dass er sich kaum traut, sich hinzusetzen, aus Angst, nicht wieder hochzukommen. Aber – frag mal einen x-beliebigen Norweger auf der Straße, ob er oder sie weiß, was der Ölfonds eigentlich so treibt. Keiner hat auch nur den blassesten Schimmer. Und hier kommt die freie norwegische Presse ins Spiel. Wir – also auch ich – betreiben Volksaufklärung durch investigativen, kritischen Journalismus. Was wir wissen, ist, dass es im internationalen Business eine *wesentliche* Rolle spielt, wo der Ölfonds seine Gelder einsetzt – schlicht und einfach, weil er so reich ist! Andere Investoren achten darauf, was der Ölfonds macht. Wenn der Ölfonds sich irgendwo raus-

zieht, dann tun es andere auch. Wenn der Ölfonds investiert, dann reißen sich die anderen drum, ihm zuerst zu folgen. Der norwegische Ölfonds hat mit anderen Worten eine unglaubliche Macht, weil er auf dem Finanzmarkt der größte und wichtigste Leithammel der Welt ist. Seine Größe führt dazu, dass er durch seine Investitionen die Aktienkurse beeinflusst. Sie geben den Konzernen öffentlichen Kredit durch ihre Platzierungen, verstehst du? Es ist wichtig, was der Ölfonds tut! Solange sich der Fonds an einem Konzern beteiligt, ist dieser Konzern auch ein interessantes Investitionsobjekt für andere Investoren.«

»Sehr interessant«, sagte Lena und versuchte, nicht uninteressiert zu wirken. »Aber Sveinung Adeler war nur ein kleiner Angestellter mit einem einzigen Lebensziel, nämlich so hart zu trainieren, dass er seine Kumpels beim Birkebeiner-Rennen ausstechen konnte.«

Steffen zwinkerte wieder und schaltete kurz sein Charmeurlächeln ein. »Da irrst du dich ein wenig. Genau an dieser Stelle wird Sveinung Adeler interessant. Denn was ist sein Job? Sveinung Adeler arbeitet beim Ölfonds. Er hat für den Ethikrat des Ölfonds recherchiert, der die Betriebe untersucht, auf die sie ihr Geld setzen. Sveinung Adeler war in der Verwaltung. Er war derjenige, der die Fakten über die Konzerne sammelte. Wenn er einen Konzern unter die Lupe genommen hatte, schrieb er einen Bericht, den er beim Ethikrat abgab, der diesen Bericht wiederum als Grundlage für eine gründliche Einschätzung benutzte. Daraufhin fasste der Ethikrat einen Beschluss und gab Norges Bank, die den Ölfonds verwaltet, seine Empfehlungen.«

Steffen setzte sich gerade hin und bewegte sich, als würde er irgendein Für und Wider abwägen. Schließlich schien er sich entschieden zu haben. Er beugte sich nach vorn und flüsterte mit leiser, aber eindringlicher Stimme: »Okay. Mylady, ich muss Sie um höchste Diskretion bitten.«

Lena nickte und beugte sich ebenfalls vor, so dass ihre Köpfe kaum zwanzig Zentimeter voneinander entfernt waren.

»Die größten Vorkommen von Phosphatgestein befinden sich in Westsahara. Dort operieren mehrere Firmen. Eine davon heißt McFarrell. Der Norwegische Ölfonds hat in McFarrell investiert und macht damit dickes Geld. Kennst du die Geschichte von Westsahara? Nein? Ich gebe dir eine Kurzversion: Das Land war bis in die 1970er Jahre spanische Kolonie. Danach hat das Nachbarland Marokko Ansprüche auf große Teile des Landes erhoben. Es geht hier um *Okkupation*! Tja – das Dilemma des Ölfonds ist, dass es gegen die Regeln der norwegischen Politik verstößt, in Firmen zu investieren, die in okkupierten Gebieten ihre Geschäfte machen. Deshalb überprüft der Ethikrat die Firmen, die mit Westsahara Handel treiben. Manche Firmen werden als tragbar betrachtet, andere nicht. Unsere Zeitung fragt sich nun: Warum? Welche Interessen bestimmen diese Politik? Und um die Antworten zu finden, fangen wir an, nachzuforschen.«

Lena nickte und lächelte in ihr Glas. Es ging ihr gut, und in ihrem Kopf rauschte es leicht.

»Der Ethikrat des Ölfonds hat ein Sekretariat«, fuhr Steffen Gjerstad fort. »Da arbeitete Sveinung Adeler. Er führt Recherchen über die Investitionen des Ölfonds durch. Und gestern Morgen fiel er ins Wasser, nachdem er von einer Weihnachtsfeier kam.«

Lena ahnte, was jetzt kommen würde. Sie schloss beide Augen und sagte: »Sag jetzt bitte nicht Aud Helen Vestgård.«

»Ich habe dich gebeten zu schweigen, und du hast es versprochen.«

Die Situation hatte etwas Magisches. Lena saß noch immer mit geschlossenen Augen da. »Okay.«

»Die Zeitung – also ich – bekam einen Hinweis, dass Sveinung Adeler am Mittwochabend zusammen mit einer Par-

teigenossin bei einem Weihnachtsessen verabredet war. Das musste noch nicht viel bedeuten. Nicht einmal die Tatsache, dass diese Parteigenossin eine attraktive verheiratete Frau ist, musste etwas bedeuten. Dass sie ein prominentes Mitglied des parlamentarischen Finanzkomitees ist – auch das musste nicht unbedingt etwas bedeuten.

Aber dann hing die Nachricht von Adelers Tod mehrere Stunden im Netz. Seine Identität wird veröffentlicht. Sveinung Adeler ertrunken, in Anzug und feinen Schuhen bei 25 Grad unter null. Die Polizei braucht Informationen darüber, was er getan hat, bevor er ertrank. Haben sich schon Informanten gemeldet?«

Lena schüttelte den Kopf.

»Also nicht. Mit wem war Sveinung Adeler beim Weihnachtsessen? Wer hat sich nicht gemeldet?«

Steffen griff nach Lenas Hand. Sie sah auf die beiden Hände hinunter, die übereinanderlagen, hob dann den Kopf und sah ihm in die Augen. Es kribbelte. Aber Kribbeln hin oder her: Lena wollte nicht, dass solche Dinge zu schnell gingen.

Langsam machte sie ihre Hand frei und sagte: »Wenn es stimmt, was du sagst, warum bestreitet Aud Helen Vestgård dann, Adeler zu kennen – mir gegenüber, also der Polizei?«

Steffen beugte sich eifrig nach vorn. »Du hast es erfasst! Die ganze Geschichte stinkt zum Himmel. Warum flüstert Vestgård deinem Vorgesetzten etwas ins Ohr, so dass du dir eine Rüge einfängst, nachdem du sie verhört hast?«

Lena richtete sich auf. »Weder du noch ich wissen, ob sie das getan hat. Und wenn sie es getan haben sollte, gäbe es dafür die natürlichste Erklärung der Welt. Erstens kam Vestgård in Verlegenheit, als ich bei ihr zuhause aufgetaucht bin. Sie dachte, ich käme wegen der Morddrohung. Stattdessen wurde sie mit einem verdächtigen Todesfall konfrontiert. Die falsche Presse in so einem Fall kann Vestgård ihre Karriere kosten.«

Steffen griff wieder nach ihrer Hand. »Ein verdächtiger Todesfall?«

Sie saß einen Moment nur da und betrachtete die Hand, die sich noch einmal um ihre schloss, bevor sie sie noch einmal langsam zurückzog. Sie schauten sich wieder in die Augen.

Das Knistern zwischen ihnen war jetzt fast hörbar. Es hatte keinen Sinn, so zu tun, als wäre es anders. Lenas Mund war trocken, und es waren keine Schmetterlinge, die in ihrem Bauch mit den Flügeln schlugen, es war ein Schwarm ganz unbekannter Art.

»Das war falsch. Ich wollte sagen, ein Unfall.«

Sie bemerkte, dass sie beide auf ihre Hände schauten.

Dann sahen sie gleichzeitig auf.

Sie senkte ihren Blick sofort wieder.

Steffen sagte: »Glaub, was du willst, aber ich bin überzeugt, dass an diesem Treffen im Restaurant etwas faul ist. Der Journalist in mir hat die Witterung aufgenommen. Ich weiß, dass da draußen eine ganz große Story wartet!«

Lena lächelte. Steffen Gjerstad war eine faszinierende Persönlichkeit. Der Eindruck eines langbeinigen Fotomodells hatte zunächst dem eines scharfen Analytikers weichen müssen, und dahinter war wiederum ein kleiner Junge zum Vorschein gekommen, der mit Legoklötzen spielte und brummte, sobald er ein Spielzeugauto in die Finger bekam.

Ihr Glas war leer. Und ihre Gedanken schwammen durcheinander. Einerseits brauchte sie Zeit für sich allein, andererseits war es auch sehr verführerisch, hier so zu sitzen, zu trinken und zu lachen und nicht die geringsten Sorgen zu haben. Das Problem war nur, dass solche Pub- und Flirtszenen meistens auf eine ganz bestimmte Weise endeten. Sie wollte nicht, dass es den falschen Ausgang nahm. Nicht jetzt. Nicht heute. Deshalb beschloss sie, auf ihre innere Stimme zu hören. Sie stand auf.

Er sah zu ihr auf. »Du gehst?«

Sie nickte.

»Ich auch.«

Die Tür wollte nicht richtig hinter ihnen ins Schloss fallen. Sie stießen fast zusammen, als sie beide versuchten, sie zu schließen. Eng beieinander blieben sie stehen, und es war kalt draußen. Keiner von ihnen sagte etwas. Lena drehte sich um und ging los.

Schweigend trotteten sie nebeneinander her. Als sie die Akersgate entlanggingen, sah sie den Bus kommen. »Das ist mein Bus«, rief sie. »Der nächste kommt in einer halben Stunde. Tschüss!«

Sie begann zu laufen.

Der Bus hielt an der Haltestelle fünfzig Meter weiter. Die Türen wurden geöffnet. Als sie einstieg, wandte sie sich um.

Steffen stand hinter ihr. Er war auch eingestiegen. Er rang nach Atem. Sie schauten sich an und mussten beide grinsen.

Dann saßen sie schweigend nebeneinander auf einem Doppelsitz vor der hinteren Tür.

Schließlich hielt Lena es nicht mehr aus und fragte: »Wo wohnst du?«

»Hegdehaugsveien 31.«

»Dann sitzt du im falschen Bus. Der hier fährt nach Helsfyr.«

Er antwortete nicht.

Lena sah in die schwarze Nacht hinaus und betrachtete Steffens Gesicht in der Scheibe. Ihre Blicke trafen sich.

Sie holte tief Atem und wandte ihm ihr Gesicht zu. Als er schluckte, ließ sie ihren Kopf an seine Schulter sinken und schloss die Augen.

9

Das Dröhnen einer Bohnermaschine auf dem Korridor kam langsam näher. Es wurde also langsam spät. Gunnarstranda stand auf und las durch, was er aufgeschrieben hatte. Verschiedene Handlungsszenarien, die man alle auf dieselben Fragen zuspitzen konnte: Wer hatte vor der Tür mit dem Panikhebel Blut verloren? Nina Stenshagen oder der Verfolger? Und warum?

Von den möglichen Handlungsverläufen überzeugte Gunnarstranda der am meisten, der auf folgender Rollenverteilung der beiden aufbaute: Sie lief voran. Er lief ihr hinterher. Wahrscheinlich war sie vor ihm auf der Flucht. Sie kannte die Bombenschutzräume mit Notausgängen in den Tunnels. Sie hatte damit gerechnet, ihrem Verfolger da unten entkommen zu können. Entweder dadurch, dass er es nicht wagen würde, ihr in den Tunnel zu folgen, oder, wenn er es doch wagte, indem sie sich versteckte und ihn über die Notausgänge austrickste. Aber er kam ihr hinterher und holte sie ein, kurz bevor sie entwischen konnte. Es gab einen Kampf. Er verletzte sie. Vielleicht tötete er sie. Jedenfalls verletzte er sie so sehr, dass sie stark blutete. Als das Licht eingeschaltet wurde und der Verkehr stillstand, riss er ein Kabel herunter und löste einen Kurzschluss im Bombenschutzraum aus. Der Tatort lag im Dunkeln. Er versteckte sich mit ihr. Als der Strom wieder eingeschaltet wurde, warf er sie vor den ersten Zug, der vorbeikam.

Tja – diese Theorie war *möglicherweise* wasserdicht. Aber *wenn* es sich so verhalten hatte, blieb noch die Frage, warum er sie vor den Zug geworfen hatte.

Hatte er sie nur verletzt und wollte es deshalb dem Zug überlassen, die Arbeit zu vollenden? Oder war sie schon tot? Hatte er versucht, einen Mord als Selbstmord zu tarnen? Aber wieder

blieb die Frage: Wozu? Wozu so viel Aufwand? Wenn er sie vor dem Notausgang getötet hatte, hätte er sie schließlich dort liegen lassen und sofort durch die Tür verschwinden können. Es musste einen Grund dafür geben, warum er sich entschied, sie stattdessen vor den Zug zu werfen.

Was wäre geschehen, wenn er sie vor der Tür hätte liegen lassen? Sie wäre von den Wachmannschaften gefunden worden. Wenn sie noch lebte, hätte sie erzählen können, was geschehen war. Wenn sie tot war, wäre sofort ein Mordalarm ausgelöst worden – und der Täter konnte nicht wissen, ob die Überwachungskameras ihn aufgenommen hatten. Das konnte *vielleicht* eine Erklärung sein.

Gunnarstranda rieb sich die Augen. Das Telefon auf dem Schreibtisch klingelte. Ein paar Sekunden lang sah er es nur an. Seufzte schwer. Dann nahm er den Hörer ab.

»Gunnarstranda?« Es war die Stimme von Iqbal von der Fahndungstruppe.

»Ja.«

»Du wolltest doch wissen, wo sich Stig Eriksen aufhält. Jetzt gerade sitzt er auf der Fußgängerbrücke zwischen Bahnhof und Hotel Plaza und bettelt.«

Gunnarstranda bedankte sich und legte auf. Er zog sich die Jacke an.

Das Dröhnen der Bohnermaschine wurde immer lauter. Aber es war nicht die Putzfrau, die in der Tür erschien, sondern Fartein Rise.

»Habe gehört, dass du Überwachungskameras gecheckt hast und durch die Tunnel gelaufen bist«, sagte Rise.

Gunnarstranda nickte.

»Ich hätte gern eine Kopie deines Berichts«, sagte Rise.

Gunnarstranda sah ihn fragend an.

»Rindal hat mir erklärt, dass du diese Untersuchungen leitest und dass wir beide zusammenarbeiten sollen, aber um das

hinzukriegen, muss ich schon sehen, was du bis jetzt gemacht hast.«

»Ist dir noch nicht der Gedanke gekommen, dass das Gleiche auch für mich gilt?«

Rise reichte ihm einen Stapel Papier. »Hier.«

Gunnarstranda machte keine Miene, den Stapel entgegenzunehmen. »Habe ich richtig gehört, dass du nach dem Unfall mit dem Sicherheitsdienst der T-Bahn gesprochen hast?«, fragte er.

Rise nickte. »Sie haben gesagt, sie hätten die Tunnel durchsucht, aber das kann nicht stimmen. Schließlich war sie ja da drinnen, die ganze Zeit.«

»Bist du die Schienen entlanggegangen?«

»Warum hätte ich das tun sollen?«

»Zum Beispiel um herauszufinden, wie es passieren konnte, dass das Sicherheitspersonal dort langgehen konnte, ohne jemanden zu sehen, obwohl doch jemand da war.«

Rise blinzelte. »Wie gesagt, ich würde gern deinen Bericht lesen und mir die Überwachungsfotos ansehen«, sagte er tonlos.

Gunnarstranda ging an Rise vorbei auf den Korridor. Er drehte sich um und zeigte auf seinen Schreibtisch. Dort lagen ein Haufen verstreuter Blätter und Akten. »Liegt alles da. Und wo du schon mal da bist, kannst du es gleich aufräumen. Das wäre sehr nett.« Er ging drei Schritte, dann hielt er abrupt inne, drehte sich noch einmal um und hob einen Finger. »Eins noch …«

»Ja?«

»Du findest vielleicht den Bericht und die CD. Aber was du suchst, wirst du nicht finden.«

»Wie kannst du das wissen?«

»Ich spreche aus Erfahrung.« Gunnarstranda lächelte. »Morgen Vormittag werden wir unsere Uhren synchronisieren, wie es die Literaten ausdrücken. Ich glaube, dass dieser Fall viel

mehr zu bieten hat als einen Selbstmord.« Er drehte sich auf dem Absatz um und ging den Korridor entlang.

»Morgen ist Samstag«, rief Rise ihm hinterher.

Gunnarstranda hielt noch einmal inne und drehte sich um.

»Rindal hat gesagt, er hätte dich informiert. Ich fahre jedes Wochenende nach Bergen zu meiner Familie.« Er sah auf seine Armbanduhr. »Der Flieger geht in drei Stunden.«

Gunnarstranda nickte freundlich. »Schönes Wochenende.«

Er hatte den Verdacht, dass diese Zusammenarbeit nicht die intensivste werden würde. Aber das machte ihm nicht viel aus. Er kannte Rise nicht wirklich. Außerdem arbeitete er gern allein.

Sein Wagen stand auf einem der Polizeiparkplätze im Åkebergveien. Die Luft war feucht. Es gibt Schnee, dachte er und setzte sich ans Steuer. Der Motor war kalt, und er fuhr die wenigen Meter bis zum Tøyenbekken fröstelnd, Mütze und Handschuhe behielt er an. Er überlegte, ob er ins Parkhaus fahren sollte, ließ es dann aber sein. Stattdessen parkte er auf der Statoil-Tankstelle. Er überquerte die Straße und ging mit schnellen Schritten zum Taxihalteplatz vor dem Busterminal. Auf der Höhe der wartenden Taxen ging er hinein. Im Busterminal wanderte er gegen den Strom der Passagiere, die auf die Abfahrtshalle zuhasteten.

Er verließ die große Halle, ließ sich vom Laufband zur Galleriet hinauftragen und ging dann auf den Ausgang zu, der zum Hotel und zur Fußgängerbrücke zum Bahnhof führte.

Draußen schlug ihm der Eiswind entgegen. Die ersten Schneeflocken tanzten durch die Luft. Nein, er beneidete niemanden, der bei diesem Wetter draußen sitzen und betteln musste. Er kam am Café Fiasko vorbei. Ein paar frierende Raucher saßen zusammengekrümmt mit Wolldecken über den Schultern unter den Heizlampen und sogen Nikotin in ihre Lungen. Er entdeckte die Gestalt sofort, die wie ein Buddha auf der Fuß-

gängerbrücke saß. Ein Strom von Menschen eilte in beide Richtungen an ihm vorbei.

Stig Eriksen saß auf einem flachgedrückten Pappkarton. Die Hände hatte er in den Jackentaschen versteckt. Sein langes Haar wurde von einer Strickmütze bedeckt. Vor ihm lag ein Blatt Papier, das von einem Plastikbecher mit ein paar Münzen darin am Wegfliegen gehindert wurde. Auf den Zettel hatte er geschrieben, dass er fror und eine warme Mahlzeit brauchte. Unter der Brücke rollten auf vier Spuren Autos hin und her.

Gunnarstranda blieb stehen. »Stig?«

Langsam hob der Bettler den Kopf. Seine Gesichtshaut war grau und die Augen trübe.

»Ich möchte mit Ihnen sprechen. Ich untersuche die Umstände des Todes von Nina, Nina Stenshagen.«

»Piss off«, sagte Stig, »du stehst mir inner Sonne und ich verlier Kunden.«

Gunnarstranda grinste. Er zog einen Zweihundert-Kronen-Schein aus der Tasche und legte ihn in den Plastikbecher.

Stig schielte auf den Schein und schnappte ihn sich blitzschnell.

»Ich heiße Gunnarstranda, und ich will bloß mit Ihnen reden, sonst nichts. Wir wissen, dass Nina mit der T-Bahn nach Tøyen gefahren ist, ungefähr um halb sieben gestern Morgen. Als die Bahn weiterfuhr, ist sie auf die Schienen gesprungen und in den Tunnel gelaufen. Mich würde interessieren, woher sie kam und was sie in dem Tunnel wollte. Hat sie sowas schon öfter getan?«

Gunnarstranda bemerkte, dass der Pullover, den Stig unter seiner Jacke trug, eine Kapuze hatte. Der Mann, der eine halbe Minute nach Nina auf die Schienen gesprungen war, hatte eine Kapuze getragen. Es hätte also Stig gewesen sein können. Aber Stig sagte nichts.

»Wo waren Sie gestern Morgen?«, fragte Gunnarstranda.

Stig lächelte. Es war ein zahnloses Lächeln.

Er machte eine Bewegung hinter dem Rücken. Kurz darauf hielt er zwei Krücken in den Händen und zog sich daran hoch.

Es war eine beeindruckende Bewegung. Stig Eriksen hatte nämlich nur ein Bein. Das linke Bein war amputiert, das Hosenbein unter dem Knie verknotet. Jetzt stand er auf die Krücken gestützt und betrachtete Gunnarstranda, der feststellen musste, dass dieser Mann nicht der Täter sein konnte.

Stig beugte sich hinunter und griff nach seiner Sitzunterlage und nach dem Zettel, rollte ihn zusammen und steckte ihn in die Hosentasche. »Du willst gar nicht wissen, wo ich rumhänge«, sagte Stig. »Aber ich hab Nina lange nicht gesehen. Wir waren mal zusammen, aber das ist schon viele Jahre her.«

Unter ihnen stoppte der Verkehr ein paar Sekunden, als eine blaue Straßenbahn langsam Richtung Osten glitt.

»Und du willst wissen, was Nina in der T-Bahn gemacht hat?«, sagte Stig mit rostiger Stimme. »Weißt du, was ich mich frage? Ich frage mich, wieso Nina so verdammt populär geworden ist, jetzt wo sie tot ist.« Damit kehrte er Gunnarstranda den Rücken zu und hinkte davon.

»Stig«, rief Gunnarstranda ihm nach.

Stig hielt inne, stützte sich auf die Krücken und schielte herüber.

»Ich glaube, Nina wurde ermordet«, sagte Gunnarstranda.

Stig sah ihn lange an. »Das glaubst du?«, sagte er endlich.

»Wir wissen, dass ihr jemand in den Tunnel gefolgt ist. Ich glaube, dieser Typ hat sie schlimm verletzt und sie danach vor den fahrenden T-Bahnzug gestoßen. Ich will, dass der bestraft wird, der das getan hat.«

Stig betrachtete ihn nachdenklich, ohne etwas zu sagen.

Gunnarstranda hatte keine Ahnung, wie er den Blick des Mannes deuten sollte, hatte aber das Gefühl, dass er ihn erreicht hatte. »Sie können mir dabei helfen, dass der Täter

bestraft wird«, sagte er und steckte seine Visitenkarte in die Brusttasche von Stigs Jacke. »Hier ist meine Nummer«, sagte Gunnarstranda. »Rufen Sie mich an, wenn Sie Ihre Meinung ändern.«

Stig kehrte ihm den Rücken zu und hinkte davon.

10

So hatte sie sich diesen Abend nicht vorgestellt.

Lena lag auf der Seite und stützte den Kopf auf die Hand. Steffen lag auf dem Bauch. Sie strich mit den Fingern über sein langes, volles Haar. Sie führte die Bewegung fort den Rücken hinunter, über den Hintern und den Oberschenkel entlang. Er blieb ganz still liegen, war eingeschlafen. Die Notizen und Stichworte auf seinem Handrücken waren ein Sammelsurium von Buchstaben und Zahlen, geschrieben mit blauer Tinte. Sie flocht ihre Finger in seine und dachte: Es war nicht der siebte Himmel, auch nicht der sechste oder der fünfte. Sagen wir, es war der vierte Himmel. Ich war noch nie im vierten Himmel, wenn ich das erste Mal mit einem Mann zusammen war. Was wird beim nächsten Mal sein, wenn wir uns besser kennen?

Sie legte seine Hand zurück, griff nach der Fernbedienung auf dem Boden und schaltete die Anlage ein. Sades Samtstimme erfüllte den Raum. *By your side.*

Dieser Moment darf ruhig lange dauern, dachte Lena und sah zu Steffen, der sich bewegte.

»Hei«, lächelte er schläfrig.

»Ich dachte, du wärst eingeschlafen«, flüsterte sie und schmiegte sich an ihn.

Lange lagen sie so da, ineinander verflochten und stumm, während Sades Musik sie streichelte.

Als sie die Augen öffnete, lag er auf der Seite und sah sie an.

»Was ist?«

Seine Augen zwinkerten. »Wie alt bist du?«

»Ich bin schon dreißig, wenn es das ist, was du wissen willst.«

Jetzt war er an der Reihe, seinen Kopf auf die Hände zu stützen. Ein großer, schlanker Männerkörper in ihrem Bett. Sie nahm dieses Bild ganz in sich auf, es gefiel ihr.

»Ich bin eher dreißig als vierzig«, sagte sie. »Und du?«

»Eher vierzig als an vierundvierzig.«

Sie schloss die Augen und spürte, wie seine Lippen ihre streiften.

»Wenn ich einer Frau erliege, dann ist es, als würde ein Baum zu Boden stürzen«, flüsterte er. »Die Äste brechen, und Erde und Steine spritzen hoch, und nach dem Krach folgt eine lange, lange Stille.«

Sie öffnete die Augen. »Ein großer Baum, mit anderen Worten?«

Er betrachtete sie schweigend. Sie wollte sich die Zunge abbeißen, als sie spürte, wie sich die Stimmung verändert hatte. Sie schluckte. War er sauer?

Sie räusperte sich. »Sorry.«

Er hob den Blick und ließ die Finger über den Stapel von Büchern auf ihrem Nachttisch gleiten. »Welche davon liest du?«

»Alle«, sagte sie, erleichtert darüber, von etwas anderem sprechen zu können.

»Alle auf einmal?«

»Ich lese eines zur Zeit. Aber in der Regel fange ich ein neues Buch an, bevor ich es schaffe, das alte auszulesen. Das hab ich schon immer so gemacht.«

»Aber hast du denn dann überhaupt etwas von den Büchern?«, fragte er mit einem ungläubigen Lächeln.

»Das ist meine Art, Bücher zu lesen«, sagte sie und setzte sich

auf. Sie griff nach ihrer Armbanduhr, die sie wenige Stunden vorher abgenommen hatte, und erhob sich vom Bett.

»Wenn die Frau sich die Uhr umbindet, wird das Laken kühl«, sagte er. »Japanisches Haiku«, fügte er mit einem schelmischen Lächeln hinzu.

Als sie im Badezimmer stand, schloss sie die Augen und spürte, dass ihr Körper schwer und faul war und dass es ihr gut ging. Sie stand etwas unsicher, öffnete die Augen wieder und fand sich im Spiegel. Schließlich betrachtete sie ihre linke Brust.

Nein.

Sie drehte das Wasser in der Dusche auf und ließ es laufen, während sie danebenstand und wartete. Als der Strahl heiß genug war, stieg sie in die Kabine und genoss die Massage auf Schultern, Rücken und Bauch. Sie legte den Kopf in den Nacken und ließ die heißen Strahlen lange über ihr Gesicht fließen. Seifte ihr Haar ein. Den Körper.

Weit entfernt hörte sie ein Handy klingeln.

Unwillkürlich öffnete sie die Tür der Duschkabine einen Spalt. Es musste Steffens Handy gewesen sein. Sie konnte ihn reden hören. Hörte, wie er im Wohnzimmer auf und ab ging. Sie hoffte, dass er immer noch nackt war, dann hätten die beiden neugierigen Nachbarn von gegenüber etwas zu reden.

Sie machte sich fertig. Holte saubere Unterwäsche aus dem Schrank neben der Tür.

Es war still geworden im Wohnzimmer.

Dann hörte sie, wie er im Flur mit seinen Schuhen hantierte.

Sie streckte den Kopf aus der Tür.

Steffen stand im Flur, fertig angezogen.

»Hat deine Frau angerufen?«, fragte sie überrascht.

Steffen stieg auf den Gag nicht ein. Sein Gesicht war sehr ernst. »Hab einen Anruf bekommen. Ein Informant. Ich muss gehen. So ist mein Job, immer bereit. Wir telefonieren.«

Bevor Lena reagieren konnte, streiften seine Lippen ihre. In der nächsten Sekunde war er aus der Tür.

11

Der Schnee fiel jetzt dichter. Straßenlaternen und Fenster leuchteten gelb wie auf Weihnachtspostkarten. Ein Taxi schleppte sich mit durchdrehenden Vorderrädern langsam und schlingernd den Åkebergveien hinauf. Gunnarstranda hielt Abstand, für den Fall, dass das Taxi stehen blieb und rückwärtsrutschte. Die Ampel sprang auf Rot und Gunnarstranda stellte sich auf Warten ein. Er hatte überhaupt keine Lust, auszusteigen und den Wagen vor ihm anzuschieben. Die Schneeflocken fielen daunenleicht auf die Windschutzscheibe und schmolzen dort. Blind griff er nach einer CD und schob sie in den Recorder. Coltranes Saxophon tönte aus den Lautsprechern. Aber wer begleitete ihn am Klavier? Bill Evans? Möglich. Nein. Es war zu langsam und zu blue. Es musste das Quartett mit McCoy Tyner am Waschbrett sein.

Es wurde grün, und das Taxi mit den unzureichenden Winterreifen schaffte es merkwürdigerweise beim ersten Versuch über die Kreuzung. Es verschwand in Richtung Galgenberg. Gunnarstranda fuhr links in die Kjølberggata.

Sein Handy klingelte.

Er hob es ans Ohr.

»Hier ist Stig. Stig Eriksen.«

Gunnarstranda fuhr an die nächste Bushaltestelle und hielt. Er drehte die Musik leiser.

»Wir haben gerade miteinander geredet.«

»Ja.«

»Mir ist was eingefallen.«

»Sprechen Sie einfach, Stig.«

»Nicht am Telefon.«

»Sie wollen also doch mit mir sprechen? Worüber denn?« Gunnarstranda hörte selbst, dass sein Ton unnötig abweisend klang, aber es war spät, und er hatte sich darauf gefreut, nach Hause zu kommen, den Kamin anzumachen, die Füße hochzulegen und mit Miles Davis und einem Glas Whiskey oder Calvados in der Hand abzuschalten.

Stig räusperte sich zögernd. »Ich hab geblufft.«

»Aha«, sagte Gunnarstranda.

»Es stimmt, dass Nina ermordet wurde. Ich weiß, was passiert ist, warum Nina ermordet wurde, deshalb muss ich mit dir reden.«

»Aha«, wiederholte Gunnarstranda, machte die Musik ganz aus und sagte: »Ich habe Ihnen zweihundert Mäuse gegeben, und Sie haben Ihren Becher genommen und sind gegangen. Und nun soll ich Sie plötzlich suchen, bei diesem Scheißwetter. Sie dürfen nicht noch mehr von meiner Zeit vergeuden, Stig. Sie müssen mir was geben, hier und jetzt, am Telefon, irgendwas, damit ich glauben kann, dass es sich lohnt, mich zu Ihnen auf den Weg zu machen.«

Er sah in den Spiegel. Ein Bus kam heran. Er fuhr ein paar Meter weiter vor, um ihm Platz zu machen.

Stig schwieg immer noch.

»Also?«

»Okay, ich geb dir was«, flüsterte Stig. »Nina hat gesehen, was mit dem Typen passiert ist, den sie gestern am Rathauskai tot aus dem Wasser gefischt haben. Nina hat mir erzählt, wie er ermordet wurde. Sie hat gesehen, wie sie den Mann ins Wasser geschmissen haben.«

Sie, dachte Gunnarstranda, sagte aber nichts. Mehrzahl oder Einzahl, die Situation war in jedem Fall brisant. Jetzt galt es, Stig Eriksen zu finden, bevor er wieder verschwinden konnte.

»Deshalb ist Nina danach ermordet worden!«, sagte Stig.

»Wo sind Sie?«, fragte Gunnarstranda.

Stig gluckste leise. »Na, da kommste in Fahrt, was?«, sagte er lachend.

»Verarschen Sie mich?«

»Nein«, sagte Stig schnell.

»Wer hat den Mann vom Kai geworfen?«

Der Bus blinkte, und der Fahrer hupte ärgerlich, als er sein Gefährt an ihm vorbeischob.

»Nicht am Telefon«, sagte Stig.

Gunnarstranda sah auf die Uhr und verschob den Drink und Miles um zwei Stunden. »Wo finde ich Sie?«, fragte er.

12

Vor der gesamten Steinmauer hinter der Statoil-Tankstelle standen jetzt Autos, die hier unerlaubt kostenlos parken wollten. Gunnarstranda dachte, er mache ja nur eine Stippvisite, und parkte hinter einem PKW, dessen Dach voller Schnee war. Im Osten erhoben sich neue Glasgebäude über halbfertigen Hafenkonstruktionen. In Bjørvika wurde gebaut.

Gunnarstranda griff nach der Taschenlampe im Handschuhfach und stieg aus.

Er presste das Kinn tief in den Schal und nahm Kurs auf die Baustelle.

An einem provisorischen Maschendrahtzaun blieb er stehen. Mehrere Schilder signalisierten, dass der Zutritt verboten war. Er war auf dem richtigen Weg. Der Schnee peitschte ihm ins Gesicht. Er zog die Jacke enger um den Körper und stemmte sich gegen den Wind. Ging weiter am Zaun entlang, bis er das Loch fand.

Eine Spur im Schnee führte auf den Rohbau zu. Die Drahtenden im Zaun stachen in alle Richtungen. Er aalte sich durch das Loch und spähte in die Dunkelheit. Direkt vor ihm thronte der Unterbau eines riesigen Krans. Die gelbe Konstruktion stieg in den Himmel und verschwand in einem schwarzen Abend mit Schneeschauern. Neben dem Kran waren vage die Umrisse eines Kompressors zu erkennen.

In dem Rohbau gähnten dunkle rechteckige Öffnungen. Er folgte der Spur im Schnee auf die nächste Öffnung zu.

Kein Stig.

Gunnarstranda holte tief Atem und ärgerte sich, dass er sich hatte hinters Licht führen lassen.

Es herrschte schwarze Nacht, und er stand hier in einem Kabäuschen, das nach Keller und Müll stank. Immerhin stand er im Windschatten. Er bürstete sich den Schnee von der Jacke, schaltete die Taschenlampe ein und stellte fest, dass er sich in einer Art Treppenhausschacht befand. Eine nackte Betontreppe führte nach oben.

Als er sich weiterbewegte, knirschten Zementreste unter seinen Schuhen. Der Lichtstrahl der Taschenlampe wanderte über die Wände und strich über ein gespraytes Kunstwerk. Auf dem Treppenabsatz stand ein schwarzer Plastiksack voller abgeschnittener Kabelreste und anderem Müll.

Plötzlich hörte er Schritte.

»Stig?«, rief er.

Keine Antwort.

Da oben war jemand. Garantiert.

Er richtete die Taschenlampe nach oben. Sie erlosch.

Tiefste Dunkelheit umfing ihn.

Gunnarstranda schüttelte die Taschenlampe. Sie wollte nicht wieder angehen. Er schlug sie gegen die Wand. Sie leuchtete kurz auf, dann wurde es wieder schwarz.

Er brauchte Licht. Also schraubte er das Ende der Lampe ab,

holte die Batterien heraus und ließ sie dann wieder hineingleiten. Schraubte den Deckel wieder zu.

Da hörte er wieder Schritte. Näher jetzt. Sehr nah.

»Hallo?« Er hielt den Atem an und lauschte. Jetzt klang nur das Rauschen der Stadt von draußen herein.

Keine Schritte mehr.

War das ein neuer Einfall von Stig? Was hatte er sich diesmal ausgedacht?

Gunnarstranda versuchte es noch einmal mit der Taschenlampe. Sie leuchtete.

Der Lichtstrahl wanderte. Er sah niemanden. Aber er hatte Schritte gehört. Wo war diese Person jetzt?

Langsam folgte er dem Strahl seiner Taschenlampe und ging die Treppe hinauf.

Zweiter Stock. Hier drang etwas Licht durch eine Öffnung in der Betonwand herein. Aber es war niemand zu sehen. Hatte er wirklich Schritte gehört? Oder war es Einbildung gewesen?

Dann stand er vor einem Wald von Stahlrohren. Ganz hinten, hinter den Balken, flackerte eine kleine Flamme. Es musste eine Kerze sein.

»Stig!«, rief er.

Das Gebäude blieb still und stumm.

Langsam ging er auf das Licht zu. Tastete sich voran. Spitzen von Armiereisen ragten aus dem Beton. Die Luft war tot und abgestanden, es roch nach einer Mischung aus feuchtem Beton, Urin und Erbrochenem.

Er erreichte eine Öffnung in der Betonwand.

Dahinter erleuchtete die armselige Kerze ein Versteck, das einem Obdachlosen gehören musste.

Aus Angst, die Taschenlampe könnte bei einer unbedachten Bewegung wieder ausgehen, hielt er sie ganz still.

Die Kerze stand halb abgebrannt in einer leeren Weinflasche.

Auf dem Boden lagen ein zerknüllter Schlafsack, Reste einer Pizza und Verpackungen von Hamburgern oder Kebabs.

Kein Stig.

Er ließ den Lichtstrahl langsam über das armselige Inventar schweifen. Glassplitter, eine halbvolle Colaflasche …

Er räusperte sich und rief wieder: »Stig!«

Keine Antwort.

Er schaltete die Lampe aus. Holte sein Handy aus der Tasche. Rief Stigs Nummer an.

Ein Telefon klingelte. Eine metallische Version von *Jingle Bells*.

Gunnarstranda drehte sich in die Richtung, aus der das Klingeln kam.

Mit dem Handy in der einen und der Taschenlampe in der anderen Hand ging er der Melodie nach. Bewegte sich durch einen Korridor aus nacktem Beton.

Plötzlich brach der Klingelton ab.

Gunnarstranda blieb stehen und lauschte.

Hörte nur das Rauschen der Stadt von weit her. Sein Mund war trocken. Er richtete den gelben Lichtstrahl nach hinten. Niemand zu sehen.

Er leuchtete nach vorn. Er befand sich nah an der Außenwand des Gebäudes. Die Geräusche der Stadt drangen durch ein Loch in der Wand herein, die Öffnung irgendeines unfertigen Fensters.

Der Lichtstrahl malte einen gelben Kreis an die Wand, wanderte diese entlang und auf den Boden, wo er etwas streifte. Gunnarstranda hielt in der Bewegung inne und ließ den Strahl langsam zurückwandern.

Ein längliches Bündel lag unter dem gähnenden Loch in der Wand.

Gunnarstranda ahnte Schlimmes und trat langsam näher.

Das Bündel war ein Körper. Der Körper hatte nur ein Bein

und lag in einer verrenkten Stellung da. Der Fuß zeigte in den Himmel, das Gesicht lag auf dem Beton. Gunnarstranda ging in die Hocke.

Stigs Hinterkopf war ein geronnener Blutpudding.

Er drehte den toten Körper auf den Rücken. Das Loch in der Stirn war rund wie ein Kronenstück.

Gunnarstranda schaltete die Lampe aus, blieb in der Hocke, reglos. Er hielt die Luft an und lauschte, hörte aber nur das Rauschen des Verkehrs durch das Fenster.

Die Schritte, die er gehört hatte, waren die Schritte eines bewaffneten Mörders gewesen. Und das Einzige, womit er sich jetzt verteidigen konnte, war eine defekte Taschenlampe.

Aber so konnte er nicht hocken bleiben.

Mit trockenem Mund und klopfendem Herzen durchsuchte er Stigs Taschen. Kein Handy. Er musste es finden, griff nach seinem eigenen und wählte Stigs Nummer.

Jingle Bells.

Gunnarstranda stand auf. Drehte sich in die Richtung. Ging zwei Schritte. Wieder brach das Klingeln unvermittelt ab.

Gunnarstranda hockte sich wieder hin.

Er verharrte, ohne sich zu bewegen, aber nichts geschah. Nur das Geräusch von Schritten war zu hören, jetzt so klar wie Kirchenglocken am Sonntagmorgen.

Unendlich langsam gewöhnten sich seine Augen an die Dunkelheit. Vage erkannte er die Umrisse der Öffnung in der Betonwand.

Er konzentrierte sich und meinte, einen Schatten zu erkennen, der sich auf die Öffnung zu bewegte.

Gunnarstranda stand auf. Der Schatten verschwand. Gunnarstranda folgte ihm durch die Türöffnung. Hier herrschte ein stärkerer Luftzug. Er blieb stehen.

Der Zug kam von unten. Er schüttelte die Taschenlampe und versuchte, sie einzuschalten. Schüttelte erneut. Sie leuchtete.

Er stand am Rande eines Abgrunds. Eines quadratischen Lochs im Boden.

Gunnarstranda schnappte nach Luft, während seine Hände nach etwas suchten, woran sie sich festhalten konnten. Sie fanden nichts, aber er gewann die Balance zurück.

Eine Vibration ließ ihn zwei Schritte zurücktreten, ohne dass er wusste warum. Der Knall ließ ihn zusammenzucken. Ein Betonblock donnerte auf den Boden, genau an der Stelle, an der er eben noch gestanden hatte. Der Beton zerbarst, und er bekam ein paar Brocken Zement und Kiesel ins Gesicht.

Vor Schreck ließ er die Taschenlampe fallen. Er bückte sich und tastete nach ihr, aber sie rollte auf den Schacht zu und verschwand in der Tiefe.

Auf allen vieren blinzelte er sich den Zementstaub aus den Augen.

Dann stand er auf. Suchte nach einem Halt. Seine Hand fand die Wand.

Langsam tastete er sich im Dunkeln zur Treppe vor. Der Mann, der irgendwo dort oben war, musste die Treppe nehmen, um nach draußen zu kommen.

Da hörte er wieder Schritte.

Im selben Moment bekam er einen heftigen Stoß und fiel. Er hielt schützend beide Hände vor den Körper und schabte sich beide Handflächen auf. Eine Gestalt sprang über ihn hinweg und lief weiter die Treppe hinunter.

Gunnarstranda kam auf die Beine und stolperte hinterher. Doch dann fiel er wieder und schlug mit der Schläfe auf. Wieder rappelte er sich auf.

Schließlich kam er unten an.

Kein Mensch war zu sehen. Nur Schnee, der Kran, der Kompressor und ein gähnendes Loch im Zaun.

Gunnarstranda lehnte sich an die nackte Betonwand, vollkommen außer Atem. Wieder griff er nach dem Handy in sei-

ner Tasche. Rief Stigs Nummer an und legte das Handy ans Ohr. Jetzt nahm jemand ab. Er konnte das Rauschen des Verkehrs und das Geräusch von Schritten hören.

»Wer sind Sie?«, fragte er und lauschte.

Er hörte, wie die Schritte innehielten. Es folgte ein langes Schweigen. Als Gunnarstranda die Frage wiederholen wollte, verstummten die Geräusche.

Er ließ das Handy sinken. Die Verbindung war abgebrochen.

SONNABEND, 12. DEZEMBER

1

Ein scharfer Strahl der tief stehenden Wintersonne traf das Wasserglas, änderte seine Richtung und stach ihm in die Augen. Der Wecker wollte nicht aufhören zu klingeln. Gunnarstranda hob einen Arm, tastete und schaffte es, ihn auszuschalten. Es war wenige Minuten nach neun Uhr morgens. Drei Stunden hatte er geschlafen. Er schwang die Beine aus dem Bett, griff nach dem Wasserglas und trank es in einem Zug aus.

Tove war schon zur Arbeit gegangen. Ein leerer Teller stand neben einer Packung Müsli auf dem Küchentisch.

Im ganzen Raum roch es nach angebranntem Kaffee. Tove hatte die Kaffeemaschine nicht ausgeschaltet. Noch ein halber Liter in der Kanne. Er schenkte sich eine Tasse ein und verdünnte ihn mit Milch aus dem Kühlschrank. Einen Moment lang betrachtete er reglos den Inhalt des Kühlschranks, konnte sich aber nicht entscheiden, ob er hungrig war oder nicht. Er wusste nur, dass er müde war.

Schließlich ging er ins Bad. Lange stand er da und überlegte, ob er duschen sollte. Am liebsten wäre er wieder ins Bett gegangen.

Er sah noch einmal auf die Uhr. Es waren fast zwanzig Minuten vergangen, und das Einzige, was er bisher an diesem Tag geschafft hatte, war, sich einen Kaffee einzuschenken.

Er ging zum Telefon, rief die Gerichtsmedizin an und fragte, ob dort der Obduktionsantrag für die Leiche von Nina Stens-

hagen schon eingegangen sei. Das war nicht der Fall. Er bat darum, mit Schwenke verbunden zu werden.

»Es ist Samstag.«

»Na und?«

»Ich bin nicht sicher, ob er da ist.«

»Versuchen Sie's«, sagte Gunnarstranda ärgerlich.

Das Telefon klingelte lange. Gunnarstranda überlegte schon, ob er auflegen sollte. Aber dazu kam er nicht.

»Schwenke.«

»Hier ist Gunnarstranda. Es geht um Nina Stenshagen. Sie wurde Donnerstagmorgen von einer T-Bahn überfahren. Können Sie eine Obduktion vornehmen?«

Schwenke wollte wissen, warum.

»Ich will wissen, ob sie erschossen wurde, bevor der Zug sie überrollte«, sagte Gunnarstranda. »Und ja, ich habe gewichtige Gründe, das zu vermuten.«

Er legte auf.

Blinzelnd schaute er in die tief stehende Sonne vor dem Fenster. Er fühlte sich verbraucht und unwohl. Der ruhige Feierabend, mit dem er den vergangenen Tag krönen wollte, hatte sich zu einer langen Arbeitsnacht am Tatort eines Mordes entwickelt. Außerdem war er selbst einem Mordversuch ausgesetzt gewesen! Er hatte mehr als drei Stunden Schlaf verdient.

Also stapfte er zurück ins Schlafzimmer und kroch wieder unter die Decke.

Sobald er die Augen geschlossen hatte, fühlte er sich hellwach. Er öffnete sie wieder und betrachtete durch das Fenster den blauen Himmel. Es hatte keinen Sinn. Er würde doch nicht einschlafen können.

Also stand er auf und nippte an der Kaffeetasse. Das war immerhin ein Anfang.

2

Lena begann den Samstagmorgen damit, ihr Handy abzuschalten. Sie hatte viel zu tun und brauchte eine Pause von der Erreichbarkeitstyrannei. Dann schrieb sie eine To-do-Liste. Sie musste Hammelrippchen kaufen, geräuchert und gesalzen, sie brauchte Puderzucker und Mandeln für Marzipan und Kong-Haakon-Pralinen. Mindestens drei Schachteln. Und Weihnachtsgeschenke.

Sie saß da und biss auf ihrem Kugelschreiber herum. Ihre Gedanken wanderten zu dem Mann im Hafenbecken. Der kam Weihnachten nicht nach Hause. Aber es gab Angehörige, die immer noch warteten. Sie musste ihnen sagen, wann die Leiche freigegeben würde. Nicht vergessen.

Schließlich hatte Lena zwei To-do-Listen. Eine für die Arbeit und eine für Weihnachten.

Gott sei Dank, dachte sie, dass ich so ein Kontrollfreak bin, der mit dem Einkaufen von Weihnachtsgeschenken schon im Januar anfängt. Auf jeder Ferienreise oder beim kurzen Bummeln durch einen exotischen Laden in der Stadt kam ihr häufig dieser Gedanke in den Sinn. Duftkerzen mit Zimt? Könnte das nicht ein schönes Geschenk für Ingeborg sein? Oder ein Glas mit Kastanienhonig aus Italien? Oder das schicke Top? Aber, dachte Lena, offenbar bin ich doch nicht Kontrollfreak genug. Es stehen immer noch Namen auf der Liste ohne Geschenk. Und sie hatte immer noch kein Geschenk für Mama gekauft.

Was sollte sie ihr bloß schenken? Sie hatte keine Ahnung. Sie biss auf dem Kugelschreiber herum, doch ihr wollte einfach nichts einfallen. Schließlich stand sie auf und ging zum Laptop, der an die Anlage angeschlossen war. Eine kurze Suche im Netz – die Liste der Weihnachtsradios war lang. Sie wählte xmasmelody.com. Chris Reas flüsternde Stimme begann sofort

Driving home for Christmas zu singen. Zurück zur Liste. Noch immer keine Idee. Lena ging in die Küche und setzte Teewasser auf. Vielleicht wäre das ein Geschenk für Mama? Ein Teekocher? Eine dänische Kaffeekanne? Sie griff nach den Teelichthaltern auf dem Tisch und pulte die ausgebrannten Teelichte heraus. Elf ausgebrannte Metalltöpfchen. Sie musste dringend zu IKEA, um fünf, sechs Tüten billiger Teelichte zu kaufen. Im Schrank waren fast keine mehr. Das ist das Einzige, was ich wirklich gut kann, dachte sie. Tee trinken und Teelichte abbrennen.

Aber zuerst musste sie in die Stadt und Weihnachtsgeschenke kaufen.

Lena nahm den Bus ins Zentrum und begann eine mehrstündige Wanderung, zuerst durch das Arkaden-Einkaufscenter, danach durch Oslo City. Aber da sie keine Ahnung hatte, was sie kaufen sollte, und auch nicht geplant hatte, für wen sie etwas kaufen wollte, endete die Wanderung in der Platekompaniet, wo sie sich selbst eine DVD kaufte: den Klassiker *Stolz und Vorurteil* mit Colin Firth in der Rolle des Mister Darcy.

Sie hielt die DVD einen Moment unschlüssig in der Hand. Eigentlich hätte sie sie sich zu Weihnachten wünschen sollen, wusste aber, dass sie nicht mehr bis Weihnachten warten konnte, und schenkte sie sich deshalb als Vorweihnachtsgeschenk. Sie freute sich schon riesig darauf, das Wochenende auf dem Sofa damit zu verbringen, den emotionalen Schlagabtausch in einem richtigen Liebesdrama zu verfolgen. Sie freute sich darauf, gemeinsam mit Lizzy zu verzweifeln und mit Jane zu weinen.

Sie betrachtete eine Schaufensterpuppe in Strümpfen, Strapsen, durchsichtigem Slip, BH und einem schwarzen, ausgefallenen Lucia-Kranz auf dem Kopf. Weihnachtsbaumkerzen. Die Kabel der Lichter waren auf dem Bauch und an den Beinen

der Puppe entlang festgeklebt. Morgen war der Tag des Lucia-Festes. Santa Lucia, Santa Lucia. Sie drehte sich um und sah nach draußen. Es wurde schon dunkel. Das Weinmonopol würde bald schließen.

Lena fuhr die Rolltreppe hinunter, kaufte ein kleines Arsenal an Flaschen und rollte eine nach der anderen in Weihnachtspapier ein, damit sie nicht klirrten. Plötzlich verspürte sie Hunger.

Sollte sie direkt nach Hause fahren oder in der Stadt noch eine Kleinigkeit essen?

Nachdenklich blieb sie stehen. Plötzlich kam ihr eine Idee.

Warum ging sie nicht in das berüchtigte *Flamingo – Bar und Restaurant*? Sie vergewisserte sich, dass das Foto von Sveinung Adeler in ihrer Handtasche steckte.

Als die Straßenbahn kurz darauf den Grefsenveien hinaufbretterte, saß Lena am Fenster und betrachtete die Villen, deren gelbe Fenster unter weißen, schneebedeckten Dächern leuchteten, während aus den Schornsteinen graue Rauchsäulen in den Himmel stiegen.

Von der Straßenbahnhaltestelle aus stapfte sie mit den Einkaufstaschen in den Händen auf das Restaurant zu. Es war geschlossen. Typisch.

Doch da sie inzwischen großen Hunger hatte, gab sie nicht auf, sondern klopfte trotzdem an eines der Fenster, die zur Straße hin zeigten.

Ein junger Mann in Jeans, gelbem Pullover und einem coolen Cap auf dem Kopf öffnete die Tür.

»Es sieht bestimmt nicht so aus«, sagte Lena, »aber ich bin von der Polizei.«

Sie stellte die Einkaufstaschen ab und fischte ihren Ausweis aus der Handtasche.

Das Lokal war leer, roch aber immer noch nach dem Weihnachtsessen vom Vortag. Ein kleines Mädchen von drei, vier Jahren krabbelte zwischen den Tischen auf dem Boden herum. Sie griff nach Lenas Hosenbein und wollte spielen.

Der Mann entschuldigte sich und hob das Mädchen auf seinen Arm.

»Es geht um Mittwochabend«, sagte Lena und ließ alle Hoffnung auf ein baldiges Essen fahren. Sie zog das Foto von Sveinung Adeler aus der Tasche. »Können Sie mir sagen, ob dieser Mann hier gewesen ist?«

Der Mann griff nach dem Foto und betrachtete es. »Schon möglich. Hab den Mann, glaube ich, gesehen und das könnte durchaus am Mittwoch gewesen sein, aber ich kann mich nicht genau erinnern. Irgendwie kommt er mir jedenfalls bekannt vor.«

»Haben Sie am Mittwochabend gearbeitet?«

»Ich arbeite jeden Abend. Wir sind alle hier, mein Bruder und meine Schwester, meine Mutter und mein Vater.«

»Haben Sie das Haus mittwochs voll?«

»Normalerweise nicht. Aber jetzt ist Saison. Von Anfang November an haben wir das Haus sozusagen jeden Abend voll, bis einen Tag vor Weihnachten.« Er machte eine ausladende Handbewegung. »Weihnachtsteller, Lutefisk, Sie wissen, wie das ist. Die beliebtesten Lokale im Zentrum sind seit Oktober ausgebucht, und viele kommen dann zu uns, wenn Weihnachten naht, aber wir haben auch viele feste Kunden – im Weihnachtsstress.«

»Wer hat hier serviert, abgesehen von Ihnen?«

Der Mann setzte das Kind wieder auf den Boden, nahm das Foto mit und ging in die Küche. Dort wurde hörbar gearbeitet.

Lenas Magen knurrte. Wenn sie nach Hause käme, würde sie richtig zuschlagen, Käsesandwichs toasten, mit viel Butter und Schinken und Senf. Mindestens vier Stück. Kein Sekt dazu dies-

mal. Sie würde Bier trinken. Gelbes Bier, mexikanisch, die gleiche Sorte, die Sveinung Adeler in seinem Kühlschrank gehabt hatte. Ihr Magen knurrte wieder. In der Hoffnung, dass er dann Ruhe geben würde, stand sie auf. Blieb stehen und betrachtete das kleine Mädchen mit der goldenen Haut und den betörenden schwarzen Locken. Das Mädchen lächelte geheimnisvoll und fasste sie ums Bein.

Lena kapitulierte. »Wie heißt du denn?«, fragte sie.

Das Mädchen schüttelte den Kopf und platzte fast vor unterdrücktem Lachen und Geniertheit. Sie fragte in Richtung Küchentür nach ihrem Papa.

In der Tür stießen sie fast zusammen. Der Vater kam in Begleitung einer Frau in den Fünfzigern zurück, die ein scharf geschnittenes, wettergegerbtes Gesicht hatte. Jetzt hielt diese Frau das Foto in der Hand. »An den hier erinnere ich mich«, sagte sie mit einer heiseren Whiskystimme. »Hat er was angestellt?«

Lena schüttelte den Kopf. »Ich wüsste gern, mit wem er zusammen hier war.«

»Sie waren zu dritt«, sagte die Frau und zeigte auf einen Tisch an der Fensterseite. »Ich erinnere mich an sie, weil eine von ihnen ein Promi war. Diese Hübsche, die im Parlament sitzt. Aud Helen Vestgård. War schon was Besonderes. Na ja, es kommt schon vor, dass mal Promis hier essen, aber nicht jeden Tag eben, und ich fand das irgendwie nett, verstehen Sie? Die Frau gefällt mir, und dann hat's mir Spaß gemacht, sie zu bedienen, wissen Sie. Sie waren zu dritt. Der hier, die Vestgård und noch einer.«

»Ein Mann?«

»Ja.«

»Dieser dritte Mann war also kein Promi?«

»Nein. Hab den Kerl noch nie gesehen. Aber ihre Bestellung war irgendwie komisch. Der hier auf dem Foto wollte Lutefisk, ein Mineralwasser, die Vestgård wollte Hammelrippchen und

Rotwein und alles, was dazugehört, und der Dritte hat was Vegetarisches bestellt und Wasser getrunken. Irgendwie komisch, aber völlig okay.«

»Wie sah der dritte Mann aus?«

»Ende fünfzig, denke ich. Hübscher Mann, braune Augen, ein kleiner Bart um den Mund und am Kinn, aber nicht auf den Wangen. Kurze Haare, dunkel, graue Strähnen. Er trug einen Anzug. Sehr elegant. Goldarmbanduhr und ein Ring mit Stein am Finger. Ein Typ, der wohl Wert drauf legt, gut auszusehen, wenn Sie mich fragen. Beide Männer trugen Anzug, und Vestgård hatte ein Strickkleid an, ziemlich schick eigentlich, erdfarben, obwohl ich mir nicht vorstellen kann, dass sie es selbst gestrickt hat.«

»Sie schauen aber genau hin«, sagte Lena.

»Wie gesagt, der Mann sah echt gut aus«, erwiderte die Frau lächelnd.

»Ich nehme an, sie haben den Tisch vorher reserviert?«

»Das müssen sie, wir haben hier sonst keinen VIP-Service.«

Das kleine Mädchen war unter den Tisch gekrabbelt, an dem Lena saß. Sie zog an Lenas Hosenbein und versuchte wieder, ihre Aufmerksamkeit auf sich zu lenken.

Der Mann mit dem Cap ging zur Küchentür, streckte die Hand hinein und zog ein Reservierungsbuch hervor. »Mal sehen, am Mittwoch …«

Er schlug die entsprechende Seite auf. »Vestgård, zwanzig Uhr dreißig.«

Lena stand auf und trat neben ihn. »Sie hat den Tisch bestellt?«

»Sieht so aus.«

»Können Sie mir eine Kopie von der Seite machen?«, fragte Lena.

»Ich kann die Seite einscannen und sie Ihnen per Mail zuschicken.«

Lena nickte, suchte in ihrer Hosentasche nach einer Visitenkarte und reichte sie ihm. »Mailadresse und Telefonnummer. Wie lange haben sie hier gesessen?«, fragte sie.

Die Frau dachte einen Moment nach. »Sie haben sich die Rechnung geteilt«, sagte sie dann. »Frau Vestgård und der ältere der beiden Männer … nein. Sie hat für zwei bezahlt. In bar. Ich würde tippen, da war es ungefähr halb elf, vielleicht ein bisschen früher. Die Küche schließt um halb elf, und es wurde schon langsam leerer.«

»Gibt es eine Quittung mit Uhrzeit?«, fragte Lena.

Die Frau schüttelte den Kopf. »Nein. Sie haben bar bezahlt. Aber sie haben mich gebeten, ihnen ein Taxi zu rufen, das weiß ich noch.«

»Sie sind zusammen abgefahren?«

»So kam es mir vor, ich habe nur einen Wagen bestellt.«

Lena richtete sich auf. »Erinnern Sie sich an die Nummer des Wagens?«

»Sind Sie verrückt? Nein. Das war einer von hundert an dem Abend, mindestens.«

Lena bedankte sich und wollte gehen.

Das kleine Mädchen flüsterte ihrem Papa etwas zu, als Lena sich den Schal um den Hals wickelte.

»Tu das ruhig«, sagte der Vater.

Das kleine Mädchen errötete geniert. Lena ging in die Hocke. »Was ist denn?«, fragte sie.

Da reichte ihr das Mädchen eine Blume. Es war eine zerknitterte Plastikblume. Lena nahm sie entgegen. »Vielen Dank.« Lena war freudig gerührt. Sie streckte die Arme aus, um dem Mädchen einen Kuss zu geben. Aber das Mädchen floh in die Küche.

Der Vater zwinkerte Lena zu. »Meine Tochter wollte Ihnen etwas schenken, aber sie ist so schüchtern.«

Lena steckte die Blume in die Tasche. Während sie auf die Straßenbahn wartete, die sie wieder in die Stadt bringen sollte, rief sie die Gerichtsmedizin an. Sie bekam einen Pathologen an den Apparat und berichtete, dass Sveinung Adeler am Mittwochabend zwischen 19.30 und 23.00 Uhr Lutefisk, Bier und Aquavit zu sich genommen hatte. Sie ging davon aus, dass er um 22.00 Uhr mit dem Essen fertig gewesen war. Ob das die Bestimmung des Todeszeitpunkts erleichtern würde?

Der Pathologe war sich nicht sicher. Sie wurde mit Schwenke verbunden.

»Was ist denn nun schon wieder?«, bellte er ärgerlich. »Es ist Samstag, warum ruft ständig die Polizei hier an?«

Lena entschuldigte sich und versprach, ihm ein Weihnachtsgeschenk zu bringen, wenn er ihr schnell eine Frage beantwortete.

Schwenke zögerte nicht und sagte: »So wie das Essen verdaut war, wäre meine Schlussfolgerung, dass Adeler irgendwann zwischen fünf und sechs am Donnerstagmorgen ertrunken ist.«

Lena bedankte sich und legte auf.

Die blaue Straßenbahn glitt heran, hielt und öffnete die Türen. Lena stieg ein. Schwenke hatte natürlich Recht.

Samstag war ein freier Tag, und sie hatte viele Stunden mit Liebeskämpfen vor sich.

Sie fand einen Sitzplatz. Allein, dachte sie. Ein ganzes Wochenende nur für mich.

Sie zog die zerknitterte Plastikblume aus der Tasche, die ihr das kleine Mädchen geschenkt hatte. Rollte sie zwischen den Fingern hin und her. Wieder spürte sie die Rührung, bekam einen Kloß im Hals und dachte an den Knoten in ihrer Brust. Wenn einen negative Gedanken belasten, tut es gut, gesehen zu werden. Sie atmete tief durch und schloss die Augen. Das ist ein Zeichen, dachte sie. Ich bin verletzbar. Ich muss dieses freie Wochenende richtig nutzen, für mich ganz allein, meditieren, trainieren.

MONTAG, 14. DEZEMBER

1

»Tut mir leid«, sagte Lena. »Aber ich habe deine Nachricht erst gestern Abend bekommen.«

Gunnarstranda antwortete nicht.

»Mein Handy lag abgeschaltet zuhause, und ich war mit Weihnachtsvorbereitungen beschäftigt. Ich habe eine Mutter, die ganz bestimmte Vorstellungen hat, wie Weihnachten ablaufen soll.«

Sie hätte sich nicht entschuldigen müssen, tat es aber trotzdem.

Eine freundliche Seele hatte am Wochenende zu viele Lussekatter gebacken und beschlossen, den Rest mit den Kollegen zu teilen. Ein roter Korb mit glänzenden kleinen Gebäckringen stand zwischen zwei halbvollen Kaffeetassen, die nicht mehr dampften. Lena sah zu, wie Gunnarstranda nach einem Gebäck griff und es in zwei Teile brach. Als er sah, dass es innen gelb war, legte er die beiden Teile wieder zurück.

»Das kannst du nicht machen«, sagte Lena.

»Eigentlich ging es grade darum, was du tun solltest«, sagte Gunnarstranda, gehorchte aber, griff nach den beiden Hälften und warf sie in den Papierkorb.

Lena hob eine der Kaffeetassen hoch und schwenkte die kalte Flüssigkeit herum. An den Rändern blieb Kaffeesatz hängen.

Es gab immerhin eine unbestreitbare Schlussfolgerung: Eine oder mehrere unbekannte Personen waren in dem Moment, als Adeler ins Wasser fiel, bei ihm gewesen. Nachdem das Labor

seinen Teil der Arbeit erledigt hatte, stand das außer Frage. Das Brett, das neben der Leiche im Wasser trieb, wies Fasern von Adelers Hemd auf. Jemand hatte am Rand des Kais gestanden und es dem Mann, der da im Wasser zappelte, in den Nacken gedrückt. Entweder, um ihm zu helfen, oder, um ihn unter Wasser zu halten – oder aber, um die Leiche herauszufischen. Egal, was der Betreffende getan hatte, er hatte sich nicht gemeldet. In Lenas Kopf blinkten vier leuchtende Buchstaben: M-O-R-D.

»Die Zeit rennt«, sagte Gunnarstranda. »Und genau wie du will ich wissen, was an dem Morgen auf dem Kai passiert ist. Wir hatten einen Zeugen: Stig Eriksen. Freitagabend wurde er mit einer Maschinenpistole erschossen, zehn Minuten nachdem er behauptet hatte zu wissen, was Adeler und Nina Stenshagen passiert ist.«

Lena nickte. Der Fall nahm ganz neue Dimensionen an. Doch sie spürte das Bedürfnis, die Informationen gründlich zu analysieren, Zeit zu haben, um das Wesentliche vom Unwesentlichen zu unterscheiden.

»Aud Helen Vestgård lügt«, sagte Gunnarstranda.

»Danke, das weiß ich.«

»Vestgård hat den Tisch bestellt«, fuhr Gunnarstranda fort und trommelte mit den Fingern auf der Kopie der Reservierungsliste des *Flamingo* herum. »Du hast einen Zeugen. Außerdem hast du einen Beweis dafür, dass Vestgård auch bezüglich ihrer Beziehung zu Sveinung Adeler gelogen hat. Dadurch entsteht eine völlig neue Situation. Jetzt müssen wir herausfinden, was Adeler nach dem Essen am Mittwochabend und in der Nacht zum Donnerstag gemacht hat. Der unbekannte Dritte weiß möglicherweise, was Adeler nachts noch vorhatte. Möglicherweise war er es, der Adeler im Morgengrauen ins Wasser gestoßen und den armen Kerl dann mit dem Brett unter Wasser gedrückt hat.«

Lena nickte zustimmend.

»Vielleicht haben sich die beiden – der unbekannte Mann und Sveinung Adeler – von Vestgård verabschiedet, die dann mit dem Taxi nach Hause gefahren ist. Vielleicht sind die beiden zusammen in die Stadt gegangen, und es gab einen Streit?«

Lena schüttelte den Kopf. »Sveinung Adeler hatte null Promille im Blut, als er ertrank.«

Eine Weile schwiegen beide und dachten nach. Schließlich ergriff Gunnarstranda das Wort:

»Du weißt definitiv, dass drei Personen an dem Tisch im *Flamingo* saßen. Adeler ist tot. Nur Vestgård kann uns sagen, wer die dritte Person war.«

»Aber ich muss es erst mit Rindal besprechen«, sagte Lena. Gunnarstranda hatte Recht, aber Rindal hatte ihr sehr deutlich gemacht, dass er ein Wort mitzureden gedachte, wenn es um den Umgang mit Vestgård ging.

»Die Fasern an dem Brett auf dem Kai erklären alles«, sagte Gunnarstranda. »Jemand hat Adeler unter Wasser gedrückt und damit ertränkt. Das ist vorsätzlicher Mord. Nina Stenshagen hat das Ganze mit angesehen und ist geflohen. Der Täter lief hinter ihr her. Wäre Adelers Tod ein gewöhnlicher Unfall gewesen, hätte es keinen Sinn gemacht, hinter Nina herzulaufen und sie umzubringen.«

Lena griff nach ihrem Handy und rief zum dritten Mal Rindal an. Immer noch ging nur der Anrufbeantworter dran. Sie legte das Handy wieder weg.

Sie wechselten einen Blick. »Wir können beide mit Vestgård reden, wenn du es nicht im Alleingang machen willst«, sagte Gunnarstranda.

»Warum geht er nicht ans Telefon?«, fragte Lena leise.

»Stig Eriksen hat angerufen und wollte mir erzählen, wer die beiden umgebracht hat. Aber ich kam zu spät. Erst hat der Mörder Stig erschossen. Als ich dazukam, wollte er mich auch

töten. Es war reines Glück, dass ich den Betonblock nicht direkt auf den Schädel bekam.«

»Was?! Und das sagst du erst jetzt?«

»Bang!«, sagte Gunnarstranda und klatschte mit der Handfläche auf den Tisch. »Der Zement hat nur so gespritzt.«

»Warte«, sagte Lena.

Sie konnte nicht mehr stillsitzen und stand auf.

Gunnarstranda schwieg.

Ihr wurde klar, dass sie eine gute Strategie brauchte, um mögliche Nachbeben zu verhindern, wenn sie noch einmal mit der Parlamentsabgeordneten sprechen wollte. Dann hatte sie eine Idee. »Ich brauche deine Hilfe«, sagte sie, »aber anschließend möchte ich allein mit Vestgård reden.«

2

Lena beschloss, vorher keine taktischen Überlegungen anzustellen. Sie ging direkt in die Höhle der Löwin – unangemeldet. Zwar waren Parlamentsferien, aber sie nahm an, dass im Storting trotzdem gearbeitet wurde.

Die erste Überraschung erwartete sie bereits an der Rezeption: Der Eingang von Norwegens Nationalversammlung wurde an diesem Tag von Ståle Sender bewacht.

Lena hatte nicht mehr mit Ståle gesprochen, seit sie per SMS mit ihm Schluss gemacht hatte, bevor er mit seiner Frau in den Sommerurlaub fuhr. Auch jetzt sah sie keinen Grund, mit ihm zu reden. Also nickte sie ihm nur kurz zu und teilte ihm mit, dass Vestgård vermutlich auf sie wartete. Ståle seinerseits nahm sich Zeit und machte sich die Mühe, Lena hineinzubegleiten.

»Und was läuft so bei dir?«, fragte er.

»Nichts Besonderes«, sagte Lena. »Wir haben wenig Leute, viele Überstunden, wie immer halt.«

»Ich meine privat«, sagte Ståle.

Lena zögerte. »Geht so, wenn ich nicht so genau in mich hineinhöre.«

Ståle schwieg. Gott sei Dank, sie waren da. Lena las den Namen von Aud Helen Vestgård an der Tür und klopfte.

Ståle wartete ebenfalls.

»Danke, Ståle«, sagte Lena.

»Wie wär's mit einem Weihnachtsessen vor den Feiertagen?«, fragte er schnell.

Warum machte Vestgård die Tür nicht auf? Sie warf einen Blick auf Ståle. »Du und ich, meinst du?«

Er nickte.

Sie antwortete nicht, er machte sie sprachlos.

»Ich lade dich ein«, sagte Ståle. »*Theatercafé, Gamle Rådhus, Annen Etage*, you name it. Ein Vorteil bei diesem Job ist, dass man die richtigen Leute mit Vornamen kennt.« Ståle grinste und ließ seine Muskeln spielen. »Was hältst du von einem Date? Just you and me?«

»Es ist bald Weihnachten«, sagte Lena kühl. »Gib das Geld lieber für was Vernünftiges aus, kauf was Schönes für deine Frau.«

Da wurde die Tür geöffnet. Aud Helen Vestgård trug diesmal ein schmal gestreiftes Kostüm, das ihr gut stand.

»Sie?«, sagte Vestgård mit einer ärgerlichen Falte auf der Stirn.

Lena nahm Anlauf. »Es geht um den Drohbrief, den Sie bekommen haben.«

»Ja?«

»Können wir das in Ihrem Büro besprechen?«

Vestgård warf einen Blick auf die Uhr. »Ich habe gleich eine wichtige Sitzung, ich weiß nicht …«

»Es wird nicht lange dauern«, sagte Lena.

»Na dann«, sagte Vestgård und hielt ihr die Tür auf.

Das Büro war riesig. Mit hoher Decke. Akustik. Die Absätze klackerten wie auf einer Bühne. Als die Tür ins Schloss fiel, hallte es im Raum wider. Von den Fenstern hatte man Aussicht auf den Wessels Plass und Halvorsens Conditori.

Wie um zu unterstreichen, wie unpassend dieser Besuch war, blieb Vestgård mitten im Raum stehen. Sie warf erneut einen Blick auf ihre Armbanduhr.

»Der Drohbrief war ein falscher Alarm. Jemand hat ihn geschrieben, um die Absenderin in Verlegenheit zu bringen. Sie ist offensichtlich Studentin, interessiert sich wenig für Politik und überhaupt nicht für Sie, keine Vorstrafen, nicht politisch aktiv. Unsere Leute vermuten, dass der Täter dieser Frau schaden wollte. Ihr Name hat in dieser Sache überhaupt keine Bedeutung.«

»Das ist beruhigend zu hören«, sagte Vestgård kurz. »Ich danke Ihnen.«

Sie war wieder auf dem Weg zur Tür, wartete aber darauf, dass Lena vorginge.

Jetzt oder nie, dachte Lena und nahm wieder Anlauf: »Aud Helen Vestgård, Sie haben die Polizei belogen. Wir haben Zeugen, die bestätigen, dass sie am Mittwochabend zusammen mit Sveinung Adeler im *Flamingo Restaurant* in Grefsen gewesen sind.«

Vestgård blieb ein paar Sekunden reglos mit dem Rücken zu Lena vor der Tür stehen. Dann drehte sie sich langsam um und sah ihr in die Augen. »Ich habe gleich eine Sitzung. Bitte entschuldigen Sie mich, aber ich muss gehen.« Sie streckte den Arm aus und umfasste den Türgriff.

Lena trat einen Schritt vor. »Ich rate Ihnen, sich jetzt Zeit zu nehmen, um die Sache zu klären. Wenn nicht, muss ich rechtliche Schritte einleiten, um Sie später offiziell zu verhören.«

Vestgård trat ein wenig zurück, als würden Lenas Worte sie schockieren. »Was erlauben Sie sich? Sie haben in diesem Haus keine Autorität. Sie befinden sich im Parlamentsgebäude, in der Norwegischen Nationalversammlung. Wenn Sie sich nicht benehmen, dann lasse ich Sie rauswerfen.«

»Ich kann gehen, wenn Sie darauf bestehen«, sagte Lena leise. »Aber das ändert nichts an der Situation. Es ist eine Tatsache, dass Sie bei einem Polizeiverhör die Unwahrheit gesagt haben. Ich biete Ihnen an, Ihre Aussage hier und jetzt zu widerrufen, dann wird das, was Sie mir sagen, protokolliert, und Unrichtigkeiten werden korrigiert. Es ist Ihr gutes Recht, ihre frühere Aussage zu korrigieren. Wenn nicht …« Lena ließ die Alternative unausgesprochen in der Luft hängen.

Vestgård trat dicht an sie heran. »Drohen Sie mir?«

Lena wich zurück.

»Glauben Sie, ich hätte etwas zu verbergen? Was sollte das sein? Oder ist das Ihre Arbeitsmethode – Presseleuten etwas ins Ohr zu flüstern, damit sie Ihnen helfen, ehrbare Menschen anzuprangern, jedes Mal, wenn die Wirklichkeit nicht so aussieht, wie Sie sie gern hätten?«

Lena wusste, dass sie nah am Ziel war. Und sie wusste auch, dass sie dem Druck jetzt standhalten musste. »Absolut nicht«, sagte sie so ruhig sie konnte. »Sie hören mir nicht zu. Ich biete Ihnen an, Ihre Aussage zu revidieren.«

Aud Helen Vestgårds Augen blitzten immer noch. Aber sie dachte offensichtlich darüber nach, was Lena gesagt hatte. Schließlich ließ sie die Schultern sinken, trat an ihren Schreibtisch und bewegte ein paar Papiere hin und her, während sie weiter nachdachte.

»Sveinung«, sagte sie endlich. »Sveinung und ich waren bei einem Weihnachtsessen. Lassen Sie mich Folgendes unterstreichen, damit es in Ihren lästigen Berichten korrekt festgehalten wird. Sveinung und ich hatten *keine* Affäre. Es war eine

professionelle Beziehung, aus der sich eine *Freundschaft* entwickelt hat. Ich war eine ... nennen Sie es *Mentorin* für Sveinung. Er war noch nicht so lange Parteimitglied. Wir haben uns im Wahlkampf kennen gelernt. Ich stand da draußen an einem Stand«, sie zeigte aus dem Fenster, »und Sveinung blieb stehen und verwickelte mich in eine Diskussion über die Ölbohrungen vor den Lofoten.« Vestgård lächelte schwach bei der Erinnerung. »Es hat geregnet, ein ekliges Wetter, aber wir haben uns die Köpfe heiß diskutiert. Er hatte starke Positionen, und er konnte sie gut vorbringen. Tja, jedenfalls stellte sich heraus, dass Sveinung Parteimitglied war, und wir trafen uns in dem Zusammenhang kurz darauf wieder. Wurden Freunde. Wir mochten uns einfach. Am Mittwoch waren wir in diesem Restaurant in Grefsen essen, weil es das einzige Lokal war, wo man noch einen Tisch bekam. Er wollte nämlich Lutefisk essen.« Vestgård zuckte mit den Schultern. »Das Weihnachtsessen war der Grund, warum wir in dieses Lokal mussten. Alle anderen bekannten Restaurants im Zentrum waren ausgebucht. Wenn er Sushi oder Tapas hätte essen wollen, oder thailändisch von mir aus, hätten wir im Zentrum etwas finden können.«

Lena musste fragen: »Aber warum haben Sie beim letzten Mal behauptet, Sie würden ihn nicht kennen?«

Aud Helen Vestgård wandte sich von Lena ab und starrte stattdessen nachdenklich aus dem Fenster. »Das war natürlich dumm von mir. Aber Sie haben mich so überrumpelt. Ich habe auf die Aufklärung der Morddrohung gewartet. Als Sie dann plötzlich mit Sveinung ankamen – tja, ich wollte keine Presse und keine Spekulationen. Und es hätte eine Lawine davon gegeben. Immerhin war Sveinung fünfzehn Jahre jünger als ich.«

»Den Zeugen zufolge waren sie zu dritt bei dem Essen in Grefsen. Wer war der Dritte?«

Die Stille danach war ohrenbetäubend. Aud Helen Vestgård sah Lena scharf an.

Die Sekunden tickten.

Lena konnte förmlich die Zahnräder im Kopf der Frau rotieren hören.

»Ihr Zeuge irrt sich«, sagte Aud Helen Vestgård schließlich. Ihre Stimme zitterte. »Wir waren nicht zu dritt. Wir waren nur zu zweit. Sveinung und ich. Das Lokal war brechend voll, und Ihr Zeuge hat es sicher falsch gedeutet, dass irgend jemand von einem anderen Tisch mit uns gesprochen hat. Es war ein typisch norwegischer, feuchtfröhlicher Lutefisk-Abend. Die Leute haben sich von Tisch zu Tisch zugeprostet, und das haben wir auch getan. Aber wir waren nur zu zweit. Gerade deswegen wollte ich ja nicht über dieses Treffen sprechen, weil die Tatsache, dass Sveinung und ich allein zu Abend aßen, zu Missverständnissen eingeladen hätte.«

»Ist das Ihr letztes Wort?«, fragte Lena.

»Natürlich«, gab Vestgård zurück.

Lena wählte ihre Worte mit Bedacht, bevor sie antwortete: »Wir versuchen nachzuvollziehen, was Adeler in den Stunden vor seinem Tod tat. Wohin sind Sie nach dem Essen gegangen?«

»Ich bin nach Hause gefahren. Keine Ahnung, was er gemacht hat.«

»Könnte er mit dieser unbekannten dritten Person gefahren sein?«

»Hören Sie schlecht? Es gab keine dritte Person!«

Lena sah ein, dass Vestgård nicht darauf eingehen würde, und fragte stattdessen: »Wie sind Sie nach Hause gekommen?«

»Ich habe ein Taxi genommen. Sveinung hat sich wahrscheinlich auch eins bestellt.«

»Nach Aussage der Angestellten des Restaurants wurde nur ein Taxi bestellt.«

»Sveinung ist ein moderner Mensch und kann gut auf sich selbst aufpassen.«

»Haben Sie gesehen, dass er in ein Taxi gestiegen ist?«

»Nein. Aber ich nehme an, dass er das getan hat. Er war gut gelaunt. Als der Wagen kam, hat er ihn mir überlassen. Er sagte, er würde einen anderen nehmen. Er war ein erwachsener Mann über dreißig, also hatte ich keine Bedenken, ihn sich selbst zu überlassen. Es war erst elf Uhr abends.«

»Hat er Ihnen gesagt, wohin er nach dem Essen wollte, nach Hause zu sich oder zu jemand anderem?«

»Nein. Aber ich habe angenommen, dass er zu sich nach Hause wollte.«

»Warum haben Sie das angenommen?«

Vestgård wurde wieder ärgerlich. »Weil es mitten in der Woche war? Keine Ahnung. Hören Sie mal: Ich habe das Lokal vor 23 Uhr verlassen. Ich habe eine Quittung für das Taxi, die ich Ihnen zeigen kann. Mein Mann und meine zwei Töchter waren noch wach und können bestätigen, wann ich nach Hause gekommen bin.«

Bevor Lena protestieren konnte, hatte sie nach dem Telefonhörer gegriffen und wählte eine Nummer:

»Vestgård an Frikk Råholt ... Frikk? Ich bin's. Ich habe wieder Besuch von dieser Polizistin. Ja, ich habe erzählt, dass ich Mittwochabend mit Sveinung unterwegs war. Jetzt will sie wissen, wann ich nach Hause gekommen bin. Kannst du ihr das sagen?«

Vestgård reichte Lena den Hörer. »Fragen Sie Frikk, meinen Mann.«

Lena gefiel die Situation gar nicht, aber sie gehorchte.

»Hier ist Lena Stigersand ...«

Mehr konnte sie nicht sagen, bevor Frikk Råholts Stimme sie unterbrach: »Ihre Vorgesetzten haben mir versichert, dass alle Anfragen an meine Frau oder andere Mitglieder unserer Familie diskret und über gesicherte Kanäle erfolgen würden. Im Parlament eine Aussage von Aud Helen aufzunehmen, kann man

wohl kaum diskret nennen. Deshalb sehe ich mich gezwungen, diese Situation mit Ihrem Vorgesetzten zu besprechen, was Sie sicherlich verstehen werden. Der Ordnung halber bitte ich Sie, sich Folgendes zu notieren: Meine Frau ist am Mittwoch, dem 9. Dezember, eine halbe Stunde vor Mitternacht mit dem Taxi nach Hause gekommen. Wenn Sie auf meine Unterschrift unter dieser Aussage bestehen, bitte ich Sie, ein entsprechendes Dokument an das Justizministerium zu faxen – nachdem Sie vorher mit Ihrem Vorgesetzten gesprochen haben.«

Das Gespräch wurde beendet, und das Freizeichen dröhnte an Lenas Ohr.

Sie sah Aud Helen Vestgård an, die ihr den Telefonhörer abnahm und wieder an seinen Platz legte.

3

Außer Lena saß nur noch eine weitere Patientin im Wartezimmer, eine blonde Frau Mitte zwanzig. Die Frau las in einem dicken Buch und reagierte nicht, als Lena hereinkam und sich setzte. Lena betrachtete sie verstohlen. Formvollendete Figur und enge Jeans, die in hohen schwarzen Stiefeln mit Absatz verschwanden.

Auf einem flachen Tisch lagen ein Stapel alter Wochenzeitschriften und einzelne Gesundheitsmagazine mit farbenfrohen Titelblättern. An den Wänden hingen Informationsplakate über die Schädlichkeit von Rauchen und übermäßigem Alkoholkonsum.

Lena beugte sich vor und griff nach einer Wochenzeitschrift. Die Frau sah von ihrem Buch auf. Sie nickten einander kurz höflich zu.

Lena blätterte. Die Zeitschrift war mehrere Monate alt, und

die Fotos stammten von einer Kinopremiere, wo junge, schöne Menschen auf einem roten Teppich posierten. Die Kleider wurden kommentiert und vom »Experten« des Blattes mit Würfelpunkten bewertet. Lena war froh, dass dieser »Experte« nicht ihre Garderobe zu bewerten hatte. Außerdem bedauerte sie, keinen anderen Lesestoff mitgenommen zu haben.

Sie schielte wieder zu der anderen Frau hinüber. War neugierig, was diese wohl las. Es war ein dickes Buch. Ein Roman. Was für Romane las eine junge Frau mit Stundenglasfigur und Solariumhaut? Wahrscheinlich einen Arztroman, dachte Lena, jedenfalls nichts, was viele Jahre in den Bücherregalen überleben würde – wie die Erzählungen von Jane Austen.

Die Blondine mit dem Buch hob den Kopf und sah sie an.

Lena vertiefte sich wieder in die unkomplizierten Liebesaffären der TV-Stars. Es war ihr unangenehm, die Fotos zu betrachten. Sie legte das Blatt weg, streckte die Beine aus und lehnte sich zurück.

Die andere Frau legte ein Lesezeichen in ihr Buch und schlug es zu.

Der Titel war Moby Dick.

Lena musste über sich selbst lächeln.

Endlich ging die Tür auf. Eine füllige Frau in grünem Arztkittel stand vor ihnen. Sie sah erst die Blondine und dann Lena an und sagte: »Stigersand?«

Lena stand auf und folgte ihr.

Eine Stunde später stieg sie in ihr Auto. Saß da und schaute durch die Windschutzscheibe, nachdenklich und verwirrt. Zum ersten Mal war sie in einer Arztpraxis gewesen, ohne dass ihr egal war, was passierte. Gleichzeitig gelang es ihr nicht, die Situation wirklich an sich heranzulassen. Sie wollte nicht daran denken. Trotzdem öffnete sie ihre Umhängetasche. Darin lag ein Briefumschlag, den sie ihr mitgegeben hatten. Sie wog den

Umschlag in der Hand. Fasste einen Entschluss. Riss den Umschlag auf und zog das Papier heraus. Las den ersten Satz: *Sorgen Sie dafür, dass Sie nicht allein sind, wenn Sie anrufen, um das Resultat der Untersuchungen zu erfahren. Es kann hilfreich sein, dann mit jemandem sprechen zu können.*

Der Ernst des Textes überwältigte sie. Ein paar Sekunden saß sie mit geschlossenen Augen da. Doch dann hielt sie es nicht mehr aus. Sie stieg aus dem Wagen und schloss ihn ab. Sie musste sich bewegen.

Ziellos wanderte sie umher und landete schließlich bei *Steen & Strøm*, ging in ihrem gefütterten Wintermantel durch die beheizten Verkaufshallen und fühlte sich wie ein Astronaut, der in einer fremden Welt umhertappte. Sie befand sich in der Parfümabteilung. Wie war es möglich, dass Frauen, die in Parfümerien arbeiteten, immer gleich aussahen? Wie brachten sie es fertig, immer so flott und zeitgemäß auszusehen, in allen Ländern, in allen Städten der Welt? Als Lena ein kleines Mädchen war, war sie hierhergekommen und hatte mit großen Augen die schönen Frauen mit den rosa Schürzen angeschaut, die nach Parfüm und Puder dufteten. Sie hatte davon geträumt, auch einmal eine von ihnen zu sein, eine duftende Schönheit in einer Parfümerie, umgeben von Cremes und Schminke und aufreizender Unterwäsche.

Was geschah gerade mit ihr?

Sie hatte etwas begriffen.

Ich bin sterblich.

Ich bin 33 Jahre alt und habe mir das eigentlich vorher nicht klargemacht. Ich habe 33 Jahre mit nichtssagendem Zeug vertan. Ich habe meine Mutter verachtet und meinen Vater vermisst und über eine lächerliche Liebe geweint, als ich aufs Gymnasium ging. Warum bin ich Polizistin geworden? Weil es schwer war. Weil es gute Noten erforderte und eine bestandene Aufnahmeprüfung. Weil Kenneth, meine lächerliche Jugend-

liebe, auch Polizist werden wollte. Er schaffte es nie. Erfüllte die Aufnahmebedingungen nicht. Ich habe es geschafft. Aber was ist der Sinn des Ganzen? Warum dieses Schichtarbeiten und endlose Überstundenschieben? Warum den Körper quälen, ihm den Schlaf rauben, warum sich auspowern, das tun, was man für richtig hielt, wenn man dafür dann nur Undankbarkeit und böse Worte erntete? Warum habe ich mich um die Stelle als Ermittlerin beworben? *Kleine Lena, Streberin.*

Sie ließ sich langsam von der Rolltreppe nach oben tragen. Auf der Stufe vor ihr stand eine ungewöhnlich schöne, asiatisch aussehende Frau, die einen übergewichtigen Mann gleichen Alters an der Hand hielt. Lena folgte ihnen. Sie sahen sich Damenunterwäsche an. Die dunkle Schönheit warf sich durchsichtige Slips und aufreizende Korsetts über den Arm, zeigte sie ihrem dicken Geliebten, der ermunternd nickte. Lena ging an ihnen vorbei und fuhr die Rolltreppe wieder nach unten. Sie passte nicht unter diese Menschen, die keine Sorgen hatten. Sie war sterblich.

Heute noch zur Arbeit zurückzufahren kam nicht in Frage. Sie ging fast blind zurück zu ihrem Wagen. Setzte sich hinein und fuhr los. Sie dachte an ihre Mutter, dachte an ihren toten Vater und zuckte zusammen, als eine Hupe ertönte.

Sie war bei Rot über die Kreuzung gefahren! *Reiß dich zusammen, Lena*!

Sie nahm sich zusammen und fuhr konzentriert weiter. Dann fasste sie sich an die Brust. Warum fasste sie sich an die Brust? Sie verspürte ein Stechen.

Sie fuhr an den Straßenrand und hielt an. Löste ihren Sicherheitsgurt. Das half. Das leichte Stechen verschwand. Auf der anderen Straßenseite thronte ein Wohnblock mit vielen Stockwerken. Im dritten wohnten Menschen mit großem Weihnachtsenthusiasmus. Die Veranda war üppig mit roten, gelben und grünen Lichtern behängt. Über dem Ganzen leuchtete eine

Nachricht an die Welt, wie eine Reklametafel in Rot und Weiß: *Frohe Weihnachten.*

Lena blinkte und fuhr wieder auf die Fahrbahn. Sie wollte nach Hause, weg von allem und in Träume eintauchen, Teelichte anzünden und Räucherstäbchen abbrennen. Sie hatte immer noch drei Episoden von *Stolz und Vorurteil* vor sich. Lizzy war noch nicht mit Tante und Onkel nach Blenheim gefahren. Mister Darcy war noch nicht auf seinem weißen Pferd geritten gekommen, und Lydia war noch nicht mit Wickham weggelaufen.

4

Durch die scheppernde Tür des *Asylet* zu treten war wie in eine längst vergangene Zeit einzutauchen. Wand- und Bodenbretter sahen aus wie mit der Motorsäge geschnitten. Das Winterholz stand gestapelt an der Wand. In dem riesigen Kamin brannte ein gemütliches Feuer, und Frank Frølich hatte sich an einen der langen Tische im Barraum gesetzt.

Frølich kannte offenbar die Bedienung, die sich mit einem Kaffee neben ihn gesetzt hatte. Als Gunnarstranda erschien, stand sie sofort auf. »Bleiben Sie ruhig sitzen«, sagte Gunnarstranda.

»Besser nicht, wenn Sie etwas zu trinken haben möchten«, sagte sie grinsend. »Außerdem hab ich für heute genug mein Herz ausgeschüttet.«

»Was nimmst du?«, fragte er Frølich, der mit dem Rücken an der Wand lehnte. Er hatte eine dicke Pelzmütze und zwei große Pelzhandschuhe neben sich auf den Tisch gelegt.

»Pils und Gammel Dansk.«

»Für mich das Gleiche«, sagte Gunnarstranda zur Bedienung. »Wie geht's?«, fragte er.

»Geht so«, sagte Frølich. »Hab zwei Angebote, einen Job als Weihnachtsmann und einen als Wachmann am Hauptbahnhof. Kann mich nicht richtig entscheiden.«

»Es hat keinen Sinn zu versuchen, mich zum Lachen zu bringen«, sagte Gunnarstranda. »Ich lache nie.«

Die Frau kam mit Bier und Schnaps. Gunnarstranda und Frølich hoben ihre Schnapsgläser und leerten sie.

»Noch einen«, sagte Frølich.

»Gibt's keine kleineren Gläser?«, fragte Gunnarstranda vorsichtig.

Die Kellnerin schüttelte den Kopf.

»Okay, noch einen.«

»Es ist bald Weihnachten, und ich lebe von Erspartem«, fuhr Frølich fort. »Habe beschlossen, morgens länger liegen zu bleiben, das geht leicht, bei dem jahrelang angestauten Bedürfnis durch die Nachtschichten. Jetzt bin ich schon bei zehn Stunden Schlaf jede Nacht. Kann bald zum Arzt gehen und mir eine neue Krankheit attestieren lassen: Narkolepsie. Dann geh ich zur Rentenkasse, beantrage Frührente, kaufe mir ein Segelboot auf Raten und fahre um die Welt. Ich bin wie der Löwe im Tierpark von Kabul. Hab genug zu essen, genug Freizeit, ich hab alles.«

»Nur keine Löwenfreunde«, sagte Gunnarstranda.

»Wie ist der Neue?«, fragte Frølich.

»Fartein Rise arbeitet zwar hier, wohnt aber in Bergen und hat eine tragische Familiengeschichte.«

Frølich nahm einen Schluck Bier, statt einen Kommentar dazu abzugeben.

»Wusstest du, dass sich Bergen *Die Stadt zwischen den sieben Bergen* nennt?«, fragte Gunnarstranda. »Aber sie können sich nicht darüber einigen, welche Berge das sind. Es gibt nämlich nicht nur sieben Berge. Es sind mehr, zehn, vierzehn, vielleicht noch mehr. Ist es da nicht etwas merkwürdig, wenn

sie die Anzahl auf sieben reduzieren, um ihre eigene Stadt zu verorten?«

»Skål«, sagte Frølich.

»Ich hab ein Rätsel für dich«, sagte Gunnarstranda und stellte sein Glas ab.

»Schieß los.«

»Also – Folgendes: Um acht Uhr am Donnerstagmorgen geht in der Zentrale die Nachricht ein, dass vor dem Rathauskai ein Mensch im Wasser treibt. Lena fährt hin, und es sieht aus wie ein Unfall, ist wahrscheinlich aber mehr.«

»Er wurde reingestoßen?«

»Nicht nur das, der Täter hat auf dem Kai ein Brett gefunden und den armen Kerl damit unter Wasser gedrückt – bei 25 Grad unter null. Jedenfalls hat Lena herausgefunden, dass dieser Typ, Sveinung Adeler, ungefähr um sechs Uhr morgens ertrunken ist. Und dann landet am selben Morgen eine Frau, Nina Stenshagen, unterm Triebwagen der Grorudbahn und stirbt. Sie gehört zur Junkieszene vom Bahnhof. Da war es halb acht.«

»Selbstmord?«

»Sie ist in den Tunnel gelaufen und wurde von einem Mann verfolgt. Drei Minuten nachdem Nina unter dem Zug gelandet ist, verlässt eine unbekannte Person den Tunnel durch einen der Notausgänge ganz in der Nähe.«

»Also nicht unbedingt Selbstmord. Was sagt der Zugführer?«

»Die Frau stand zu dem Zeitpunkt unter Schock und hat nichts gesehen. Hat nur den Knall gehört – meinem Kollegen Rise zufolge, der ihre Aussage aufgenommen hat.

Diese Nina war offenbar mit einem anderen Junkie befreundet, Stig Eriksen. Am Tag danach habe ich mit diesem Stig gesprochen. Erst wollte er nichts sagen, ruft mich aber eine halbe Stunde später an und erzählt – also am Telefon –, dass Nina ermordet wurde und dass er gesehen hat, wer den Mann vom Kai gestoßen und ertränkt hat.«

Gunnarstranda holte Atem und trank einen Schluck Bier.

»Verhafte Stig Eriksen. Bring ihn in eine Ausnüchterungszelle, bis sich Entzugserscheinungen melden, dann sagt er dir alles, was du wissen willst«, sagte Frølich.

»Das Problem ist, dass Stig Eriksen tot ist«, sagte Gunnarstranda kurz. »Mit einer Maschinenpistole erschossen, wenige Minuten bevor ich genau das tun wollte, was du vorgeschlagen hast.«

Frølich stieß einen Pfiff aus.

»Genau wie in einem amerikanischen Film«, sagte Gunnarstranda. »Einschussloch in der Stirn und eine Riesenschweinerei.«

Gunnarstranda bemerkte, dass die Bedienung eine neue Runde Gammel Dansk serviert hatte. Frølichs Glas war schon wieder leer.

Gunnarstranda nippte an seinem Glas und spülte den bitteren Schnaps mit Bier herunter. »Nun ist es aber so, dass ich Nina Stenshagens Handy habe. Und das wurde nicht benutzt – weder am Mittwoch noch am Donnerstagmorgen. Das letzte Mal wurde es Dienstagabend benutzt, und da hat sie mit Stig Eriksen telefoniert.

Also: Ein Mann wird Donnerstagmorgen im Hafenbecken ertränkt. Nina Stenshagen sieht, was passiert. Sie bekommt Angst und läuft vom Tatort weg, der Täter hinterher. Sie hat in ihren glücklicheren Jahren bei der T-Bahn gearbeitet und beschließt, ihren Verfolger abzuhängen, indem sie in den Tunnel läuft. Ich glaube, er hat sie eingeholt und ermordet. Das Rätsel, was ich zu lösen versuche, ist folgendes:

Woher konnte Stig Eriksen wissen, dass Nina Stenshagen ermordet wurde, weil sie beobachtet hatte, wer Adler umgebracht hat – *wenn sie nicht miteinander gesprochen haben*?«

»Du hast immer gesagt, das Einfache sei das Beste«, sagte Frølich.

Gunnarstranda nickte.

»Das Einfachste ist, dass dieser Stig geblufft hat. Er wusste gar nichts.«

»Daran hab ich natürlich auch schon gedacht«, sagte Gunnarstranda. »Aber mein Bauchgefühl sagt, dass er was wusste. Vergiss nicht, dass er sich zuerst geweigert hat, mit mir zu reden. Dann ruft er an und will, dass ich zurückkomme. Er hätte alles Mögliche behaupten können, um mich dazu zu bewegen, umzukehren. Er hätte behaupten können, zu wissen, wer hinter Nina Stenshagen her in den Tunnel gelaufen ist, oder dass er wüsste, was tatsächlich passiert ist. Ich wäre umgekehrt und sofort zu ihm gerannt. Stattdessen spricht er vom Motiv für den Mord an Nina – er sprach von dem Mann, der im Hafenbecken ertrunken ist. Ich hatte weder Adeler noch sein Ertrinken mit einem Wort erwähnt. Ich spüre es. Stig hat die Wahrheit gesagt. Nina hat gesehen, was auf dem Rathauskai passiert ist. Und ich will das Rätsel gelöst haben. Du bist schlau, Frølich, und du liest Detektivromane. Hilf mir. Woher konnte Stig wissen, was Nina an dem Morgen beobachtet hat?«

»Das liegt doch auf der Hand«, sagte Frølich lächelnd. »Stig war selbst dabei und hat es auch gesehen.«

Gunnarstranda runzelte skeptisch die Stirn.

»Wenn Stig die Wahrheit gesagt hat«, sagte Frølich, »dann muss er dabei gewesen sein. Er muss es selbst gesehen haben.«

»Möglicherweise ist da was dran«, sagte Gunnarstranda nachdenklich. »Die beiden waren ein Paar. Zwei Obdachlose, die jede Nacht nach einem neuen Schlafplatz gesucht haben. Es war bitterkalt in der Nacht. Vielleicht hatten sie einen Unterschlupf in der Nähe des Rathauskais gefunden. Es war früh am Morgen. Das Opfer und der unbekannte Täter kommen an, sie gehen auf den Kai. Der eine schubst den anderen ins Wasser. Nina und Stig werden Augenzeugen, aber der Täter entdeckt nur Nina, die daraufhin wegrennt.«

Frølich nickte. Gunnarstranda war immer noch skeptisch. Gleichzeitig merkte er einen leichten Schwindel im Kopf. Zwei Gläser Schnaps und anderthalb Pils spielten Pingpong mit seinen Hirnzellen.

»Das Spannendste ist ja, was Stig dazu gebracht hat, Kontakt mit dir aufzunehmen«, sagte Frølich grinsend. »Warum wollte er dir erst nichts erzählen und nach einer halben Stunde dann doch alles verraten?«

Gunnarstranda versuchte sich zu konzentrieren.

»Stig hat dich angerufen, weil er Angst bekommen hat«, fuhr Frølich fort. »Er hatte eine Riesenangst und wollte deine Hilfe. Und warum hatte er solche Angst?«

»Sag du's.«

»Weil er Kontakt zum Täter aufgenommen hat, nachdem du gegangen warst«, sagte Frølich.

»Genau das passt für mich irgendwie nicht zusammen«, sagte Gunnarstranda. »Wenn du Recht hast und Nina und Stig beide zugesehen haben, wie der Täter unseren Bürokraten ins Wasser geworfen hat, und wenn du auch Recht damit hast, dass Stig mit demselben Täter Kontakt aufgenommen hat, nachdem ich wieder weg war – warum hat er so lange gewartet? Warum hat er nicht schon am Tag zuvor Kontakt zum Täter aufgenommen, warum erst, nachdem ich mit ihm gesprochen hatte?«

»Vielleicht hat er ja schon vorher Kontakt aufgenommen. Hast du sein Handy?«

Gunnarstranda schüttelte den Kopf. »Der Täter war gründlich. Er hat es mitgenommen. Hab versucht, es zu orten, aber ohne Erfolg. Das Handy ist höchstwahrscheinlich zerstört worden, sagt Telenor.«

Frølich schlürfte die letzten Tropfen seines Gammel Dansk in sich hinein.

»Du siehst miesepetrig aus«, sagte Frølich. »Ich glaube, du brauchst noch einen.«

Gunnarstranda sah auf. Ein neues Halbes und ein neuer Schnaps standen auf dem Tisch. Er lächelte matt. »Den noch«, sagte er, »aber dann ist Schluss.«

»Ich vermute, dass Stig überlegt hat, wie er den Täter erpressen konnte, ohne etwas zu riskieren. Versetz dich mal in seine Lage: Er wird Zeuge eines Mordes. Er könnte Geld verdienen mit seinem Schweigen. Aber wie? Er weiß ja, dass der Täter ein Mörder ist. Wenn er einen falschen Schritt macht, springt für ihn nur eine Todesanzeige *im Namen der Freunde* heraus. Er muss heftig gegrübelt haben. Als du kamst, sah er seine Chance. Vielleicht hat er dich als Versicherung benutzt. Erst ruft er den Täter an, verlangt Geld und verabredet ein Treffen. Dann ruft er dich an und bittet dich zu kommen. Für den Fall, dass der Täter ihn überrumpeln wollte, hat er dich – die Polizei – als Backup.«

Gunnarstranda nickte. Das klang einleuchtend. Er erinnerte sich an die Schritte. Den Schatten auf der Treppe. Es war sehr knapp gewesen. Wenn er nicht unten im Treppenschacht auf Stig gewartet hätte, wäre möglicherweise ... Nein, so durfte er nicht denken. Stig war von einem unbekannten Täter ermordet worden. Er hatte sich nichts vorzuwerfen. Gunnarstranda hob sein Glas. Das Bier schmeckte ihm nicht.

»Du weißt, dass du vor einem noch größeren Rätsel stehst, oder?«, fragte Frølich.

»Welchem?«

»Du hast es mit zwei verschiedenen Vorgehensweisen zu tun«, sagte Frølich. »Ein Mann wird ins Wasser gestoßen, Nina wird vor einen Zug gestoßen. Aber Stig Eriksen wird erschossen. Der Mord an Stig unterscheidet sich von den anderen. Dass Stig erschossen wurde, spricht dagegen, dass es derselbe Täter war, der alle drei umgebracht hat.«

Gunnarstranda nickte. »Meinst du, ich hätte darüber noch nicht nachgedacht?«, murmelte er. »Ich habe veranlasst, dass

Nina Stenshagen obduziert wird. Aber auch wenn sich herausstellen sollte, dass sie ebenfalls erschossen wurde, bin ich nicht viel weiter. Adeler ist ertrunken, da besteht kein Zweifel. Irgendwas krieg ich da noch nicht zu fassen. Mir fehlen Informationen.«

»Nina ist weggelaufen«, sagte Frølich. »Der Täter ist hinterher. Aber Stig blieb zurück. Warum ist er nicht hin und hat den Mann gerettet, der im Wasser zappelte?«

»Stig war behindert. Hatte ein Bein amputiert. Durchaus möglich, dass er es versucht hat. Das werden wir wohl niemals herausfinden.«

Gunnarstranda räusperte sich und dachte wieder laut. »Stig und Nina waren beide totale Drogenwracks. Sie haben alles versucht. Stig hätte sogar die Goldkronen aus dem Mund seiner eigenen Großmutter geklaut, um Geld für Stoff zu haben. Wenn Stig wusste, wer der Täter ist, dann besaß er wertvolle Informationen. Ich glaube, dass er versucht hat, den Täter zu erpressen.«

»Oslo hat eine halbe Million Einwohner. Wie ist er an den Namen und die Telefonnummer gekommen?«

»Hm …«, sagte Gunnarstranda und hatte plötzlich eine Idee. »Der Täter könnte eine bekannte Persönlichkeit gewesen sein.«

Frølich grinste. »Ein VIP?«

»Immerhin ist schon eine VIP in die Sache verstrickt«, sagte Gunnarstranda düster. »Eine Parlamentsabgeordnete.«

Frølich schüttelte den Kopf. »Jetzt verrennst du dich, alter Knabe. Die ganze Stig-Geschichte ist irgendwie verrückt. Stig wurde erschossen. Das macht einen Unterschied, wie gewisse Politiker sagen würden. Möglicherweise war Stig zusammen mit Nina auf dem Kai und hat beobachtet, wer diesen Adeler ins Wasser geworfen hat. Aber Stig wurde von einer bewaffneten Person erschossen. Leute, die in diesem Land Junkies erschießen, sind Dealer, die ihr Geld nicht kriegen – oder

Auftragskiller, die sie anheuern, um den Job für sie zu erledigen.«

Gunnarstranda blieb stumm. In seinem Kopf drehte sich alles, und er protestierte nicht.

»Das ergibt doch ein wahrscheinlicheres Szenario«, fuhr Frølich fort.

Die Idee mit dem Auftragskiller gefiel Gunnarstranda nicht. Er wusste, dass es einen Zusammenhang zwischen den drei Morden gab. Das sagte ihm sein Bauchgefühl.

Er tippte sich mit dem Zeigefinger an die Schläfe. »Die kleinen Grauen sagen, dass du Recht hast«, sagte er und klopfte sich auf den Bauch. »Aber der hier sagt, dass du dich irrst.«

»*Follow the money*«, sagte Frølich grinsend. »Schade, dass hier kein Geld im Spiel ist, dem man folgen könnte.«

»*Follow the white rabbit*«, sagte Gunnarstranda und stand auf. »Ich brauche was zu essen.«

DIENSTAG, 15. DEZEMBER

1

Auf dem Tisch standen eine Karaffe mit Wasser, ein paar Plastikbecher und eine Schale mit Twist-Konfekt. Lena widerstand der Versuchung, sich ein Stuck Schokolade zu nehmen, obwohl ihr Favorit mit Kokosfüllung im grünen Papier ganz oben lag.

»Was ist denn eigentlich so schwierig, ganz konkret?«, fragte sie und ließ den Blick vom Konfekt zu der Frau wandern, die ihr gegenübersaß.

Soheyla Moestue war in Lenas Alter und hatte indische oder pakistanische Wurzeln. Das schwarze Haar fiel ihr in sanften Wellen über die Schultern. In ihrem schmal gestreiften Hosenanzug mit der kurzen, engen Jacke über einer signalroten Bluse machte sie eine ausnehmend gute Figur. Die Kleidung ließ sie feminin erscheinen und verlieh ihr zugleich Autorität. Lena wünschte sich, mehr von der Fähigkeit mancher Frauen zu besitzen, Weiblichkeit und Kompetenz zugleich auszustrahlen.

»Nichts weiter als dass es Sache des Ethikrats ist, eventuelle Informationen weiterzugeben. Der Inhalt unserer, das heißt der Recherchen des Sekretariats, ist streng geheim. Ich weiß nicht, woher Sie wissen, dass Sveinung diese Firma MacFarrell Ltd. unter der Lupe hatte. Ich wusste davon nichts. Aber es ist durchaus möglich. Wir haben ständig mit Firmenportfolios zu tun, und mit den Grenzfällen verbringen wir besonders viel Zeit. Aber …« Die dunkelhaarige Frau schüttelte zweifelnd den Kopf, ohne den Satz zu Ende zu bringen.

Lena konnte der Versuchung nicht mehr widerstehen. Sie

schnappte sich das Schokoladenbonbon, das ganz oben lag, und schälte es aus dem grünen Papier.

»Tut mir leid«, sagte sie und steckte es in den Mund. »Das sind die Einzigen, die ich mag. Manchmal bringe ich es fertig, eine ganze Tüte Twist zu kaufen, nur um die Kokosteile zu essen. Das Schlimme ist, dass es davon offenbar immer weniger gibt. In der letzten Tüte, die ich gekauft habe, habe ich nur zwei Stück gefunden.«

Soheyla Moestue durchsuchte die Schüssel. »Ich mag die Lakritze am liebsten«, sagte sie. »Aber die sind immer schon weg, wenn ich komme.« Sie schob die Schale enttäuscht von sich.

»Ich habe Sie unterbrochen«, sagte Lena. »Sie sprachen von den Grenzfällen, die Sie viel Zeit kosten.«

»Genau. Ich wollte sagen, dass das alles so konstruiert wirkt. Sveinung war ein kleiner Angestellter – genau wie ich. Es wirkt überzogen, dass seine Arbeit etwas mit seinem Ertrinken zu tun haben sollte. Wenn Sie von Firmen mit Beziehungen zu Westsahara sprechen, dann höre ich zwischen den Zeilen irgendwie die Vermutung, dass Sveinungs Tod etwas mit krummen Geschäften und politischen Verschwörungen zu tun haben könnte. Das ist …« Soheyla schüttelte den Kopf. »Das ist vollkommen verrückt! Wer beim Ölfonds etwas erreichen will, ob es nun Investitionen sind oder *whatever*, der muss sich weiter oben in der Pyramide umsehen. Entweder direkt gegen Leute vom Fonds arbeiten, oder, wenn es darum geht, schon gefassten Beschlüssen entgegenzuwirken, zum Beispiel den Fonds dazu bewegen, sich aus Firmen wieder herauszuziehen. Es würde eher Sinn machen, den Ethikrat direkt zu beeinflussen oder die Politiker im Parlament oder am besten im Ministerium.«

Lena nickte. Das klang nachvollziehbar. Beschlüsse wurden schließlich auf politischer Ebene gefasst, nicht in einem Sekretariat.

»Was ich Ihnen erklären möchte ist, dass ein verdammt langer Parcours zwischen dem liegt, was Sveinung bei der Arbeit tat, und dem Beschluss, den der Ölfonds eventuell in einer Sache fasst.« Die Frau entblößte eine Reihe makellos weißer Zähne, als sie herablassend lächelte.

»Immer noch *off the record* und immer noch ganz unter uns: Zu glauben, dass Sveinungs Arbeit hier im Sekretariat seine Sicherheit gefährdet haben könnte, ist schlicht und einfach Unsinn. Und das sagt Ihnen jemand, der genau den gleichen Job macht, wie Sveinung ihn gemacht hat. Ich habe mich hier noch niemals bedroht gefühlt und alle anderen, glaube ich, ebenso wenig.«

Lena dachte einen Moment nach. Die Frau hatte natürlich Recht. Sveinung Adeler war nur ein kleiner Sekretär gewesen, der gerne Ski lief. Aber, dachte Lena, Aud Helen Vestgård saß nicht unten in der Pyramide. Sie saß im Parlament – im Finanzkomitee.

Steffen Gjerstad hatte vielleicht Recht mit seinen Spekulationen. Der Journalist in ihm konnte irgendetwas ausgegraben haben, was das Tageslicht scheute. Warum sollte Aud Helen Vestgård Lena sonst offen ins Gesicht gelogen haben?

Lügen war eine ernste Angelegenheit, wenn es um einen Mord ging.

Lena stand auf. Soheyla Moestue ebenfalls. »Tut mir leid«, sagte Lena, »es sieht so aus, als würde ich Ihre Zeit verschwenden.«

Die Frau lächelte entwaffnend.

Sie verließen den Sitzungsraum und gingen den Korridor entlang, Seite an Seite.

»Nur noch eine kleine Sache«, sagte Lena, als sie vor den Fahrstühlen stehen blieben.

»Ja?«

»Sie dokumentieren doch Ihre Arbeit hier, oder?«

»Wir produzieren eine Menge Material, ja, das dann an den Ethikrat geschickt wird.«

Soheyla Moestue drückte auf den Fahrstuhlknopf.

»Aber was untersuchen Sie, ganz konkret?«

»Ethik. Wir versuchen, zu erfassen, ob ein Betrieb in Kinderarbeit involviert ist, ob er sich an die Normen und Regeln der Umweltverordnungen hält, ob er gegen das internationale Völkerrecht verstößt.«

»Sie recherchieren. Und das bedeutet doch sicher, dass Sie viel reisen, oder?«

»Natürlich. Kinderarbeit zum Beispiel muss dokumentiert werden, mit Filmen, Fotos, Interviews – und das ist nicht leicht. Die Gerüchte laufen vor uns her, Dinge werden Hals über Kopf geändert. Wenn wir in einer Fabrik ankommen, wo Kinder arbeiten, ist plötzlich im Umkreis von einem Kilometer kein Kind mehr zu sehen. Vieles von dem, was heutzutage als *ethisch nicht vertretbar* bezeichnet wird, ist schwer zu beweisen.«

»Und was ist mit Westsahara?«

Soheyla zögerte. »Westsahara ist ein *großes* Thema.«

»Warum?«

Der Fahrstuhl hielt. Die Tür öffnete sich, und Lena blockierte sie, indem sie den Arm ausstreckte.

»Marokko hat Westsahara besetzt«, sagte Soheyla. »Und das Parlament hat beschlossen, keine staatlichen Gelder in Betriebe zu investieren, die Geschäfte mit einer Besatzungsmacht treiben. Aber irgendwo verläuft auch eine Grenze. Auch wenn eine Firma mit einer Besatzungsmacht Geschäfte macht und damit gegen das Völkerrecht verstößt, hat diese Firma Kunden und Zwischenhändler, die nicht unbedingt gegen das Völkerrecht verstoßen, sondern von der Spinne im Netz abhängig sind. Verstehen Sie? Die Politik ist manchmal wie ein Wasserspiegel, der die Farbe der Umgebung annimmt und die des Auges, das ihn betrachtet. Wer in Fragen des Völkerrechts

entscheiden muss, braucht oft eher sprachliche als moralische Kompetenzen.«

Lena sah Soheyla in die Augen und las darin, dass die Frau ahnte, welche Frage sie ihr jetzt stellen würde: »War Adeler in Westsahara?«

»Ja, das war er. Aber wie gesagt, ich weiß nicht, bei welchen Firmen er konkret recherchiert hat.«

»Aber er ist hingeflogen, hat mit Menschen gesprochen, die verständlicherweise die Arbeit nicht schätzten, die er dort gemacht hat?«

»Ja, aber trotzdem: Sveinung deshalb etwas anzutun wäre dümmer, als den Pianisten zu erschießen, wenn einem ein Musikstück nicht gefällt. Schlicht und einfach unsinnig.«

»Wäre es möglich, dass ich den Bericht lesen könnte, den Sveinung Adeler über McFarrell Ltd. geschrieben hat?«

Soheyla schüttelte den Kopf. »Erstens wissen weder Sie noch ich, ob es so einen Bericht überhaupt gibt. Und wenn es ihn gibt, dann ist er streng vertraulich. Ihn zur Einsicht freizugeben wäre eine Sache des Finanzministeriums.«

»Und wer ist in diesem Fall das Finanzministerium?«

»Der Finanzminister.«

Lena stieg in den Fahrstuhl und drückte auf den Knopf. »Danke, dass Sie sich Zeit genommen haben«, sagte sie. »Möglicherweise komme ich noch einmal wieder.«

Die Fahrstuhltür schlug zu, Lena fuhr nach unten und trat hinaus auf die Rådhusgata.

2

Kaum war sie im dritten Stock des Polizeipräsidiums aus dem Fahrstuhl gestiegen, traf sie auf Rindal. Lena wollte umkehren

und mit dem Fahrstuhl wieder nach unten fahren. Aber sie war nicht schnell genug.

Rindal zuckte zusammen und sagte: »Da bist du ja, endlich!« Sein Gesicht war gerötet, fast konnte sie es von der Schädeldecke unter seinem dünnen Haar dampfen sehen.

»In mein Büro«, sagte Rindal kurz, drehte sich auf dem Absatz um und marschierte voran.

Wortlos setzte er sich hinter seinen Schreibtisch.

Sie stellte sich vor dem Tisch auf und sah ihn an.

»Die Tür«, sagte er.

Lena drehte sich um und machte sie zu. Aufgebracht riss er das Papier von einem Kaugummi und biss wütend hinein. »Jetzt sag mir mal eines«, sagte er kauend. »Hast du noch alle Tassen im Schrank?«

Lena antwortete nicht.

»Du hast schon einmal eine Abmahnung bekommen, aber du begreifst es nicht. Du hast offenbar überhaupt nichts kapiert. Oder warum läufst du direkt danach wieder los und mischst die Öffentlichkeit auf, indem du eine Abgeordnete verhörst, und zwar direkt im Parlamentsgebäude?«

Rindal holte tief Luft.

Lena nutzte die kurze Pause. »Du warst nicht im Hause, als die neuen Informationen aufgetaucht sind.«

»Du hattest das ganze Wochenende Zeit, mich anzurufen!«

Lena antwortete nicht.

»Warum hast du dich nicht gemeldet?«

»Ich hatte frei am Wochenende. Ich habe mich erst am Montag mit Gunnarstranda beraten. Wir hielten es beide für zwingend notwendig, eine neue Aussage von Vestgård einzuholen.«

Rindal schwang sich auf seinem Schreibtischstuhl herum und nahm den Telefonhörer ab.

»Gunnarstranda! In mein Büro, sofort!«

Rindal knallte den Hörer auf und betrachtete sie dann wü-

tend, aber wortlos. Plötzlich sprang er so heftig vom Stuhl auf, dass dieser nach hinten rollte und mit einem Knall an die Wand stieß. Er trat ans Fenster. Dort stand er mit dem Rücken zu Lena und schwieg weiter.

Lena betrachtete den breiten Rücken und fragte sich, ob es jetzt nicht an der Zeit wäre, ihm von dem Geständnis zu berichten, das Aud Helen Vestgård schließlich doch noch abgegeben hatte. Doch sie wollte es lieber nicht riskieren. Es war besser zu warten, bis Gunnarstranda da war, dachte sie. Drei Personen, drei Stimmen. Das würde es leichter machen, sich durch das Gespräch zu manövrieren.

Endlich ging die Tür auf.

Gunnarstranda kam herein.

Rindal drehte sich um. »Ich will es jetzt sofort wissen: Ist Sveinung Adeler ermordet worden, oder war es ein Unfall? Es gibt Leute in der Regierung, die sich fragen, wofür wir unsere Ressourcen einsetzen. Das Staatsbudget soll bald überarbeitet werden, und die Polizei braucht Geld. Hört ihr das? Wir brauchen Kohle. Wir müssen Ausrüstung kaufen, wir müssen Überstunden bezahlen. Wir brauchen mehr Leute. Und wisst ihr, was das bedeutet?«

»Entschuldige mal«, warf Gunnarstranda ein.

»Halt die Schnauze«, brüllte Rindal. »So steht es in der Bibel. Es ist eine Kinderweisheit. Man beißt nicht die Hand, die einen füttert.«

»Steht das in der Bibel?«, fragte Gunnarstranda verwundert.

»Ich hab gesagt, du sollst die Klappe halten!«

Lena nahm all ihren Mut zusammen. Schlimmer als jetzt konnte es nicht werden. »Sveinung Adeler wurde von einem unbekannten Täter ermordet. Er hatte Verletzungen im Nacken und Risse im Hemd, die ihm erst zugefügt wurden, nachdem er ins Wasser gefallen war. Die Fasern vom Hemd sind identisch mit den Fasern, die an einem Brett gefunden wurden, das

auf dem Kai lag. Jemand hat ihn ins Wasser gestoßen und ihn unter Wasser gedrückt, als er um sein Leben kämpfte – und es ist nicht auszuschließen, dass Aud Helen Vestgård unter den Verdächtigen ist.«

Rindals Gesichtsfarbe veränderte sich von rosa zu hummerrot.

Doch ehe er etwas dazu sagen konnte, ergriff Gunnarstranda das Wort. »Die Drogenabhängige Nina Stenshagen wurde von derselben Person ermordet wie Adeler. Nina Stenshagen war eine Augenzeugin. Sie hat gesehen, wie der Täter Adeler vorsätzlich ermordete. Sie hat Adeler im Wasser zappeln, rufen und ertrinken sehen. Wir wissen, dass Nina Stenshagen vor dem Täter geflohen ist. Eine halbe Stunde später wurde ihr Körper in einem Tunnel vor die T-Bahn geworfen.«

Rindals Gesichtsfarbe normalisierte sich ein wenig. »Diese Theorie baut offensichtlich auf der Aussage des mittlerweile verstorbenen Stig Eriksen auf, oder?«

»Die Theorie stützt sich auf Beweise und auf das, was Eriksen in einem Telefonat mit mir aussagen konnte, bevor er erschossen wurde.«

Rindal sah Gunnarstranda schweigend an. Schließlich holte er tief Luft und sagte: »Erschossen. Und warum bist du nicht schon über alle Berge und suchst diesen Täter?«

»Weil du mich gebeten hast, herzukommen. Der Fall Eriksen hängt mit dem Fall Adeler zusammen. Es ist ein und derselbe Fall.«

»Ich bin hoffnungslos altmodisch, Gunnarstranda«, sagte Rindal in gefährlich sanftem Tonfall. »Vielleicht kannst du mich ein bisschen auf den neusten Stand bringen. Seit wann ist ein Junkie vom Bahnhofsvorplatz glaubwürdiger als eine Parlamentsabgeordnete?«

Gunnarstranda wollte antworten, aber Rindal winkte ab. »Erstens«, sagte Rindal, »wenn ein Junkie erschossen wird,

dann weil er bis über die Ohren in Drogenschulden steckt, die er nicht abbezahlen kann. Zweitens kann die Geschichte von diesem Stig nicht stimmen. Wenn Stig erschossen wurde, weil er etwas über Adelers Tod wusste, warum sind dann mehrere Tage vergangen, bevor er erschossen wurde?«

Lena und Gunnarstranda wechselten einen Blick. Lena hoffte im Stillen, dass Gunnarstranda eine Antwort auf die Frage parat hatte, und überließ ihm das Wort.

»Der Täter konnte nicht wissen, dass Stig Eriksen den Mord an Adeler beobachtet hatte«, sagte Gunnarstranda und fuhr fort: »Der Täter wusste nichts von Stig, bevor dieser selbst Kontakt zu ihm aufnahm. Und das tat er, nachdem ich mit ihm gesprochen hatte. Als ich ihn um Informationen bat, begriff Stig, dass er den Täter mit geringem Risiko erpressen konnte – indem er mich als Backup benutzte. Er verabredete sich mit dem Täter und mit mir zur selben Zeit am selben Ort.«

»Wenn das Stig Eriksens Plan war, dann hat er verdammt schlecht funktioniert, findest du nicht?«

Gunnarstranda zuckte mit den Schultern und fragte zurück: »Ab und zu gehen Dinge schief, oder?«

Lena betrachtete Gunnarstranda. Dachte daran, was er ihr von der Taschenlampe erzählt hatte, die nicht funktionierte, von dem Gefühl, einen kleinen Moment zu spät dran zu sein. Aber Gunnarstranda sagte kein Wort darüber. Und sie beschloss, es ebenfalls nicht zu erwähnen.

»Du phantasierst wieder«, sagte Rindal. »Das sind alles Spekulationen, du reimst dir Stigs Anwesenheit auf dem Kai zusammen, weil du willst, dass es mit dem Rest zusammenpasst. Ich kenne dich!«

Gunnarstranda schüttelte den Kopf.

»Okay, nehmen wir mal an, dass Stig tatsächlich einen Mann dabei beobachtet hat, wie er Adeler ins Wasser stieß. Dann hab ich aber eine klitzekleine Frage«, sagte Rindal lächelnd. »Ein

Detail. Okay. Stig sieht eine Person. Wie konnte er danach mit dieser Person Kontakt aufnehmen? Hatte dieser Mr. X vielleicht ein T-Shirt an, auf dem sein Name und seine Adresse standen? Oder hat er laut seinen Namen gerufen?« Rindal lachte glucksend mit ausgebreiteten Armen. »Vielleicht hat dieser Typ ja gerufen: *Hei, alle die zusehen, wie ich diesen Kerl über die Kaikante gestoßen habe, mein Name ist soundso, und ihr erreicht mich unter folgender Telefonnummer!*«

Bevor Gunnarstranda antworten konnte, hob Rindal die Hand wie ein Priester und sagte: »Beweise, ich will konkrete, handfeste Beweise! Kribbeln im Rückenmark oder deine berühmten Bauchgefühle werden nicht anerkannt!«

»*No problem.* Wir können die Kommunikation zwischen Nina und Stig Eriksen dokumentieren.«

»Ich sagte doch, ich will handfeste Beweise!«

»Wir haben Nina Stenshagens Handy. Das ist Beweis genug. Ninas Handy wurde nicht benutzt. Nina hat *nicht* mit Stig telefoniert in der Zeit zwischen Adelers Tod und ihrem eigenen Ableben. Sie hatte zwischen Adelers und ihrem eigenen Tod auch keine Möglichkeit, persönlich mit Stig zu sprechen. Trotzdem hat Stig mir gegenüber behauptet, dass Nina ermordet wurde, weil sie Zeugin des Mordes an Adeler war. Dafür kann es nur eine Erklärung geben: Er war selbst auch Zeuge. Es liegt doch auf der Hand: Nina und Stig waren schließlich ein Paar. Sie waren in der Nacht und an dem Morgen zusammen. Sie haben beide gesehen, was mit Adeler passiert ist, aber der Täter hat nur Nina entdeckt und ist ihr gefolgt. Stig wurde erst ermordet, als er sich dem Täter dann später selbst zu erkennen gab!«

Rindal schüttelte den Kopf. »Du hast meine Frage nicht beantwortet. Eine Person dabei zu beobachten, wie sie etwas tut, heißt nicht automatisch auch, die Identität dieser Person zu kennen. Deine Theorie steht und fällt mit der Frage: *Wie*

konnte Stig mit einer Person Kontakt aufnehmen, von der er nichts wusste, keinen Namen, keine Adresse, nichts?«

Gunnarstranda zuckte mit den Schultern. »Ich weiß es nicht. Ich weiß nur, dass er Kontakt aufgenommen haben muss. Ich bin sicher, dass die weiteren Ermittlungen eine zufriedenstellende Antwort auf diese Frage liefern werden.«

Rindal setzte sich an seinen Schreibtisch und schwang langsam mit dem Stuhl hin und her. Er dachte nach.

Lena und Gunnarstranda wechselten einen blitzschnellen Blick. Sie hatten es *fast* geschafft, Rindal umzustimmen.

»Die Theorie hat mehrere Schwachstellen«, sagte Rindal schließlich. »Drei Leichen, drei verschiedene *modi operandi*. Wenn der Täter Sveinung Adeler ermordet hat, indem er einen Unfall vortäuschte, Nina Stenshagen aus dem Weg räumte, indem er ebenfalls einen Unfall vortäuschte, warum zum Teufel sollte er Stig dann mit einer Pistole erschießen?«

Gunnarstranda antwortete nicht. Lena war klar, dass er darauf keine Antwort wusste. Es war tatsächlich möglich, dass seine Theorie falsch war.

Gunnarstranda räusperte sich. »Ich habe Schwenke gebeten, Nina Stenshagens Leiche zu obduzieren.«

»Du hast *was*? Weißt du, was sowas kostet? Die Frau ist doch vollkommen zerfetzt worden!«

»Du weißt, dass wir Spuren von Ninas Blut an ganz anderen Orten als auf den Schienen im Tunnel gefunden haben. Sie war also *schwer* verletzt, *bevor* die T-Bahn sie überfuhr. Es war deshalb angemessen, eine Obduktion anzufordern.«

Rindal schaute ihn ärgerlich an, protestierte aber nicht.

Gunnarstranda fuhr fort. »Nina Stenshagen wurde erschossen. Schwenke hat mich vor einer Stunde angerufen. Das passt zu dem Blut im Bombenschutzraum. Nina Stenshagen hat vor vielen Jahren bei der T-Bahn gearbeitet. Sie kannte das Tunnelnetz gut. Es kam ab und zu vor, dass sie sich dort hineinschlich,

um in kalten Winternächten ein bisschen Wärme und Schutz zu stehlen. Der Sicherheitsdienst der T-Bahn hat sie mehrmals wieder rausgeschickt, zum Beispiel von der Wendeschleife unter dem Storting. Donnerstagmorgen lief sie in den Tunnel, um dem Täter zu entkommen. Sie war auf dem Weg zum Notausgang, als der Täter ihr in den Rücken schoss. Er versteckte die Leiche und sich selbst, bis der Verkehr wieder in Gang kam. Dann täuschte er den Unfall vor. Die Tatsache, dass Nina Stenshagen erschossen wurde, erklärt alles. Sie war schon tot, als sie vor den Zug geworfen wurde. Ich werde das Projektil, das sie getötet hat, persönlich im Ballistiklabor der Kripo abliefern.«

Als Gunnarstranda schwieg, dröhnte die Stille im Raum wie nach einem Gewitter.

Nur das Geräusch von Rindals Stuhl, der hin und her schwang, war zu hören.

Rindal räusperte sich. »Zwei Erschossene aus Oslos härtester Drogenszene sagen mir, dass wir nach einem Täter aus diesem Milieu suchen. Aber habt ihr dahingehend was unternommen? Nein! Keiner von Nina Stenshagens Angehörigen wurde verhört, keiner aus dem Umkreis von Stig Eriksen. Kein einziger unserer Informanten wurde gefragt, ob in der Szene ein Mann mit Pistole beobachtet wurde. Stattdessen trampelt ihr im Parlament herum?«

Rindal regte sich immer mehr auf, während er sprach. »Die Verbindungslinien zwischen den beiden Erschossenen und Sveinung Adeler sind dünn – viel zu dünn. Ich will innerhalb der nächsten 24 Stunden geklärt haben, was es für Verbindungen gibt. Ich will konkrete Beweise. Die Zeugenaussagen von Toten reichen nicht. Wenn ihr mir nicht binnen 24 Stunden handfeste Beweise liefert, die auch vor Gericht standhalten, dann wird der Fall Adeler zurückgestellt, damit wir uns um Sachen kümmern können, die vorrangiger sind.«

»Zwei Tage«, sagte Gunnarstranda.

»Wie bitte?«

»Du bist doch erfahren, du weißt ebenso gut wie ich, dass 24 Stunden kaum ausrechen, um den Bericht zu schreiben. Wir brauchen zwei Tage – 48 Stunden.«

»Raus!«, brüllte Rindal.

Lena und Gunartsranda bewegten sich schon auf die Tür zu, als er ihnen hinterherbrüllte: »Wartet! Ich bin noch nicht fertig!«

Rindal zeigte mit zitterndem Zeigefinger auf Lena. »Okay, zwei Tage. Unter einer Bedingung: Ab jetzt gibt es keine Belästigungen von Parlamentsabgeordneten oder anderen Respektspersonen mehr, capisci?«

*

Vor der Tür zu Rindals Büro hatte Gunnarstranda eine Einkaufstasche abgestellt. Er griff danach, als sie zu ihrem Büro zurückgingen.

»Warst du einkaufen?«, fragte Lena, erleichtert, dass sie über etwas anderes sprechen konnten.

»Ich bin heute dran mit Kochen«, sagte Gunnarstranda. »Und was kocht man an so einem kalten Tag? Fischsuppe natürlich. Ich koche eine Fischsuppe, wie meine Mutter sie immer gemacht hat.«

Er hob die Einkaufstasche hoch und senkte die Stimme, als wolle er ihr etwas höchst Geheimes mitteilen. »Ich habe einen Heilbuttkopf gekauft. Jeder weiß, dass Fischköpfe den besten Fond ergeben. Aber der Kopf des Heilbutts ist der allerbeste. Heilbutt ist der teuerste Fisch, ja, aber die meisten Leute haben keine Ahnung, dass der Kopf der wertvollste Teil ist. Deshalb bekomme ich den Kopf immer günstig.«

Er gluckste verschwörerisch und zugleich triumphierend. »Ein Kilo Heilbutt kostet dreihundert Kronen, aber der Kopf

kostet nur einen Zehner, der Kerl hinter der Fischtheke ist froh, ihn los zu sein. Ein solcher Kopf wiegt meistens anderthalb Kilo. Dieser hier wiegt eins Komma neun. Zwei Kilo vom exklusivsten Fisch der Welt für zehn Kronen, Lena. Was die Leute nicht bedenken, ist, dass das Nackenstück zum Kopf dazugehört, und der Nacken ist das beste Stück vom Fisch, über ein halbes Kilo weißes, feinfaseriges Fleisch, perfekt für eine Suppe. Erst zerschneide ich den Kopf längs, mit einem scharfen Messer. Dann säubere ich etwas vom Gehirn heraus. Dann lasse ich die beiden Hälften in heißem, leicht gesalzenem Wasser mit einem kleinen Schuss Essig und einem großen Schluck Weißwein eine Stunde lang ziehen. Nur ziehen – nicht kochen. Dann gieße ich das Ganze durch ein Sieb. Einen besseren Fischfond gibt's nicht auf dieser Welt. Dann mache ich eine Mehlschwitze, natürlich mit guter Meiereibutter, verrühre sie mit dem Fond und Sahne. Was sonst noch in die Suppe kommt, sind klein geschnittene Möhren und Porree. Am Ende tue ich das Fleisch aus dem Nackenstück dazu. Manchmal auch kleine Stücke von anderem Fisch, besonders Lachs oder Forelle, weil das Fleisch eine leicht rötliche Farbe hat, die gut zu den Möhren und dem Porree passt, ein paar Miesmuscheln und Krabben sind auch nicht verkehrt, aber die Meeresfrüchte dürfen nicht kochen und auch nicht zu lange ziehen. Meeresfrüchte in der Suppe richtig abzupassen ist eine Kunst für sich. Am Ende noch mit ein bisschen Pfeffer abschmecken. Diese Suppe ist wunderbar. Sie macht dich warm an kalten Tragen und ist so nahrhaft, dass es sich bei jedem Löffel anfühlt, als würde man Sonne und Frühling zu sich nehmen. Ein einziger Teller ist schon eine ganze Mahlzeit, denn der Heilbutt ist fett und die Sahne auch. Zu dieser Mahlzeit trinken Tove und ich ein kleines Glas Chablis oder Riesling, jedenfalls muss es ein sehr trockener Weißwein sein, der nach Mineralien schmeckt. Ich persönlich mag ja einen Mosel lieber, dessen Namen ich dir

nicht verrate. Manche Geheimnisse kann ich teilen, aber nicht alle. Dieser Wein schmeckt so stark nach Mineralien, dass es sich bei jedem Schluck anfühlt, als würde man eine Essenz aus Schiefer und Stahl trinken.«

Die Tür zum Treppenhaus ging auf. Fartein Rise kam herein. Als er Lena und Gunnarstranda sah, hielt er inne und sah sie misstrauisch an. »Wer flüstert, der lügt«, sagte er schlecht gelaunt.

Gunnarstranda ging an ihm vorbei. »Ich habe gerade ein wertvolles Geheimnis mit Lena geteilt«, sagte er und hob ihr die Tragetasche entgegen. »Das bleibt aber unter uns, Lena, capisce?«

3

Der Gemeinschaftskühlschrank auf dem Korridor war brechend voll mit Milchkartons, deren Haltbarkeitsdatum abgelaufen war, und halbleeren Joghurtbechern. Gunnarstranda schaffte sich Platz und legte den Fischkopf hinein. Er freute sich riesig darauf, diese Suppe zu kochen. Aber eine Sache musste er vorher noch erledigen. Rindal hatte einen Beweis gefordert. Den sollte er bekommen.

Er fuhr mit der Straßenbahn zum Rathausplatz. Auf dem Kai, der der Festung Akershus am nächsten lag, flatterte immer noch das Absperrband der Polizei im Wind. Hier und da begannen die Enden auszufransen.

Wo konnten sich Nina und Stig versteckt haben?

Der Eiswind blies heftig über das offene Wasser, schnitt ihm ins Gesicht und zerrte an seinen Schalenden. Er beeilte sich, in den Windschatten des niedrigen Bürogebäudes in der Mitte des Kais zu kommen.

Hier war es passiert.

Gunnarstranda stieg über das Absperrband und trat an die Kaikante. Adeler konnte unmöglich ausgerutscht sein. Das konnte Gunnarstranda ausschließen. Nur wenn er volltrunken gewesen wäre, hätte er von allein hineinfallen können. Aber er war nicht betrunken gewesen, sondern vollkommen nüchtern.

Wie lange hatte Adeler es im Wasser ausgehalten, bevor er so unterkühlt war, dass er aufgab und ertrank? Eine Minute, anderthalb?

Gunnarstranda ging ganz ans Ende des Kais. Der Eisnebel hing dunkel über der Wasseroberfläche, drehte sich in schwerfälligen Spiralen, die langsam aufstiegen und sich zu feinerem Dunst auflösten. Messerscharfe Sonnenstrahlen, die die Wolken an manchen Stellen bedrohlich gelb und rot färbten, durchschnitten ihn, als wäre es kein Eisnebel, sondern Schwaden von Ruß nach einem Vulkanausbruch.

Gunnarstranda legte den Kopf in den Nacken und stellte fest, dass es keine Asche war, die da vom Himmel fiel, sondern Schnee.

Er ging zum Tatort zurück. Eingehend sah er sich in alle Richtungen um. Wo konnten sich die Zeugen des Vorfalls aufgehalten haben?

Es waren zwei Obdachlose, die sich jede Nacht einen Schlafplatz ergaunerten.

Sie hatten sicher einen Ort gewählt, der sie vor dem Wind schützte. Es war bestimmt ein Ort, an dem sie ungesehen blieben und nicht riskierten, von der Polizei gestört zu werden …

Plötzlich blieb sein Blick an etwas hängen, das nicht so war, wie es sein sollte. Ein Detail auf dem gegenüberliegenden Kai. Ganz außen auf dem Rathauskai 2 lag ein umgekippter Müllcontainer.

Gunnarstranda ging zurück und wanderte auf den nächsten Kai, um sich die Sache genauer anzusehen.

Tatsächlich, das war ein schlaues Versteck. Der Container war aus Plastik, hatte vier Räder und war anderthalb Meter breit und ebenso tief. Der Deckel war offen und lehnte an der Wand, so dass diejenigen, die darin schliefen, vor Schnee und Wind geschützt waren.

Er sah in den Container hinein. Dort hatte tatsächlich jemand geschlafen. Der Container war mit Pappe ausgelegt. Er sah deutliche Abdrücke von menschlichen Körpern zwischen den Pappteilen. Und er sah einen zerrissenen Schlafsack. Nur einen. Der andere war nicht mehr hier, dachte er. Den hatte Stig mitgenommen. Er hatte in dem Rohbau in Grønland gelegen, in Stigs kleinem Versteck.

Hier hatten die beiden die Nächte verbracht, in einem leeren Müllcontainer, isoliert mit Pappe und Luft. Draußen auf dem Kai war im Winter niemand, keine Touristen, keine Polizisten.

Aber dann hatten die beiden eines Morgens hier gelegen und beobachtet, wie Adeler vom gegenüberliegenden Kai ins Wasser gestoßen wurde. Sie hatten zugesehen, wie er ermordet wurde.

Und der Täter hatte nur Nina entdeckt. Aber warum?

Vielleicht war sie schon aufgestanden?

Auf jeden Fall war sie geflohen, während Stig liegen blieb.

Später, als Stig erfuhr, dass Nina von der T-Bahn überfahren und tot war, hatte er verstanden. Als Gunnarstranda zu ihm kam, hatte Stig beschlossen, sich an den Täter zu wenden. Ein Entschluss mit fatalen Konsequenzen.

Der Schlafsack im Müllcontainer war ein Beweis. Wenn sie Glück hatten, würde das Labor DNA-Spuren finden und mit denen von Nina vergleichen können. Ein Beweis also – aber es musste noch mehr geben. Gunnarstranda brauchte die Spurensicherung. Er holte eine Rolle Absperrband aus der Tasche und begann, den Bereich abzusperren.

4

»Hier ist Steffen. Wo bist du?«

»Zuhause«, sagte Lena.

»Was machst du?«

Lena öffnete den Vitrinenschrank über der Anrichte mit dem Telefon am Ohr. In Reih und Glied standen die Kristallgläser, die sie im Sommer auf ihrer Pragreise gekauft hatte. Sie hob ein Glas herunter. »Was ich mache?« Sie ging zum Kühlschrank und holte eine der Piccoloflaschen aus dem unteren Fach. Las das Etikett. Das war ein richtig guter. Henri-de-Verlaine-Sekt. »Was glaubst du, was ich tue? Mir die Schamhaare rasieren natürlich, machen das nicht alle Frauen, wenn du anrufst?« Sie drehte den Korken heraus, mit dem Hörer am Ohr.

Dann füllte sie das Glas und nippte an dem edlen Tropfen. Brut. Wunderbar.

Steffen gluckste. »Du hast gewonnen, Lena. Du bist die Prinzessin, und ich bin verzaubert.«

Danke gleichfalls, dachte sie in der Stille, die darauf folgte. Sie hatte keine Ahnung, was sie sagen sollte. Eigentlich war sie die Verzauberte.

»Jetzt ist der Moment, wo du fragen solltest, was ich grade tue«, sagte er.

Lena zog die Schulter hoch und klemmte das Telefon zwischen Kopf und Schulter, während sie von dem Sekt trank. »Okay«, sagte sie. »Was machst du gerade?«

»Ich stehe vor deiner Tür.«

Im selben Moment klingelte es.

Lena blieb stehen. »Ich kann dir gar nichts anbieten«, sagte sie. »Nichts.«

»Wie gut, dass ich ein bisschen Sekt mitgebracht habe.«

Lena griff nach der leeren Piccoloflasche, öffnete den

Schrank mit dem Abfalleimer und warf sie hinein. »Was für eine Marke?«, fragte sie.

»Bollinger«, sagte Steffen. »Der, den James Bond immer trinkt. Wenn du Lust auf ein Glas hast, müsstest du die Tür aufmachen.«

Lena döste ein und hörte von weitem, dass Bel Cantos Retrospekt immer noch lief. Sie öffnete die Augen.

Steffen kam aus dem Badezimmer und fragte, wie spät es sei.

Sie griff nach ihrer Armbanduhr, die auf dem Nachttisch lag. »Zwei Minuten vor elf.«

Als er gegangen war, blieb sie liegen und horchte in sich hinein. Das Gefühl, das sie wahrnahm, erinnerte fast an Traurigkeit. Es wäre schön gewesen, wenn er länger hätte bleiben können. Am besten über Nacht.

Die CD war zu Ende.

Sie hatte Hunger.

Ich hätte uns etwas zu essen gemacht, dachte sie. Es ist langweilig, für eine Person etwas Gutes zu kochen.

Sie ging in die Küche. Machte kein Licht. Öffnete die Kühlschranktür. Ein Becher Naturjoghurt neben einem Karton fettarmer Milch, von dem sie wusste, dass das Verfallsdatum abgelaufen war. Die Essensreste vom Vortag, ein halbes gegrilltes Hähnchen, lagen auf einem Teller neben dem Glas mit dem Dijon-Senf. Sie nahm den Teller heraus, drehte das Hähnchenbein ab und knabberte daran. Sie bekam Durst. Die Sektflasche auf dem Wohnzimmertisch war noch halbvoll. Sie hatte Sektgläser herausgeholt, weil Steffen die Flasche mitgebracht hatte. Aber sie trank nicht gern aus solchen schmalen Gläsern. Der Rand des Glases kollidierte mit der Oberlippe, und man musste den ganzen Oberkörper nach hinten beugen, um die letzten Tropfen herauszubekommen. Jetzt griff sie nach der halb leeren Flasche und trank direkt daraus. Sie saß am Küchentisch, splitternackt,

pulte mit den Fingern an dem Hühnerbein, leckte sich die Finger ab, griff um den soliden Flaschenhals, hob die Flasche und trank. Steffen hätte über Nacht bleiben sollen, dachte sie. Wir hätten dieses Hähnchen gegessen, ganz zu schweigen davon, was wir auf dem Küchentisch gemacht hätten. Der Gedanke entlockte ihr ein Lächeln. Sie stand auf und sah aus dem Fenster.

Auf dem Parkplatz vor dem Haus stand ein Auto mit laufendem Motor. Ein schwarzer Fiat 500. Das war aber wirklich ein beliebtes Automodell!

Zögernd kehrte sie dem Fenster den Rücken zu, nahm die Flasche mit und ging wieder ins Bett. Setzte sich mit dem Kopfkissen als Rückenstütze zurecht und legte den Laptop auf die Bettdecke. Schließlich fand sie die Internetseite mit den Weihnachtsliedern. Dean Martin sang *Baby, it's cold outside*. Da hatte Dean Martin Recht.

Sie versuchte, an Steffen zu denken, dachte aber stattdessen an den Wagen vor dem Haus. Sie hatte einen schwarzen Fiat 500 Cabriolet gesehen, als sie bei Aud Helen Vestgård gewesen war. Der gleiche Typ Auto war eine halbe Stunde später an der Einfahrt ihrer Garage vorbeigefahren. Und jetzt stand einer im Leerlauf vor ihrem Haus.

Konnte es derselbe Wagen sein?

Ihr Bauch schrie *ja*! Das Gehirn sagte *nein*, es sind drei oder höchstens zwei verschiedene Autos.

Schließlich konnte sie sich nicht länger zurückhalten. Sie stand auf und ging in den Flur zu dem Schrank, in dem sie das Fernglas aufbewahrte. Der Laptop auf dem Bett spielte *Rudolph the red-nosed reindeer*, als sie wieder in die Küche ging. Sie sah durch die Gardine hinaus. Das Auto stand immer noch da. Das war merkwürdig. Es war nach Mitternacht und mindestens zwanzig Minuten her, seit sie das letzte Mal hinausgesehen hatte.

Sie stellte das Fernglas ein. Das Verdeck war geschlossen, aber es war tatsächlich ein Cabriolet – wie das, was sie schon zweimal gesehen hatte.

Es war unmöglich, in den Wagen hineinzusehen. Aber sie erkannte das Kennzeichen. Sie legte das Fernglas weg. Griff nach einem Kugelschreiber, der neben dem Teller mit den Hähnchenresten lag. Steffen hat einen schlechten Einfluss auf mich, dachte sie und notierte das Autokennzeichen auf ihrem Handrücken.

Dann stand sie eine Weile da und überlegte. Sie hatte sich auch das Kennzeichen des Wagens notiert, das sie zuerst beobachtet hatte. In ihrer Handtasche hatte sie einen Stift und eine alte Quittung gefunden. Aber wo war die jetzt? Lena ging wieder ins Schlafzimmer und begann zu suchen. Das dauerte eine Weile. Ihre Tasche quoll über vor alten Quittungen. Da. Sie verglich die Nummer mit der auf ihrem Handrücken. Ein kleiner Schauder durchfuhr sie. Es war dasselbe Auto.

Sie versuchte nachzudenken, dann schlich sie zurück in die Küche und griff nach dem Vorhang. Sie sah hinaus. Das Auto war weg.

MITTWOCH, 16. DEZEMBER

1

Emil Yttergjerde fragte, ob sie sich hätte tätowieren lassen. Sie standen vor dem Getränkeautomaten auf dem Korridor, und Lena warf gerade Geld hinein.

Sie zeigte ihren Handrücken. »Nicht gerade chinesische Kalligraphie«, sagte sie abwesend und schob sich die Flasche Mineralwasser unter den Arm. Sie wollte in ihr Büro gehen, um zu telefonieren, fragte aber trotzdem erst Emil, ob er Adelers Haushaltshilfe ausfindig gemacht hatte.

»Pamina? Sie ruft ständig an und fragt nach der Beerdigung. Und sie will auch für mich putzen. Ich bitte sie immer wieder, mit der Nerverei aufzuhören. Sie arbeitet nur schwarz, und ich will ihr keinen Ärger machen.«

»Sie hatte Schlüssel für die Wohnung?«

»Die hat sie abgeliefert«, sagte Emil. »Sie hat seine Bude am Mittwochnachmittag geputzt und einen Zettel geschrieben, dass Waschpulver fehlte. Deshalb konnte sie wohl auch die Klamotten aus dem Wäschekorb nicht waschen. Sie hatte Adeler über zwei Wochen nicht gesehen.«

Lena ging zurück in ihr Büro und rief die Zulassungsstelle an.

Der Wagen, der am Abend zuvor mit laufendem Motor vor ihrem Haus gestanden hatte, gehörte der Autovermietung Hertz. Fünf Minuten später wusste sie, dass der Wagen am Mittwoch, dem 9. Dezember, nachmittags am Osloer Flughafen an einen Mann namens Stian Rømer ausgeliehen worden war.

Ihr Bauchgefühl, das darauf bestand, dass sie bei drei Gelegenheiten dasselbe Auto gesehen hatte, wurde bestätigt. *Ein Leihwagen.*

Das Datum – 9. Dezember.

Aber der Name des Mieters, Stian Rømer, sagte ihr gar nichts.

Lena zog sich ihren Mantel an und verließ das Büro. Sie ging zum Hauptbahnhof und stieg in den Flughafenschnellzug nach Gardemoen.

In der Ankunftshalle steuerte sie direkt auf den Schalter von Hertz zu. Dort saß ein übergewichtiger, unrasierter Junge mit Kautabaklippe vor einem Computer. Sein Kopf ragte aus einer riesigen Daunenjacke hervor. Er roch stark nach Schweiß und trank Tee aus einem Pappbecher.

Lena wies sich aus.

Der Junge hatte keine Ahnung, wer den Fiat abgeholt hatte. Die Reservierung war vor längerer Zeit per Internet eingegangen, das war immer so. So war das System. Der Kunde kam, erhielt die Schlüssel und unterschrieb einen Vertrag. Er hatte keine Ahnung, wer diesem Kunden die Schlüssel übergeben hatte. Jeder Kunde gab am Ende den Wagen vollgetankt wieder zurück. Der Schlüssel blieb stecken – und der Kunde stieg direkt ins Flugzeug. Einfach und unkompliziert.

»Können Sie den Mann erreichen?«

»Warum sollten wir?« Der Junge grinste mit der Kautabaklippe. Seine Mundpartie erinnerte an die eines Kaninchens. Die Vorderzähne waren fleckig vom Tabak.

Lena seufzte. »Jetzt hören Sie mal zu: Ich will mit dem Mann sprechen, der den Wagen gemietet hat, und ich weiß, dass Sie die Daten haben, die ich brauche. Okay?«

Der Junge blinzelte unsicher. »Alles, was wir haben, ist die Kreditkarte.«

»Genau«, sagte Lena. »Genau die wollen wir haben. Können Sie mir die Daten geben, die auf der Karte stehen?«

Als sie wieder im Polizeipräsidium war, zog sie sich zurück und durchsuchte das Internettelefonbuch. Den Namen Stian Rømer fand sie dort nicht. Sie konnte überhaupt nur einen einzigen Eintrag mit dem Namen Rømer ausfindig machen. Die Frau hieß Bodil und wohnte in Drammen. Lena wählte ihre Nummer und fragte nach Stian.

»Wer ist denn da?«

Die rostige und leicht zitternde Stimme gehörte offenbar einer schon etwas älteren Frau.

Wenn sie verwandt sind, dachte Lena schnell, dann ist es entweder seine Mutter, Tante oder Großmutter.

»Hier ist Lena. Entschuldigen Sie die Störung, aber ich habe Stian letztes Jahr auf Ibiza kennen gelernt, und dann habe ich überall nach seiner Telefonnummer und seiner Adresse gesucht. Jetzt musste ich einfach diese Nummer anrufen. Sind Sie mit Stian verwandt?«

»Was sagen Sie? Wo sagen Sie, haben Sie Stian getroffen?«

»Auf Ibiza. Lena heiße ich, hat er vielleicht von mir erzählt?«

»Nein.«

»Kann ich mit Stian sprechen?«

»Aber Stian ist nicht hier!«

»Wissen Sie, wo er ist?«

»Stian ist im Ausland.«

»Oh nein«, entfuhr es Lena aufrichtig enttäuscht. »Sagen Sie das nicht! Wo denn im Ausland?«

»Ich weiß es nicht.«

»Aber ich möchte so gerne mit ihm sprechen.«

»Ich würde Ihnen ja gerne helfen, aber Stian ist im Ausland, und er darf selbst mir nicht sagen, wo. Er hat es Ihnen vielleicht erzählt, als Sie ihn kennen gelernt haben, dass er beim Militär arbeitet?«

»Ja, das hat er, aber … Sind Sie seine Mutter?«

»Ja. Das bin ich. Stian unterliegt bei der Arbeit strengster

Schweigepflicht, und ich kann Ihnen leider nicht helfen. Aber wenn Sie mir Ihre Telefonnummer geben, dann kann ich ihm sagen, dass Sie angerufen haben, wenn er das nächste Mal vorbeikommt.«

»Mein Akku ist schwach«, sagte Lena schnell. »Wo wohnt Stian denn, wenn er in Norwegen ist?«

»In seiner Wohnung natürlich, in der Schweigaardsgate in Oslo. Geben Sie mir Ihre Telefonnummer?«

»Holen Sie schnell was zum Schreiben«, sagte Lena. »Mein Akku macht es nicht mehr lange.«

Sie konnte hören, wie die Frau den Hörer auf den Tisch legte, um etwas zum Schreiben zu holen. Lena legte auf.

Sofort danach nahm sie den Hörer ihres Diensttelefons ab. Sie rief bei der Personalabteilung der Militärverwaltung an und fragte nach Stian Rømer. Ohne Erfolg. Sie wurde weiterverbunden und musste den Namen buchstabieren – ohne Ergebnis. Sie wurde noch einmal weiter verbunden. Und noch einmal. Es dauerte zehn Minuten, um zu der Feststellung zu gelangen, dass bei der Militärverwaltung kein Stian Rømer registriert war.

Sie legte auf.

Sie hatte dreimal diesen Wagen gesehen. Ja, sagte sie zu sich selbst. Dasselbe Auto dreimal ist zweimal zu viel. Allerdings musste die Tatsache, dass es ihr nicht gelang, den Fahrer ausfindig zu machen, nicht unbedingt etwas bedeuten. Der Bluff mit dem Job beim Militär konnte ein Trick sein, mit dem Stian seine Mutter beruhigt hatte, um nervigen Fragen zu entgehen oder um ihr zu imponieren.

Ein Mann namens Stian Rømer hatte am Tag vor Adelers Tod den Wagen am Osloer Flughafen in Empfang genommen. Und dann?

Lena sah eine Weile starr vor sich hin. Bekam den Gedanken an den schwarzen Fiat nicht aus dem Kopf. Sie hatte ein

mulmiges Gefühl im Bauch. Irgendetwas war mit diesem Auto. Irgendetwas war mit diesem Stian Rømer.

Sie kam nicht weiter. Also beschloss sie, das Mysterium um den Fiat ruhen zu lassen und sich stattdessen darauf zu konzentrieren, den Bericht der Gerichtsmedizin zu lesen.

Als Lena sich eine Viertelstunde später wieder gerade aufrichtete, hörte sie eine vertraute Stimme auf dem Flur. Lena stand auf und trat hinaus. Dort stand Ingrid Kobro im Gespräch mit Rindal. Sie winkte Lena zu, die sich an die Wand lehnte und wartete, bis Ingrid ihr Gespräch mit Rindal beendet hatte.

Ingrid Kobro ging auf die fünfzig zu, sah aber immer noch aus wie 39. Dunkles Haar ohne jede graue Strähne, klare blaue Augen und immer ein schiefes, wissendes Lächeln um die Mundwinkel. Das glänzende Haar mochte gefärbt wirken, aber Lena wusste, dass die Farbe echt war. Als Lena bei der Polizei anfing, hatte Ingrid eine schützende Hand über sie gehalten. Leider hatte Ingrid die Abteilung vor einem halben Jahr verlassen. Sie hatte aufgehört, um eine gehobene Stellung beim Geheimdienst der Polizei anzutreten.

Rindal ging, und Ingrid drehte sich zu Lena herum.

»Das ist aber lange her«, sagte Lena und umarmte Ingrid.

»Ich bin einzig und allein hier, um mit dir zu sprechen«, sagte Ingrid.

»Wie schön«, sagte Lena lächelnd. Dann bemerkte sie Ingrids ernsten Gesichtsausdruck und spürte, wie ihr Lächeln erlosch. »*Business* oder *pleasure*?«

»*Business*«, sagte Ingrid Kobro, schob Lena wieder in ihr Büro und schloss die Tür hinter ihnen. »Natürlich freue ich mich auch immer, dich zu sehen, Lena«, fuhr Ingrid in ihrem weichen Sørlandsdialekt fort und holte Atem. »Aber – jetzt also *business*.«

Lena verstand kein Wort.

Ingrid setzte sich und faltete ihre Hände im Schoß. »Lena«, sagte sie dann ernst. »Warum interessierst du dich für Stian Rømer?«

In Lenas Kopf setzte sich eine Bowlingkugel in Bewegung. Sie traf die Kegel, die mit einem Knall umfielen: dass sie bei der Militärverwaltung von einem zum anderen weiterverbunden worden war, bekam plötzlich einen Sinn, der buchstabierte Name auch. Die Fragen nach ihrer Dienststelle, ihrem Namen und ihrer Personalnummer.

Ingrid hatte ihr Gesicht in ernste Falten gelegt. »Wir von der Zentrale wollen nicht, dass die Osloer Polizei eine Sache zum Scheitern bringt, die uns viel Zeit und Energie gekostet hat.«

Lena registrierte die Wortwahl. *Die Zentrale.* Ingrid kehrte ihre Autorität heraus.

»Entschuldige bitte«, sagte Lena und räusperte sich. »Ich habe die Personalabteilung der Militärverwaltung angerufen. Aber ich wüsste nicht, warum ich damit dir oder anderen Leuten zu nah getreten sein sollte.«

Ingrid dachte einen Moment nach, bevor sie weitersprach. »Das wusste ich nicht«, sagte sie schließlich.

Lena musste grinsen.

»Was ist los?«, fragte Ingrid mit ihrem schiefen Lächeln.

»Wie kannst du dann wissen, dass ich mich für Stian Rømer interessiere?«

»Wie haben den Mann unter Beobachtung. Er ist vor einer Woche nach Norwegen eingereist, hat in Gardemoen einen Wagen gemietet, und für den hast du dich interessiert, stimmt's?«

Jetzt war Lena überrascht. »Wie bitte?«

»Wir haben dich auf einem Film mit Tonaufnahme, wo du deine Autorität als Polizeibeamtin einsetzt und Informationen von Rømers Kreditkarte forderst.«

»Habt ihr mich beschattet?«

Ingrid schüttelte den Kopf. »Wir interessieren uns für Stian

Rømer, und wir wollen nicht, dass die Osloer Polizei kaputt macht, was wir erarbeitet haben.«

Lena erzählte Ingrid von dem Auto, das sie dreimal gesehen hatte, dass es mit laufendem Motor nach Mitternacht vor ihrem Wohnblock gestanden hatte, erzählte von Hertz und von Stians Mutter, Bodil Rømer. Sie erzählte Ingrid fast alles.

Die Geschichte von Sveinung Adeler und Aud Helen Vestgård verschwieg sie allerdings.

»Wenn Stian Rømer Wind davon bekommt, dass die Polizei ihn sucht, dann taucht er vielleicht wieder unter«, sagte Ingrid Kobro mit großem Ernst und einer misstrauischen Falte auf der Stirn.

»Du hättest dasselbe getan, wenn du in der Küche gestanden und ein verdächtiges Auto mit laufendem Motor vor deiner Wohnung gesehen hättest. Es stand lange dort, bis nach Mitternacht. Und wenn du außerdem weißt, dass du schon zweimal ein Auto gesehen hast, das genauso aussah ... Und dann stellt sich heraus, dass es derselbe Wagen ist. Ich bin nervös geworden. Der Typ muss es ja aus irgendeinem Grund auf mich abgesehen haben.«

Ingrid betrachtete Lena immer noch nachdenklich.

»Nochmal von vorn: Wo und wann hast du den Wagen gesehen?«

»Das erste Mal? Vor ein paar Tagen, Donnerstagabend, draußen in Bærum. Will mich gerade ins Auto setzen, da sehe ich einen schwarzen Fiat 500 und bemerke, dass da jemand drinsitzt, der Motor war aus, und die Fenster waren von innen vereist. Es war ja eiskalt draußen. Ich fahre nach Hause, und als ich in die Garageneinfahrt einbiege, sehe ich in den Rückspiegel, und da fährt derselbe Wagen vorbei, funfzig Meter hinter mir. Also – warum sollte mir ein fremder Wagen folgen? Ich dachte, es müssten zwei verschiedene Autos gewesen sein – aber zwei Cabriolets? Die gleiche Marke, das gleiche Modell,

die gleiche Farbe? Das kam mir merkwürdig vor. Und dann steht gestern Abend genau der gleiche Wagen mit laufendem Motor lange vor meinem Block. Ich habe mir die Autonummer aufgeschrieben und festgestellt, dass es derselbe Wagen war, den ich beim ersten Mal gesehen hatte. Da wirst du verstehen, dass ich ein bisschen Panik bekommen habe.«

»An was für Fällen arbeitest du grade?«

Lena nannte ihr verschiedene. Ohne selbst zu wissen, warum, nannte sie den Fall Adeler ganz zum Schluss: »Und dann sitze ich an dem Fall mit dem Beamten, der am Rathauskai ertrunken ist. Ein so genannter verdachtiger Todesfall, der offenbar ein Mord war. Ich versuche herauszufinden, was da passiert ist.«

»Es muss um irgendeinen Fall gehen, an dem du gerade arbeitest«, sagte Ingrid Kobro und betrachtete sie nachdenklich. Doch dann änderte sie plötzlich ihre Meinung, schüttelte den Kopf und sagte, fast zu sich selbst: »Aber es hört sich irgendwie nicht so an.«

Lena fragte: »Hast du ein Foto von Stian Rømer?«

Ingrid zögerte. »Ich bin darauf angewiesen, dass du mit mir kooperierst.«

»Warum sollte ich das nicht tun?« Lena zeigte auf den Aktenordner, den Ingrid unter dem Arm trug. »Wenn dieser Typ mich verfolgt, dann will ich wissen, wie er aussieht. Zeig mir ein Foto!«

Ingrid Kobro klappte den Ordner auf und zog ein Papier heraus. Eine Schwarz-Weiß-Kopie. Der Mann, der sie von dem Fotopapier anstarrte, hätte als Statist in einem Fernsehkrimi auftreten können. Runder Kopf mit kurzem Haar und ein verkniffener, brutaler Mund. Lena gab das Bild zurück, und Ingrid steckte es zurück in den Ordner. »Also noch mal das Ganze«, sagte sie. »Du hast dreimal einen Leihwagen beobachtet. Und andere Gründe dafür, dass du an Stian Rømer interessiert bist, gibt es nicht?«

Was war das denn? Lena sah sie fragend an. »Ingrid?«

Sie sahen sich in die Augen. Ingrid ließ die Schultern sinken. »Weißt du, wir überlegen, ob wir vorbeugend ein Verfahren einleiten sollen. Das ist der Grund, warum ich sofort mit dir sprechen wollte. Wir sind in einer frühen und sehr empfindlichen Phase. Dürfen nicht riskieren, dass etwas durchsickert. Deshalb haben wir die Osloer Polizei gebeten, zurückhaltend zu sein und Stian Rømer nicht zu verschrecken.«

»Was ist denn mit dem Typen?«

»Darüber kann ich dir leider nichts sagen – ob ich will oder nicht.«

Sie ging zur Tür. »Wenn du den Wagen noch einmal siehst, oder den Mann auf dem Foto, dann rufst du an und überlässt das Auto und den Mann uns, okay?«

Lena nickte. »Okay«, sagte sie tonlos.

Ingrid ging hinaus.

Lena blieb noch lange sitzen und starrte die geschlossene Tür an. Ingrids Botschaft war eindeutig gewesen.

Aber wenn Ingrid irgendetwas ausrichten wollte, dann musste jemand verdammt schnell diesen Wagen ausfindig machen.

Lena dachte nach. Der Geheimdienst interessierte sich also für Rømer. Aber wie wahrscheinlich war es, dass Rømer sich für sie interessierte?

Sie hatte Ingrid so verstanden, dass Rømer nicht unbedingt hinter ihr her war. Aber warum hatte sie ihn dann dreimal in ihrer Nähe beobachtet?

Irrte Ingrid sich möglicherweise? Vielleicht nicht. Aber ganz sicher wusste Ingrid mehr, als sie sagte.

Lena überlegte hin und her. Sie dachte an die Kälte, die sie am Abend zuvor plötzlich gespürt hatte. An den Moment, in dem sie erkannte, dass der Wagen vor ihrer Tür derselbe war,

den sie schon einmal gesehen hatte. Es war so ziemlich das Unangenehmste, was einem widerfahren konnte: sich in seiner eigenen Wohnung nicht mehr sicher zu fühlen. Lena konnte das nicht akzeptieren. Sie hatte das dringende Bedürfnis, etwas dagegen zu tun.

Eine wichtige Frage hatte sie Ingrid allerdings nicht gestellt. Nämlich, ob sie in Gefahr war. Warum hatte sie das nicht getan? Weil sie wusste, was für eine Antwort Ingrid ihr gegeben hätte: eine *FBUB*. Die *Flackernder-Blick-und-Bullshit*-Antwort. Die Antwort, die überhaupt nichts aussagte. Ingrid hatte ja zugegeben, dass der Geheimdienst Rømers Pläne nicht kannte. *Keiner* wusste, wem er eventuell gefährlich werden konnte oder wem nicht. Also konnte auch Ingrid nicht wissen, ob er sie beschattete.

Und wenn sie nun den Mittelweg wählte und seine Wohnung überprüfte, für alle Fälle?

2

Eine Stunde später ging Lena die Schweigaardsgate entlang. Wenn Ingrid Recht hat und Rømer sich nicht für mich interessiert, dann schadet es auch nichts, dachte sie. Aber wenn Ingrid sich irrte, war es das einzig Richtige, Stian Rømers Wohnung ausfindig zu machen.

Ein großer Teil der Schweigaardsgate bestand aus Hauptbahnhof und Busbahnhof. Deshalb konzentrierte Lena ihre Suche auf die Häuser in Gamlebyen. Sie ging in jeden Hauseingang und überprüfte die Namensschilder neben den Klingelknöpfen.

Nachdem sie alle Hauseingänge abgeklappert hatte, hatte sie Stian Rømer allerdings immer noch nicht gefunden. Das

musste nicht bedeuten, dass seine Mutter gelogen hatte. Stian Rømer wohnte möglicherweise in einer der Wohnungen, ohne dass sein Name unten an der Klingel stand.

Sie begann, die Seitenstraßen abzulaufen, auf der Suche nach dem Auto.

Es dauerte weitere zehn Minuten, bis sie den schwarzen Fiat entdeckte. Er stand in der Østfoldgatan. Das alles erschien ihr so einfach, wie Figuren aus Überraschungseiern zusammenzubauen. Und beim nächstgelegenen Hauseingang in der Schweigaardsgate fehlte prompt an einer Klingel der Name.

Lena überquerte die Straße und ließ ihren Blick die Fassade entlangwandern. Einige Fenster leuchteten hell und einladend. Andere waren dunkel. Die Wohnung im dritten Stock hatte Gardinen und Sturmglocken im Fenster. In der Etage darunter hatten die Bewohner eine Vorliebe für Grünpflanzen und Blumen.

Die Wohnung im ersten Stock stand leer. Die Fenster waren schwarz und abweisend. Dass das Auto in der Nähe stand, deutete darauf hin, dass sich auch Stian Rømer in der Nähe aufhielt. Sie war sich allmählich immer sicherer, dass sich Stian Rømer irgendwo hinter den schwarzen Fenstern befand.

Lena wechselte wieder die Straßenseite, stieg über den Schneewall und betrat den Innenhof. Die Eingangstür war verschlossen. Sie sah sich um. Mittlerweile war es elf Uhr vormittags. Für den Fall, dass Kollegen vom Geheimdienst in der Nähe waren, gelang es ihnen gut, sich zu verbergen.

Lena wanderte eine Runde um den Block. Als sie wieder in die Schweigaardsgate kam, ging vor ihr eine ältere Frau mit krummem Rücken. Zwei dünne Beine ragten unter dem langen Wollmantel hervor. Die Spikes unter ihren Stiefeln schabten und klapperten. Sie kämpfte damit, ihren Einkaufstrolley über die Schneedecke auf dem Gehweg zu manövrieren, und bog schließlich genau in den richtigen Hauseingang ein.

Lena war das Wohlwollen in Person. »Kann ich Ihnen helfen?«, fragte sie und griff nach dem Einkaufstrolley.

»Oh, danke«, sagte die Frau, die offenbar an einer rheumatischen Krankheit litt. Nachdem sie sich die Spikes abgenommen hatte, stand sie wieder krumm da und schielte mit großen blauen Augen unter der Krempe einer braunen Baskenmütze zu Lena empor. An ihrer langen roten Nasenspitze hing ein Tropfen. Sie suchte in ihrer Manteltasche, fand ein Taschentuch, putzte sich die Nase und zog dann einen Schlüsselbund hervor.

»Welcher Stock?«, fragte Lena.

»Zweiter«, sagte die Frau. »Und kein Fahrstuhl. Es ist schrecklich, alt zu werden, das kann ich Ihnen sagen. Genießen Sie das Leben, solange Sie jung sind.«

Lena nahm den Einkaufstrolley in die rechte Hand und stützte die Frau mit der anderen. Sie war so dünn und zerbrechlich, dass Lena fast Angst hatte, ihr Unterarm könne brechen. Die alte Frau kämpfte mit den Treppen. Sie konzentrierte sich darauf, bei jeder Stufe einen Fuß nach dem anderen zu heben, und fiel jedes Mal fast gegen Lena, wenn sie das Bein streckte. Ein süßlicher Alkoholgeruch umwehte sie.

Der Einkaufstrolley war ungewöhnlich schwer. Wie hatte sich die Frau bloß vorgestellt, damit ganz allein die Treppen hoch zu kommen?

Sie erreichten den ersten Stock. Das Türglas war ebenso dunkel und abweisend wie das der Fenster zur Straße. Es schien, als würde die Tür in dem halbdunklen Treppenhaus pulsieren. Lena versuchte, nicht hinzusehen.

Schließlich mochte Lena die schwere Tasche nicht mehr tragen und setzte sie auf einer Treppenstufe ab. Doch das gefiel der alten Dame überhaupt nicht. »Die Flaschen«, murmelte sie und wollte wieder nach unten gehen.

»Ich werde sie holen«, sagte Lena schnell. »Jetzt müssen wir erst einmal Sie nach oben bringen.«

»Danke, das ist sehr nett«, sagte die Frau. »Lassen Sie uns ein wenig ausruhen.«

Lena fühlte sich unsicher vor der schwarzen Tür und wollte nicht mehr Aufmerksamkeit erregen als nötig. »Nur noch sieben Stufen«, flüsterte sie.

»Was haben Sie gesagt?«

»Sieben Stufen, wir versuchen's!«

»Ich war im Weinmonopol«, erklärte die Frau und wäre beinahe auf den Rücken gefallen.

Lena musste sie die letzten Stufen fast hinauf tragen, nahm ihr den Schlüsselbund aus der Hand und schloss ihre Wohnungstür auf. Die Frau wollte aber schon wieder hinuntergehen.

»Kommen Sie jetzt«, rief Lena ärgerlich. »Ich hole die Flaschen!«

»Vielen Dank«, sagte die Frau, als Lena den Wagen in die Wohnung rollte. Im Flur roch es nach Urin und Staub.

Die alte Frau stand mit gekrümmtem Rücken da und sah zu ihr auf. »Möchten Sie'n Schluck, bevor Sie wieder geh'n?«

Lena zögerte. Vielleicht wusste die Frau etwas über den Mieter unter ihr. Andererseits ...

Sie schüttelte den Kopf und lehnte höflich ab. Dann wartete sie, bis die Frau die Tür geschlossen hatte, bevor sie sich umdrehte und langsam die Treppe hinunterschlich.

3

Vor der schwarzen Tür blieb sie stehen und dachte: Der Wagen, der dir hinterhergefahren ist, steht draußen. Zwei plus zwei sind vier. Stian Rømer befindet sich dadrinnen. Du weißt, wo er wohnt, jetzt hast du die Wahl, entweder diese Information zu speichern und wieder zu verschwinden – oder einen Schritt

weiterzugehen und zu versuchen, die Sache zu klären. Welche Sache?

Ist er wirklich hinter dieser Tür? Und wenn ja, hat er es tatsächlich auf mich abgesehen?

Egal, dachte sie. Wenn er nicht hier wohnte, wenn die Wohnung unbewohnt war, dann war schließlich nichts Schlimmes passiert.

Sie hob die Hand und drückte auf den Klingelknopf.

Nun war es passiert.

Langsam zählte sie im Stillen. Bis dreißig. Bis fünfzig. Nichts geschah.

Keine Schritte hinter der Tür. Nicht das leiseste Geräusch war zu hören.

Sie hob die Hand, um noch einmal zu klingeln.

Da schepperte drinnen eine Kette, und die Tür wurde aufgerissen.

Ein Mann in grünen Militärhosen stand vor ihr und betrachtete sie. Sein Oberkörper war nackt. Es war der muskulöseste Brustkasten, den Lena jemals gesehen hatte. Die Muskeln spielten delikat über einem welligen Sixpack. Die Oberarme waren die eines Gewichthebers. Dieser Mann hätte Werbung für Herrenunterwäsche machen können, wäre da nicht eine hässliche weiße Narbe gewesen, die schräg von der rechten Brustwarze über den Bauch bis unter den Hosenbund verlief.

Allerdings verbarg der Mann den rechten Arm hinter der Tür.

»*Can I help you?*«, fragte er.

Sein Gesicht war von der Sonne gebräunt, die Zähne weiß und das angedeutete Lächeln etwas spöttisch. Die Ähnlichkeit mit dem Foto von Ingrid Kobro war verblüffend. Ihre Blicke trafen sich, und Lena erkannte sofort, dass Stian Rømer wusste, wer sie war.

Zunächst konnte sie nichts sagen. Konzentrierte sich aus-

schließlich darauf, dass der Mann den rechten Arm hinter der Tür versteckte.

Lenas Mund war trocken, trotzdem fragte sie krächzend: »Stian Rømer?«

»*English, please*«, sagte er und ließ seine Muskeln spielen. Den Nacken und die linke Schulter schmückte eine riesige Tätowierung.

Lena wich einen Schritt zurück.

»*Please*«, fuhr der Mann fort, trat einen Schritt zurück und streckte den sichtbaren Arm nach ihr aus. »*Come inside!*«

Da rein? Nie im Leben. Lena war schon auf dem Weg die Treppe hinunter.

Hinter ihr knallte die Tür zu.

Wie lange hatte sie Zeit? Eine Minute? Zwei? Er musste sich schließlich irgendwas anziehen.

Die Haustür war verschlossen. Sie drückte mit beiden Händen dagegen, aber sie bewegte sich keinen Zentimeter, auch nicht, als sie erneut dagegen drückte. Idiotisch, das Schloss war nur eingeschnappt. Sie drehte den Schlüsselknopf, und als sie die Tür endlich aufgedrückt hatte, polterte es schon hinter ihr im Treppenhaus.

Draußen. Lena lief durch das Tor, sah sich um, beschloss nach rechts zu laufen, stolperte und rutschte im Neuschnee aus, rang nach Luft und rannte über die Straße, in die Klostergatan, lehnte sich dort an die Wand.

Hier, hinter der Hausecke, blieb sie einen Moment stehen, um Atem zu holen. In ihren Ohren rauschte es, und sie hörte ihr eigenes Herz klopfen.

Vorsichtig beugte sie sich vor und schaute um die Ecke.

Er stand auf dem Bürgersteig und hielt nach ihr Ausschau. Ein Soldat in einer kurzen schwarzen Kapuzenjacke und grüner Hose.

Und er hielt etwas in der rechten Hand. Eine Handfeuer-

waffe, schwarz und schwer. Doch der Mann hantierte mit einer so nonchalanten Selbstverständlichkeit damit, als wäre es ein Hammer in der Hand eines Tischlers.

Lena hielt den Atem an.

Der Mann spähte in beide Richtungen die Straße entlang. Dann steckte er sich die Pistole fachmännisch hinten in den Hosenbund.

Lena stand zwei Sekunden wie gelähmt. Ihre Beine drohten zu versagen.

Dann endlich konnte sie sich wieder bewegen. Trat ein paar Meter zurück. Machte auf dem Absatz kehrt und ging los, versuchte ruhig zu gehen, versuchte, ihren Atem zu kontrollieren, wurde aber automatisch immer schneller. Die letzten Meter bis zur Mauer am Minnepark lief sie und sprang dann durch die schmale Öffnung. Schaute hinaus.

Der Mann stürmte auf die Mauer zu.

Lena warf sich herum und lief zwischen die Steine in dem kleinen Park, der so klein war und doch plötzlich riesig zu sein schien. Der Schnee erschwerte es ihr, die Beine zu heben, während ihr Rücken brannte und sie sich allzu langsam dem gegenüberliegenden Ausgang näherte, ohne zu wagen, sich umzusehen.

Draußen.

Sie rannte, sprintete. Warf einen Blick über ihre Schulter. Er war direkt hinter ihr. Eine Maschine. Rechtes Knie angewinkelt und schwarzer Blick. Er kam noch näher. Sie verlor das Gleichgewicht und stolperte, fing sich wieder.

Die Jacke. Die lange Jacke hinderte sie daran, große Schritte zu machen.

Lena wand sich im Laufen aus der Jacke. Sprang über einen Schneewall und auf die Fahrbahn.

Jetzt, jetzt, jetzt, dachte sie und lief mitten auf die Straße. Ihre Füße fanden Halt, und sie wurde schneller. Atme! Ein, aus, ein,

aus. Erneuter Blick über die Schulter. Der Abstand war gleich geblieben. In dem Moment rutschte ihr Verfolger auf der glatten Fahrbahn aus und stolperte kurz, bevor er sich wieder fing.

Der Anblick gab ihr Kraft. Atme ein, aus, ein, aus. Sie war trainiert und gut in Form. Sah sich noch einmal um. Das Haar fiel ihr in die Augen. Der Abstand war derselbe.

Eine Straßenbahn glitt über die Oslo Gate heran. Lena lief auf den Schienen. Die Bahn hielt fünfzig Meter weiter vorn. Ein Strom von Menschen überschwemmte die Haltestelle.

Lena erreichte die Bahn und rannte zur vorderen Tür. Sie rang nach Atem, sah sich um und spürte den Geschmack von Blut im Mund, völlig erschöpft, spürte Übelkeit aufsteigen.

Der Mann stand dreißig Meter entfernt unbewegt auf dem Bürgersteig. Ihre Blicke trafen sich. Auch er rang nach Atem. Es dampfte aus seinem Mund.

»Wollen Sie mit oder nicht?«

Sie zuckte zusammen. Es war der Straßenbahnfahrer, ein Mann um die fünfzig mit dunklem Haar, Pferdeschwanz und Trønderbart.

Lena stieg ein. Ihre Oberschenkel waren steif von der Anstrengung. Die Straßenbahn fuhr los. Stian Rømer stand noch immer ruhig da. Sie hielten Blickkontakt, während die Bahn an ihm vorüberfuhr.

Das Haus im Wald, dachte Lena. Wie im Märchen von dem Mädchen, dem gesagt wurde, dass es nicht in das Haus gehen sollte, und das trotzdem hineinging. Aber jetzt ist es zu spät, es zu bereuen, dachte Lena. Du hast Antworten auf deine Fragen bekommen, auch wenn du nur knapp mit dem Leben davongekommen bist. Jedenfalls musst du die Scherben selbst zusammenkehren. Sie grub in ihrer Hosentasche nach dem Handy und drückte darauf herum. Während sie nach der Nummer von Ingrid Kobro suchte, klingelte es. Sie las die Nummer auf dem Display. Es war Ingrid Kobro.

Lena presste die Stirn an die Fensterscheibe. Natürlich, der Geheimdienst hatte seine Leute überall. Ingrid wusste wahrscheinlich schon, was geschehen war.

In dem Moment tippte ihr ein Mann auf die Schulter. Lena richtete sich auf und sah ihn an. Mütze, Schal, grauer Bart um das Kinn.

»Lena«, sagte der Mann, »geh ran, Ingrid will dich sprechen.« Dann blinzelte er ihr verschwörerisch zu und setzte sich wieder auf seinen Platz.

4

Lena setzte sich gerade hin und wappnete sich, als die Tür geöffnet wurde.

Ingrid Kobro blieb auf der Schwelle stehen.

Keine Umarmung diesmal. Kein schiefes Lächeln unter strahlenden Blicken. Ein paar Sekunden sahen sie sich nur an.

»Weißt du, wie viel wir international investieren, um vertrauenswürdige V-Leute einzuschleusen?«

»Ingrid …«

»Warte! Weißt du, was für ein Risiko diese Leute fahren, wenn sie für uns arbeiten?«

Ingrids Augen blitzten. »Das ist dir scheißegal. Du hast meine Anordnung ignoriert und bist direkt zu der Wohnung gefahren, nachdem wir uns geeinigt hatten, dass du dich aus allem raushältst, was mit Stian Rømer zu tun hat. Jetzt besteht die Gefahr, dass Stian Rømer untertaucht. Höchstwahrscheinlich können wir die ganze Aktion gegen ihn vergessen. Er ist nämlich direkt nach Gardemoen gefahren, hat den Wagen abgegeben und ein Flugzeug nach London genommen.«

London?, dachte Lena apathisch. Warum sollte ein Mann

erst versuchen, sie umzubringen, und dann den ersten Flug nach London nehmen?

»Hast du über die Konsequenzen nachgedacht? Nein.« Ingrid Kobro nahm ihr die Antwort ab. »Hat es dich gekümmert, dass anderer Leute Leben und Gesundheit auf dem Spiel stehen? Nein! Nein, du hast einen Wagen gesehen, und was andere dazu sagen oder meinen, war dir vollkommen gleichgültig.«

Lena sah auf. »Warum …«

»Lena«, sagte Ingrid Kobro, und ihr Ton war weiterhin scharf. »Hör mir jetzt zu – und schreib es dir hinter die Ohren. Stian Rømer und alles, was ihn betrifft, fällt in den Aufgabenbereich des Geheimdienstes. Stian Rømer ist unser Fall und geht weder dich noch die restliche Osloer Polizei etwas an. Der Leihwagen wurde zurückgegeben. Und zwar eine Stunde, nachdem du in Gamlebyen in die Straßenbahn gestiegen bist. Der Mann, der den Wagen abgegeben hat, hat einen Flug nach London gebucht und sitzt in diesem Moment im Flieger. Mit anderen Worten: Der Vogel ist ausgeflogen. Der Mann, der dich verfolgt hat, ist außer Landes. Dein Problem hat sich erledigt. Wir sind es, die jetzt Probleme haben, und zwar weil er verschwunden ist. Deshalb *muss* ich wissen, ob es noch etwas gibt, was du mir nicht erzählt hast.«

»Was sollte das sein?«

»Zum Beispiel der eigentliche Grund dafür, dass du zu seiner Wohnung in Gamlebyen gefahren bist.«

Lena richtete sich auf. »Ich wollte wissen, was er von mir wollte, und jetzt weiß ich, dass er mich tot sehen will.«

Ingrid holte tief Atem. »Könntest du mal einen Moment an etwas anderes denken als an dich selbst?«

»Wie bitte?«

»Ich weiß, dass du an einem Fall arbeitest, in den Aud Helen Vestgård involviert ist. Vestgård ist eine Parlamentsabgeordnete. Ich will wissen, warum du hinter Stian Rømer her tele-

foniert hast. Steht dieser Leihwagen irgendwie in Verbindung zu Vestgård? Ich hab die Schnauze voll davon, dass du gegen uns arbeitest. Wenn Stian Rømer eine norwegische Parlamentsabgeordnete beschattet, hast du die Pflicht, mich darüber zu informieren.«

Lena versuchte nachzudenken.

»Los, sag es mir!«, sagte Ingrid drängend. »Gibt es eine Verbindung zwischen dem Wagen und Stian Rømer und dem Fall, an dem du gerade arbeitest?«

»Beim ersten Mal, ja«, sagte Lena resigniert. »Ich habe den Wagen das erste Mal gesehen, als ich nach dem Besuch im Haus von Aud Helen Vestgård in Jar weggefahren bin. Der Wagen stand ein Stück entfernt an der Straße. Er fiel mir auf, weil jemand im Wagen saß. Aber der Motor war aus. Es war schweinekalt. Es kam mir komisch vor – dass der Typ einfach im Auto saß und fror. Also hab ich mir das Kennzeichen notiert. Dann bin ich nach Hause gefahren. Als ich in die Garageneinfahrt einbog, sah ich den Wagen zum zweiten Mal. Im Rückspiegel. Der Wagen fuhr weiter. Aber immerhin habe ich ihn zwei Mal beobachtet. Deswegen habe ich auch beim dritten Mal, heute Nacht, heftiger reagiert. Ich war schon im Bett, bin nochmal aufgestanden, um ein bisschen kaltes Hähnchen zu essen, und entdeckte den Wagen auf dem Parkplatz vor dem Haus. Der Motor lief, und er stand da mindestens eine halbe Stunde. Der Wagen hatte das gleiche Kennzeichen wie der beim ersten Mal. Wie hätte ich da was anderes denken sollen, als dass der Typ mich verfolgt?«

»Dich verfolgt?« Ingrid seufzte schwer.

Lena reagierte ärgerlich. »Was hätte ich denn sonst denken sollen?«

»Tja – ich werde dir ein bisschen von Stian Rømer erzählen. Er ist ein ehemaliger Soldat, der jetzt ein Unternehmen betreibt, das mit dem ganzen Markt der so genannten *International*

Security konkurriert. Dieses Unternehmen verdient sein Geld mit allem Möglichen, vom Schutz der Ölleitungen in Kleinasien oder Schiffsreedern gegen Piraten in der Bucht von Aden bis hin zur bezahlten Leibwache afrikanischer Diktatoren vor möglichen Attentaten. Rømer hat auch hier in Norwegen Leute rekrutiert. Afghanistanveteranen. Aber die Gruppe besteht auch aus traumatisierten Söldnern, früheren Kindersoldaten aus dem Kongo, sogar aus ehemaligen Fremdenlegionären. Diese Gruppe ist schlicht und einfach extrem. Der Geheimdienst, das heißt wir, die Abteilung für Innere Sicherheit und Organisierte Kriminalität, haben viel Zeit und Energie in Rømer investiert, weil seine Gruppe ihre Dienste unter anderem an Piraten vor der Küste Somalias verkauft. Es gibt Beweise dafür, dass Gelder aus dieser Arbeit an die Organisation Al Shabab gehen, die Terroraktionen finanziert und initiiert. Und das ist nur ein Bruchteil der Geschichte von Stian Rømer. Aber im Osloer Polizeipräsidium sitzt Lena Stigersand und entdeckt den Mann rein zufällig – in einem geparkten Wagen vor dem Haus einer Parlamentsabgeordneten. Derselben Parlamentsabgeordneten, die auch eine Morddrohung erhalten hat. Kannst du, Lena, mir jetzt bitte mal erzählen, woher dein Kurzschluss kommt, dass Stian Rømer hinter dir her gewesen sein sollte? Ausgerechnet hinter dir, einer ganz gewöhnlichen Osloer Polizistin?«

Lena richtete sich wieder auf. Wenn es sich so verhielt, dass Stian Rømer es auf Vestgård abgesehen hatte und nicht auf sie, dann hatte sie wirklich großen Mist gebaut. Aber war das wirklich so? Sie versuchte sich zu konzentrieren. Ging den gesamten Ablauf noch einmal durch, Punkt für Punkt. Sie brachte Ingrids Version der Geschichte einfach nicht mit ihren eigenen Erlebnissen überein. Es musste mehr dahinterstecken. Stian Rømer hatte gewusst, wer sie war. Als sie vor seiner Tür stand, war er der Wolf gewesen, der Rotkäppchen die Tür aufmacht. Aber das Frustrierendste an der ganzen Sache war, dass sie bei

diesem Gespräch mit Ingrid das Gefühl hatte, mit dem Kopf gegen eine Wand zu laufen. Von Ingrid ging eine Arroganz aus, die ganz klar signalisierte: Halt den Mund. Halt dich raus. Ich weiß es besser. Das hier ist geheim.

»Egal, was für konspirative Geschichten ihr, du und der Geheimdienst, da zusammenkocht«, sagte sie. »Ich bin immer noch überzeugt, dass es der Mann auf mich ganz persönlich abgesehen hatte. Ich war nicht irgendeine zufällige Polizistin in Zivil, die an seiner Tür klingelte. Ich habe es an seinem Blick erkannt. Er wusste, wer ich bin. Ingrid, er kannte mich! Er wollte mich in die Wohnung locken. Warum? Als ich zurückgewichen bin, wollte er mich mit Gewalt hineinziehen. Warum? Hm? Als ich weggerannt bin, lief er hinter mir her. *Warum* hat er das getan?«

»Wenn du dir seine Autonummer aufgeschrieben hast, als du ihn zum ersten Mal sahst, dann hat er sich vielleicht auch deine Autonummer aufgeschrieben«, sagte Ingrid. »Vielleicht wollte er wissen, wer du bist. Vielleicht ist das genau der Grund, warum du gestern Abend seinen Wagen gesehen hast.«

Lena dachte einen Moment nach. War die Erklärung tatsächlich so einfach? Ihr Kopf war im Zweifel, aber ihr Bauch nicht. »Das kaufe ich dir nicht ab«, antwortete sie. »Ich spüre ganz deutlich, dass es nur ein Zufall war, dass er nicht sofort geschossen hat. Ich bin mir sicher. Als er auf die Straße kam, hat er mich nicht sofort gesehen. Er hat die Waffe in den Gürtel gesteckt, *bevor* er mich entdeckt hat. Wenn er das nicht getan hätte, dann hätte er geschossen. Da bin ich mir sicher.«

Ein paar Sekunden lang herrschte Stille zwischen ihnen, als würde Ingrid sehr genau abwägen, was sie jetzt sagen wollte. Schließlich schüttelte sie resigniert den Kopf. »Lena, was ist eigentlich mit dir los? Wenn er hinter Vestgård her war, dann ist doch klar, dass er wusste, wer du bist.«

Sie sahen sich ein paar Sekunden in die Augen.

Lena war nicht zufrieden mit Ingrids Argument und spürte, dass auch Ingrid nicht überzeugt war. Dennoch fuhr Ingrid in ärgerlichem Ton fort:

»Tatsache ist, dass Stian Rømer von dir – einer Polizeibeamtin – Besuch bekommen hat und dass er jetzt mit dem ersten möglichen Flug das Land verlassen hat. Unser Einsatz gegen Rømer ist wahrscheinlich fehlgeschlagen. Und du begreifst nicht einmal, was für einen Fehler du gemacht hast!«

Die Tür knallte hinter ihr ins Schloss.

Lena stand da und sah die Tür an. Warum war Ingrid so sauer gewesen? Nicht sie war von einem verrückten Berufskiller verfolgt worden. Und sie hatte auch keine Winterjacke für viertausend Kronen verloren.

Lena sank auf einen Stuhl.

Die Bilder kamen langsam und schleichend und ließen sich nicht aufhalten. Der Anblick des durchtrainierten Maschinenmannes, der sich die Waffe hinter den Rücken steckte. Die Panik, die ihr Gehirn gelähmt hatte, als sie mit einem Terminator auf den Fersen rannte. Der Blutgeschmack im Mund und das Gefühl, als die Beine vor Anstrengung zu schmerzen begannen.

Lena wusste eines genau: Sie vertraute Ingrid nicht.

Die Behauptung, der Mann habe den Wagen abgeliefert, war eine Art Versicherung, die sie selbst schon unzähligen Klienten gegeben hatte. Eine leere Phrase, um jemanden zu beruhigen, eine Schutzbehauptung.

5

Auf dem Nachhauseweg ging sie schnell beim *Sultan* vorbei und kaufte Obst und Gemüse. Ließ sich verführen von einer riesigen Tüte Kirschen. Dachte über die wundersame Tatsache

nach, dass während sich in dem Land, in dem sie wohnte, der Frost immer tiefer in die Erde bohrte, an anderen Orten auf der Welt Menschen solche Schätze unter der Sonne ernteten.

Im Radio sang Alicia Keys von New York, während Lena am Küchentisch saß, den Salat in kleine Stücke riss und Tomaten aufschnitt. Sie stand auf und drehte die Musik lauter. Stand einen Moment da und dachte an New York.

Sofort war ihr klar, was sie im Sommer tun wollte: nach New York fliegen, sich in einem der kleineren Hotels in der Lower Eastside einmieten, in schicke Boutiquen gehen, einen witzigen Hut kaufen, im Sonnenschein auf einer Bank am Washington Square sitzen, im Strom der Menschen auf dem Boardwalk über die Brooklyn Bridge schlendern, stehen bleiben und Fotos von der Skyline von Manhattan schießen.

Sie streute Pinienkerne in die Pfanne.

Wenn ich gesund bin.

Sie hielt in der Bewegung inne und starrte leer in die Luft. Zuckte zusammen, als die Pinienkerne knisterten. Mist! Verbrannt oder nicht – sie streute sie trotzdem über die Salatblätter, schnitt Gurke in Scheiben und mixte eine Vinaigrette aus Olivenöl, Weißweinessig, Pfeffer und Salz. Gönnte sich ein wenig Dijon-Senf und Honig für das Finish. Vermischte das Ganze und streute zum Schluss Fetawürfel darüber.

Nachdem sie gegessen hatte, fand sie den Song von Alicia Keys in einem Internetshop und lud ihn sich herunter. Suchte nach anderen Melodien und vergaß die Zeit, hörte erst auf, als Steffen an der Tür klingelte.

Jetzt fangen wir eine Beziehung an, dachte sie, als sie sah, wie selbstverständlich er sich in ihrer Wohnung bewegte. Trotzdem, dachte sie weiter: Wir sind noch nicht wirklich vertraut miteinander.

Es war eine Art einstudiertes Stück, das sie einander vorspielten. Sie eröffneten das Gespräch mit leeren, tastenden Phrasen und setzten sich schüchtern nebeneinander auf das Sofa. Sie redeten weiter über Gott und die Welt. Lena fragte, ob er Alicia Keys möge, bemühte sich, nicht über Rihanna zu sprechen, weil sie nicht über Sveinung Adeler reden wollte. Er fragte zurück, nach Musik, Büchern, Filmen, die sie gesehen hatte. Sie lächelten über gemeinsame Vorlieben, saßen nebeneinander und erforschten einander, ohne zu wagen, dem anderen zu verraten, was sie eigentlich wollten, so lange, bis sie spürte, wie seine Hand ihre suchte. Von dem Moment an sagten sie kein einziges Wort mehr. Und es dauerte nur noch wenige Sekunden, bis er sie an sich zog.

Als sie später aus dem Bett sprang, wollte sie die Tüte mit den Kirschen holen. Sie steckte sich eine in den Mund und schlüpfte wieder unter die Decke. Er umfasste ihren Kopf und küsste sie. Sie ließ die Kirsche zwischen seine Lippen gleiten. Er kaute und hielt bald den Stein zwischen den Fingern. »Wo soll ich den hin tun?«

»Auf den Nachttisch.«

Er legte den Stein weg. Es klapperte, als ein paar Ü-Ei-Figuren auf den Boden fielen. »Tut mir leid«, flüsterte er.

»Macht nichts«, sagte sie, biss leicht in eine Kirsche und hielt sie zwischen den Zähnen. Steffens Mund näherte sich ihrem. Er biss von der Kirsche ab. Saft begann zu fließen, über ihre Lippen und an ihrem Kinn hinunter. Steffen schleckte den Saft ab. Sie kaute den Rest der Kirsche, legte den Stein auf den Nachttisch, schubste noch eine Ü-Ei-Figur auf den Boden und küsste ihn auf den Mund.

Es wurde ein Spiel. Sie biss in eine neue Kirsche und hielt sie zwischen den Zähnen. Er biss ein Loch hinein. Es kitzelte, wenn er den Saft aufleckte.

»Magst du Mango?«

»Ja.«

»Wenn du wüsstest, was wir alles mit einer Mango anstellen können.«

Lena kicherte und biss in eine neue Kirsche.

Langsam kamen seine Lippen näher. Jetzt kicherten sie beide, als er in die Kirsche biss. Sie kaute, der Saft begann zu fließen. Sie kicherte beim Einatmen.

Der Stein kam mit. Blieb stecken.

Sie bekam keine Luft! Ihre Lungen schrien nach Luft, aber der Weg war versperrt!

Lena wälzte sich aus dem Bett, kniete auf allen vieren am Boden und rang nach Atem, aber es kam keine Luft, nur gurgelnde Laute, und sie griff sich an den Hals.

Steffen krabbelte zu ihr, verstört. »Was ist los?«

Sie brauchte *Luft, sofort*! Und sie brauchte seine Hilfe, stand auf und klopfte sich selbst auf den Rücken.

»Was ist los?«, wiederholte Steffen erschrocken und klopfte ihr auf den Rücken. »Hilft das?«

Es half nicht, kapierte er denn gar nichts? *Luft, ich brauche Luft!*

Sie schwankte in die Küche, schlug mit beiden Händen gegen ihren Bauch, aber ohne Erfolg. Jetzt spürte sie, dass es irgendwo weit hinten im Kopf schwarz wurde, und sie musste sich konzentrieren, um im Auge zu behalten, was sie jetzt tun musste. Sie schob den Tisch gegen die Wand, wankte zwei Schritte zurück und warf sich gegen die Tischkante, ohne dass etwas geschah, außer dass der Tisch gegen die Wand knallte, und sah einen nackten Steffen, der in der Tür stand und panisch mit einem Handy winkte, ohne dass sie hören konnte, was er sagte. Sie brauchte jetzt Luft und warf sich noch einmal gegen den Tisch, der Oberbauch traf die Tischkante, noch härter als beim ersten Mal.

Der Stein traf das Glas der Küchenuhr mit einem kleinen Knall.

Lenas Lungen sogen Sauerstoff ein wie ein Blasebalg. Sie stützte die Arme auf den Tisch und sog Luft ein, atmete aus, sog Luft ein und sah auf.

Steffen stand immer noch in der Tür und sah sie mit ängstlichem Blick an. »Was ist passiert?«

»Hab einen Kirschkern in den falschen Hals bekommen«, japste Lena und versuchte, normal zu atmen. »Bevor wir weiter Kirschen essen, sollten wir, glaube ich, einen kleinen Erste-Hilfe-Kurs machen.«

Sie bat ihn, sich hinter sie zu stellen und die Arme um sie zu legen. Sie zeigte ihm, wie er in Situationen wie dieser die Hände falten und zudrücken musste. Sie standen eng beieinander.

Es war so still in der Wohnung, dass sie die Heizung knistern hörten.

»Lena«, flüsterte Steffen.

»Ja?«, flüsterte sie zurück.

»Ich möchte, dass du mit dem Adeler-Job aufhörst.«

Sie öffnete die Augen. Was war das denn?

»Was du da erzählt hast«, fuhr Steffen fort, »von dem Typen, der mit der Pistole hinter dir her gerannt ist …«

»Stian Rømer? Mach dir keine Sorgen. Er hat das Land verlassen.«

»Stian? Du weißt, wie er heißt?«

»Ich bin Polizistin.«

Steffen trat einen Schritt zurück. »Der Kerl hat dich mit einer Pistole verfolgt!«

»Steffen, es ist auch gefährlich, in der Stadt die Bürgersteige entlangzugehen. Man könnte Eiszapfen auf den Kopf bekommen.«

»Das ist nicht lustig«, sagte er ernst. »Er hätte schießen können. Er hätte dich töten können.«

»Ich wäre eben fast gestorben«, sagte Lena abweisend. »An einem Kirschkern.«

Er sah sie an. »Bist du sauer?«

Sie betrachtete ihn. Das war eine Frage, die sie von Männern nicht hören wollte. Eine Frage, auf die sie gelernt hatte, niemals zu antworten.

»Entschuldige«, sagte sie. »Ich weiß, dass du es gut meinst.«

Er senkte den Blick. Schien in Gedanken woanders zu sein. Die Stimmung hatte sich verändert, die Atmosphäre war geladen. »Bleibst du über Nacht?«, fragte sie und spürte, dass sie es sich wünschte, sehr sogar.

Er schüttelte den Kopf und lächelte schwach, als er die Enttäuschung in ihrem Blick las. »Nächstes Mal vielleicht. Ich muss heute Abend arbeiten.«

DONNERSTAG, 17. DEZEMBER

1

Sie wachte auf, bevor der Wecker klingelte. Es war zehn vor sechs, und sie fühlte sich frisch und ausgeruht. Genug Zeit, um noch eine Morgenrunde auf der beleuchteten Loipe zu schaffen.

Aber das Licht auf der Loipe war noch nicht eingeschaltet, nur der Mond stand hoch und weiß am Himmel, und die Schneedecke schimmerte blaugrau darunter. Beides zusammen ergab genug Helligkeit, um ein paar Meter weit sehen zu können. Als sie die Runde fast beendet hatte, ahnte sie Bewegungen zwischen den Bäumen am Parkplatz. Sie hatte gar nicht genug Zeit, um Angst zu bekommen, als sie den Schatten schon größer werden sah.

Lena schrie und warf sich in den Schnee.

Sie lag still und lauschte. Nichts geschah.

Langsam hob sie den Kopf.

Es war ein Reh. Ein paar Meter vor der Spitze ihrer Skier blieb es stehen und betrachtete sie.

Dann lief es weiter, stolzierte mit leichten, knirschenden Schritten an ihr vorbei und verschwand in der Dunkelheit.

Da kam der nächste Flash.

Die Stille, die sich bis dahin wunderbar befreiend angefühlt hatte, wurde plötzlich bedrohlich. Das Schimmern des Schnees war nicht mehr schön, sondern grau und undurchsichtig. Der Schneewall am Rand und die dunklen Baumstämme boten mögliche Verstecke für Feinde.

Sie stellte sich wieder auf die Skier und lief die letzten Meter, vollkommen erfüllt von der Angst vor der Dunkelheit und dem Klopfen ihrer eigenen Herzschläge. Sie schüttelte die Skier ab und eilte zum Auto, während sie verschreckt in alle Richtungen spähte.

Nachdem sie den Motor eingeschaltet hatte, zwang sie sich dazu, eine Minute zu warten, bevor sie losfuhr. Sie war wieder in dem Park, spurtete panisch auf den Ausgang zu, während die lange Jacke sie daran hinderte, große Schritte zu machen. Sie sagte zu sich selbst:

Der Mann hat das Land verlassen. Es ist vorbei. Du darfst so einem Vorfall bei der Arbeit nicht erlauben, dir die Freude am Skilaufen zu verderben.

Als sie wieder in ihrer Wohnung war, sprang sie sofort unter die Dusche. Stand fast zehn Minuten unter dem Strom heißen Wassers und meditierte, dachte, dass dieses Wasser nicht nur ihren Körper wusch, sondern ihn auch von dunklen Gedanken reinigte. Alle Einbildungen und jeder widerliche Verdacht liefen mit dem Seifenwasser durch den Abfluss.

In der Küche fühlte sie sich dann wie frisch erwacht. Sie bereitete sich ihre Lieblingsfrühstücksmischung zu – Joghurt mit Walnüssen und Mango-, Bananen- und Apfelstücken. Die Mango war perfekt gereift, und der Saft lief ihr über die Finger, als sie sie klein schnitt.

Lena setzte sich, aß ihre Frühstücksmischung und las dabei den Text auf dem Joghurtbecher, als das Telefon klingelte. Es war Gunnarstranda.

»Schon Dagens Næringsliv gelesen?«

Lena, den Hörer am Ohr, wollte sich gerade einen vollen Löffel in den Mund schieben. Der Löffel zitterte in der Luft. »Nein«, sagte sie und erwartete das Schlimmste.

»Dann hör mal zu«, sagte Gunnarstranda. »Ich lese von der ersten Seite: TERRORGRUPPE UNTERWANDERT DEN ÖL-

FONDS. Der Kurztext lautet wie folgt: *Es gibt viele, die die Beschlüsse der Verwalter von Norwegens größtem Vermögen beeinflussen wollen. Einige geben dies offen zu, andere agieren durch die Hintertür. DN kann heute berichten, dass eine afrikanische Terrorgruppe enge Verbindungen zu Mitgliedern des Finanzkomitees des Parlaments und Angestellten des Staatlichen Rentenfonds unterhält.*«

Lena legte ihren Löffel ab. In ihrem Kopf rauschte es, als sie die Frage formulierte, die ihr den Appetit verdorben hatte.

»Wer ist der verantwortliche Journalist?«

»Ein Mann namens Gjerstad«, sagte Gunnarstranda, »Steffen Gjerstad. Aber der Knackpunkt kommt erst noch.«

Lena hörte jedes Wort mit Widerhall und Echo. Sie schob ihren Teller von sich.

»Es handelt sich um eine Fotoreportage«, sagte Gunnarstranda. »Ich sitze gerade hier und betrachte Fotos von Sveinung Adeler und Aud Helen Vestgård auf der Straße in Oslo. Die beiden unterhalten sich mit einem unbekannten Dritten, von dem der Artikel behauptet, dass er in Stockholm wohnt und der politischen Bewegung *Polisario* angehört. Das ist eine Bewegung, die für die Selbständigkeit Westsaharas kämpft und die der Zeitung zufolge in verschiedenen Kreisen als terroristisch eingestuft wird. Es gibt Fotos von den dreien in einem Restaurant in Grefsen. Der Artikel stellt die Frage: Warum geht eine Parlamentsabgeordnete – die passenderweise noch dazu Mitglied des Finanzkomitees ist – mit einem Angestellten des Finanzministeriums und einem Mann, der die Guerilla in Westsahara vertritt, essen? Der Artikel gibt auch eine Antwort. Ich lese von Seite fünf:

Zwischentitel: *Okkupation*

Die Widerstandsbewegung Polisario setzt sich dafür ein, dass internationale Investoren ihre Anteile aus Konzernen zurückziehen, die unter der Regie oder in Kooperation mit der

Besatzungsmacht Marokko arbeiten. Es ist bekannt, dass der Staatliche Rentenfonds Betriebe aufgekauft hat, die in diesen Gebieten operieren. DN hat Quellen, die bestätigen, dass der Ethikrat des Ölfonds einzelne Betriebe dieser Kategorie überprüft. Die Untersuchungen des Ethikrats wurden von Sveinung Adeler durchgeführt – rechts im Bild. Adeler nahm am Mittwoch, dem 9. Dezember, an einem geheimen Treffen mit Repräsentanten von Polisario und Finanzkomitee teil. Wenige Stunden nach dem Treffen wurde er tot im Osloer Hafenbecken aufgefunden. Die Leiterin der polizeilichen Ermittlungen, Lena Stigersand, hat der Redaktion gegenüber zum Ausdruck gebracht, dass die Polizei den Todesfall als verdächtig einstuft.«

»Was?«, rief Lena und sprang bestürzt auf.

»Freue mich schon auf Rindals Visage, wenn er kommt«, sagte Gunnarstranda.

»Hat Aud Helen Vestgård sich schon dazu geäußert?«

»Vestgård hat sich geweigert, den Artikel zu kommentieren. Dasselbe gilt für den Ethikrat und das Finanzministerium. Es gibt hier übrigens ein schönes Foto von dir, aufgenommen auf dem Rathauskai.«

Lena sah aus dem Fenster. Das Tageslicht eroberte langsam den Dezembermorgen, doch sie fühlte sich plötzlich so müde wie nach einem langen Arbeitstag mit Überstunden.

Ihr Fall war aus einer verstaubten Schreibtischschublade in eine Arena voller blitzender Kameras und lautem Gebrüll gezerrt worden. Aber das machte ihr eigentlich nichts aus.

Steffen hatte gelogen.

Er hatte von der dritten Person im Restaurant am Mittwochabend gewusst. Er hatte nicht nur von dem Mann gewusst, er hatte sogar Fotos von ihm und setzte sie in die Zeitung!

»Bist du noch da?«

»Ja«, sagte Lena. »Ich denke nur nach.«

»Dann denk mal Folgendes«, sagte Gunnarstranda. »Die Fotos in der Zeitung beweisen, dass bei dem Essen von Adeler und Vestgård noch ein dritter Mann am Tisch saß. Jetzt haben wir Fotos von ihm. Es ist noch einmal bewiesen, dass Vestgård dich belogen hat. Aber ein Mensch weiß noch mehr als wir: der Fotograf, der die Bilder gemacht hat.«

Als Gunnarstranda aufgelegt hatte, nahm er den Hörer sofort wieder ab, um Rindal anzurufen.

»Gunnarstranda hier«, sagte er, als Rindal abnahm. »Ich stelle in der Regel dumme Fragen, Rindal, deshalb frage ich dich jetzt, ob du schon Dagens Næringsliv gelesen hast.« Er zwinkerte Emil Yttergjerde zu und hielt den Hörer weit weg vom Ohr, damit sein Trommelfell bei der zu erwartenden Lautstärke von Rindals Ausbruch keinen Schaden nahm.

Als Rindal Luft holte, fragte er: »Die Frist, die du uns gesetzt hast, bevor der Fall Adeler zu den Akten sollte, gilt die immer noch?«

Es schepperte, als Rindal den Hörer aufknallte.

»Und?«, fragte Yttergjerde, »ist die Frist aufgehoben?«

»Offensichtlich«, sagte Gunnarstranda.

2

Lena fuhr in Richtung Zentrum und betrachtete den Verkehr durch einen plastikartigen Schleier vor ihren Augen. Warum hatte Steffen diesen Artikel geschrieben? Warum hatte er am Abend zuvor nichts gesagt? Das Einzige, woran sie sich erinnern konnte, war sein hilfloses Gesicht, als er in der Tür stand und mit dem Handy wedelte, während sie verzweifelt nach Luft rang. Warum hatte er einfach nur dagestanden?

Je mehr ihr Gedankenstrom sich im Kreis drehte, desto breiter und paranoider wurde er.

Sie quetschte sich in eine Parklücke vor einem Spar-Markt. Schaltete den Motor ab und saß in Gedanken versunken da.

Sollte sie oder sollte sie nicht?

Es gab keine andere Wahl. Sie musste.

Die Hand, die das Telefon hielt, zitterte, als sie seine Nummer wählte.

Ihr graute bei jedem Klingelton.

»Hei, Lena.«

»Du weißt sicher, warum ich anrufe?«

»Ich habe so eine Ahnung.«

Sie schwieg. Jetzt war er dran. Er war derjenige, der ihr das alles am Abend zuvor verschwiegen hatte.

Die Stille zwischen ihnen zog sich hin, wurde schwer und anstrengend. Aber sie wollte nicht diejenige sein, die sie brach. Diesmal nicht.

»Ich hatte vor, dich gestern spätabends noch anzurufen«, sagte er schließlich. »Aber die Stimmung war so komisch, als ich gegangen bin …«

»Du hast mich zitiert, Steffen, ohne mich zu fragen. Und das Zitat ist sogar noch falsch. Ich hab nie so etwas zu dir gesagt, und das weißt du.«

Wieder blieb er stumm.

Sie wartete darauf, dass er etwas sagte. Aber es kam nichts mehr. »Bist du noch da?«, fragte sie.

»Ich bitte dich um Entschuldigung dafür«, sagte er. »Das war ein Fehler.«

»Du hast die ganze Zeit von dem Treffen der drei gewusst und hast mir nichts davon gesagt?«

»Lena, jetzt hör mir mal zu. Das hier ist wichtig. Ich habe die Fotos erst *gestern Abend* gesehen. Ich habe gestern von dem

dritten Mann im Restaurant erfahren. Mein Informant war da, am Mittwoch, dem 9. Dezember, und hat Fotos gemacht. Bevor ich diese Fotos zu sehen bekam, hatte ich keinen Grund, etwas anderes zu glauben, als dass Adeler sich nur mit Vestgård getroffen hat. Ich wusste nichts von dem dritten Mann, bis spät gestern Abend! Ich bin von dir aus zu einem Treffen mit meinem Informanten gegangen. Als ich die Fotos bekommen habe, hast du sicher schon geschlafen!«

»Ich leite die Ermittlungen in diesem Fall«, sagte Lena konzentriert. »Es ist für alle Beteiligten am besten, wenn du offener zu mir bist, als du es bis jetzt warst.«

Am anderen Ende wurde es still. Sie schloss die Augen. Hasste, was sie sagen wollte, aber es ging nicht anders: »Wir beide können so nicht weiter machen. Tut mir leid, aber gestern war das letzte Mal, Steffen.«

Es wurde ganz still. Er sagte nichts. Sollte sie auflegen? Es war schlimm genug, mit einem Mann Schluss zu machen, aber es auf diese Art zu tun, war schlimmer als alles andere. Warum sagte er nichts?

»Sollte es dazu kommen, dass du eine offizielle Erklärung abgeben musst, dann kann ich nicht dabei sein«, sagte Lena und spürte eine Mischung aus Trauer und Wut in ihrer Brust wachsen.

»Offizielle Erklärung? Lena, nun mach mal halblang!«

Was für ein Ton! Lena war nicht mehr traurig. Sie war rasend vor Wut. »Ich will nicht, dass mir der Fall abgenommen wird, nur weil wir beide miteinander schlafen, kapiert?«

Jetzt konnte sie in der Stille, die folgte, bis fünf zählen.

»Lena, ich will nicht, dass es zwischen uns so läuft!«

Begriff er denn gar nichts? Sie hatte doch gesagt, dass es aus war!

»Wir arbeiten in unterschiedlichen Welten«, sagte Steffen flehend, »und im Moment sind diese Welten miteinander im

Konflikt, also müssen wir beide aufpassen, was wir tun. Wir müssen miteinander reden, aufräumen. Ich will nicht, dass mein banaler Job kaputt macht, was zwischen uns ist, oder mein Privatleben überhaupt, und das willst du doch auch nicht, oder?«

»Wir können so nicht weitermachen«, sagte sie. »Und ich glaube, du wirst das verstehen, wenn du darüber nachdenkst.«

»Bitte mach nicht am Telefon Schluss«, sagte er. »Gib mir eine Chance. Lass uns ein Treffen vereinbaren und uns aussprechen.«

»Das Problem ist, dass du nicht offen zu mir bist«, sagte sie. »Wir kommunizieren nicht wirklich miteinander. Du schreibst Sachen über mich, die du gar nicht beweisen kannst. Das geht nicht.«

Bis auf das Knistern in der Leitung blieb es still.

»Bitte, Lena. Lass uns reden und das klären.«

»Antworte mir nur auf eine Frage«, sagte sie. »Wie konntest du das einfach ohne mein Wissen schreiben?«

»Es war spät«, sagte Steffen leise. »Ich war unter Druck und hatte eine Deadline. Die Redaktion hat verlangt, dass wir an die Öffentlichkeit gehen. Du hast schon geschlafen. Ich musste mich entscheiden. Vielleicht war das ein Fehler. Das Einzige, was ich tun kann, ist, um Entschuldigung zu bitten. Aber gerade deswegen müssen wir miteinander reden und die Hindernisse wegräumen, die unsere Arbeit uns in den Weg legt.«

»Wer hat die Fotos gemacht?«

»Frag nicht, Lena, er ist mein *Deep Throat*. Ich kann es dir nicht sagen. Wenn wir uns heute Abend sehen, Auge in Auge, dann können wir klären, welche Informationen wir miteinander teilen können.«

Lena hatte die Nase voll. Sie sagte: »Der Fotograf war dabei und könnte über wichtige Informationen verfügen, wohin Sveinung Adeler nach dem Essen gegangen ist. Ich bin Polizistin.

Du musst verstehen, dass ich es nicht akzeptieren kann, dass du so wichtige Informationen zurückhältst. Ciao.«

Sofort nachdem sie die Verbindung unterbrochen hatte, klingelte das Handy. Sie schaltete es aus.

3

»Es kocht«, sagte Gunnarstranda, als Lena in den Aufenthaltsraum einbog. »Und alle Presseleute, die anrufen, fragen nach dir. Sie wollen mehr über den Tod von Sveinung Adeler wissen.«

Lena hängte ihre Jacke auf. Dachte abwesend, dass sie noch nach der Jacke suchen musste, die sie am Tag zuvor verloren hatte.

Das Telefon klingelte.

Fartein Rise, der im selben Moment zur Tür hereinkam, nahm ab. Er lauschte, stumm und geduldig. Schließlich streckte er den Arm mit dem Hörer aus und sah Lena fragend an.

Sie schüttelte den Kopf.

Rise hielt den Hörer wieder ans Ohr und sagte: »Ich kann Sie mit der Presseabteilung verbinden.« Dann legte er auf. »Verdens Gang«, sagte er zu den beiden anderen, drehte sich um und ging wieder hinaus.

Gunnarstranda sah ihm eine Weile hinterher, dann schüttelte er den Kopf.

»Was ist?«, fragte Lena.

Gunnarstranda hob die Hände. »Ich verstehe den Kerl nicht. Erst stempelt er sich ein, und dann geht er wieder.«

Gunnarstranda drehte sich um. »Aber das geht mich eigentlich nichts an.« Er griff nach der Zeitung. »Irgendwie irritiert mich der Zeitpunkt der Veröffentlichung dieser Fotos«, sagte

er. »Wenn sie Mittwochabend aufgenommen wurden, warum hat man sie dann erst jetzt publik gemacht?«

Lena wollte sich auf diese Spekulationen nicht einlassen. Etwas anderes beschäftigte sie. Warum also nicht gleich ins kalte Wasser springen, dachte sie und nahm Anlauf: »Ich habe mit dem Journalisten gesprochen.«

Gunnarstranda hob den Kopf.

»Die Redaktion hat die Fotos offenbar gestern Abend bekommen, will aber den Namen des Fotografen nicht preisgeben.«

»Es kann kein Zufall sein, dass das gerade jetzt passiert«, sagte Gunnarstranda. »Irgendjemand hat ein Loch in den Deich geschlagen und wird also in irgendeiner Weise davon profitieren.«

Lena hatte nichts mehr dazu zu sagen. Sie ging in ihr Büro.

4

Sie loggte sich ins Internet ein. Googelte die Firma MacFarrell Ltd. Die Treffer erzählten noch einmal ungefähr dasselbe, was ihr Steffen schon erklärt hatte, und noch etwas mehr. MacFarrell war ein riesiger multinationaler Konzern, der viele Eisen im Feuer hatte. Die Phosphatgewinnung war nur einer seiner Arbeitsbereiche. Ein Artikel zeigte Fotos von geplanten Düngerproduktionsanlagen. Keine Einträge über den Phosphatmangel auf der Welt, keine Weltuntergangsprophezeiungen. Nur trockene Fakten, Fotos von Arbeitern in roten Overalls mit roten Schutzhelmen auf dem Kopf. Ein Mann, der lächelnd in eine Maschine mit riesigen Rädern einstieg.

So sieht das also aus, dachte Lena, wenn man der Welt ihre wichtigste Ressource abgräbt.

Konnte das Problem so einfach sein, wie Steffen es geschildert hatte? Warum sollte die Welt untergehen, wenn ihr der Kunstdünger ausging? Hatte die Welt nicht mehrere tausend Jahre mit natürlicher Landwirtschaft überlebt, unter Verwendung von natürlichem Dung von Haustieren oder Kompost aus Pflanzenresten? Das gehörte doch zum elementarsten Wissen über den großen Kreislauf, das Kinder schon in der Schule lernten. Die Bauern produzierten Nahrung von Haustieren, die diese in Form von Dünger an die Bauern zurück gaben, und wo man nicht genügend Dünger hatte, ergänzte man ihn mit anderen natürlichen Materialien wie Kompost.

Andererseits war die Kunstdüngerindustrie gigantisch. Einer der größten Produzenten war der multinationale Konzern Yara, ehemals Norsk Hydro. Dieser Produzent war offenbar abhängig von einem Lieferanten wie MacFarrell.

Auch das war elementares Schulwissen: intensiver Gebrauch von Kunstdünger macht die Landwirtschaft effizienter, erhöht die Kapazitäten und ermöglicht eine Nahrungsmittelproduktion in Gebieten, die sonst keine Nahrungsmittel produzieren könnten.

Sie nahm sich Zeit, Steffens Artikel gründlich zu lesen.

Da fiel ihr etwas auf, das sie nicht bemerkt hatte, als Gunnarstranda ihr am Telefon nur Auszüge daraus vorgelesen hatte: Steffen nannte *keine* der betreffenden Firmen beim Namen. Sie las den Text noch einmal. Tatsächlich. MacFarrell Ltd. wurde in dem Artikel nicht erwähnt.

Steffens Artikel deutete eine politische Verschwörung an. Die Zeitung berichtete, dass ein politisch verdächtiger Ausländer und eine norwegische Parlamentsabgeordnete irgendetwas mit einem norwegischen Ministerialangestellten im Schilde führten, der danach möglicherweise ermordet wurde.

Sie war sprachlos. Stand auf, ging ein paar Schritte, ging wieder zurück und setzte sich wieder. Spielte an der Tastatur herum.

Warum hatte Steffen den Namen der Firma nicht genannt? Er war schließlich ein investigativer, kritischer Journalist!

Sie googelte die Organisation Polisario und überflog Artikel und Lexikoneinträge. Die Organisation wurde gegründet, als die Kolonialmacht Spanien sich 1973 aus Westsahara zurückzog. In den Siebzigerjahren hatte es dort auch Kämpfe gegeben. Die Besatzungsmacht Marokko übernahm die Macht in den Städten, während die Widerstandsbewegung die Kontrolle über die Wüstengebiete behielt und das marokkanische Militär von Basen in Algerien aus angriff. Seitdem hatte Marokko – um die Aufrührer zu kontrollieren – eine lange Mauer gebaut, die das Land der Länge nach teilte.

Die meisten Internetseiten erzählten dieselbe Geschichte: Marokko und marokkanische Einwanderer plünderten Westsaharas natürliche Rohstoffvorkommen, während die lokale Bevölkerung gezwungen war, in kargen Gebieten in Armut zu leben.

Lena ging auf die Seite des CIA und suchte nach Vereinigungen, die als terroristisch eingestuft wurden. Den Namen Polisario fand sie dort nicht und musste schließlich schlussfolgern, dass die Organisation vom CIA offensichtlich nicht als terroristisch eingestuft wurde.

Sie wiederholte die Suche im Netz in verschiedenen Varianten. Verband den Namen Polisario mit Terror, fand aber keine relevanten Einträge.

Warum schrieb Steffen Gjerstad, diese Organisation würde *in manchen Kreisen* als terroristische Vereinigung betrachtet?

Wenn Gunnarstranda Recht hat, dachte sie, und *irgendwer* ein Interesse daran hat, diese Fotos zu veröffentlichen – hieß das, dass Steffen sich benutzen ließ?

Lena bezweifelte das. Die Fotos waren von öffentlichem Interesse. Der Journalist, der den Artikel geschrieben hatte,

wusste, dass die Parlamentsabgeordnete der Polizei in Bezug auf ihre eigene Beteiligung an dem Treffen Lügen aufgetischt hatte. Das hatte Lena ihm selbst erzählt.

Aber dann lautete die Frage: Hatte Steffen sie benutzt?

Sie war erschüttert. Bedauerte das Telefonat. Wenn sie und Steffen sich gegenüber gesessen hätten, dann hätte sie ihn damit konfrontiert.

Lena begann, die Internetzeitungen durchzusehen. Die meisten hatten Adelers Tod zu einem großen Thema gemacht. Aber diese Artikel plapperten nur nach, referierten zum großen Teil Steffens Story und machten sie zu ihrer eigenen, indem sie ein paar Kommentare eines Parlamentsabgeordneten von der Opposition hinzufügten. Einige Zeitungen hatten versucht, Kommentare von Polisario zu bekommen – allerdings ohne Erfolg.

Lena klappte den Laptop zu und stand auf. Sie sah auf die Uhr. Heute würde sie die Untersuchungsergebnisse bekommen. Was würde wohl schlimmer sein? Mit den Ärzten zu sprechen oder jetzt zu Rindal zu gehen? Sie wischte den Gedanken beiseite. So solltest du nicht denken, sagte sie sich. Das hier war nur eine Variante des Birkebeiner-Rennens. Es ist ein langer Lauf mit vielen Steigungen. Aber du musst ins Ziel. Sie trat auf den Korridor und klopfte an Rindals Tür.

5

Sie öffnete die Tür und trat ein.

Rindal saß hinter dem Schreibtisch und sah mit düsterem Blick auf. »In der Zeitung ist ein Foto von dir«, sagte er säuerlich.

Lena schloss die Tür und räusperte sich. »Die Fotos aus dem

Restaurant stammen offenbar von einem geheimen Verbindungsmann – einem Informanten.«

Rindal schwieg weiterhin düster.

Lena räusperte sich erneut und fuhr fort: »Da der Verbindungsmann sich vor dem Restaurant befand und die Fotos *vor* dem Essen gemacht hat, weiß er möglicherweise auch, was *nach* dem Essen passierte. Es könnte einen Versuch wert sein, ihn ausfindig zu machen.«

Rindal betrachtete sie jetzt kühl. »Und woher weißt *du* das?«

Sie nickte zu der Zeitung, die vor ihm lag. »Ich kenne den Journalisten ein bisschen.«

Rindal hob den Kopf wie ein Hund, der Blut wittert. »Ein bisschen? Du kennst den Journalisten – ein bisschen?«

»Ja, ein bisschen.« Lena beließ es dabei.

»Wie gut kennst du den Mann?«

Lena zögerte mit der Antwort.

»Ein alter Freund aus der Kindheit?«

Sie schüttelte den Kopf.

»Ein Liebhaber?«

Sie fiel ihm ins Wort. »Wir brauchen das hier nicht weiter zu vertiefen. Ich habe gesagt, dass ich den Journalisten kenne. Lass uns zur Sache kommen.«

Rindal betrachtete Lena mit einem süffisanten Lächeln, als würde er ihre Gedanken lesen.

Sie senkte den Blick.

Er seufzte und schüttelte resigniert den Kopf. »Hast du die ganze oder auch nur Teile der Geschichte mit diesem Journalisten besprochen?«

»Nein. Die Fotos von mir sind entstanden, als wir Sveinung Adeler am Donnerstagmorgen aus dem Wasser gehievt haben. Steffen Gjerstad war einer der Journalisten, die an der Absperrung standen und einen Kommentar hören wollten.«

»Und darüber hinaus hast du über die Ermittlungen nicht mit Gjerstad gesprochen?«

»Nein.«

»Er hat dich zitiert. Du behauptest angeblich, die Polizei würde Adelers Tod als verdächtig einschätzen.«

»Ich kann mich nicht erinnern, so etwas gesagt zu haben. Ich habe ihn heute angerufen und ihn darauf angesprochen. Ich habe ihn auch gefragt, wer die drei im Restaurant Flamingo fotografiert hat – um den Namen des Fotografen zu bekommen. Aber er wollte den Namen nicht nennen. Hat das mit Rücksichtnahme auf seinen Informanten begründet.« Sie räusperte sich wieder. »Ich hatte den Eindruck, dass es sich dabei um eine ganz besondere Quelle handelt. Steffen bezeichnet sie als eine Art *Deep Throat.*«

»Steffen?«, sagte Rindal und betrachtete sie eindringlich. »Ihr seid also per Du?«

Sie nickte.

Rindal sah sie scharf an.

Trotzig erwiderte sie seinen Blick. Musste blinzeln, aber sie wollte nicht klein beigeben.

»Ich denke, wir machen das hier nach dem Lehrbuch«, sagte er schließlich und nahm den Telefonhörer in die Hand. Er rief bei Dagens Næringsliv an und bat, mit dem verantwortlichen Redakteur sprechen zu dürfen.

Rindal stellte sich mit Autorität in der Stimme vor und wollte wissen, wer die Fotos von Adeler und Vestgård gemacht hatte.

Warum er das wissen wolle?

Rindal seufzte herablassend. Weil die Polizei mitten in Ermittlungen steckte und der Fotograf offenbar einer der letzten gewesen war, der Adeler lebendig gesehen hatte.

Rindal lauschte der Antwort des Redakteurs mit einer ärgerlichen Falte zwischen den Brauen.

Dann legte er wutschnaubend den Hörer auf.

»Er wollte nicht?«

»Faselt was von Presseethik und Schutz von Informanten. Wir ermitteln in einem Mordfall, verdammt noch mal!«

»Ich habe einen Vorschlag«, sagte Lena.

Rindal zog die Augenbrauen hoch.

»Eine Pressekonferenz«, sagte Lena. »Das nimmt den Wind aus den Segeln.«

Rindal schwieg, aber er protestierte auch nicht.

»Dieser Fall ist Steffen Gjerstads Superstory«, sagte Lena. »Er bezeichnet seinen Informanten als eine Art Deep Throat – also spielt er mit einer oder mehreren Personen zusammen, die wahrscheinlich alle kein unbeschriebenes Blatt sind. Diese Zeitung deckt normalerweise keine kriminellen Machenschaften. Ich glaube nicht, dass sie ein besonderes Interesse an Adelers Tod oder an unseren Ermittlungen hat. Diese Zeitung interessiert sich ganz allgemein für politische Aspekte und besonders für die Rolle des Ölfonds in dem Ganzen.«

»Wenn du den Journalisten kennst, könntest du ihn ja vielleicht dazu bringen, dir ins Ohr zu flüstern, wer der Informant ist?«

Sie beschloss zu schweigen. Sah ihm wortlos in die Augen.

Schließlich wich Rindal ihrem Blick aus. »Du schlägst eine Pressekonferenz vor. Warum?«

»Dadurch können wir den Fall auf das reduzieren, was er ist – ein Todesfall im Hafenbecken. Wir brauchen Zeugen. Dieser Artikel heute hat das Medieninteresse an dem Fall neu entfacht. Ich finde, wir sollten dies nutzen, statt dagegen anzukämpfen. Wir haben dadurch die einzigartige Möglichkeit, mit der gesamten Bevölkerung Oslos direkt ins Gespräch zu kommen.«

Rindal legte nachdenklich den Kopf schief. »Das könnte funktionieren, vielleicht. Aber bist du gut vorbereitet? Eine

Pressekonferenz ist wie ein Minenfeld. Wenn du zu weit gehst, trittst du früher oder später auf eine Mine und bleibst liegen.«

Lena antwortete nicht. Es gab nichts mehr zu sagen.

Rindal stand auf, steckte sich die Zeitung unter den Arm und ging zur Tür.

Sie trafen Gunnarstranda, Emil Yttergjerde und Fartein Rise im Sitzungsraum an.

Rindal zeigte auf die Zeitung, die vor Gunnarstranda lag, und sagte kurz: »Ich will, dass du diesen Polisario-Typen überprüfst.«

»Das Büro ist in Stockholm«, sagte Gunnarstranda.

»Fahr hin. Hol die Aussage des Mannes ein. Finde raus, wann er nach Oslo gekommen ist, wie lange er hier war, am liebsten auch, warum und worüber er mit den beiden anderen gesprochen hat. Und finde in jedem Fall raus, wo er war, als Adeler ins Wasser fiel.«

Er nickte Lena zu.

Sie blickte verständnislos zurück.

»Dein Vorschlag«, sagte er und lächelte. »Sei nicht so bescheiden.«

Alle sahen sie an.

Lena räusperte sich einmal und dann noch einmal. »Ich werde heute Nachmittag hier im Haus eine Pressekonferenz einberufen. Das Ziel ist, das Medieninteresse auszunutzen und an Zeugen zu kommen, die Adeler möglicherweise am Vorabend oder am Morgen seines Todes gesehen haben.«

Als sie sich umdrehte, begegnete sie Rindals Blick. »Nach der Pressekonferenz fahren du und ich raus nach Ulvøya«, sagte er.

»Ulvøya?«

Er nickte und ließ sie stehen.

Lena sah auf die Uhr. Plötzlich hatte sie ein volles Programm. Und das bedeutete Zeitdruck. Ihr Arzttermin war in vierzig Minuten.

6

Die tief stehende Sonne blendete sie, als sie auf der Suche nach einem Parkplatz die kleinen Wege zwischen den Gebäuden des Universitätskrankenhauses Ullevål entlangfuhr.

Es gab keine einzige Lücke in der Reihe parkender Autos. Schließlich hatte sie keine Zeit mehr, zu suchen. Sie wählte die Notlösung und quetschte den Wagen halb auf den Bürgersteig. Da behinderte er jedenfalls nicht den Verkehr.

Als sie im Warteraum saß und alte Zeitschriften durchblätterte, versuchte sie, sich auf die Bilder zu konzentrieren, statt sich die anderen Wartenden anzusehen.

Schließlich hatte sie den ganzen Stapel durchgeblättert und blieb an einem Rezept hängen, das das Geheimnis von saftig gebratenem Hähnchenfilet verriet. Sie las den Artikel zum zweiten Mal, jedoch ohne den Inhalt zu erfassen. Legte die Zeitschrift weg. Begegnete dem Blick eines blassen, grauhaarigen Mannes, der ihr gegenübersaß und genau im selben Moment von seiner Zeitschrift aufsah. Neben ihm saß eine noch blassere Frau mit einer Sonnenbrille auf der Nase und einem blauen, turbanförmigen Hut auf dem Kopf.

Lena dachte: Ich bin stark. Ich habe schon lange keinen Gedanken mehr an den Knoten unter meiner Haut verschwendet. Das hier ist eine Bagatelle. Ich gehöre hier nicht her. Warum passiert denn nichts?

Endlich ging eine Tür auf, und eine mollige Krankenschwester in weißem Kittel erschien. Sämtliche Blicke richteten sich

auf sie. Die Krankenschwester nickte dem blassen Mann zu, der sich erhob und hineinging.

Lena sah ärgerlich auf die Uhr. Sie hätte schon vor zwanzig Minuten dran sein sollen. Und trotzdem wurden noch Leute vor ihr aufgerufen?

Weitere zehn Minuten schlichen dahin. Sie überlegte, aufzustehen und zu fragen, was los sei, als die mollige Schwester erneut in der Tür erschien und Lenas Namen aufrief.

Der Arzt war ein unrasierter Mann mit runder Brille und Igelschnitt. Seine Stimme war weich, und sein Mund strahlte Mitgefühl aus, wenn er sprach.

Lena betrachtete die Situation von irgendwo tief in ihrem Inneren.

»Ist alles okay mit Ihnen?«, fragte der Arzt. »Möchten Sie etwas trinken oder …«

Lena blinzelte und kämpfte darum, in die Realität zurückzukommen. »Nein, danke.«

Die mollige Krankenschwester hockte sich neben Lena, die beide Augen schloss und ihre Stimme von weit her hörte:

»Es ist natürlich ein Schock. Aber dass man Sie so schnell zur Strahlenbehandlung schickt, müssen Sie positiv deuten. Das bedeutet, dass Sie ein niedriges Streurisiko haben. In der Situation, in der Sie jetzt sind, ist es wichtig, dass Sie nach allem Positiven greifen und sich mehr darauf konzentrieren als auf das Negative. Ich weiß, das klingt leichter gesagt als getan. Aber Ihre Prognose ist sehr gut, wie der Arzt schon gesagt hat.«

Eine Tür klappte, und Lena öffnete die Augen.

Der Arzt war gegangen. Dieser Scheißkerl war abgehauen! Was war das denn für ein Arzt? Leuten erzählen, dass sie Brustkrebs haben, und dann einfach rausgehen?

Lena stand auf. Ihr wurde schwindelig, aber sie fing sich wieder.

Die Krankenschwester hielt ihre Hand. Sie sahen sich in die Augen.

»Ich habe keine Zeit«, sagte Lena.

»Wozu haben Sie keine Zeit?«

»Für das hier. Ich habe einen anstrengenden Job.«

»Krankheiten kommen nie zum rechten Zeitpunkt«, sagte die Frau verständnisvoll. »Aber von jetzt an wird es gut sein, wenn der Job und andere Dinge mal an zweite Stelle treten. Das Wichtigste ist jetzt, gesund zu werden.«

»Zu überleben?«

»Gesund zu werden«, sagte die Krankenschwester und reichte ihr einen Stapel Papiere. »Alles ist neu, Lena, es wird vieles geben, was Sie nicht verstehen oder wonach Sie fragen möchten. Die Fragen melden sich, wenn Sie ein bisschen zur Ruhe kommen. Viele Antworten ergeben sich, wenn Sie dieses Material lesen. Aber Sie können uns natürlich auch anrufen oder eine E-Mail schicken. In jedem Fall rate ich Ihnen, zu unserem Informationstreffen zu kommen. Da lernen Sie auch andere Patienten kennen, die in der gleichen Situation sind, und Sie können so viele Fragen stellen, wie sie wollen.«

Das ist das Weihnachtsgeschenk dieses Jahr, dachte Lena, als sie wie schlafwandelnd zu ihrem Wagen ging.

Sie war noch ganz benommen. Die Luft war zäh und leistete Widerstand. Es fühlte sich an, als würde sie sich in Gelee bewegen.

Sie schloss den Wagen auf und fiel mehr hinein, als dass sie sich setzte.

Als sie das Knöllchen hinter dem Scheibenwischer sah, fluchte sie laut.

Sie öffnete die Fahrertür und riss den gelben Zettel an sich. Versuchte, ihn in kleine Stücke zu reißen. Aber der Zettel war aus irgendeinem Plastikmaterial, dass sich nicht zerreißen ließ.

Sie warf ihn in den schmutzigen Schnee und trat darauf herum.

Schließlich spuckte sie voller Wut auch noch darauf.

Eine ältere Frau blieb auf dem Bürgersteig stehen und betrachtete sie.

Lena nahm sich zusammen und setzte sich wieder ins Auto.

Die Frau in dem dunklen Mantel ging weiter.

Lena saß apathisch da und starrte vor sich hin.

Ihr Handy klingelte auf dem Beifahrersitz.

Sie griff danach und hielt es ans Ohr. »Ja?«, sagte sie mit belegter Stimme.

Es war ihre Mutter. »Hei Lena. Du, ich bin grade dabei, Geschenke zu kaufen. Du musst mir bald sagen, was du dir zu Weihnachten wünschst«, sagte die Mutter.

Lena war nicht in der Stimmung, mit ihr zu reden. Mit niemandem. Nicht jetzt. »Ich muss dich später zurückrufen, Mama. Hab hier grad zu viel zu tun.« Sie unterbrach die Verbindung und schaltete das Handy aus.

Langsam fuhr sie vom Krankenhausgelände und bog zur Vestre Aker Kirche ab. Der Wagen kletterte den Berg hinauf, und Lena registrierte, dass keine anderen Autos vor dem Eingang standen. Sie hielt an und betrachtete die Baumkronen, die ihre nackten Zweige in den Himmel reckten. Aber eigentlich sah sie nichts. Sie dachte nichts. Als die Kälte in das Wageninnere eindrang, öffnete sie die Tür und stieg aus.

Der Schnee lag ganz weiß zwischen den Gräbern. Der Schmutz von Verkehr und Abgasen drang nicht bis hierhin vor.

Ein schmaler Pfad war den Berg hinunter bis zur Pforte am Blindernveien frei geschaufelt. Sie ging langsam hinunter. Stieg über den Schneewall und watete bis fast zu den Knien im Schnee zwischen den Grabsteinen, die mit steifen Schneehüten aus der weißen Decke hervorragten. Es sah fast so aus, als seien sie mit Schlagsahne garniert.

Sie kniete sich neben einen Stein aus rotem Granit. Schloss die Augen und beschwor das Bild ihres Vaters herauf – so, wie sie ihn in Erinnerung behalten wollte.

Sie kniete mit dem Rücken zur Straße. Wartete. Worauf wartete sie? Auf ein Wunder?

Sie schloss die Augen und ließ die Geräusche um sie herum auf sich wirken: das Lachen der Kinder, die im Kindergarten hinter dem Zaun spielten, das leichte Rauschen des Verkehrs, ein Knallen, als jemand heftig ein Fenster schloss. Das entfernte Dröhnen eines Flugzeugs, das schon vorübergeflogen war, hoch, hoch oben. Sie hörte leise Stimmen auf dem freigeschaufelten Gehweg bei der Kirche.

Die Feuchtigkeit des Schnees drang an ihren Knien durch die Hose. Sie wurde nass, spürte es aber nicht.

Sie hatte kein Taschentuch dabei. Also nahm sie die Hände und wischte sich mit den Fingern über beide Wangen, in einem kläglichen Versuch, die Tränen zu trocknen. Holte tief Atem und erhob sich.

In diesem Moment gab es direkt hinter ihr einen lauten Knall. Sie sank auf die Knie.

Glas splitterte.

Sie drehte sich um hundertachtzig Grad.

Ein schwarzer Mercedes hatte sich um einen Laternenpfahl im Blindernveien gewickelt. Aus der Motorhaube stieg Rauch auf.

Lena reagierte per Autopilot. Schon war sie auf dem Weg zum Zaun. Sprang darüber und landete auf dem Schneewall. Sie sprintete auf den Wagen zu, als die Fahrertür des Wagens mit einem knirschenden Laut aufschwang.

Lena blieb abrupt stehen und ahnte das Schlimmste.

Der Türrahmen traf auf den Asphalt. Die Aufhängung musste gerissen sein.

Ein Schuh und ein Hosenbein zeigten sich in der Türöffnung.

Noch ein Schuh und noch ein Hosenbein.

Ein junger Mann hievte sich aus dem Wagen – offensichtlich völlig unverletzt. Der Mann trug einen blauen Blazer und helle Jeans.

Er stand da und bürstete sich die Jacke und die Jeans ab. Dann warf er Lena einen resignierten Blick zu und sagte: »E-Klasse und dann geht der Airbag nicht los bei einem Aufprall. Kaum zu glauben. Darüber werde ich mal ein Wörtchen mit meinem Händler reden!«

Lena stand sprachlos da und sah ihn nur an.

Der Mann war tatsächlich unverletzt. Er lächelte nur dämlich. »Glatt heute«, murmelte er und sah auf. »Es ist milder geworden, deshalb wahrscheinlich.« Er drehte beide Handflächen nach oben, als wolle er die Luft fühlen. »Glaub, es gibt Schnee.«

Das muss ein Zeichen sein, dachte Lena und holte tief Luft. Es fühlte sich an, als würde sie neue Kraft einatmen.

Sie holte ihr Handy aus der Tasche. Gab eine Nummer ein. »Ich bin's, Lena.«

»Also ganz ehrlich«, sagte ihre Mutter, »manchmal verstehe ich nicht, wie du es in diesem Job aushältst.«

»Und du wolltest über Weihnachtsgeschenke sprechen«, sagte Lena, trat durch das Tor zum Friedhof und begann, den Hügel zum Auto hinaufzusteigen. »Hab noch keine Zeit gehabt, viel darüber nachzudenken. Aber ich dachte, ich komm mal einen Abend vorbei, wir müssen ja ein bisschen planen.«

»Ich hab eigentlich Lust, einen Turmkuchen zu backen«, sagte die Mutter. »Hab die Kekse gestern fertig gekriegt.«

»Hohlhippen?«

»Zwei Dosen voll.«

»Gorokekse?«

»Die sind auch fertig.«

»Und Serinakekse?«

»Hab ich auch gebacken, und Mor Monsen Kekse. Aber mit den Schmalzkringeln wollte ich bis zum 23. warten.«

»Hm«, sagte Lena und schloss den Wagen auf. »Dann fehlt ja eigentlich nur noch ein Turmkuchen.«

7

Bevor er nach Stockholm fuhr, wollte Gunnarstranda noch einmal am Tatort vorbei schauen. Um dem Lärm im Tunnel zu entgehen, rief er Torleif Mork an, der versprach, einen Mann abzustellen, der ihm den Notausgang von außen aufschloss und das Licht einschaltete.

Ein jüngerer Mann in wattiertem Schutzanzug wartete an der Kreuzung vom Grønlandsleiret. Gunnarstranda versicherte, dass er die Tür hinter sich zumachen würde, und ging allein in den Bombenschutzraum. Jetzt funktionierte der Strom. Um den Blutfleck an der Stelle, wo Nina Stenshagen erschossen wurde, hatte die Spurensicherung mit weißer Kreide einen Kreis gezogen.

Er betrachtete den Fleck.

In der Leuchtröhre über ihm knisterte es. Er hob den Kopf. Das Kabel leuchtete weiß an der Stelle, wo es repariert worden war. Irgendwer hatte das Kabel heruntergerissen und in dem Stromkreis hier unten einen Kurzschluss verursacht. Dieser Jemand war wahrscheinlich der Täter gewesen.

Einerseits hatten sie Fotos von ihm, andererseits aber auch nicht. Die Filme zeigten eine dunkle, schlanke Person, die mit gebeugtem Nacken ging, die Hände in den Jackentaschen. Sie schlenderte dahin, das Gesicht unter dem Kapuzenrand verborgen. Was Gunnarstranda wusste, war, dass Nina Stenshagen um zehn vor halb sieben in einen T-Bahnzug gesprungen war.

Auf dem Film konnte man eine rot gekleidete Gestalt hineinspringen sehen, während der Mann mit der Kapuze eine Sekunde später durch die nächste Tür sprang.

Gunnarstranda war in der Fahndungszentrale gewesen und hatte Überwachungsfotos von der Karl Johans Gate besorgt. Sie hatten Fotos von Nina, aber keine von ihrem Verfolger:

Was war das für ein Mann, dem es gelungen war, eine Person zu verfolgen und dabei allen Überwachungskameras zu entgehen?

Der Täter musste mit den Kameras vertraut gewesen sein. Er wusste offenbar, wo sie sich befanden, und war in der Lage gewesen, sie zu umgehen. Diese Person hatte auch Sveinung Adeler ertränkt. Er hatte ihn vorsätzlich ermordet und den Mord dann als Unfall getarnt, obwohl er bewaffnet gewesen war. Er hatte auch den Mord an Nina Stenshagen wie einen Unfall aussehen lassen. Doch bei Stig Eriksen war ihm das nicht gelungen.

Die schärfsten Fotos stammten vom Bahnsteig in Tøyen. Ein athletisch gebauter Mann in einer kurzen Jacke mit einer Kapuze über dem Kopf. Die Hände in den Taschen. Wahrscheinlich hatte er die ganze Zeit die Waffe in der Hand gehalten. Er hatte geplant, die arme, zu Tode verängstigte Frau zu ermorden. In dem Moment, als Nina Stenshagen auf die Schienen hinuntersprang, war er ihr ohne zu zögern gefolgt. Gnadenlos und zielbewusst. Dann die Jagd durch den Tunnel, die Schienen entlang. Hinunterspringen und sich gegen die Wand pressen, während ein Zug vorbeirauscht. Es war dunkel im Tunnel. Die einzigen Lichtquellen sind vereinzelte, grün leuchtende Exit-Schilder. Als sie die Treppe zum Notausgang hinaufflüchtete, folgte er ihr. Beide waren außer Atem. Nina tastete sich in der Dunkelheit vor. Er lauschte auf ihren Atem, sah den Schatten an der Wand entlangtasten. Und schoss. Das Geräusch musste in diesem Bombenschutzraum wie eine Explosion geklungen

haben, ein langes Nachhallen von Echos. Er hörte sie nicht fallen.

Der Mann hatte Nina erschossen, bevor sie die Tür aufdrücken konnte. Er hatte sie mit derselben Waffe getötet, mit der er dann auch Stig Eriksen erschoss. Also war er ein Mensch, der sich nach einem Mord nicht der Tatwaffe entledigte. Warum nicht? Was sagte das über ihn aus?

Ein Mann, der seine eigene Waffe verehrte, hatte etwas Militärisches an sich. Die Killer auf der Straße handelten anders. Sie erschossen ihr Opfer mit einer gestohlenen Waffe und warfen sie danach sofort weg.

Gunnarstranda ging zu der Treppe, die zum Tunnel hinunter führte. Ein T-Bahnzug rauschte vorbei. Er versuchte, sich die Szene vorzustellen. Nina tastet sich in der Dunkelheit vor, die Treppe hinauf und auf den Notausgang zu. Der Mann rennt hinter ihr her, hebt die Waffe und schießt. Nachdem Nina fällt, befindet sich der Mann in einem Dilemma: soll er die Tote liegen lassen und zur Tür hinaus laufen, oder …?

Wenn man die Leiche dort drinnen fände – erschossen –, dann würde die Polizei sofort die Fahndung nach einem Mörder einleiten und alle Überwachungskameras der T-Bahn überprüfen. Und er ist sich nicht sicher, ob die Überwachungskameras sein Gesicht eingefangen haben. Deshalb beschließt er, die Leiche zu verstecken. Das musste sein Ziel gewesen sein. Die Tote zunächst zu verbergen und danach den Tatort zu verlassen. Doch dann wurde das Licht wieder eingeschaltet.

Gunnarstranda sah es vor sich: Der Mann, der über der Toten thront und plötzlich sich selbst und das Opfer in Licht gebadet sieht.

Neue Situation: Er musste begriffen haben, was passiert war. Ein Alarm war ausgelöst worden und die Suchmannschaften waren unterwegs. Wieder ein Argument dafür, den Ort zu verlassen. Aber nein. Der Mann behält einen kühlen Kopf und hält

sich an seinen Plan, versteckt die Leiche unter dem Lüftungsrohr, reißt das Stromkabel herunter und löst damit im Bombenschutzraum einen Kurzschluss aus. Im Dunkeln schiebt er sich unter das breite Lüftungsrohr und zieht die Leiter hoch, um sich dahinter zu verbergen.

Er hat still dagelegen und die Suchmannschaften kommen hören. Er hat dort gelegen und die Lichtstrahlen ihrer Stirnlampen die Wände entlangschweifen sehen. Er hat belauscht, was sie gesagt haben, und gewartet, bis er wieder allein war. Dann hat er erkannt, wie er sein Problem ein für alle Mal loswerden konnte: indem er die Leiche vor den nächsten Zug warf. Der perfekte Mord – fast. Er wusste nicht, oder er dachte nicht daran, dass die Tür des Notausgangs einen Alarm auslösen würde, der ihn verriet. Jedenfalls war der Täter ein selbstsicherer, gefühlskalter Mensch ohne Mitgefühl für sein Opfer, jemand, der sich in keiner Weise durch Zweifel oder Schuldgefühle stören ließ. Ein Psychopath.

Gunnarstranda ging in die Hocke und betrachtete den rostroten Fleck. Hier drinnen kam er nicht weiter.

8

Um zehn vor zog sich Lena ihre Uniform an. Da hatte sie schon dreimal versucht, einen Spickzettel zu schreiben. Es war wichtig zu wissen, was man sagen wollte, nicht zu stottern und zu stammeln. Dann ging sie zu Rindal hinein, der guter Laune zu sein schien. Seine Hemdbrust beulte sich wie bei einer Schwalbe, er sah mit einem Lächeln an sich selbst hinunter und boxte ab und zu in die Luft, damit die Manschettenknöpfe aus dem Jackenärmel kamen und ins rechte Licht gerückt wurden.

»Wo ist die Jacke?«, fragte er.

»Meine Mutter sagt, dass mir blau besser steht als schwarz«, sagte Lena und bürstete sich ein paar Haarsträhnen von der Uniformbluse. »Die Farbe passt zum Lidschatten.«

Rindal setzte wieder ein Lächeln auf. »Was du nicht sagst«, sagte er kurz. »Und du erzählst nichts, was du nicht auch beweisen kannst.«

Seite an Seite gingen sie den Korridor entlang. Ihre Absätze klapperten über den Boden.

Wie im Fernsehen, dachte Lena und warf einen Blick auf ihr Spiegelbild in der Glasscheibe neben einer Bürotür. Sie zerzauste sich das Haar und überprüfte es noch einmal, schließlich war sie zufrieden.

Sie gingen die Treppe hinunter. Sobald sie in den Korridor einbogen, blitzten ihnen die Kameras entgegen.

Es war brechend voll.

Lena arbeitete sich zu dem Tisch mit den Mikrophonen durch. Sie ließ einen Blick über die Versammlung schweifen. Steffen war nicht zu sehen.

Sie tastete die Gesichter ab, reckte den Hals, um die Gesichter derjenigen zu erkennen, die zum Teil hinter anderen versteckt standen.

Das Ergebnis war einfach: Steffen war nicht da.

Rindal räusperte sich und gab ihr ein Zeichen.

Lena griff nach dem Mikrophon und begrüßte die Anwesenden.

Ein übergewichtiger Journalist mit blonder, wallender Mähne streckte die Hand in die Luft. Lena ignorierte ihn. Sie las von ihrem Spickzettel ab:

»Am Morgen des 10. Dezember, einem Donnerstag um acht Uhr elf, ging bei der Polizeizentrale die Meldung ein, dass eine Person leblos im Hafenbecken triebe, zwischen Rathauskai 1 und Rathauskai 2. Der Anrufer war der Kapitän einer Nesodd-

fähre. Der Krankenwagen erreichte den Ort um acht Uhr sechzehn. Der Mann wurde für tot erklärt. Die Gerichtsmedizin hat seitdem bestätigt, dass die Todesursache Ertrinken war und dass der Tod irgendwann zwischen fünf und sechs Uhr morgens eingetreten ist. Der Tote wurde von der Polizei als Sveinung Adeler identifiziert, 31 Jahre alt und wohnhaft in Oslo. Es war sehr kalt, die nächtliche Tiefsttemperatur betrug minus 25 Grad, und der Tote war dünn bekleidet, als er gefunden wurde. Die Wassertemperatur lag um den Gefrierpunkt. Der Zeitraum, bis ein Körper unterkühlt ist, ist unter solchen Bedingungen sehr kurz, circa ein bis zwei Minuten. Da sich bisher keine Zeugen gemeldet haben, ermitteln wir nach wie vor, um die Todesumstände zu klären. Die Polizei sucht deshalb nach Zeugen, die eventuell gesehen haben, wie Adeler zwischen fünf und sechs Uhr am Morgen des Donnerstag, 10. Dezember, ins Wasser fiel. Wir bitten alle, die in diesem Zeitraum in der Nähe des Rathauskais, der Aker Brygge oder am Rathausplatz gewesen sind, sich mit uns in Verbindung zu setzen. Außerdem bitten wir diejenigen, die den Verstorbenen am Vorabend oder in der Nacht zum Donnerstag gesehen haben oder mit ihm zusammen waren, sich zu melden.«

Sie nickte zur Uhr. »Wir haben ein paar Minuten für Fragen vorgesehen. Ich glaube, Dagbladet war zuerst dran.«

»Sie haben Adelers Tod gerade als einen Unfall beschrieben. In Dagens Næringsliv werden Sie zitiert und behaupten, Adelers Tod werde als verdächtiger Todesfall behandelt.«

»Für das, was in Dagens Næringsliv steht, muss sich Dagens Næringsliv verantworten«, sagte Lena. »Ist jemand von Dagens Næringsliv anwesend?« Sie sah über die Versammlung. Alle verdrehten die Köpfe, aber niemand antwortete.

Mehrere meldeten sich zu Wort. Der Journalist von Dagbladet stand auf. »Sie haben die Frage nicht beantwortet. Wird Adelers Tod als verdächtiger Todesfall betrachtet oder nicht?«

»Es ist die Aufgabe der Polizei, klarzustellen, was tatsächlich passiert ist«, sagte Lena. »Ich glaube, jetzt war TV 2 dran.« Sie nickte einer blonden jungen Frau Anfang zwanzig zu, die sich mit dem Mikrophon vor dem Mund erhob.

»Welchen Kommentar hat die Polizei zu dem Artikel in Dagens Næringsliv, der meint, dass Adelers Tod mit den Investitionen des Norwegischen Ölfonds in Westsahara in Verbindung stehen könnte?«

»Die Polizei ermittelt die Umstände des Todesfalls. Unsere Arbeit besteht darin, abzuklären, was am Donnerstagmorgen tatsächlich passiert ist. Wir befassen uns nicht mit Adelers Anstellungsverhältnis oder Spekulationen bezüglich seines Arbeitsgebietes.«

Ein unzufriedenes Murmeln breitete sich im Raum aus.

Lena hob die Stimme. »Aufgabe der Polizei ist es, festzustellen, was Adeler in der Nacht zum 10. Dezember getan hat, warum er im Hafenbecken landete und ertrank. Wenn Adelers Bewegungen in diesem Zeitraum festgestellt sind, wird die Polizei ihre Schlüsse daraus ziehen. Dafür brauchen wir Hinweise aus der Bevölkerung. Alle, die etwas darüber wissen, wo sich Adeler in der Nacht zum Donnerstag wann aufgehalten hat, werden gebeten, sich zu melden.«

Sie nickte dem Vertreter von Aftenposten zu: »Ja?«

»Welchen Kommentar hat die Polizei dazu, dass Sveinung Adeler mit Aud Helen Vestgård und einem politischen Extremisten zusammen war, bevor er starb?«

»Sveinung Adeler hatte Kontakt zu vielen Menschen, bevor er starb. Das ist unser Kommentar dazu.«

Die Journalisten begannen sich gegenseitig lautstark ins Wort zu fallen.

Lena rückte das Mikrophon zurecht und bat um Ruhe. »Adeler war am Mittwoch bei einem Abendessen im *Flamingo*, einem Restaurant in Grefsen. Es gibt Zeugen, die bestätigen,

dass er das Restaurant um 23.00 Uhr verließ. Die Polizei braucht Hinweise darüber, was Adeler von diesem Zeitpunkt bis zu seinem Tod getan hat, und bittet dafür um jede mögliche Unterstützung aus der Bevölkerung. Unsere Hotline ist 24 Stunden besetzt. Bitte schön, Dagsavisen.«

»Was sagt die Polizei dazu, dass Adeler für den Staatlichen Rentenfonds gearbeitet hat?«

»Dazu gibt es keinen Kommentar.«

»Bedeutet das, dass die Polizei den Artikel in Dagens Næringsliv für unwahr hält?«

»Wir wissen, dass Adeler bis 23 Uhr bei einem Abendessen war. Zwischen fünf und sechs Uhr ist er ertrunken. Deshalb sind wir daran interessiert, Adelers Bewegungen im Zeitraum zwischen 23 Uhr und sechs Uhr morgens nachzuvollziehen. Wie gesagt brauchen wir dafür die Unterstützung der Bevölkerung.«

Mehrere Anwesende riefen durcheinander.

Lena nickte einem Journalisten mit dem Logo von Verdens Gang auf der Brust zu.

»Hat die Polizei Aud Helen Vestgård in dieser Sache verhört?«

Lena sagte: »Die Polizei verhört alle aktuellen Zeugen in diesem Fall.«

Sie ließ ihren Blick wieder über die Versammlung wandern.

Steffen war noch immer nicht zu sehen.

Rindal sah sie fragend an. Sie schüttelte leicht den Kopf. Sie begannen, ihre Papiere zusammenzupacken.

»Danke, dass Sie gekommen sind«, sagte sie ins Mikrophon.

»Entschuldigung«, sagte der Journalist von Verdens Gang. »Wir haben noch mehr Fragen.«

Sie folgte Rindal, der sich einen Weg nach draußen bahnte.

Zwanzig Minuten später fuhr sie mit Rindal in seinem silbergrauen Mercedes aus dem Zentrum hinaus.

Lena hatte sich auf die Rückbank gesetzt, immer noch in Uniform. Es war Rushhour, und der Wagen kam nur im Schneckentempo voran.

Sollte sie oder sollte sie nicht? Wenn sie ein Lebenszeichen von sich gäbe, könnte er es missverstehen. Andererseits musste sie es wissen. Lena beschloss, in den sauren Apfel zu beißen.

Sie schrieb eine unpersönliche SMS und schickte sie an Steffen.

Dagens Næringsliv war bei der Pressekonferenz der Polizei nicht vertreten – ???

Sie legte sich das Handy auf den Schoß. Es vergingen sieben lange Minuten, bevor es Laut gab. Nachricht von Steffen:

Kriminalfälle sind nicht unser Ressort. Aber ich vermisse dich! Gib mir eine Chance. Lass uns unter vier Augen reden – bei mir zuhause heute Abend um 21 Uhr. Aufräumen, erklären, du bestimmst die Tagesordnung, I promise, was sagst du?

Lena sah aus dem Autofenster, nach Westen. Feine Wolken zogen hoch oben einen Schleier über den Himmel, der von der untergehenden Sonne magentarot gefärbt wurde.

Eigentlich hatte sie sich vorgenommen, direkt nach der Arbeit nach Hause zu gehen. Sie musste sich schließlich Literatur über Krebs, Strahlentherapie und Chemotherapie raussuchen. Sie musste sich mit dem beschäftigen, was auf sie zukam. Sie musste Mama erzählen, dass sie die gleiche Krankheit hatte, an der Papa gestorben war. Aber sie konnte sich nicht überwinden.

Sie schloss die Augen und wusste, dass es so nicht weitergehen konnte. Sie *musste* ihrer Mutter von ihrer Krankheit erzählen. Sie *musste* es Gunnarstranda und den anderen Kollegen erzählen. Und wenn sie Steffen die Chance geben wollte, um

die er gebeten hatte, dann *musste* sie auch ihm davon erzählen.

Wonach sie sich eigentlich sehnte, war ein Zustand, in dem sie an nichts denken musste. Und in den letzten Tagen war Steffen der Einzige gewesen, der sie in diesen Zustand versetzt hatte.

Dumme Gans! Vergiss nicht, was er dir angetan hat!

Ja, ja, schon gut!

Ist es denn wirklich so?, fragte sie sich. Habe ich diesen Mann als eine Art Droge benutzt?

Nein. Sie öffnete die Augen, um an etwas anderes zu denken. Die Sonne hing tief und blendete sie. Bald war Sonnenwende, und die Tage würden wieder heller werden, aber normales Tageslicht würde es erst gegen Ende Februar wieder geben. Wo würde sie dann sein? Hinter einem Paravent, auf einem Krankenhauskorridor? Oder würde sie sich hinter geschlossenen Gardinen in ihrer Wohnung verstecken und Perücken ausprobieren?

Sie näherten sich der Abfahrt nach Ulvøya.

Wenn ich ihn heute Abend treffe, kann ich ihn zwingen, mir seinen Informanten zu nennen, und herausfinden, wer die Fotos gemacht hat, dachte sie und wog ihr Handy in der Hand. Schließlich schickte sie ihm eine Nachricht:

Ok.

9

Zwei dicke Autos standen in der Auffahrt vor der großen Villa mit Aussicht auf den Oslofjord. Ein schwarzer Audi A6 und ein silberner Lexus. Daneben zwei freie Stellplätze. Kein schlechter Fuhrpark, dachte Lena während Rindal einparkte.,

»Jetzt weiß ich, wo ich mein Auto abstellen kann, wenn ich im Sommer schwimmen gehen will«, sagte Lena.

Rindal blieb so stumm, wie er es schon die ganze Fahrt über gewesen war.

Auf dem Schild aus angerautem Messing an der Tür stand *IRGENS*.

Sie wurden erwartet. Die Tür wurde geöffnet, bevor Rindal klingeln konnte. Der Mann, der ihnen öffnete, war in den Siebzigern. Er trug einen dunkelbraunen karierten Tweedanzug mit Weste und Uhrenkette über dem Bauch. Das verlieh ihm ein irgendwie britisches, adeliges Aussehen, das von seinem kühlen Blick unter den buschigen Augenbrauen und seinem dicken grauen Schopf noch unterstrichen wurde.

Irgens gab Rindal die Hand und nickte Lena kurz zu. Die tief hängenden, halbmondförmigen Tränensäcke unter den wässrig grauen Augen verstärkte noch die Arroganz im Blick des Mannes.

Er betrachtete sie stumm, als sie ihre Mäntel aufhängten.

Dann hielt er ihnen die Tür zu einem sechseckigen Büro auf, dessen Wände mit Bücherregalen bedeckt waren.

In einem dunklen Ledersessel saß Aud Helen Vestgård, die zu diesem Anlass ein dunkles enges Kleid und hohe schwarze Stiefel trug. Sie beugte sich vor und reichte Rindal die Hand, wobei sie ihm ein strahlendes Lächeln schenkte, bevor sie sich wieder zurücklehnte und Lena reserviert zunickte.

»Bitte, setzen Sie sich«, sagte Irgens und wies auf die Sitzgruppe, in der Vestgård schon Platz genommen hatte.

Sie setzten sich. Der Lederbezug der Sessel knarrte bei jeder Bewegung.

Schließlich machte Rindal sich die Mühe, Lena die Rolle des Mannes mit dem Eulenblick zu erklären: »Rechtsanwalt Irgens ist Anwalt und Vermögensverwalter des Ehepaares Vestgård und Råholt.«

»Aud Helen hat eine Aussage zu machen«, gab der Anwalt kurz zurück.

Die Parlamentsabgeordnete war zu einem Schulmädchen degradiert, und jetzt nickte sie wie ein streberisches Mädchen vor dem Katheder. »Soll ich das jetzt tun?«, fragte sie und blickte den Anwalt mit großen blauen Augen an.

Irgens erklärte, dass er Aud Helen für alle Fälle gebeten hatte, ihre Aussage niederzuschreiben, dass Rindal später eine Kopie davon bekäme und dass Aud Helen ihre Aussage jetzt vorlesen werde.

Lena war beeindruckt, sowohl von der Autorität des Anwalts als auch von seiner Fähigkeit, sie vollkommen zu übersehen.

Aud Helen Vestgård streckte den Arm aus und zog zwei Papiere aus dem Bücherregal, die dort über ein paar Buchrücken gelegen hatten. Sie räusperte sich und begann dann mit klarer Stimme zu lesen:

»*Die Unterzeichnete, Aud Helen Vestgård, traf am Mittwoch, dem 9. Dezember, um 20.30 Uhr Sveinung Adeler und Asim Shamoun zu einem inoffiziellen Meeting.*

Asim Shamoun ist der Vater meiner ältesten Tochter, Sara.«

Sie sah von dem Papier auf und betrachtete einen nach dem anderen, als wolle sie die Reaktionen ihrer Zuhörer überprüfen, bevor sie sich erneut räusperte und weiterlas:

»*Asim Shamoun ist Ständiger Vertreter der Organisation POLISARIO in Skandinavien. Er wohnt in Stockholm. Wir sind uns zum ersten Mal 1988 in Paris begegnet, als wir beide an der Sorbonne studierten. Unsere gemeinsame Tochter Sara wurde 1989 geboren. Asim Shamoun brennt für die Rechte seines Landes und seines Volkes. Der Grund für unser Treffen am 9. Dezember diesen Jahres ergab sich daraus, dass Asim im Herbst über den Sachbearbeiter Sveinung Adeler eine Anfrage vom Ethikrat des Staatlichen Rentenfonds bekommen hatte,*

in der es um einen Industriekonzern ging, der in den besetzten Gebieten seines Heimatlandes Westsahara operiert.

Asim und Sveinung Adeler hatten bezüglich dieser Angelegenheit korrespondiert. Später waren mehrere Informationen aufgetaucht, von denen Asim meinte, es sei nützlich, Adeler davon sowie über die Entwicklung der Verhältnisse in seinem Heimatland in Kenntnis zu setzen.

Sveinung Adeler hatte allerdings auf seine vielen Anfragen nicht reagiert. Ende November rief Asim mich an und bat mich, mit Sveinung Adeler zu sprechen und ihn zu einem Treffen mit POLISARIO *zu überreden. Ich versuchte, Asim zu erklären, dass Adeler wahrscheinlich deshalb nicht auf seine Briefe antwortete, weil er alle Informationen hatte, die er brauchte. Ich erklärte ihm das Prozedere und dass es keinen Sinn hätte, Adeler zu treffen, da er nur ein Sachbearbeiter des Ethikrates wäre und völlig ohne politischen Einfluss.*

Doch Asim meinte, es sei sein Recht, stellvertretend für Polisario den Ethikrat des Ölfonds über alle relevanten Details der Aktionen des betreffenden Konzerns in Westsahara sowie die Besatzung des Landes durch Marokko zu informieren. Er bestand darauf, dass ich ein Treffen mit Adeler arrangieren sollte, und rief mich deswegen mehrmals an. Schließlich gab ich nach. Anfang Dezember habe ich mich dann an Sveinung Adeler gewandt.

Sveinung befand, dass ein Treffen mit Asim als gewöhnliches Researchgespräch betrachtet werden könne, und sagte zu.

Asim landete am Montag, dem 7. Dezember, am Osloer Flughafen. Sara holte ihn ab, und er wohnte bei mir und meiner Familie von Montag bis Donnerstag, den 10. Dezember. Den Dienstag und den größten Teil des Mittwochs verbrachte er mit Sara.

Asim und ich trafen Sveinung Adeler am Mittwoch, dem 9. Dezember, um 20.30 Uhr im Flamingo Restaurant. So be-

kam Sveinung vor Weihnachten ein Lutefisk-Essen und half mir gleichzeitig bei einem Problem. Asim bekam Gelegenheit, ihm Informationen über sein Heimatland zu geben. Es war eine Win-win-Situation für alle. Sveinung Adeler war gut vorbereitet. Die Gespräche während des Essens ließen erkennen, dass Sveinung die Informationen, die Asim ihm geben konnte, alle schon hatte. Er konnte Asim auch berichten, dass er seinem Arbeitgeber, dem Ethikrat, eine ausführliche Darstellung präsentieren würde, der dann ganz unabhängig seine Empfehlung aussprechen würde.

Asim und ich verließen Sveinung Adeler um 23.00 Uhr. Wir nahmen ein Taxi und fuhren nach Hause. Sveinung wollte noch woanders hin und lehnte das Angebot ab, mit uns zu fahren.

Als wir uns trennten, stand er vor dem Eingang des Restaurants und versicherte uns, dass er in das nächste Taxi einsteigen würde.«

Aud Helens Stimme versagte. Ihre Augen wurden feucht, und sie musste sich mehrmals räuspern, um weitersprechen zu können.

»Unglücklicherweise hatte Sveinung im Laufe der Nacht einen Unfall und ertrank. Ich war sehr traurig, als ich diese Nachricht erhielt. Gleichzeitig ist es eine Tatsache, dass dieser Unfall viele Stunde nach unserem Treffen passierte. Asim flog am Donnerstagmorgen zurück nach Stockholm, bevor wir von Sveinungs Tod erfuhren.

Mein Mann, Frikk Råholt, rief mich am Donnerstagvormittag an und erzählte mir die Neuigkeit. Da war der Name des Toten schon in einigen Internetzeitungen veröffentlicht worden. Mein Mann und ich haben uns über die Situation beraten. Wir beschlossen, dass wir weder Asim, meine Tochter Sara noch mich selbst in diesem Zusammenhang unnötig der Aufmerksamkeit der Medien aussetzen wollten. Wir fanden, dass es keinen Sinn hätte, meinen oder Asims Namen in die

polizeilichen Ermittlungen einzubringen. Wir dachten, dass daraus nichts weiter entstehen würde als Klatsch und Tratsch und unsinnige politische Spekulationen. Später hat sich herausgestellt, dass das eine Fehleinschätzung war, die ich selbst an erster Stelle mehr als bedaure. Die Tatsache, dass ich Polizei und Presse gegenüber zurückhaltend war, führte stattdessen zu Spekulationen, und diese führten wiederum dazu, dass die Polizei unnötigerweise wertvolle Ressourcen für Ermittlungen einsetzen musste, die zu nichts führten. Ich bin die Erste, die auch dies ausdrücklich bedauert.

Nachdem dies gesagt ist, bleibt es dennoch eine unbestreitbare Tatsache, dass weder Asim noch ich Sveinung Adeler am Mittwoch, dem 9. Dezember, nach 23.00 Uhr gesehen haben. Asim und ich fuhren mit dem Taxi nach Hause. Er übernachtete bei meiner Familie, und mein Mann, Frikk, fuhr ihn am nächsten Morgen zum Osloer Flughafen.«

Vestgård ließ das Blatt sinken.

Lena und Rindal wechselten einen Blick.

Rindal faltete die Hände und legte sie auf sein Knie. »Wie viel einfacher wäre es doch für alle gewesen, wenn Sie das gleich erzählt hätten, als die Polizei zum ersten Mal bei Ihnen war«, sagte er.

Rechtsanwalt Irgens räusperte sich.

Rindal griff nach dem Papier, das Vestgård ihm reichte. »Trotzdem danke«, murmelte er.

Vestgård saß zurückgelehnt auf ihrem Sessel. Das Schulmädchen hatte sich in eine Königin verwandelt, die eine Audienz gewährte.

Doch Lena war noch nicht zufrieden. Sie nutzte die Stille: »Worüber wollte Asim Shamoun Adeler denn konkret informieren?«

Vestgård holte tief Luft und dachte nach. »Das war so viel. Asim ist ein sehr engagierter Patriot. Wenn Sie mich fragen,

dann glaube ich, dass das Wichtigste für ihn einfach war, Sveinung Adeler persönlich zu treffen, um sicherzugehen, dass die Informationen auch ankamen.« Sie hob beide Hände. »Das ist eine kulturelle Geschichte. Mündliche und schriftliche Übermittlung hat in unserer Kultur eine andere Bedeutung als in seiner.«

Lena sah kurz die beiden anderen an. Dass sich Vestgård herabließ, mit ihr zu sprechen, war auf jeden Fall ein positives Zeichen. »Sie wurden ja von einer unbekannten Person fotografiert. Haben Sie jemanden mit einer Kamera im oder draußen vor dem Restaurant gesehen?«

»Nein. Aber ich gehe davon aus, dass mehrere Gäste ein Handy mit Kamera dabeihatten. Es wurden sicher viele Fotos gemacht, aber bitten Sie mich nicht, jemanden zu beschreiben. Ich habe keine Kamera bemerkt.«

»Welche unsinnigen politischen Spekulationen haben Sie befürchtet?«

»Was meinen Sie damit?«

»Sie sagten, dass Adeler dieses Treffen als gewöhnlichen Research betrachtet hat. Und dann sagten Sie, dass Sie bei Ihrer Aussage gelogen haben, weil Sie und Ihr Mann politische Spekulationen befürchteten. Was für Spekulationen denn?«

Vestgård schwieg. Sie atmete tief ein und wandte sich Irgens zu.

»Der heutige Zeitungsartikel ist wohl Antwort genug«, sagte der Mann mit dem Eulenblick.

»Der heutige Zeitungsartikel ist der heutige Zeitungsartikel«, sagte Lena. »Aud Helen Vestgård sitzt hier, will aber offensichtlich nicht antworten?«

Stille breitete sich aus. Irgens betrachtete Lena mit hartem Blick. Vestgårds Lippen zitterten vor Wut.

Lena beschloss, die Schlinge noch fester zu ziehen: »Adelers Tod war kein Unfall«, sagte sie.

Niemand sagte etwas. Wenn sich eine Strähne aus Lenas roten Locken gelöst hätte, hätte man es gehört, da war sie sich sicher. Sie sah zu Rindal auf, der kühl zurückblickte. Er hielt sie nicht auf.

»Die Polizei hat technische Beweise dafür, dass Adeler ermordet wurde. Mit Rücksicht auf die Ermittlungen wurden diese Informationen der Öffentlichkeit bisher vorenthalten. Aber Sie verstehen sicher, dass Sie uns alles berichten müssen, was Sie über seine Bewegungen wissen …«

»Ich habe alles gesagt, was ich weiß«, unterbrach Vestgård sie aufgebracht. »Das sollte doch in Gottes Namen reichen.«

Aus irgendeinem merkwürdigen Grund kämpfe ich hier gerade allein gegen den Rest der Welt, dachte Lena und fragte: »Sagt Ihnen der Name Stian Rømer etwas?«

Aud Helen Vestgård runzelte die Stirn, als würde sie nachdenken, und schüttelte dann den Kopf.

Rechtsanwalt Irgens griff ein, indem er sich an Rindal wandte: »Wie gesagt haben Sie jetzt die Aussage. Noch weitere Fragen?«

Lena beobachtete Aud Helen Vestgård, die ihrem Blick auswich.

Wie sollte Lena diese Geste deuten? Sagte der Name Stian Rømer dieser Frau nun etwas oder nicht?

Das war unmöglich zu erkennen.

Lena sagte: »Sie haben die Polizei schon zweimal belogen. Warum sollten wir Ihnen diesmal glauben?«

Vestgård antwortete nicht. Sie sah Lena lange in die Augen, bevor sie ihren Kopf langsam Rechtsanwalt Irgens zuwandte.

Der Rechtsanwalt ergriff Rindals Hand und drückte sie. »Dann sind Sie also zufrieden?«

Lena fühlte sich provoziert. »Ich habe gerade eine Frage gestellt.«

Irgens ignorierte sie. »Aud Helen Vestgårds Aussage ist selbst-

verständlich vertraulich zu behandeln«, sagte er zu Rindal. »Die Aussage ist ausschließlich für die Ermittlungsleitung gedacht, um unglückliche Umstände zu erklären. Es sind Dinge verschwiegen worden, ja. Aber Sie sind intelligente Menschen. Die Regenbogenpresse hat den Kindsvater schon als Terroristen bezeichnet. Sie werden verstehen, was für eine Belastung allein dies schon für die Tochter darstellt. Sie verstehen sicher auch, was für unglückliche Spekulationen ausgelöst werden können, wenn Informationen bezüglich der Vaterschaft oder der Beziehung zwischen Shamoun und Aud Helen Vestgård in irgendeiner Form an die Öffentlichkeit kommen. Wir vertrauen auf Ihre Diskretion.«

Irgens ging zur Tür, öffnete sie und stellte sich daneben. Die Audienz war beendet.

10

Rindal blieb die ganze Rückfahrt über stumm. Als er auf den Mosseveien einbog, um ins Zentrum zurückzufahren, hielt Lena es nicht mehr aus und fragte in die Stille hinein: »Wer ist eigentlich dieser Mann?«

»Irgens hat eine lange Geschichte«, sagte Rindal. »Er ist eine Institution.« Wieder saßen sie lange schweigend nebeneinander.

Lena beschloss, den Rechtsanwalt zu vergessen. Es gab andere Dinge, die sie gerne bei Rindal ansprechen wollte. »Ich kann es mir einfach nicht erklären«, sagte sie schließlich. »Warum sollte Vestgård mich zweimal belügen, nur weil sie in den Achtzigern jung und wild war und ein Kind von einem Afrikaner hat? Was hätte sie denn riskiert, wenn sie es erzählt hätte? Es ist viel schlimmer, die Polizei anzulügen, als zuzugeben, dass man ein uneheliches Kind hat!«

Rindal sagte nichts. Er starrte nur vor sich hin.

»Warum war es so unheimlich wichtig für Shamoun, Adeler zu treffen?«

»Das hast du doch gehört. Er wollte Einfluss nehmen. Es war Adelers Job, Leuten wie Shamoun zuzuhören. Ist mir übrigens völlig egal, warum die Frau gelogen hat«, sagte Rindal. »Und das gilt auch für dich. Dieses Treffen wurde von unserem obersten Chef arrangiert. Dass Irgens Vestgård eingeladen und sich dazu herabgelassen hat, dir und mir die Tür zu öffnen, bedeutet, dass Vestgård nicht mehr lügt. Da kannst du Gift drauf nehmen.«

Lena sah aus dem Fenster. Es war dunkel geworden.

Dieses Mal sprach Rindal in die Stille. »Stian Rømer – wer ist das?«

»Sein Name ist aufgetaucht.«

Rindal fuhr an den Straßenrand und hielt an. Er wandte sich Lena zu und sah sie an. »Falsche Antwort, Lena. Der Name ist nicht aufgetaucht. Du hast ihn ausgegraben. Hältst du mich für völlig bescheuert? Lena, jetzt hör mir mal zu: Aud Helen Vestgård ist über diesen Asim Shamoun irgendwie mit Polisario verwickelt, den sie nicht loswird, weil der Typ der Vater ihrer Tochter ist. Weiter: Was die Polizei mit Stian Rømer zu schaffen hat, unterliegt dem Geheimdienst. Unser Job ist es, einen Mörder zu finden. Das werden wir tun. Du und ich und Gunnarstranda schaffen das – weil es unser Job ist. Und dieser Job hat nichts mit dem Geheimdienst zu tun, klar? Hast du das endlich kapiert?«

»Als Ingrid Kobro dich zu Stian Rømer gebrieft hat, hat sie dir da erzählt, dass dieser Typ mit einer Pistole in der Hand hinter mir her gelaufen ist?«

»Natürlich. Aber er wird nicht mehr hinter dir her laufen.«

»Nina Stenshagen und Stig Eriksen wurden ermordet«, sagte Lena. »Seit wir Adeler aus dem Wasser gefischt haben, bin ich

keiner Pistole so nah gewesen wie zu dem Zeitpunkt, als Rømer mich verfolgt hat.«

Rindal holte tief Luft, bevor er mit leiser Stimme fortfuhr: »Dieser Job ist wie ein Stierkampf. Corrida, Lena. Es ist ein Kampf. Aber um den Kampf zu gewinnen, musst du zur Seite tanzen, Haken schlagen und spüren, wann der richtige Augenblick ist. Nach vorn zu stürmen und alles kurz und klein zu schlagen, was dir in den Weg kommt, ist eine Taktik, die du dem Stier überlassen musst. Lass den Stier zustoßen, lass den Stier heranstürmen. Und du tanzt mit dem Schwert zur Seite und wartest auf den richtigen Moment, denn du willst gewinnen. Dieses Gleichnis habe ich übrigens von Gunnarstranda«, sagte Rindal grinsend. »Sogar alte Brunnen können Wasser speichern oder wie das heißt. Egal. Wir werden diesen Fall lösen. Wir werden gewinnen. Wir schlagen Haken, Lena. Deshalb überlassen wir Stian Rømer dem Geheimdienst – jedenfalls solange er außer Landes ist. Wir beide vertrauen Ingrid Kobro, vorläufig. Alles andere ist eines Matadors nicht würdig.«

Rindal reichte ihr die Zeugenaussage, die er von Vestgård bekommen hatte.

»Was soll ich damit?«, fragte Lena.

»Diese Aussage ist ein Beweis. Archiviere sie, du bist die Ermittlungsleiterin.«

Lena nahm die beiden Seiten entgegen.

»Und was ist mit dem Team? Müssten sie nicht darüber informiert werden?«

»Gunnarstranda, Rise und Yttergjerde«, sagte Rindal und blinkte. »Ich werde jeden von ihnen persönlich anrufen.«

11

Als sie wieder im Präsidium war, archivierte Lena als Erstes Vestgårds Aussage und versah sie mit einem Stempel: Jetzt war es offiziell. Mit großen blauen Buchstaben stand auf jeder Seite V-E-R-T-R-A-U-L-I-C-H.

Dann sah sie auf die Uhr. Sie musste noch einige Stunden totschlagen. Also fuhr sie nach Torshov.

Es war das zweite Mal, dass Lena Adelers Briefkasten aufschloss. Rechnungen, Reklame und ein Päckchen von amazon.com, das offensichtlich eine DVD enthielt. Keine persönliche Post. Nicht einmal eine Weihnachtskarte.

Das Siegel, mit dem sie die Wohnungstür versehen hatte, war unberührt.

Sie brach es auf und öffnete die Tür.

Im Flur schaltete sie das Licht ein, schloss die Tür hinter sich und sah in die Wohnung hinein. Es war so still wie in einem Mausoleum.

Jetzt ging Lena systematisch zu Werke, öffnete Schubläden und untersuchte den Inhalt, Gegenstand für Gegenstand. Sie riss die Kleider aus den Schränken und durchforstete Hosentaschen und Jackentaschen, nahm alle Sportschuhe heraus und legte sie wieder zurück. Die Schmutzwäsche lag in einem geflochtenen Korb. Sie nahm den Deckel ab und leerte ihn aus. Zwei Paar Jeans. Drei Trainingsanzüge, eine Menge Boxershorts, zwei Leggins und ein kleiner Haufen Socken. Sie durchsuchte alles, Stück für Stück, fasste in alle Taschen.

Sie fand nichts.

Aber wonach suchte sie eigentlich? Vor allem suchte sie nach Sveinung Adeler. Sie sah den großen, blonden Mann vor sich, der er gewesen sein musste, auf dem Sofa vor dem Fernseher

sitzend, wie er aufstand und in die Küchenecke ging. Um was zu holen? Süßigkeiten?

Sie öffnete die Schubladen in der Küche – keine Süßigkeiten. Adeler war also ein Mensch ohne einen Vorrat von Chilinüssen oder Bonbons, die er sich beim Anschauen seiner Filme in den Mund schob. Er war ein Sportsüchtiger mit Willensstärke gewesen. Der Sveinung Adeler, den Lena vor sich sah, war auch ein Pedant, ein penibler Ordnungsmensch, einer, der nicht überall Zettel und Notizen verteilte oder alte Zeitungen aufhob. Einer, der jedes Ding an seinen Platz stellte, der jeden Tag Zeit und Energie darauf verwendete, aufzuräumen.

Lena dachte bei sich, dass solche Wesenszüge oft Methode haben. Viele Pedanten lösen bei anderen Irritationen aus, und ihre penible Genauigkeit wird angeprangert. Pedanten legitimieren ihren Ordnungssinn, indem sie auf ihre Effektivität und die Ergebnisse hinweisen, die sie erzielen. Aber, dachte sie – diese Abwesenheit persönlicher Merkmale in einer so privaten Sphäre wie einer Wohnung konnte in zwei Richtungen interpretiert werden. Entweder wirkte es erschreckend – oder aber es zeugte von Verletzbarkeit.

Lena schlussfolgerte, dass Sveinung Adeler auf jeden Fall in zwei fundamental verschiedenen Welten gelebt und gearbeitet hatte. Er hatte ein Zuhause, in dem sich nicht die kleinste Spur seiner Arbeit fand. In seiner Wohnung gab es keine Notizen, Terminkalender, Dokumente oder Bücher, die etwas darüber erzählen konnten, womit sich dieser Mann beruflich beschäftigte. Nicht einmal ein Gehaltsstreifen.

Sveinung Adeler trainierte viel, er nahm am Birkebeiner-Rennen teil. Aber wo waren die Skier?

Er hat einen Keller, dachte Lena, wo die Skier, die Stöcke und Pappkartons voller alter Zeugnisse, Asterix-Hefte und ausrangierter Computerspiele lagern. Aber bevor ich dort hin gehe, werde ich hier oben alles bis ins Detail durchforsten.

Im Schlafzimmer öffnete sie eine Nachttischschublade neben dem Doppelbett. Drei glänzende Zeitschriften. Eine *Sports Illustrated* und zwei Ausgaben des *Playboy*.

Lena blätterte die Seiten mit den glänzenden Fotos von Frauen durch, die sich in Korsetts, Strümpfen und Highheels auf Fellen vor Kaminen räkelten.

Dann legte sie die Zeitschriften zurück und sah unter das Bett. Kein Schuhkarton mit alten Liebesbriefen oder Fotos vom Barackenleben beim Militärdienst, gar nichts.

Sie ging ins Wohnzimmer. Stellte sich vor die Wand mit den vielen Filmen. Nahm vorsichtig die eine oder andere DVD-Hülle heraus. Alle waren geprägt vom Weltbild Hollywoods: muskulöse Männer, die durch Straßen liefen oder sich mit Revolvern in der Faust von Dächern warfen.

Sie trat ans Fenster und blickte hinaus auf ein Einkaufszentrum. Da draußen ist die Wirklichkeit, dachte sie und betrachtete die Kunden, die hinter Reihen von geparkten Autos auf dem Gehweg entlangstapften. Ein älterer Mann in einem Wintermantel mit einem unmodernen Hut auf dem Kopf schleppte zwei prall gefüllte Einkaufstüten, musste sich ausruhen und stellte die Tüten ab. Er ging weiter, traf auf den Schneewall und schaffte es schließlich, umständlich darüber hinweg zu steigen. Zuerst nur mit der einen Tüte, dann holte er die andere nach.

Lena wandte sich wieder dem Zimmer zu. Sie setzte sich auf das Ledersofa und betrachtete den breiten Flachbildschirm. Nahm die Fernbedienung und schaltete den Fernseher ein.

Auf dem Bildschirm erschien ein Kopf, ein Nachrichtensprecher von CNN.

Lena schaltete ab. Sollte sie diese Wohnung wirklich wieder verlassen müssen, ohne ein einziges kleines Geheimnis gefunden zu haben?

Was am meisten über Pedanten aussagt, sind die Dinge, die

sie wegräumen, dachte sie. Sie sah in die Küchenzeile. Der leicht faulige Geruch von Abfall zeigte an, dass es dort irgendwo einen Mülleimer gab.

Lena stand auf und fand den halbvollen Mülleimer im Schrank unter dem Waschbecken.

Sie kippte den Inhalt auf die Anrichte.

Matschiger Kaffeesatz und stinkende Essensreste, Verpackungen und zwei Kugelschreiberhüllen.

Lena durchsuchte den Abfall mit einer Gabel aus der Besteckschublade und fand zerknülltes Papier. Das meiste war anonyme Reklame. Aber zwischen den farbenfrohen Papieren leuchtete ein Stück von etwas Weißem: ein zusammengefalteter Briefumschlag. Er war an Sveinung Adeler adressiert, aber unfrankiert.

In dieser klinisch unpersönlichen Wohnung eine private Mitteilung zu finden ließ ihre Hände zittern.

Vorsichtig öffnete sie den Umschlag. Darin lag ein kleiner zusammengefalteter Zettel. Eine kleine Notiz, geschrieben mit blauer Tinte:

Hab deine Nachricht bekommen, dich aber telefonisch nicht mehr erreicht. Mittwoch ab 23.00 passt gut. Freue mich.

L.

Lena ballte begeistert die Fäuste. Das hier war eine Spur – eine konkrete Spur.

Diese Nachricht stammte möglicherweise von einer Geliebten, von deren Existenz die Eltern keine Ahnung gehabt hatten.

Oder – war es ein *Date*? Vielleicht nur eine gute Freundin?

Wo verlief die Grenze zwischen Freundin und Geliebter?

Hätte eine gute Freundin *freue mich* geschrieben? Hätte sich eine gute Freundin darauf *gefreut*, Sveinung Adeler um elf Uhr nachts zu treffen?

Zuerst war Adeler bei einem beruflichen Abendessen. Dann verabschiedete er sich von der Pflicht und der Arbeit.

Die mysteriöse L. musste Adelers Date gewesen sein, aber was war das für ein Date?

Lena las die Notiz noch einmal: *Hab deine Nachricht bekommen.* Die Wortwahl ließ darauf schließen, dass sie sich schon mehrmals getroffen hatten.

Die Dreiergruppe hatte sich vor dem Restaurant in Grefsen aufgelöst. Das Taxi hielt vor der Tür. Sveinung Adeler schlug das Angebot aus, mitzufahren. Er hatte ein Date mit L.

Aud Helen Vestgård hatte keine Ahnung von Adelers Verabredung gehabt, also hatte Adeler offenbar nichts davon gesagt. Aber konnte das bedeuten, dass die Beziehung zu der unbekannten L. geheim war? Soweit Lena wusste, konnte L. ebenso gut eine Bekanntschaft aus seinem Heimatort Jølster sein. Das würden im Zweifelsfall die Kollegen in Jølster herausfinden.

Lena erinnerte sich an die Berichte, die sie aus Jølster bekommen hatte. Sie konnte sich nicht erinnern, dass Sveinung Adelers Familie den Namen einer Freundin erwähnt hatte. Sie hatten auch niemanden aufgelistet, dessen Name mit dem Buchstaben L begann.

Lena versuchte, sich Adeler vorzustellen, der nach einem guten Abendessen spät am Abend allein in ein Taxi steigt – weil er zu L. will, die *sich freut.*

Wenn die mysteriöse L. eine Art Geliebte war, war es gelinde gesagt verwunderlich, dass sie sich noch nicht bei der Polizei gemeldet hatte. Adeler war spät am Abend mit ihr verabredet und endete als Wasserleiche, bevor der Morgen graute.

Diese L. musste etwas zu verbergen haben.

Und wenn L. nun gefährliche Beziehungen hatte?

Wer hatte gefährliche Beziehungen?

War L. vielleicht eine Prostituierte?

Nein, unwahrscheinlich. Sveinung Adeler hatte zweitausendzweihundert Kronen Bargeld bei sich gehabt, als er gefunden wurde. Er hatte am selben Tag dreitausend an einem Bank-

automaten abgehoben. Im Verlauf des Abends hatte er etwa achthundert Kronen verbraucht – je nachdem, wie viel Bargeld er noch in der Tasche hatte, bevor er das Geld abhob. Achthundert Kronen würden für ein normales Abendessen und ein Taxi reichen – vielleicht. Das Essen war nicht sehr teuer gewesen, ohne viele Getränke. Der Kellnerin zufolge, die sie bedient hatte, hatte Adeler seinen Teil der Rechnung selbst bezahlt, und zwar in bar.

Dass Sveinung Adeler sich im Laufe der Nacht Sex gekauft hatte, war eher unwahrscheinlich. Die mysteriöse L. war wahrscheinlich keine Prostituierte.

Lena las die Notiz noch einmal. *Hab deine Nachricht bekommen, dich aber telefonisch nicht mehr erreicht …*

Lena hatte sich an Telenor gewandt und um eine Liste der Anrufe von Adelers Handy gebeten. Sie war noch nicht gekommen. Zeit für eine Nachfrage. Sie sah auf die Uhr. Sie hatte noch eine Verabredung. Es war an der Zeit, nach Hause zu fahren.

12

Lena rechnete damit, dass sie durch die Stadt von Tür zu Tür ungefähr zwanzig Minuten brauchen würde. Sie plante, so loszufahren, dass sie ungefähr zehn Minuten zu spät kam.

Das Auto war eiskalt, als sie sich hineinsetzte. Sie ließ den Motor im Leerlauf laufen, stieg wieder aus und kratzte das Eis von der Windschutzscheibe. Sie musste sich über die Kühlerhaube beugen und bekam Schnee und Reste von Streusalz an die Hosenbeine. Um die Salzflecken wieder abzurubbeln, nahm sie sauberen Schnee. Die Kälte fraß sich schnell durch die Kleidung. Zitternd setzte sie sich ans Steuer, drehte die Heizung voll auf und fuhr los.

War es ein Fehler gewesen, nachzugeben und Steffen zu treffen, um *sich auszusprechen*? Sie wusste es nicht. Wusste nur, dass sie ihm, wenn ihre Beziehung überhaupt eine Basis haben sollte, klar und deutlich sagen musste, dass sie Krebs hatte. Was würde dann passieren? Würde er Angst bekommen? Würde er sich zurückziehen? Würde er denken: Ich habe keine Lust, mich auf eine kranke Frau einzulassen!

Auch gut. Dann war es klar. Dann gab es nichts mehr zu reden. Ihre Wege würden sich trennen. Es war nett gewesen, solange es gedauert hatte. So long. Leb wohl.

Oder würde er ganz anders reagieren?

Was wäre, wenn er völlig anders reagierte? Wäre das schön oder nicht? Was wünschte sie sich denn – eigentlich?

Falsch, dachte sie sofort. Du darfst nichts erwarten. Du hast kein Recht, bestimmte Reaktionen zu erwarten. Er lebt sein Leben und muss ganz frei reagieren dürfen. Du und er ...

Sie bremste vor einer roten Ampel und drehte die Heizung herunter, öffnete den Reißverschluss ihrer Jacke.

In was hab ich mich da bloß verwickelt mit diesem Mann, dachte sie.

Sie hatten sich ... wie oft getroffen? Zuerst ein schöner Abend. Und dann wird sie am nächsten Morgen in der Zeitung falsch zitiert. Als sie stopp sagt, bittet er ohne Umschweife um Entschuldigung und meint, sie müssten sich aussprechen, Privatleben und Arbeit auseinandersortieren.

Da hatte er immerhin Recht. Sie hatten jeder ihre Arbeitsbereiche, die durch Sveinung Adeler miteinander verwoben worden waren.

Als der Wagen hinter ihr hupte, zuckte sie zusammen. Die Ampel war auf Grün gesprungen. Ihr Auto machte einen Satz, als sie die Kupplung losließ und weiterfuhr.

Schließlich war er es gewesen, der um ein Treffen gebeten hatte, um sich auszusprechen, aufzuräumen in der Grauzone

zwischen Beziehung und Arbeit. Genau darüber mussten sie sprechen. Die Kreise definieren, in denen sie sich bewegten. Bis dahin geht die Arbeit, das sind die Gemeinsamkeiten …

Also, dachte sie etwas missmutig, war der Zeitpunkt doch noch nicht gekommen, um Steffen von dem Tumor zu erzählen.

Aber – wenn sie es schon tun musste, dann wann?

Wenn, wenn, wenn!

Gib es zu! Du hast am Telefon mit ihm Schluss gemacht, und jetzt bist du wieder auf dem Weg in seine Arme, schalt sie sich im Stillen. Wir kennen uns jetzt … wie lange? In dieser Zeit ist mein ganzes Leben auf den Kopf gestellt worden, aber habe ich das Recht, ihn da mit reinzuziehen?, fragte sie sich.

Wäre es richtig, die Krankheit in das bevorstehende Gespräch mit einzubringen? Sozusagen um Rücksichtnahme zu bitten? Nach dem Motto: Hör mal zu, ich bin krank, vielleicht sterbe ich in einem oder zwei Jahren, was sagst du dazu? Bleibst du bei mir oder verpisst du dich?

Sie dachte an die Formulierung der Krankenschwester: Krankheiten kommen nie zum richtigen Zeitpunkt.

Sie fand eine Parklücke auf der gegenüberliegenden Seite des Hegdehaugsveien und parkte gedankenverloren ein, blieb dann aber noch ein paar Minuten nachdenklich im Wagen sitzen.

Sie hatten sich noch nie in Steffens Wohnung getroffen. Sie hatte noch nie gesehen, wie er sich eingerichtet hatte, ganz privat.

Als sie an der Tür klingelte, wurde sie sofort geöffnet. Sie trat ein, fühlte sich leicht befangen. Ein paar stille Sekunden lang sahen sie sich nur an. Er ist auch befangen, dachte sie.

An der Wand im Flur hing ein Filmplakat aus den Fünfzigern. Cary Grant und Ingrid Bergman. Der Titel: *Notorious.*

Das Plakat war gerahmt, hatte aber Risse und Kratzer vom Falten. Es sah tatsächlich echt aus.

»Ist das ein Original?«, fragte sie, hängte ihre Jacke auf und sah sich um. Warme Farben, zwei große Haken für Jacken und Mäntel, Schuhregal am Boden.

Er nickte. »Du kommst spät«, sagte er.

»Ich musste arbeiten«, sagte sie. »Alles top secret, darf keinem Außenstehenden verraten, woran ich gerade arbeite. Arbeitsethik, weißt du?«

Er nahm die Stiche mit gesenktem Blick entgegen. Es musste sein. Und es tat gut, es auszusprechen.

Sie kickte sich die Stiefel von den Füßen.

»Was schaust du so?«

»Du siehst toll aus.«

»Du bist ...« Sie drückte ihren Zeigefinger auf seine Lippen. »Sei still. Wenn du übertreibst, dann glaube ich dir nichts mehr.«

Er schob ihre Hand weg. Zog sie an sich.

Sie schob ihn behutsam zurück. »Jetzt bist du etwas zu schnell.«

Er lächelte.

Ansteckend. Sie lächelte zurück. »Ich sollte doch die Tagesordnung bestimmen.«

Er hob resigniert die Arme.

»Ich muss dich etwas fragen«, sagte sie und trat ins Wohnzimmer. Der Raum war riesig. An einer Wand stand ein breites weißes Sofa. Darüber hingen Plakate von alten Filmstars. Bogart, Lauren Bacall, Rita Hayworth, mehrere gutaussehende Männer und schillernde Frauen, deren Namen sie nicht kannte.

»Sammelst du?«

»Sammeln ist zu viel gesagt. Ich finde manche alten Filmplakate schick.«

Er hatte in der Küchenecke einen Tisch gedeckt. Darauf stan-

den in einer großen Schale rote Crevetten, Weißbrot, Zitrone und eine grüne Flasche Riesling, weiße Servietten und sogar brennende Kerzen.

Sie trat näher an die Glasrahmen mit den Plakaten heran. *The Strawberry Blonde, The Devil Thumbs a Ride, Kiss Tomorrow Goodbye.*

Sie drehte sich zu ihm herum. »Ich muss dich etwas fragen, und ich will eine ehrliche Antwort. Wenn du mal ganz ehrlich nachdenkst, glaubst du dann wirklich, dass Mitglieder des parlamentarischen Finanzkomitees verschwörerische Kontakte zu einer ausländischen Widerstandsbewegung pflegen, um einen einfachen Angestellten dazu zu bringen, den Ölfonds zu manipulieren?«

Sie lächelte breit. Das Lächeln war eine Geste für ihn, eine Einladung, gemeinsam zu lachen, den Ernst wegzulächeln und die Luft rauszulassen aus dem merkwürdigen Widerspruch, der irgendwo nicht greifbar zwischen ihnen waberte. Die Frage sollte dieses Feld, das sie gemeinsam freilegen mussten – die Beziehung zwischen Arbeitssphäre und Privatsphäre –, von Minen reinigen.

Aber Steffen erwiderte das Lächeln nicht.

Sie wollte ihn so gern in die humorvolle Ecke ziehen. »Dir ist doch wohl klar, dass die Schlussfolgerung total überzogen ist, oder?«

»So funktioniert das nicht«, sagte er düster. »Du bist Polizistin, und ich bin Journalist. Wir tun verschiedene Dinge, betrachten dieselben Dinge aus völlig verschiedenen Perspektiven. Die Fotos in dem Artikel waren von öffentlichem Interesse. Warum? Eben weil Vestgård bei dem Treffen dabei war. Dass der Ethikrat mit Polisario redet, ist überhaupt nicht dramatisch. Auch dass das bei einem Abendessen geschieht, ist nicht dramatisch. Aber wenn dieses Treffen von Aud Helen Vestgård eingefädelt und organisiert wird, muss man notwendigerweise die Frage

stellen, wie weit dann ein untergeordneter Angestellter noch neutral und ungehindert arbeiten kann – eben weil Vestgård nicht irgendjemand ist. Sie hat eine Position. Es ist völlig klar, dass das Treffen dieser drei von öffentlichem Interesse ist!«

»Ich will mich nicht mit dir streiten«, sagte Lena, »nur eins noch: Ich war auf der Homepage des CIA. Polisario steht auf keiner Liste von Terrororganisationen.«

Steffen verzog ärgerlich das Gesicht.

»Das ist nicht der Punkt«, sagte er.

»Aber *du* behauptest, sie wären Terroristen.«

Er wischte das Argument mit einer ärgerlichen Armbewegung beiseite. »Der Artikel lebt von den Fotos. Und die Fotos beweisen in jedem Fall, dass jegliche Arbeit, die Sveinung Adeler im Zusammenhang mit Westsahara geleistet hat, wertlos ist!«

Steffen hob seinen Zeigefinger und unterstrich jedes Wort, indem er damit wedelte. »Wenn der Ethikrat oder der Ölfonds aufgrund der Recherchen von Sveinung Adeler Beschlüsse über Westsahara gefasst hat, dann *müssen* diese Beschlüsse revidiert werden. Wir leben in einem Land mit einer freien Presse. Die Mitglieder des Ethikrates müssen neutral sein. Sie dürfen sich nicht mit einer Konfliktpartei zusammen tun und sich danach richten, was norwegische Politiker ihnen sagen!«

Lena unterbrach ihn: »Woher kannst du das wissen? Du hast doch noch nicht einmal eine Ahnung, worüber sie geredet haben!«

»Und woher weißt du das?«

»Du weißt, worüber sie bei dem Treffen gesprochen haben?«

»Ich hab doch gesagt, dass ich einen Informanten habe. Mein Deep Throat weiß, was bei dem Treffen besprochen wurde. Wir veröffentlichen diese Fotos doch nicht nur zum Spaß!«

»Ist Vestgård deine Informantin?«

»Spinnst du? Natürlich nicht.«

»Worüber haben sie also gesprochen?«

»Das kann ich dir jetzt nicht sagen.«

Das war also seine Art, in ihrer Beziehung aufzuräumen. Sie schüttelte den Kopf und seufzte.

»Vestgård hat die Polizei angelogen«, fuhr Steffen fort. »Das weißt du besser als alle anderen. Die Fotos, die wir abgedruckt haben, beweisen, dass eine norwegische Parlamentsabgeordnete gelogen hat. Warum lügt sie? Es gibt nur eine Erklärung. Sie hat eine private Geschichte mit dem Ölfonds und Polisario am Laufen. Es ist die Pflicht der Presse, solche Verhältnisse an die Öffentlichkeit zu bringen! Oder meinst du, ich sollte schweigen? Soll die Presse brav kuschen, kriechen und schnurren – nur weil Aud Helen Vestgård im Parlament sitzt?«

»Die Presse soll nicht kuschen«, sagte Lena, »aber sie ist verpflichtet, ihre Quellen korrekt zu zitieren.«

Er lächelte entwaffnend. »Das tut mir leid, und das habe ich dir schon gesagt.«

Lena wurde wieder einmal davon überrumpelt, wie schnell Steffen eine Stimmung verwandeln konnte.

Aber sie glaubte schlicht und einfach nicht an Steffens angeblichen Scoop. Sie glaubte eher an Vestgårds Version. Lena hätte Steffen gern erzählt, dass er auf einer falschen Fährte war. Sie hätte ihm gern erzählt, dass es keine heimliche Allianz zwischen Vestgård und Polisario gab, sondern dass es die Geschichte zweier verliebter Studenten und einer Schwangerschaft in Paris vor über zwanzig Jahren war, die sie verband. Aber das konnte sie nicht tun. Sie stand unter Schweigepflicht.

Hier stehen wir nun – jeder für sich allein, dachte sie. Er behält seine Geheimnisse für sich, und ich behalte meine für mich.

Sie schwiegen lange. Als Lena den Kopf hob, sah sie in sein

offenes Gesicht. »Du bist noch nicht gegangen«, sagte er zaghaft.

Sie lächelte resigniert.

»Wollen wir essen?«

Sie sah zu dem Tisch mit den Crevetten und dem Wein hinüber. Wusste tief im Inneren, dass es falsch war, sich an diesen Tisch zu setzen. Es war falsch, noch länger zu bleiben. Falsch, danach ins Bett zu gehen. Völlig falsch, dachte sie und betrachtete ihn, wie er zum Tisch ging und die Flasche öffnete.

Stumm saß sie da und sah zu, wie er den Wein einschenkte, nach beiden Gläsern griff und ihr das eine reichte.

»Skål«, sagte er leise, »auf uns.«

Lena schloss die Augen und nippte an dem Wein.

Es war Nacht. Das Licht der Straßenlaterne vor dem Fenster schien gelbgrau in den Raum.

Lena lag in Steffens breitem Bett und betrachtete die Bodendielen. Sie liefen parallel durch den Raum und wurden zur Wand hin etwas schmaler. Sie stellte sich vor, dass sie hinter der Wand weitergingen und immer schmaler wurden, bis sie sich an einem festen Punkt weit in der Ferne trafen.

Lena ließ ihren Blick die Wände entlangwandern. Betrachtete die Tür. Im Zimmer hinter der Tür ging das Licht an.

Der Türgriff bewegte sich.

Die Tür glitt auf, langsam.

Ein kleines Mädchen stand in der Türöffnung. Sie hatte geflochtene Zöpfe und trug ein zerschlissenes Kleid. Ihre Strumpfhose warf Falten um ihre dünnen Beinen. Das Mädchen winkte eifrig, wollte, dass Lena aus dem Bett aufstand. Lena sah zu Steffen hinüber. Er lag mit geschlossenen Augen und schlief. Vorsichtig erhob sie sich und schwang die Füße auf den Boden. Sie zog sich den Pullover an, der über dem Stuhl lag, und ging dem Mädchen hinterher, das schon aus der Tür

war. Lena lief die Treppe hinunter. Es war kalt, barfuß zu gehen. Die Kälte zog ihre nackten Beine hinauf. Das Mädchen war ihr die ganze Zeit eine halbe Treppenlänge voraus. Als sie ins Freie kamen, knallte die Tür hinter ihnen ins Schloss. Es war eiskalt hier. Lena bat das Mädchen zu warten, aber sie lief immer nur weiter, ruderte mit den Armen und rief, Lena solle sich beeilen. Weiter hinten in der dunklen Straße leuchtete hell ein offenes Tor. Ein oranges, glühendes Licht drang heraus, als würde es dahinter brennen. Das Mädchen verschwand. Lena blieb stehen. Sie wollte nicht weitergehen, wollte nicht durch das rot glühende Tor gehen. Sie rief, dass sie nicht hineinwollte. Aber ihre Rufe ertranken im Dröhnen von Kirchenglocken. Gleichzeitig beugte sich ein Schatten über sie. Sie schrie auf.

Und erwachte.

Sie sah direkt in Steffens Gesicht. »Was ist?«, fragte sie verstört.

Er sah sie nur verwirrt an. »Es hat geklingelt«, sagte er schläfrig.

Da hörte sie das Klingeln. Ein Alarm! Ein durchdringender, schriller Ton durchschnitt den Raum.

»Es riecht verbrannt«, sagte Steffen.

Sofort war Lena hellwach. Sie sprang aus dem Bett. Zog sich Unterwäsche, Strumpfhose und Pullover an.

Er lag immer noch passiv da und sah zu ihr auf.

»Das ist ein Rauchmelder«, sagte sie. »Alarm.« Sie zog sich fertig an und öffnete die Tür einen Spalt.

Der Ton kam aus dem Treppenhaus. Im Wohnzimmer roch es noch stärker verbrannt. Sie lief durch das Zimmer in den Flur und öffnete die Wohnungstür vorsichtig.

Menschen polterten die Treppe hinunter. Das Piepen der Rauchmelder wurde lauter, und grauer Rauch schwappte durch die Tür herein. In diesem Moment setzte ein weiterer

Rauchmelder ein. Er hing über ihrem Kopf. Der Ton war laut und schneidend.

Sie knallte die Tür zu. Drehte sich zu Steffen herum. Er trug jetzt Hose und Hemd und hielt sich die Ohren zu. »Es brennt«, rief sie.

Steffen hüpfte herum und zog sich Socken und Schuhe an.

»Wir müssen hier raus«, sagte Lena.

»Aber wie? Hier gibt's keinen Balkon.« Er zog sich einen Pullover über. Trat ans Fenster und sah auf die Straße hinunter.

Sie zog sich Stiefel und Jacke an. Draußen war es kalt, aber sie wollte raus. Lena öffnete die Wohnungstür. Durch das völlig dunkle Treppenhaus polterten laufende Schritte. Sofort quoll der Rauch wieder herein. »Komm«, sagte Lena und griff seine Hand.

FREITAG, 18. DEZEMBER

1

Gunnarstranda wachte immer extrem früh auf, wenn er im Hotel übernachtete.

Es war fünf Uhr morgens, und die Klimaanlage dröhnte. Er wusste, dass er nicht wieder einschlafen würde.

Er betrachtete den Reisewecker auf dem Nachttisch. Schaltete den Weckruf aus. Dachte an Tove.

In dem Moment klingelte das Telefon.

»Ich habe an dich gedacht«, sagte Tove, »und deshalb dachte ich, dass du auch an mich denkst und dass es nicht zu früh wäre, dich anzurufen.«

»Du hast Recht«, sagte er.

»Wie ist das Wetter in Stockholm?«

»Hatte noch keine Zeit, das rauszufinden, aber ich tippe, so wie gestern – kalt.«

»Wie war dein Besuch bei Polisario?«

»Eigentlich bin ich umsonst hergefahren. Asim Shamoun hat keinen Mann mit Fotoapparat vor dem Restaurant gesehen. Dieser Paparazzo hat sich gut getarnt.«

Tove lachte glucksend über seinen resignierten Tonfall. Sie würde nie begreifen, wie man eine Flugreise ins Ausland umsonst finden konnte, solange man Zugang zum Tax-free-Shop am Flughafen hatte. »War es denn nett?«

Gunnarstranda setzte sich auf und schwang die Füße auf den Boden.

»Asim Shamoun ist ein enthusiastischer Mann, liest mit Be-

geisterung alle Zeitungen, ist so ergriffen von Artikeln oder Kommentaren, dass er aufsteht und im Raum herum läuft, eine Schere holt und die Kurznachricht ausschneidet und aufhebt. Dann blättert er um und liest eine Buchrezension, und ihn befällt die gleiche Begeisterung, also schneidet er aus, was er gelesen hat, und steckt den Ausschnitt in die Tasche. Während unseres Gesprächs ging er durch, was er gelesen und ausgeschnitten hatte, während er auf mich gewartet hat. Fünf Ausschnitte. Ich sitze also da und höre dem Mann zu und denke: Was macht der mit all den Ausschnitten? Und ich frage ihn auch. Und da sagt er: Ich bewahre sie auf. Verstehst du? Kein Archiv oder irgendein System, wahrscheinlich legt er alle in eine Pappschachtel oder in den Papierkorb. Der letzte Ausschnitt ist schon vergessen, wenn er den nächsten ausschneidet. Der Kerl ist ein Träumer. Heute wird bestimmt eine neue Begeisterung geweckt. Vielleicht steht er jetzt gerade auf, wandert durch den Raum, holt eine Schere und schneidet etwas aus, findet ein altes Stück Papier in der Tasche, das er wegwirft, liest dann weiter und ruft aus: ›*Hören Sie nur! Was für eine Formulierungskunst! Hören Sie, was dieser Mann schreibt!*‹«

Gunnarstranda grinste.

»Erinnert an Torstein, meinen Exmann«, sagte Tove.

»Ungefähr so«, sagte Gunnarstranda. »Asim Shamoun ist ein wohlmeinender, netter und ziemlich ungefährlicher Kerl.«

»Wann kommst du nach Hause?«

»Heute Nachmittag. Er hat darauf bestanden, mich zum Flughafen zu bringen.«

»Hast du erfahren, was du wissen wolltest?«

»Ja, ja. Aber warum deshalb so viel Zeit verschwenden und nach Schweden fliegen? Hätte den Mann ja auch einfach anrufen können.«

2

Ein großer Feuerwehrwagen blockierte den Gehweg. Der Kompressor des Löschfahrzeugs dröhnte. Drei starke Scheinwerfer durchschnitten die Dunkelheit, tauchten die Szene in gelbes Licht und ließen sie unwirklich erscheinen.

Ein Feuerwehrmann mit Maske trat aus der Haustür in das künstliche gelbe Rampenlicht.

Ein Rauchtaucher, dachte Lena, zitterte in der kalten Luft und unterdrückte ein Gähnen. Sie hatte keine Ahnung, wie viel Zeit vergangen war, seit sie durch dieselbe Tür gestolpert war.

Der Rauchtaucher zerrte sich die Maske vom Gesicht und versammelte die Hausbewohner um sich.

Lena riss sich von der Wand los und schloss sich den anderen an. Der Mann hatte eine Narbe auf der Oberlippe. Hasenscharte, dachte Lena. Sein Gesicht erinnerte sie an etwas. Sie durchsuchte ihre Erinnerung, ohne Ergebnis.

Die Mitteilung lautete, dass sie wieder in ihre Wohnungen zurückgehen konnten.

Eine schlaftrunkene Versammlung trottete langsam wieder ins Haus zurück. Eine ältere Frau im Pelzmantel über dem Nachthemd blieb apathisch stehen und starrte vor sich hin. Einer der Feuerwehrmänner fasste sie unter den Arm und führte sie hinein. Ein jüngeres Paar hielt sich eng umschlungen. Ein älterer Mann mit Mantel über dem gestreiften Pyjama hatte die Mitteilung nicht verstanden und fragte, was los sei.

Steffen und der Rauchtaucher mit der Hasenscharte kamen herüber. »Er sagt, dass der Rauch daher kam, dass jemand im Keller unter der Treppe in einer Zinkwanne ein paar alte Lumpen angezündet hat«, sagte Steffen.

Lena war unsagbar müde und zog die Jacke enger um ihren Körper.

»Es hätte nie ein Brand werden können«, versicherte der Rauchtaucher und ging zu dem Löschfahrzeug. Er kletterte ins Führerhaus. Der Kompressor verstummte umgehend.

Sie drehte sich zu Steffen herum. Am Abend zuvor hatte sie sich mit der Frage gequält, was sie ihm erzählen sollte. Sie hatte den Tumor mit keinem Wort erwähnt. Sie hatten kaum geredet. Sie hatte vielleicht zwei oder drei Stunden geschlafen. Der Anblick der Feuerwehrmänner, die witzelten und lachten, während sie schwere Maschinen, Gasmasken und Schutzgerät verstauten, erschien ihr unwirklich.

»Ich fahre zur Arbeit«, sagte Steffen. »Für mich ist das hier jetzt eine Story.«

Lena gähnte. Am liebsten hätte sie sich wieder ins Bett gelegt. Aber Herrgott noch mal, sie verstand ihn natürlich auch. Journalisten berichten nun mal nicht aus dem Schlafzimmer über weltbewegende Ereignisse. »Soll ich dich hinfahren?«, fragte sie und nickte zu ihrem Auto, das am Straßenrand geparkt stand.

»Kommt nicht in Frage«, sagte er. »Ich hau jetzt ab und denke mir in der Straßenbahn schlaue Formulierungen aus.«

Sie nickte.

Er räusperte sich. »Wie spät ist es jetzt?«

Sie schob automatisch den Ärmel ihrer Jacke hoch. Keine Uhr. »Liegt auf deinem Nachttisch«, sagte sie.

Er steckte eine Hand in die Tasche und zog einen Schlüssel heraus. »Hier – und wenn du schon noch mal oben bist, kannst du auch duschen und frühstücken. Wirf den Schlüssel in den Briefkasten, wenn du gehst.«

Sie nahm den Schlüssel entgegen. Blieb stehen und sah der Gestalt nach, die unter den Straßenlaternen davoneilte – ohne sich noch einmal umzusehen.

Der Motor des Feuerwehrautos heulte auf, als er davonfuhr. Sie wandte sich wieder dem Haus zu. Die Scheinwerfer waren weg. Das Nachtdunkel war zurückgekehrt. Die Leute waren hineingegangen. Die Eingangstür stand weit offen. Ein kleines Mädchen mit geflochtenen Zöpfen lief ins Haus und die Treppe hinauf. Lena lächelte und folgte ihr. Das Mädchen erinnerte sie an das Kind aus ihrem Traum.

Es fühlte sich merkwürdig an, ganz allein in Steffens Wohnung zu gehen. Sie ging langsam die Treppe hinauf. Die Fenster im Treppenhaus waren offen und sorgten für gute Durchlüftung. Dennoch hing der Geruch des Rauchs noch immer zwischen den Wänden. Es war vollkommen still. Man hätte nicht vermutet, dass die Bewohner dieses Hauses gerade aus ihren Betten gerissen worden waren.

Es war genauso still, wie wenn man den Kopf unter Wasser taucht und den Atem anhält. Als sie den letzten Treppenabsatz erreicht hatte, sah sie direkt auf die Tür zu Steffens Wohnung.

Sie hielt inne.

Die Tür war nur angelehnt.

Sie stand mit einem Fuß auf dem Treppenabsatz, mit dem anderen auf der ersten Stufe. Reckte den Hals. Die Tür stand wirklich ein paar Zentimeter weit offen.

Aber hatten sie sie nicht hinter sich zu geschlagen, als sie nach draußen gerannt waren? Wie lange war das her? Eine Stunde?

Sie wusste es nicht mehr genau, erinnerte sich nur an die Panik und das Chaos.

Langsam stieg sie die letzten Stufen hinauf. Konzentrierte sich und versuchte, zu rekapitulieren, was geschehen war:

Das dunkle Treppenhaus. Daran erinnerte sie sich. An die Dunkelheit und den dichten Rauch, die Angst, die sie mit den anderen Bewohnern geteilt hatte, die aus dem Haus stürmten.

Warum war es im Treppenhaus so dunkel gewesen? Derjenige, der die Lumpen angezündet hatte, musste das Licht aus-

geschaltet haben. Jetzt leuchtete eine klägliche Deckenlampe über dem Absatz.

Sie war als Erste aus der Wohnung gelaufen. Natürlich, Steffen war hinterhergekommen, er musste vergessen haben, die Tür ins Schloss zu ziehen.

Aber wie konnte er das vergessen?

Sie liefen aus dem Haus, weil sie dachten, dass es brannte. Ein Brand verbreitet sich durch Zugluft. Wie hatte er vergessen können, die Tür zu schließen?

Natürlich. Die Feuerwehrleute. Sie hatten einen Generalschlüssel. Sie waren in den Wohnungen gewesen, um zu checken, ob alles in Ordnung war.

Lena entspannte sich. In dem Moment wurde die Stille durch das Geräusch laufender Schritte aus der Etage über ihr durchbrochen. Das musste das Mädchen mit den Zöpfen sein.

Das Geräusch der laufenden Füße veränderte die bedrückende Atmosphäre. Lena hob die rechte Hand und schob die Tür auf.

Sie betrat den Flur. Sie war angezogen. Es war sechs Uhr morgens. Vor dem Haus stand ihr Wagen. Das Klügste wäre, nur ihre Uhr zu holen und dann nach Hause zu fahren, zu duschen und etwas zu essen, bevor sie zur Arbeit fuhr.

Sie setzte den Fuß auf die Schwelle, erstarrte aber, als sie ein Geräusch hörte.

Da drinnen war *jemand*, im Wohnzimmer.

Lena stand regungslos und atmete mit offenem Mund.

Dieser *Jemand* hatte einen Brandherd simuliert. Die Bewohner waren aus dem Haus gelaufen. Und jetzt war dieser Jemand hier drinnen, ein Mensch, der hier nicht hergehörte.

Im Glasrahmen des Filmplakats an der Wand spiegelte sich ein Teil des Wohnzimmers. Über dem Gesicht von Ingrid Bergmann, die mit Schlafzimmerblick Cary Grant betrachtete, konnte sie das Wohnzimmerfenster erkennen, das Sofa …

Der Glasrahmen spiegelte den toten Winkel hinter der Tür wider. Deutlich konnte sie darin einen Schatten erkennen.

Aber der Schatten war kein Mensch. Es war ein Lampenschirm. Lena atmete aus und betrat den Raum.

Sie ging weiter in Steffens Schlafzimmer. Hierher war der Rauch nicht vorgedrungen. Es roch nach Schlaf.

Sie griff nach ihrer Armbanduhr und ging zurück zur Tür, während sie sie sich umband. Die Situation erinnerte sie an etwas, aber an was? Sie ging weiter ins Wohnzimmer. Hob den Kopf.

So konnte sie gerade noch den Titel des nächsten Filmplakats lesen: *Kiss Tomorrow Goodbye.*

Im nächsten Moment lag sie am Boden und spürte einen eisigen Schmerz im Kopf. Sie sah den Schatten des Mannes im Glasrahmen. Rollte sich auf den Bauch. Dann wurde sie auf den Boden gedrückt. Sie schrie auf, als der Eindringling sie an den Haaren hochzog und ihr gleichzeitig ein Knie ins Kreuz presste. In dem Moment spürte sie einen ekligen Geschmack in Mund und Nase. Sie registrierte, dass Humphrey Bogart lächelte. Sein Lächeln blieb breit, während gleichzeitig sein Kopf schrumpfte. Der Kopf wurde kleiner und kleiner und verschwand schließlich in einem schwarzen Dunkel.

3

Aus den Lautsprechern ertönte arabische Musik. Klagende Flötentöne begleiteten eine Männerstimme mit ausgeprägtem Vibrato. Asim Shamoun wiegte seine Schultern im Rhythmus der Musik. Mit einer Hand am Steuer und den Blick starr auf den Verkehr gerichtet, drehte er die Musik noch ein wenig lauter. Die Trommeln setzten ein. Er schnippte mit den Fingern der freien Hand. Sang den Refrain mit.

Gunnarstranda betrachtete die nackten Bäume, die draußen vorbeisausten. Ein paar Kilometer entfernt erhob sich der Tower von Arlanda. Ein Flugzeug setzte gerade mit hängendem Schweif zur Landung an. Die Räder waren schon ausgefahren.

In gewisser Weise war es schade, sich jetzt schon zu verabschieden. Gunnarstranda mochte den Mann am Steuer. Asim Shamoun war ein großzügiger und hilfsbereiter Mensch. Am Vortag war er fast wütend geworden, als Gunnarstranda darauf bestand, sein Essen selbst zu bezahlen, und jetzt hatte er es selbst übernommen, von Södermalm nach Arlanda zu fahren, um den norwegischen Kommissar gut auf den Weg zu bringen.

»Nur noch eines«, sagte Gunnarstranda, als Shamoun vor der Abflughalle hielt.

Der andere zog fragend beide Augenbrauen hoch und schaltete den CD-Player aus.

»Wusste Adeler – der Sekretär –, dass Sie der Vater von Aud Helen Vestgårds ältester Tochter sind?«

Asim Shamoun lachte gutmütig.

Gunnarstranda, der den gesamten vergangenen Tag in der Gesellschaft dieses Mannes verbracht hatte, begriff, dass das Lachen eine Geste war, die ausdrückte, dass der Mann die Frage wohl nicht beantworten würde.

»Nun sagen Sie schon«, sagte Gunnarstranda. »Aud Helen hat dieses Treffen für Sie arrangiert. Der Sekretär muss doch eine Erklärung dafür bekommen haben, warum sie sich die Mühe machte, zu vermitteln, ein Treffen zu organisieren, oder?«

»Aud Helen hat mich gebeten, nicht über Sara zu sprechen«, antwortete Shamoun schließlich.

»Sie hat Sie gebeten, nicht über Ihre Tochter und Ihre Beziehung zueinander zu sprechen? Warum?«

Asim Shamoun zuckte mit den Schultern. »Es spielte keine Rolle. Wir wollten bei dem Treffen nicht über persönliche Beziehungen sprechen, wir wollten ausschließlich über McFarrell, mein Heimatland und die Besatzung diskutieren.«

»Aber sie muss Adeler gegenüber doch irgendein Anliegen vermittelt haben, oder? Wie ich es verstanden habe, hatten Sie ja schon lange versucht, ein Treffen mit Adeler zu arrangieren, und immer wieder nur Absagen bekommen. Und dann kommt Aud Helen ins Spiel. Irgendetwas muss sie gesagt haben, das den Mann dazu gebracht hat, seine Meinung zu ändern und Sie doch treffen zu wollen.«

Shamoun zuckte wieder mit den Schultern. Offensichtlich gefiel ihm das Thema überhaupt nicht.

»Welche Erklärung hatte Vestgård dafür, dass es ihr jetzt gelungen war, ein Treffen zu arrangieren?«

»Warum fragen Sie?«

»Ich weiß es nicht«, sagte Gunnarstranda aufrichtig. Er wollte nicht von dem Bauchgefühl sprechen, das ihn gerade überkam.

»Sie hat mich gebeten, ihm zu sagen, dass wir uns in der norwegischen Botschaft in Stockholm begegnet wären, als sie im Auslandsausschuss saß – und dass wir uns dort kennen gelernt hätten.«

Gunnarstranda dachte einen Moment nach. Er konnte nicht verstehen, warum Vestgård solch eine Geheimniskrämerei betrieben hatte, und er las in Shamouns Augen, dass ihm auch nicht wohl dabei war.

»Schämt sie sich dafür, dass Sie Saras Vater sind?«

»Nein.« Shamoun schüttelte den Kopf und hob abwehrend beide Hände. »Das glaube ich nicht. Sara ist über zwanzig, und der Gedanke ist mir noch nie gekommen – nie.«

»Aber es ist in Norwegen nicht allgemein bekannt, dass Sie Saras Vater sind, oder?«

»Nein, warum sollte das allgemein bekannt sein? Aud Helen ist eine freie Europäerin. Sie hat zwei Töchter mit zwei verschiedenen Männern. Ich bin einer der Männer, aber ich gehöre in eine weit zurück liegende Vergangenheit ...«

Gunnarstranda schwieg nachdenklich. Irgendetwas stimmte trotzdem nicht. »Entschuldigen Sie«, sagte er schließlich, »aber können Sie sich irgendeinen Grund dafür vorstellen, dass sie nicht wollte, dass Adeler von Ihrer früheren Beziehung erfuhr?«

Shamoun zuckte mit den Schultern. »Keine Ahnung. Da müssen Sie wohl Aud Helen selbst fragen. Aber sie hat dieses Treffen sehr widerstrebend arrangiert.« Er lächelte entschuldigend. »Tut mir leid, aber ich rede nicht gern schlecht über Aud Helen, wenn sie nicht dabei ist. Also. Ich hatte tatsächlich den Eindruck, dass ihr Widerstand genau mit unserer Beziehung zu tun hatte. Sie wollte nicht, dass Adeler oder irgendjemand anderes erfuhr, dass ich Saras Vater bin.«

»Haben Sie es denn früher schon einmal erlebt, dass sie nicht zu Ihrer früheren Beziehung stehen wollte?«

Shamoun reagierte widerwillig. »Warum sind Sie so neugierig?«

Gunnarstranda zögerte mit der Antwort. Er spürte, dass er gerade etwas Wesentliches berührte, und hatte das Gefühl, dass sich die Reise nach Stockholm nun doch gelohnt hatte. »Weil wir Aud Helen immer wieder unter Druck gesetzt haben«, sagte er. »Gestern hat sie meinen Kollegen eine persönliche Aussage präsentiert. Darin berichtet sie, dass Sara Ihr Kind ist. Die Tatsache, dass Sie Saras Vater sind, war die Information, die sie von allen Verdächtigungen befreit hat. Deshalb wirkt es vollkommen unlogisch, dass sie darauf bestanden haben soll, ihre Beziehung zu Ihnen geheim zu halten.«

Asim Shamoun lachte. »Sie vergessen eines. Ich vertrete Polisario. Ich bin politisch umstritten. Aud Helen hat eine politische Karriere zu verteidigen.«

Gunnarstranda nickte. Das leuchtete ihm ein. Trotzdem, dachte er: Aud Helen Vestgård ist Politikerin. Sie kannte Sveinung Adeler gut. Früher oder später hätte Adeler erfahren, in welcher Beziehung die beiden zueinander standen. Früher oder später. Warum sollte sie dann eine andere Beziehung zu Shamoun konstruieren als die tatsächliche? Es war ihm schleierhaft. Aber natürlich musste es einen Grund dafür geben. Aus irgendeinem Grund hatte es Aud Helen Vestgård gedient, ihre Beziehung zu dem Vertreter von Polisario so lange wie möglich geheim zu halten.

Aber Asim Shamoun konnte ihm nicht weiterhelfen.

Gunnarstranda reichte ihm die Hand und dankte ihm für die Fahrt und all seine Hilfe. Dann stieg er aus dem Wagen.

Sobald er die Tür geschlossen hatte, begannen im Wageninneren die arabischen Rhythmen wieder zu hämmern. Der Wagen fuhr weiter. Die Geräusche verklangen. Gunnarstranda drehte sich um und ging zum Check-in nach Oslo.

4

Sie bewegte sich auf eine hellere, aber unscharfe Oberfläche zu. Wasser, dachte sie. Als die helle Fläche näher kam, gelang es ihr, mehrere Eindrücke zu unterscheiden. Sie war nicht unter Wasser. Sie konnte atmen. Sie spürte Hände über ihren Körper wandern. In ihre Taschen. Diese Gefühle wurden schwächer. Sie sah nach unten, unter sich, in die Dunkelheit. Aber sie wollte nicht dort hinunter und kämpfte, um oben zu bleiben. Da. Das Licht und die Oberfläche kamen näher und näher.

Etwas Nasses traf ihr Gesicht und die Haare. Alkohol! Es brannte, sie musste husten. Er bespritzte sie mit Alkohol!

Oben. Sie stand aufrecht. Lena schaffte es mühsam, die Au-

gen ein wenig zu öffnen. Sie stand an einen Mann gelehnt. Sie war in Steffens Wohnung. Der Mann zog sie auf die Wohnungstür zu. Ihre Beine gaben nach. Aber er hielt sie aufrecht. Er war stark, sein Arm war ein Stahlpfeiler, der sie aufrecht hielt.

Sie war auf der Treppe, auf dem Weg nach unten. Das ging leichter. Sie wollte fallen, schaffte es aber nicht. Der Arm, der sie hielt, gab nicht nach.

Die Eisluft im Gesicht sagte ihr, dass sie im Freien war. Ihre Beine versagten wieder. Als sie die Augen öffnete, sah sie ihren Wagen im Licht der Straßenlaterne stehen.

Sie fiel fast in den Wagen und krümmte sich auf dem Beifahrersitz zusammen. Sie wollte wieder raus, aber die Tür schlug hinter ihr zu. Da hatte sie keine Kraft mehr und lehnte ihren Kopf gegen die Scheibe.

Ihr Plan war, den Türgriff zu finden und die Tür zu öffnen. Aber das ging nicht.

Sie hatte Schmerzen und sah auf ihre Hände hinunter. Sie waren mit Klebeband gefesselt. Plötzlich drehte sich alles. Ihr wurde schlecht. Fast, wie wenn man volltrunken ist. Sie schluckte, aber die Übelkeit blieb.

Als es ihr endlich gelang, ihren Blick zu konzentrieren, ohne dass sich das Bild drehte, sah sie eine Reihe von Autoscheinwerfern. Autos, die entgegenkamen. Also fuhr er gegen den Strom der Rushhour aus der Stadt hinaus. Aber es war schwer, zu sehen, schwer, zu denken. Ihr Kopf und der Oberkörper fielen in jeder Kurve hart gegen die Tür. Die Lichter des Gegenverkehrs strichen langsam über das Gesicht des Mannes, der am Steuer saß. Sie hatte ihn schon einmal gesehen. Er war mit einer Pistole hinter ihr her gelaufen.

Was wollte er?

Die Übelkeit wurde heftiger. Es ging besser, wenn sie sich nicht bewegte.

Die Scheibenwischer wischten und wischten.

Sie hob die Hände und zielte auf das Lenkrad. Der Schmerz zischte von Schläfe zu Schläfe, als seine Faust sie traf.

Das Handschuhfach.

Sie beugte sich vor, um den Griff zu finden, der das Handschuhfach öffnete.

Er sagte etwas und zog sie an den Haaren wieder in eine aufrechte Position. Die harte Faust traf wieder.

Durch den Schmerz hörte sie das Fach aufklappen. Das Handschuhfach war offen und lag im Dunkeln.

Sie schloss die Augen. Lange. Sie hatte keine Ahnung, wie lange. Noch einmal kämpfte sie darum, die Oberfläche zu erreichen. Diesmal ging es schneller. Das Gift verließ ihren Körper langsam wieder.

Als sie die Augen ganz öffnete, gab es keinen Gegenverkehr mehr, der das Gesicht des Fahrers beleuchtete. Die Scheibenwischer schlugen nicht mehr.

Das Handschuhfach.

Sie beugte sich vor, stieß die Hände hinein und schrie vor Schmerz auf, als er zuschlug. Sie schloss Augen und Mund und wartete auf den nächsten Schlag. Er kam nicht.

Aber ihre Finger umfassten das Pfefferspray.

Der Wagen hielt.

Ein kalter Luftzug schlug herein, als er ausstieg. Er würde um den Wagen herum gehen und sie hinauszerren. Aber sie hatte das Pfefferspray. Sie bereitete sich vor.

Die Tür ging auf.

Sie richtete das Spray auf den Mann, der es ihr sofort aus der Hand schlug. Im nächsten Moment lag sie am Boden. Der Schnee war weich und kalt. Sie wartete auf die Schläge und die Tritte. Aber sie kamen nicht. Langsam kam sie auf die Knie.

Die Autoscheinwerfer beleuchteten einen schmalen, geräumten Weg.

Wo war er?
Sie spähte in die Dunkelheit.
»Hier«, sagte die Stimme.
Sie drehte den Kopf in die Richtung und schrie, als das Pfefferspray ihr Gesicht traf.
Glühende Pfeile bohrten sich in Augen und Nase. Sie schrie, bis ihre Stimme versagte.
Nur ein einziger klarer Gedanke war in ihrem Kopf: Weg hier! Sie bohrte ihren Kopf in den Schnee, aß Schnee, bohrte die Augen in den Schnee.

Als sie wieder an die Oberfläche kommt, ist es kein langsames Aufsteigen an eine helle Wasseroberfläche. Sie öffnet einfach die Augen. Sie brennen nicht mehr so stark, der Schmerz ist eher glühend, wie ein schwerer Puls in einer heißen Brandwunde.
Sie sieht, dass er das Klebeband, das ihre Hände fesselt, durchschneidet. Was hat er vor?
Warum schneidet er ihre Hände frei?
Sie steht aufrecht. Sie hat zwei Beine, zwei Arme und zehn Krallen, und sie benutzt sie. Tritt, kratzt. Sie fällt, und er greift nach ihrem Fuß. Sie wird über den Schnee gezerrt, ihre Jacke wird hochgeschoben, der nackte Rücken schabt über Eis und Schnee.
Sie nimmt den Geruch von Salz und Tang wahr. Hört Wellen schlagen und begreift, was geschehen wird.
Er zieht sie an den Abgrund, unter dem das Meer wartet.
Sie tritt um sich. Er zuckt zusammen, sein Griff lockert sich, und sie rollt. Der Kopf schlägt auf den Felsen, und sie hat Haare im Mund, als sie auf das Meer zu rollt, das nur darauf wartet, sie zu verschlingen, während ihre Hände panisch nach etwas greifen, an dem sie sich festhalten kann, und die Finger sich an einen dünnen Zweig klammern, der das Rollen ihres Körpers aufhält.

Sie ringt nach Atem.

Dort unten lechzen die Wellen nach ihr.

Plötzlich wird die Luft aus ihren Lungen geschlagen, und sie stöhnt erneut auf. Sieht den Schatten des Stiefels, der zutritt. Jetzt sterbe ich, denkt sie. Ich sterbe, aber nicht allein. Sie lässt den Zweig los und greift mit beiden Händen nach seinem Stiefel. Sie packt zu. Klammert sich an seinen Unterschenkel. Er versucht sie abzuschütteln, aber sein Unterschenkel ist das Einzige, was sie am Leben hält. Er ist stark. Sein Fuß hebt sie hoch. Sie klammert sich fest. Beim nächsten Mal bekommt er den Fuß nicht mehr so hoch. Sie hält fest, nutzt ihr eigenes Gewicht.

Fast geht ihr die Kraft aus.

Da geschieht etwas.

Sie spürt, dass er die Kontrolle über seinen Körper verliert. Er kippt. Sie zerrt an ihm und hört, wie der schwere Körper auf dem Felsen aufschlägt.

Sie rutscht auf das Meer zu.

Bemerkt dann plötzlich, dass sie nicht mehr rutscht. Sie liegt still da und streckt die Zehen. Sie sind auf einen Vorsprung getroffen, auf irgendetwas. Sie kann es nicht sehen.

Wo ist er?

Sie sieht nichts. Hört nur die Wellen gegen die Felsen schlagen.

Er ist da unten, irgendwo unter ihr. Sie tastet, findet einen Felsspalt und hakt ihre Fingerspitzen dort ein. Hält sich fest und versucht, den glatten Felsen hinunterzuschauen.

Langsam graut der Morgen. Sie erkennt vage den Absatz, auf dem ihre Füße ruhen. Ein kleiner Felsvorsprung, ein unregelmäßiger Absatz, von dem Kinder an warmen Sommertagen ins Wasser springen können. Sie muss weiter hinunter und greift mit erfrorenen, tauben Fingern nach einem anderen Felsspalt. Sie denkt nicht, handelt nur.

Doch dann gewinnt die Schwerkraft. Ihr Körper beginnt zu rutschen. Ihre Jacke wird hochgezogen. Diesmal bekommt es der Bauch mit dem Felsen zu tun, während sie auf das Meer und den Tod zu rutscht. Doch plötzlich hält ihr Körper inne. Ihre Füße haben einen weiteren Felsvorsprung gefunden. Die Gischt der Wellen spritzt ihr Haar und ihr Gesicht klatschnass.

Sie ruht sich aus und späht hinunter.

Er ist nicht zu sehen.

Was ist passiert?

Warum hat er das Gleichgewicht verloren?

Wo ist er?

Sie hört nichts. Steht lange so da.

Es wird immer heller. Aber sie sieht niemanden, hört niemanden.

Sie spürt Hunger. Sie ist nass, kalt und steif. Aber sie will nicht von den Wellen verschlungen werden.

Ich will nicht ertrinken, denkt Lena. Ich werde es schaffen, und danach werde ich wieder gesund. Ich werde den beschissenen Knoten in meiner Brust zu einem Nichts zusammenquetschen. Ich werde ihn besiegen, egal ob es Schmerzen kostet, die noch viel stechender und grässlicher sind als diese hier.

Sie hebt den rechten Fuß und sucht nach Halt. Jetzt der linke Fuß. Drückt, rutscht, schiebt sich nach oben.

Ganz gesund, denkt sie. Erst das hier schaffen, und dann werde ich ganz gesund.

Sie klammert sich an den Felshang, besessen von dem einzigen Gedanken, sich noch einen halben Meter nach oben zu ziehen. Der linke Fuß findet Halt, sie verlagert das Gewicht darauf und hebt sich noch einen halben Meter weg von den Wellen. Ihre steifen Finger tasten nach dem Zweig, der sie schon einmal gerettet hat. Aber sie ist erschöpft, spürt einen Krampf im Unterarm. Ihre Finger sind dabei, abzusterben, und sie traut ihrer eigenen Kraft nicht mehr.

Endlich findet sie den Zweig und stößt sich mit beiden Beinen ab. Fühlt, dass sich der Schwerpunkt ihres Körpers verlagert. Jetzt ist der Winkel auf ihrer Seite. Sie kann loslassen, ohne zurück zu rutschen, aber sie traut sich noch nicht.

Schweißnass trotz der Eiseskälte krabbelt sie durch den Schnee, zurück zum Auto.

5

Die Stirn an die Kacheln gelehnt, ließ sie das heiße Wasser über ihre Schultern laufen. Das Wasser formte ihr Haar zu einem schweren nassen Zopf und lief weiter den Rücken hinunter, während sie mit offenem Mund atmete und versuchte, ihren Körper unter dem Wasserstrom wieder zusammenzusammeln, dort wo die Strahlen aus dem Duschkopf am dichtesten waren. Das Wasser konnte ihr gar nicht heiß genug sein. Es dampfte, aber sie drehte es noch heißer und spürte, dass es fast schmerzte, wenn es die Schürfwunden traf, die Hautrisse und steifen Muskeln. Sie hatte keine Ahnung, wie lange sie unter der Dusche gestanden hatte. Das einzig Wichtige war, dass das laufende Wasser linderte und den Dreck wegwusch, der sich in ihren Gedanken angesammelt hatte. Sie öffnete die Augen, sah vage ihre eigene Haut im Dampf rot schimmern und dachte: Ist es möglich, sich zu verbrennen, ohne Schmerzen zu empfinden? Sie gab sich die Antwort selbst. Nein. Sie wiederholte diese Antwort, als das Telefon klingelte. Sie ließ es klingeln. Dachte nur: Wer ruft jetzt an, heute? Wer vermisst mich? Sie drehte das Wasser noch heißer, biss die Zähne zusammen, um nicht zu schreien, bis sie es nicht mehr aushielt und das Thermostat auf ganz kalt drehte. Eiskalt strömte es über ihren Körper, ohne dass sie den Schock spürte. Sie stellte nur fest,

dass der Wasserstrahl kalt war. Sie hob das Gesicht und ließ das Wasser laufen, fest überzeugt davon, dass die Kälte sämtliche Gefühle in der Haut ausmerzen würde. Doch das geschah nicht. Statt dessen begann sie zu zittern. Das hier geht nicht, dachte sie und drehte das Wasser ab. Blieb stehen und rang nach Atem, als hätte sie gerade einen Sprint hingelegt. So stand sie an die Glaswand gelehnt, bis ihr Atem sich wieder beruhigt hatte. Dann stieg sie aus der Duschkabine und betrachtete im Spiegel Zentimeter für Zentimeter ihres Körpers. Ein Riss über dem Auge. Dafür ließe sich eine Erklärung finden. Schlimmer war die Verletzung über dem Ohr. Sie hatte Schürfwunden auf dem Bauch und an den Hüften und ein rotes Hämatom über den Schulterblättern. Sie ließ sich Zeit. Cremte sich ein.

Was ist heute Morgen eigentlich passiert? Er hatte sie auf den Kopf geschlagen, hatte in der Wohnung auf sie gewartet, sie mit Alkohol übergossen. Warum?

Wahrscheinlich, um sie betrunken aussehen zu lassen, sie die Treppe hinunter nach draußen zu bekommen …

Er hat auf mich gewartet, dachte sie. Er hat in Steffens Wohnung gewartet.

Sie saß auf dem Rand der Badewanne und cremte ihren Körper ein, als das Telefon wieder klingelte.

Sie stand auf. Stellte die Cremedose ab. Ging aus dem Badezimmer zum Telefon, das nicht aufhören wollte zu klingeln. Sie nahm ab.

»Gunnarstranda.«

»Warte kurz«, sagte Lena schnell.

»Ja?«

Lena sammelte sich. »Du bist aus Stockholm zurück?«

»Grade gelandet. Dachte, ich würde gern mit dir sprechen, aufdröseln, was an der Reise eigentlich wichtig war, statt einen Aufsatz zu schreiben.«

»Wir können ja jetzt ein bisschen dröseln.«

»Rindal hat angerufen und von dem Kind erzählt, das Vestgård mit Shamoun hat. Also hab ich das Thema angesprochen. Und eine etwas überraschende Antwort bekommen. Shamoun zufolge hat Vestgård ihn gebeten, Adeler gegenüber nicht zu erwähnen, dass die beiden ein Kind miteinander haben.«

Lena spürte, wie sehr sie die Intrigen dieser Frau satthatte.

»Ich bin der Ansicht, dass sie immer noch mit irgendetwas hinter dem Berg hält«, sagte Gunnarstranda.

Lena antwortete nicht.

»Warum bist du zuhause?«

»Hab verschlafen«, sagte Lena schnell. »Bin gestern auf der Loipe auf die Nase gefallen.« Sofort bereute sie ihre Wortwahl. Das war die Entschuldigung, die sie eigentlich später benutzen wollte.

Gunnarstranda schwieg etwas zu lange. Natürlich witterte der alte Fuchs irgendetwas.

»Was war da los?«

»Hm?«, meinte Lena unschuldig.

»Auf der Loipe.«

»Darüber können wir später sprechen«, sagte Lena knapp. »Ich bin grad auf dem Sprung. Tschüss.« Sie legte auf.

Sie ging nicht sofort ins Büro, sondern ins Schlafzimmer, und legte sich ins Bett.

Als sie die Decke wieder zur Seite schlug, hatte sie aufgegeben, noch ein paar Stunden Schlaf zu ergattern. Doch die Uhr behauptete etwas anderes. Sie dachte, sie hätte nur zehn Minuten gelegen, aber offenbar hatte sie zwei Stunden geschlafen. Im Spiegel begegnete sie ihrem eigenen Gesicht. Das war das erste Mal, dass du mit offenen Augen geschlafen hast, sagte sie zu sich selbst.

Steffen hat gefragt, wie spät es sei. Er hat mir den Schlüs-

sel gegeben und mich gebeten, reinzugehen und meine Uhr zu holen. Und in der Wohnung hat jemand auf mich gewartet. Warum?

6

Sie fand einen Parkplatz an der Ecke Hausmannsgate und blieb im Wagen sitzen. Ließ den Eingangsbereich von Dagens Næringsliv nicht aus den Augen. Es verging eine halbe Stunde, bis ein Wagen des Ordnungsamts langsam vorbeifuhr und anhielt. Der Mann am Steuer wedelte mit der Hand, wie um sie wegzujagen. Schließlich machte er sich die Mühe, aus dem Wagen zu steigen. Er hatte einen kleinen Bartfleck unter der Unterlippe und trug den Gebührenschreiber am Gürtel, als wäre es ein Revolver. Sie öffnete die Wagentür und zeigte ihm ihren Ausweis. »Polizei.«

Der Blick des Mannes wurde ein wenig unsicher. »Sie können hier nicht stehen. Sie behindern die Fußgänger.«

»Hau ab«, sagte Lena tonlos. »Verschwinde, sofort.«

Der Mann begegnete ihrem Blick und zog sich ohne Protest zurück, setzte sich in seinen Wagen und verschwand.

Lena verstellte den Rückspiegel und dachte: Sehe ich so verrückt aus?

Die Tür des Zeitungshauses wurde geöffnet, und heraus kam Monica, die Freundin von Emil Yttergjerde. Sie stellte sich vor den Eingang, um zu rauchen. Lena rutschte tiefer in ihren Sitz. Sie erinnerte sich, dass Emil ihr erzählt hatte, dass Monica hier an der Rezeption arbeitete. Sie wusste nicht mehr, wann er das gesagt hatte. Das hier ist lächerlich, dachte sie. Ich sitze in einem Auto und verstecke mich vor Bekannten. Nein, protestierte eine Stimme in ihrem Kopf. Das ist nicht lächerlich.

Steffen hat mich gestern bekniet, zu ihm zu kommen. Er hat mich gebeten, über Nacht zu bleiben. Er hat mich gebeten, wieder in die Wohnung zu gehen und meine Uhr zu holen …

Monica hatte sich eine schicke lange Wolljacke über die Schultern gehängt. Sie bewegte sich unruhig in der kalten Winterluft, trippelte von einem Fuß auf den anderen, während sie hastig rauchte. Die Jacke war bunt gemustert. Monica gehörte zu den Frauen, die in ihrer Freizeit nähten und strickten.

Ein Volvo Kombi hielt vor Monica, die die Person am Steuer offenbar kannte. Sie beugte sich hinunter und unterhielt sich durch das offene Fenster. Dann warf sie die Zigarette weg, drehte sich um und ging wieder hinein. Der Volvo stand mit laufendem Motor. Die Eingangstür öffnete sich wieder. Eine bekannte Gestalt erschien. Steffen. Er ging um den Wagen herum und stieg ein. Der Wagen fuhr davon.

Lena warf den Motor an und fuhr hinterher. Sie schaltete das Radio ein, um etwas anderes als ihre eigenen Gedanken zu hören. Rod Stewart sang, dass dieser Abend der *eine* Abend war. Nicht ihre Musik. Sie suchte nach einem anderen Sender mit Musik, die ihr gefiel, während sie dem Wagen nach rechts in die Storgata folgte, weiter nach links vor der alten Schous Brauerei entlang und ein Stück die Thorvald Meyers Gate hinauf. Dann bog er rechts ab und hielt vor der Bibliothek am Schous Plass.

Lena fand eine Parklücke und schaltete das Radio aus.

Jetzt stellte sich heraus, dass am Steuer des Volvo eine Fotografin saß, eine junge Frau in den Zwanzigern. Sie trug einen Dufflecoat, eine modische Pelzmütze und einen rosa Schal, den sie wie einen Kragen um den Hals geschlungen hatte. Steffen stand wartend, die Hände tief in den Hosentaschen versenkt, während die junge Frau Fotos vom Bibliotheksgebäude machte. Er sagte etwas zu ihr. Die Frau sah von ihrer Kamera auf und antwortete ihm. Steffen grinste und stellte sich vor sie, als sie

sich noch einmal mit der Kamera vor dem Gesicht hinkniete. Er posierte. Sie senkte die Kamera und winkte ihn zur Seite, ein blödes Lächeln auf den Lippen.

Journalist und Fotografin bei der Arbeit. Und Lena spionierte ihnen nach. Das war lächerlich. Was sollte sie ihm sagen?

Ein Mann hat in deiner Wohnung auf mich gewartet. Ein Mann, der mich töten wollte. Hast du ihn reingelassen?

Wie hätte Steffen das tun sollen? Er hatte ihr seinen eigenen Schlüssel gegeben. Sie waren nachts von dem Alarm aufgewacht. Steffen war genauso durcheinander gewesen wie sie. Er konnte nichts mit der Brandstiftung zu tun haben. Sie musste selbst die Verantwortung für alles übernehmen, was geschehen war. Immerhin hatte sie Stian Rømer als Erste aufgespürt. Schließlich hatte sie sich der Anordnung von Ingrid Kobro widersetzt. Stian Rømer war in Gamlebyen hinter ihr her gerannt. Und danach war er untergetaucht.

So musste es gewesen sein! Stian Rømer hatte Steffen durch sie ausfindig gemacht. Immerhin hatte der Mann ihr ja nachspioniert. Stian Rømer hatte an jenem Abend in dem Leihwagen vor ihrer Haustür gesessen. Stian Rømer hatte herausgefunden, wo Steffen wohnte. Als sie gestern Abend direkt ins Netz gegangen war, hatte er sich vor Steffens Hauseingang postiert und gewartet, bis Steffen und sie schließlich das Licht im Schlafzimmer löschten. Dann hatte er ihnen noch eine Stunde oder zwei Zeit gelassen, bis er sicher war, dass alle schliefen. Und dann war er in Aktion getreten.

Aber warum?

Warum hat mich Steffen in seine Wohnung gelockt? Warum ist dieser Mann hinter mir her gelaufen? Warum wollte er mich umbringen?

Es war ihr schleierhaft.

Lena holte tief Atem und hob den Kopf.

Sie sah direkt in Steffens Augen, der vor der Bibliothek stand und ihren Blick erwiderte.

Er hob eine Hand und winkte. »Lena!«

Sie wollte nicht mit ihm sprechen. Nicht jetzt. Sie drehte den Zündschlüssel herum. Der Motor sprang an.

Er kam mit großen Schritten auf ihren Wagen zu. Nein, dachte Lena. Sie gab Gas. Eine Hupe ertönte. Es war ihr egal, sie fuhr auf die Fahrbahn. Gab noch mehr Gas. Sah in den Rückspiegel. Ein Kastenwagen hatte ärgerlich den Warnblinker eingeschaltet, dahinter stand Steffen mit erhobenen Armen und einem verwirrten Gesichtsausdruck. »Scheiße!« Lena schlug mit der Hand auf das Lenkrad. Ihr war heiß vor Scham. Bloß weg hier!

7

Der Erste, der ihr begegnete, als sie das Polizeipräsidium betrat, war Emil Yttergjerde. Er hielt sie am Arm fest.

»Hast du dich verletzt??«

Lena strich mit dem Zeigefinger den Riss über ihrem Auge entlang. »Herpes, richtig beschissen.«

Yttergjerde runzelte die Stirn. »Bei Herpes hat man Stellen am Mund.«

Sie nickte. »Oh, du meinst den Riss über dem Auge?«

»Was dachtest du denn?«

Lena zuckte mit den Schultern. »Kann man nie wissen. Aber ich bin auf der Skiloipe hingeknallt. Das Licht ging aus, bevor ich mit der Runde fertig war.«

»Kommst du heute Abend mit auf ein Bier?«

Lena brauchte nicht lange, um sich zu entscheiden. »Ja«, sagte sie.

Die Schwester hatte gesagt, sie solle sich schöne Momente gönnen. Ein Bier nach der Arbeit war ein schöner Moment.

Um ihren paranoiden Gedankenstrom unter Kontrolle zu bekommen, nahm Lena die Suche nach der mysteriösen L. wieder auf. Versuchte, die Telefonnummern auf Sveinung Adelers Handy herauszubekommen.

Als sie das Resultat betrachtete, fühlte sie sich nicht wesentlich klüger. Immerhin hatte sie feststellen können, dass eine der Nummern zu einem nicht registrierten Handy gehörte. Sie rief diese Nummer an und bekam die Mitteilung, das Handy sei ausgeschaltet oder es befände sich in einem Gebiet, wo es keinen Empfang hatte. Sie trommelte mit den Fingern auf den Schreibtisch. Irgendetwas sagte ihr, dass es sich lohnte, dem weiter nachzugehen.

Sie rief bei Telenor an und bat darum, das Handy aufzuspüren. Dann ging sie die Liste der Telefonnummern noch einmal durch. Jetzt konzentrierte sie sich darauf, welche Nummern Sveinung Adeler am Montag, Dienstag und Mittwoch angerufen hatte – also an den Tagen vor dem berüchtigten Restaurantbesuch.

Sveinung Adeler hatte zwar viel telefoniert, sein Handy allerdings in der Arbeitszeit wenig benutzt. Da die Verabredung mit L. am Mittwochabend gewesen war, musste er sie einen oder mehrere Tage zuvor eingegangen sein. Am Montag, dem 7. Dezember, um 10.27 Uhr hatte er mit seinem Handy ein Festnetztelefon angerufen, das sich irgendwo außerhalb Oslos befinden musste.

Warum hatte Adeler diesmal während der Arbeitszeit sein privates Handy benutzt?

Vielleicht war er rausgegangen, um beim Telefonieren allein zu sein? Und wenn das so war, warum hatte er allein sein wollen? Vielleicht wollte er ein persönlicheres Gespräch führen?

Lena überprüfte die Nummer. Sie gehörte zur Zentrale der Tax-Free-Shops am Osloer Flughafen.

Lena rief dort an.

Ich tue viele merkwürdige Dinge in diesem Job, dachte sie zwanzig Minuten später. Da hatte sie vier weitere Telefonate hinter sich. Man hatte ihr eine Liste der Angestellten des Flughafengebäudes in Gardemoen versprochen, deren Vornamen mit L. begannen. Als sie das erledigt hatte, saß sie eine Weile da und starrte die Wand an.

Irgendwann räusperte sich jemand hinter ihr. Sie schwang mit ihrem Stuhl herum. Es war Emil Yttergjerde. Er stand in Hut und Mantel in der Tür und tippte stumm auf seine Uhr.

8

Monica wartete unten in der Halle auf sie. Lena vermied etwas beschämt, ihr in die Augen zu sehen, weil sie sie vorher heimlich beobachtet hatte.

Monica schlug vor, ins *Asylet* zu gehen. Weder Lena noch Emil hatten einen anderen Vorschlag.

Sie setzten sich an einen langen Tisch, an dem schon viele Kollegen von der Polizeiwache Zentrum saßen.

Lena trank Weißwein statt Bier. Der Wein war gut, ein leichter, gut gekühlter Chardonnay, der im Glas moussierte. Lena war schon tief im zweiten Glas versunken, bevor Emil seinen ersten Halben ausgetrunken hatte. So etwas blieb nicht unbemerkt.

»Uii«, sagte Emil. »Wenn du so weitermachst, dann müssen wir dich heute Abend nach Hause tragen.«

Lena überhörte den Kommentar und ging zur Toilette.

Auf dem Rückweg passierte es.
Plötzlich stand sie Steffen gegenüber.
Vollbremsung.
»Hei«, sagte sie automatisch.
Ein paar lange Sekunden sah er ihr stumm in die Augen. Dann sagte er ein kurzes und kühles »Hei« und schob sich an ihr vorbei.
Sie stand da und sah zu, wie die Tür der Herrentoilette sich hinter ihm schloss.
Menschen strömten an ihr vorbei, kamen und gingen. Lena stand still, während alle anderen sich bewegten, wie ein schwerer Stein mitten in einem reißenden Fluss. In ihrem Kopf rauschte es. Sie hörte die Wellen auf die Felsen schlagen. War wieder dort. Krallte sich an die Felsen, während das Meer seine Arme nach ihr ausstreckte.
Die Tür der Herrentoilette ging ständig auf und zu. Aber Steffen zeigte sich nicht.
Wie lange hatte sie so gestanden und gewartet?
Sie hatte keine Ahnung.
Noch einmal öffnete sich die Tür der Herrentoilette.
Steffen hielt inne, als er sie sah, trat zur Seite, um einen anderen Gast vorbeizulassen, und stand dann allein vor ihr. Ein attraktiver Mann in derber Kleidung. Fast ein Rocker. Unrasiert, langes Haar und weiche Bewegungen.
»Na so was, stehst du immer noch hier?«, fragte er.
Sie hielt fragend den Kopf schräg.
»Vorhin schienst du nicht sonderlich interessiert.«
»Es ist etwas passiert«, sagte sie leise. »Nachdem du heute Morgen zur Arbeit gefahren bist.«
Sie hob den Kopf und begegnete seinem Blick.
»Na, das muss ja etwas ganz Besonderes gewesen sein«, sagte er kühl.
Alles läuft schief, dachte sie. Du kannst jetzt nicht von Stian

Rømer anfangen. Aber sie wollte. Sie räusperte sich. »Nachdem du gegangen warst …«

Sie konnte nicht ausreden. »Nach gestern Abend«, sagte Steffen mit giftigem Blick, »nachdem, was gestern Nacht geschehen ist, spionierst du mir nach, bei der Arbeit? Und als ich mit dir sprechen will, haust du ab? Was ist los mit dir? Was treibst du eigentlich für ein Spiel?«

Lenas ganzer Körper war eiskalt. Sie wollte das nicht. »Hast du deinen Schlüssel gefunden?«, fragte sie tonlos. »Als du nach Hause gekommen bist?«

»Er lag da, wo wir es verabredet hatten, im Briefkasten. Aber lenk jetzt nicht ab, Lena. Nicht jetzt.«

»Ich habe ihn da nicht hingelegt.«

»Ach?«

Sein Gesichtsausdruck war plötzlich suchend und unsicher. »Wenn du es nicht warst, wer war es dann?«

Sie suchte nach dem Lügner in seinen Augen, fand ihn aber nicht. Steffen sah einfach nur beunruhigt und verwirrt aus.

Die Stille, die zwischen ihnen niedersank, wurde drückend. Menschen, die zur Toilette wollten und zurückkamen, drängten sich vorbei.

»Ich bin ziemlich gespannt darauf, was du über den Brand schreibst, der kein Brand war«, sagte sie.

»Was?«

»Heute Morgen, da hast du gesagt, du müsstest zur Arbeit, weil der Brandanschlag eine Story geworden wäre.«

»Ach, das …« Er lächelte abwesend.

»Hast du nichts geschrieben?«

»Das war nur so ein Spruch.«

»Ein Spruch? Du bist gegangen – ohne zu frühstücken, ohne dich umzuziehen, ohne zu checken, ob in deiner Wohnung etwas kaputt gegangen war. Ich habe dich deutlich gehört. Du hast gesagt, der Brand sei zu einer Story geworden.«

Sie wollte seinen Blick festhalten, aber es gelang ihr nicht.

»Lena, was ist eigentlich mit dir los? Ich bin zur Arbeit gegangen, weil ich zur Arbeit musste. Was schert dich das?«

Endlich trafen sich ihre Blicke.

»Wollte eigentlich gerade gehen«, sagte er.

Sie nickte.

Plötzlich breitete er seine Arme aus und umarmte sie.

Sie konnte nicht reagieren. Stand ganz steif da.

Er ließ sie los und sah ihr in die Augen. »Lena, was ist denn bloß los?«

»Ich habe Krebs«, sagte sie.

Sie hätte ihm genauso gut ins Gesicht schlagen können. Sein Gesicht wirkte nackt und verletzbar, als er blinzelte. Er blinzelte noch einmal. Sein Blick begann zu flackern.

»Kann ich etwas tun?«

»Glaube nicht. Geh jetzt, tu, was du tun musst.«

Sie drehte sich um und wollte gehen. Er griff nach ihrer Hand. Offensichtlich fand er die Situation ebenso absurd und merkwürdig wie sie.

»Ja?«, sagte sie.

»Erzähl mir davon«, sagte er.

»Wovon?«

»Was du gerade gesagt hast.«

»Hast du Zeit?«

Er hob hilflos die Hände. »Morgen?«

Das Schiff hatte abgelegt. Der Abstand zwischen ihnen wurde mit jedem Wort größer. Sie tat, als würde sie über seinen Vorschlag nachdenken. »Ruf mich morgen an«, sagte sie.

Er nickte und gab ihr einen schnellen Kuss, dann drehte er sich um und ging. Als er schon fast durch die Tür war, warf er einen letzten Blick über die Schulter. Hob die Hand zu einem Gruß. »Das war Quatsch, oder? Dass heute irgendwas passiert wäre?«

Sie hob eine Hand und winkte ohne zu antworten.

Die Tür schlug hinter Steffen zu.

Lena stand reglos. *Ich habe Krebs*. Das war das erste Mal, dass sie das Wort laut ausgesprochen hatte. Die Art, wie sie es gesagt hatte, der Klang, den das Wort bekam, war unheimlich. Steffen hatte gefragt, ob er etwas tun könne, als hätte sie ihm erzählt, sie habe den letzten Bus verpasst. Er hatte nicht einmal gefragt, was für einen Krebs sie hatte. Es hatte ihn nicht interessiert. Als er merkte, dass er falsch reagiert hatte, hatte er sich besonnen und sie gebeten, darüber zu sprechen.

Nein, dachte sie sofort. Sie hatte kein Recht, seine Reaktion zu verurteilen. Sie war diejenige, die am falschen Ort zur falschen Zeit damit rausgeplatzt war. Sie hatte die schwierige Situation geschaffen. Oder?

Eine Krankheit kommt niemals gelegen.

Lena riss sich los und ging zurück.

Monica stand auf, um ihr Platz zu machen. »Ich habe gesehen, dass du mit Steffen gesprochen hast«, sagte sie.

Lena betrachtete die blonde Monica mit dem Blick eines Schlafwandlers.

»Monica kennt ihn«, sagte Emil. »›Den Anhänger‹. Monica arbeitet da.«

Lena sah immer noch Monica an, die betreten lächelte. »Ein paar Journalisten mit bösen Zungen nennen Steffen den ›Anhänger‹, wohl weil er sich öfter an die Projekte anderer dran hängt, als selbst zu recherchieren. Unter vielen Journalisten herrscht eine ziemlich heftige Konkurrenz«, fügte sie fast entschuldigend hinzu.

Lena blinzelte. Es war merkwürdig zu hören, wie hinter Steffens Rücken über ihn geredet wurde. ›Der Anhänger‹! Das musste doch demütigend für ihn sein! Trotzdem freute es sie nicht. Alle Gedanken an Steffen taten nur weh. Sie wollte nicht mehr an ihn denken. Sie wollte trinken.

Doch sie wurde erst aus ihrer Trance gerissen, als Emil Yttergjerde mit einer Hand vor ihrem Gesicht wedelte. »Lena, ist jemand zuhause? Lust auf Bier und Cognac?«

»Ja«, sagte Lena. »Sehr.«

SONNABEND, 19. DEZEMBER

1

Ihre Augenlider fühlten sich an wie zwei Briefmarken mit klebriger Leimschicht. Sie kämpfte damit, sie zu öffnen. Aber sie wollte es schaffen. Es flimmerte. Scharfes, ekelhaft grelles Licht drang zwischen den Wimpern herein.

Da.

Der Raum war voller Tageslicht. Also musste es schon nach neun Uhr morgens sein. Ihr Bauch fühlte sich an wie ein Lehmklumpen. Unmöglich, ihn zu bewegen.

Warum? Sie hatte keine Ahnung, begriff aber, dass sie ganz still liegen musste.

Ich sehe an eine Zimmerdecke, also bin ich am Leben, ich existiere, aber wo?

Sie sah direkt auf eine Deckenlampe. Der Schirm war ein Teller, geschmückt mit Bildern von Donald Duck.

Sie drehte den Kopf nach links und versuchte dabei, den Magen nicht zu sehr zu provozieren. Was für ein schrecklicher Schrank. Ein IKEA-Modell aus dem vorigen Jahrhundert. Breite, braune Türen und weiße Seitenwände.

Neben dem Bett stand ein Sprossenstuhl. Über dem Stuhl lagen ein Paar lange Herrenunterhosen, in Blau.

Wo auf diesem Planeten befand sie sich?

Ihr brach am ganzen Körper der Schweiß aus. Ein neuer Übelkeitsanfall bahnte sich an.

Ich habe einen Kater, dachte sie, aber wo bin ich? Welcher Tag ist heute?

Sie schnupperte und roch die Ursache dafür, das sich ihr Magen umdrehte. Es roch nach Spiegelei und gebratenem Speck. Himmelherrgott, was für ein furchtbarer Gestank!

Sie stöhnte laut.

Da hörte sie, wie sich in einem anderen Raum jemand bewegte.

Im selben Moment wurde ihr der Ernst ihrer Situation bewusst. Sie lag im Bett eines fremden Mannes! Es war ein Doppelbett mit nur einer Bettdecke. Sie hob die Bettdecke an.

Lieber Gott, sie lag splitternackt im Bett eines fremden Mannes!

Was ist passiert? Was habe ich getan?

Sie sah sich angestrengt nach ihren Kleidern um. Sie waren nirgends zu sehen.

Wer befand sich im Nebenzimmer?

Lena versuchte sich aufzusetzen, aber ein erneuter Übelkeitsanfall zwang sie wieder in die Waagerechte.

Der oder diejenigen, die sich im Nebenzimmer befanden, näherten sich der Tür.

Sie musste sich verteidigen! Was sollte sie …

Lena starrte auf die Türklinke. Sie bewegte sich nach unten. Langsam öffnete sich die Tür.

Ein haariges Gesicht unter einem dichten Haarschopf kam dahinter zum Vorschein.

»Wach?«

Es war Frank Frølich.

»Du!«, rief Lena aus. »Was machst du hier?«

»Ich wohne hier.«

»Oh«, sagte Lena und zog sich die Decke bis zum Kinn hinauf.

Frølich trat in den Raum und warf ihr ein Kleidungsstück zu. Ihre hellblaue Unterhose. Sie landete auf dem Boden.

»Was machst du mit meiner Unterwäsche?«

»Nichts. Dachte nur, du willst dich vielleicht anziehen vor dem Frühstück.«

Lena betrachtete ihn schockiert.

»Moment mal«, sagte er und verschwand wieder. Ein paar Sekunden später kam er mit einem Bündel Kleider zurück und legte sie aufs Bett. »Wenn du duschen willst, liegen Handtücher im Schrank im Bad.«

Er wollte wieder gehen.

»Du!«

»Ja?«

»Mir ist kotzübel.«

»Du hast einen Kater.«

»Ich kann mich an nichts erinnern.«

Er lächelte und bekam diesen teuflischen Blick.

»Sei ehrlich«, sagte sie.

»Wieso?«

»Sofort. Ich muss sofort die Wahrheit wissen.«

»Bin ich nicht immer ehrlich?«

Er drehte sich auf dem Absatz um, mit einem breiten Grinsen um den Mund. »Du willst wissen, ob wir heute Nacht gesoffen haben? Aber hallo, das haben wir!«

»Du weißt genau, was ich meine!«

»Was denn?«

Lena schwitzte vor Verzweiflung.

»Du willst wissen, ob wir …« Er grinste noch breiter und zwinkerte ihr zu. »Ob du und ich … Würde nur zu gerne ja sagen«, sagte er, »aber dazu warst du nicht mehr in der Lage.« Er betrachtete sie mit dem gleichen teuflischen Blick.

Sie wollte nicht mehr hören. Hielt sich die Ohren zu, während ihr die Schamesröte auf den Wangen brannte.

»Ich musste dich hier reintragen und hab dann selbst auf dem Sofa im Wohnzimmer geschlafen.«

Sie schwitzte, war immer noch rot im Gesicht, lächelte aber

vorsichtig. »Jetzt machst du Witze«, sagte sie zaghaft und suchte nach etwas in seinem Blick, das ihr bestätigen konnte, dass es so gewesen war.

Er schüttelte den Kopf und räusperte sich. »Wenn du wieder in Form bist und das Angebot noch steht …«

»Nein«, sagte sie schnell. »Geh raus. Ich muss mich anziehen.«

Er drehte sich um und wollte gehen.

»Du, Frank«, sagte sie.

»Ja?«

»Hab ich was gesagt, über mich, privat?«

Er runzelte die Stirn. »Du hast die alte Leier abgespult, mit deinem Vater, der gestorben ist und bla bla bla. Sorry, aber wenn du damit anfängst, höre ich schon immer weg.«

»Haben wir über Krankheit geredet?«

»Nein, wieso?«

»Egal.«

Er ging und schloss die Tür hinter sich. Sie setzte sich auf. Ihre Hände zitterten. Was war an diesem Morgen eigentlich passiert? Und warum passierte ihr das?

Sie schloss die Augen. Die Erinnerung an die Autofahrt war ebenso fragmentarisch wie die an den gestrigen Abend und die Nacht. Die Faust, die zuschlug. Sein Gesicht. Sie hatte ihn schon einmal gesehen. Er hatte die Tür aufgerissen und seine Muskeln spielen lassen. Hatte eine Handfeuerwaffe in seinen Hosenbund gesteckt und war hinter ihr her gestürmt. Stian Rømer.

Er hatte gewusst, wer sie war, als er ihr die Tür aufmachte. Er wollte sie in die Wohnung locken. Und gestern Morgen hatte er in Steffens Wohnung auf sie gewartet.

Frank klopfte an die Tür. »Kommst du? Wollen wir frühstücken?«

»Komme«, sagte Lena und begann sich anzuziehen.

2

Der Anblick von Frank Frølich, dem Eigelb auf den Kinnbart tropfte, war zu viel für sie. Lena mochte gar nicht an Essen denken und ging einfach. Sie hatte sich Franks Anweisungen bezüglich des Weges – welche T-Bahn und wo umsteigen – geduldig angehört. Seine Worte waren sofort vergessen, als sie aus dem Fahrstuhl stieg. Aber am Taxistand standen drei Taxis. Sie ging direkt darauf zu und setzte sich auf den Rücksitz des ersten Wagens. Der Fahrer roch stark nach Parfüm und sprach während der ganzen Fahrt Arabisch in sein Handy.

Gegen zwölf Uhr war sie wieder an ihrem Arbeitsplatz, konnte aber noch immer den Gedanken an Essen nicht ertragen. Es ist wie in einem Flugzeug zu sitzen, dachte sie. Man sitzt am Fenster, das Flugzeug setzt durch eine dichte Wolkendecke zur Landung an, ab und zu sieht man grüne Wiesen und Häuser am Boden, dann verschwinden sie wieder in weißen Wolken, und wenn es wieder klar wird, sieht man andere Häuser, Wege und Straßen.

Das Geräusch der Scheibenwischer. Das Geräusch der Wellen, bevor er die Balance verlor und verschwand.

Und gestern: Saufen und Abstürzen. Sie schämte sich. Allein der Gedanke daran, die eigene Verzweiflung in Alkohol zu ertränken, war verkehrt. Sie musste sich konzentrieren.

Aber worauf soll ich mich konzentrieren?

Auf die mysteriöse L. Die konkrete Spur im Fall Sveinung Adeler.

Telenor hatte eine Mail geschickt und mitgeteilt, dass das Handy mit der nicht registrierten Nummer sich im Osloer Stadtteil Frogner befand. Tja, dachte Lena, Frogner ist ein großer Stadtteil. Wenn das Handy der mysteriösen L. gehörte,

dann wohnte die Frau in einem der am dichtesten besiedelten Gebiete Oslos, zwischen Majorstua und Bygdøy.

Die zweite Mail war eine Liste der Verkäuferinnen am Osloer Flughafen, deren Vorname mit L begann.

Lena kreuzte diejenigen an, die im Westen Oslos wohnten. Eine Adresse war Huk Aveny. Die Straße befand sich zwar im Stadtteil Frogner, lag allerdings auf Bygdøy. Wenn sich das Handy auf der Halbinsel befände, hätten die dortigen Empfangsstationen von Telenor es geortet. Lena beschloss, sich auf die andere zu konzentrieren, eine gewisse *Lisbet Enderud*, wohnhaft in der Bygdøy Allé.

Was hatte sie also herausgefunden? Adeler hatte im Tax-Free-Shop am Flughafen angerufen. Dort arbeitete eine Frau namens Lisbet, die tatsächlich im Westteil von Oslo wohnte. Zuvor hatte Adeler ein nicht registriertes Handy angerufen, das sich ebenfalls im Westteil von Oslo befand. Aber Lena wusste nichts über diese Lisbet. Es konnte auch ein Blindgänger sein.

Trotzdem schlug sie im Telefonbuch nach. Lisbet Enderud in der Bygdøy Allé hatte auch einen Festnetzanschluss.

Lena wählte die Nummer und hatte den Anrufbeantworter dran: *Hei, hier ist Lisbet, wie Sie merken, bin ich nicht zuhause, hinterlassen Sie eine Nachricht, dann rufe ich zurück.*

Lena wartete auf den Piepton und hinterließ ihren Namen und ihre Telefonnummer.

Als sie gerade aufgelegt hatte, begann das Faxgerät zu piepen. Sie drehte sich um und betrachtete es. Ein Blatt Papier schob sich langsam aus dem Gerät. Lena stand aus reinem Pflichtgefühl auf. Trat zum Fax und griff nach dem ersten Blatt. Sofort begann sie zu schwitzen. Sah in den Korridor hinaus. Es war niemand in der Nähe. Dennoch schloss sie die Tür.

Sie hatte am Bein dieses Mannes gehangen. Sie war dafür verantwortlich, dass er ins Wasser fiel. Sie wollte mit niemandem darüber reden. Noch nicht.

Es folgten weitere Blätter. Lena sammelte Blatt für Blatt in der Hand und rollte sie dann zusammen.

Das Gerät arbeitete weiter und spuckte eine Reihe von Fotos aus.

Es waren Fotos von einer Leiche, von einem ertrunkenen Mann. Nicht identifiziert.

Ob jemand dazu beitragen könne, die Identität des Toten zu ermitteln?

Das Gesicht des Toten wirkte zerschlagen und blutig. Seine Kleider waren zerfetzt. Die Haut wies Schürfwunden auf. Beide Augen waren rote Höhlen. Ausgehackt, dachte Lena, Meeresvögel. Der Körper lag verrenkt zwischen Ufersteinen. Der Boden mit Eis bedeckt.

Man hatte Stian Rømers toten Körper gefunden.

Das hier hätte ich sein können, dachte Lena. Sie schwankte und musste sich an der Wand abstützen. Die Erinnerung kam zurück. Die kalte, vereiste Felswand unter ihren tauben Fingerspitzen. Das Geräusch der Wellen. Das Gefühl, als sie an seinem Fuß hing und merkte, wie er plötzlich das Gleichgewicht verlor.

Sie holte tief Atem. Atmete aus. Atmete wieder ein.

Es ist nicht meine Schuld! Er wollte mir das antun!

Doch dann war er plötzlich ausgerutscht und gefallen.

Lena hatte ein Flashback. Sie klammerte sich an die Wade des Mannes.

Auf dem Korridor ertönten Schritte. Sie richtete sich auf, holte noch einmal tief Atem. Hielt sich mit beiden Händen am Faxgerät fest.

Jemand klopfte an die Tür.

Lena stand reglos da und schwitzte. Geh weiter, dachte sie panisch. Probiere nicht aus, ob die Tür offen ist, geh einfach! Hau ab!

Das Gerät spuckte Blatt für Blatt aus.

Blind starrte Lena auf die Texte zu den Fotos: Zwei kleine

Jungen hatten auf den Ufersteinen von Kadettangen gespielt und die Leiche gefunden. Die Fotos kamen vom Polizeidistrikt Asker og Bærum.

Sollte sie nachsehen, ob die Person auf dem Korridor wieder gegangen war?

Endlich! Das letzte Blatt. Das Gerät verstummte.

Da. Das Geräusch sich entfernender Schritte. Zur Sicherheit blieb sie noch ein paar Sekunden stehen und wartete, für den Fall, dass ein weiteres Fax ankäme.

Als sie sicher war, dass keine Blätter mehr kamen, zog sie sich den Mantel an.

Sie musste über diesen Mann sprechen, und es gab eine ganz bestimmte Person, die sie damit konfrontieren wollte.

Lena machte sich auf den Weg zur Zentrale des Geheimdienstes in Nydalen.

3

An der Rezeption bat sie darum, mit Ingrid Kobro sprechen zu dürfen. Der Mann hinter der Glasscheibe hob den Telefonhörer ab und schwang mit seinem Stuhl herum. Dann streckte er den Kopf hervor und bat sie, ihr Handy in einem der Schließfächer an der Wand zu deponieren.

Lena sagte, sie müsse nicht hinein. Sie blieb also stehen und wartete, ohne irgendetwas abzugeben.

Ingrid kam mit dem Fahrstuhl herunter.

Jetzt standen mehrere Menschen an der Rezeption. Eine Gruppe von Besuchern wartete auf eine Führung. Viel Trara um Schließfächer und Handys.

Lena bat Ingrid zu warten, bis sie allein waren. Sobald sich die Sicherheitsschleuse hinter den Besuchern geschlossen hat-

te, reichte Lena Ingrid die Fotos. Ingrid blätterte sie schnell durch.

»Das ist der Mann, von dem du behauptet hast, er sei außer Landes. Die Leiche wurde beim Kadettangen in Sandvika angespült.«

Ingrid Kobro blätterte noch energischer. Studierte das Gesicht des Toten.

»Zwei kleine Jungen haben heute Morgen dort gespielt. Sie haben eine Schar von Vögeln dabei beobachtet, wie sie auf ein Bündel am Ufer einhackten. Asker og Bærum hat gerade die Fotos gefaxt, in der Hoffnung, dass andere Polizeidistrikte Auskunft über die Identität der Leiche geben können. Ich denke, dass du ihnen vielleicht helfen kannst.«

Ingrid sah stumm von den Fotos zu Lena und wieder auf die Fotos.

Die Türen öffneten sich. Eine rundliche Frau in den Fünfzigern kam herein, nickte Ingrid zu und blieb vor der elektronischen Schranke stehen.

Sie standen beide stumm und sahen der Frau dabei zu, wie sie eine Chipkarte benutzte und sich durch die Schranke schob.

Ingrid begegnete Lenas Blick und sagte mit sehr ernster Stimme:

»Er kann dir nichts mehr tun, Lena.«

Lena holte tief Luft. Eine Sekunde lang war sie versucht, von dem kläglichen Brandanschlag zu erzählen, von dem Überfall in Steffens Wohnung, von der Autofahrt nach Asker, von ihrem Alptraum am Rand des Abgrunds und von dem Mann, der in die Wellen fiel. Aber sie behielt es für sich.

Ihre Wut hingegen konnte sie nicht für sich behalten: »Bist du wirklich so total mit deinem Job verheiratet?«, zischte sie und fuhr mit gepresster Flüsterstimme fort: »Du hast mich angelogen, Ingrid. Okay, es kommt vor, dass ich auch mal lüge, alle lügen. Aber du hast die Arbeit vorgehen lassen und mir of-

fen ins Gesicht gelogen. Das wäre auch noch nicht so schlimm gewesen, wenn es nicht um meine Sicherheit gegangen wäre. Der Typ ist weiter mit einer Pistole in der Tasche rumgelaufen, nachdem er schon einmal versucht hatte, sie auf mich zu richten. Was ist dran an deinem Job, dass deine Geheimniskrämerei wichtiger ist als meine Sicherheit? Hast du darüber mal nachgedacht? Hä?«

Sie kehrte Ingrid den Rücken zu und ging.

Ingrid kam hinterher. »Lena, warte!«

Lena drehte sich um.

»Ich weiß, dass er eingecheckt hatte!«

»Und hast du hinterher die Passagierlisten gecheckt?«, fragte Lena und las die Antwort in Ingrids nachdenklichem Gesichtsausdruck.

»Der einfachste Trick der Welt«, fuhr Lena resigniert fort. »Einchecken ohne Gepäck und dann mit dem Zug zurück fahren, statt an Bord zu gehen. Und ihr prahlt mit euren tollen Beschattern!«

Ingrid fasste Lena am Arm, aber sie riss sich los.

Sie standen sich Auge in Auge gegenüber. »Er ist tot«, sagte Ingrid Kobro. »Er kann dir nichts mehr tun. Und jetzt möchte ich, dass du mir ganz genau zuhörst und gehorchst: Ich verlange von dir, dass du über diesen Menschen schweigst. Ich verlange von dir, dass du kein Wort darüber verlierst, was du in Asker og Bærum erlebt hast …«

»Willst du das Ganze auch noch vertuschen? Asker og Bærum hat das Foto von dem Kerl schon im ganzen Land herumgefaxt.«

»Jetzt halt mal für zwei Sekunden den Mund und hör mir zu«, sagte Ingrid scharf. »Ich verlange von dir, dass du kein Wort über Stian Rømer verlierst und ihn vergisst, hast du das verstanden?«

Lena war sprachlos. Sie drehte sich um, wollte gehen.

Ingrid kam ihr nach.

Lena hielt inne.

»Hast du verstanden, was ich von dir verlange?«, fragte Ingrid Kobro mit versteinertem Gesicht.

Die Sekunden tickten.

Ingrid wartete. Ihre Augen blitzten noch immer, als sie Lena leicht mit den eingerollten Papieren gegen die Schulter klopfte.

»Ja«, sagte Lena und holte tief Atem, atmete aus, atmete wieder ein und spürte, dass sie ihr Gleichgewicht zurückgewann.

Sie ließ Ingrid Kobro stehen, ohne sich umzusehen. Langsam ging sie den Weg entlang und dachte bei jedem Schritt:

Ingrid weiß Bescheid.

Ingrid weiß, was mit Stian Rømer passiert ist. Aber es ist mir scheißegal. Ich habe keinen Einfluss auf Ingrids Gedanken oder Schlussfolgerungen.

Insgeheim wusste sie, dass Ingrid sich längst umgedreht hatte und mit dem Fahrstuhl in ihr Büro mit den heruntergelassenen Jalousien gefahren war.

Sie marschierte ins Zentrum hinunter. Das schnelle Gehen brachte ihren Kreislauf in Schwung, und schließlich stieg sie in einen der Busse, die in Richtung Bygdøy Allé fuhren.

4

Bei der Frogner Kirche stieg sie aus. Durch die vielen Weihnachtsbäume, die dort zum Verkauf standen, wirkte die Haltestelle wie eine kleine Schonung. Importierte Blautannen, Edeltannen, norwegische Waldtannen – sogar die eine oder andere Fichte – standen aneinandergelehnt da.

Lena suchte nach dem Haus, in dem die Frau wohnte, die Adeler während seiner Arbeitszeit von seinem Handy aus ange-

rufen hatte. Es war eines der Jugendstilhäuser mit geschwungenen Balkonwänden, ungefähr fünfzig Meter von der Haltestelle entfernt.

Lena trat vor den Hauseingang.

Sie überprüfte die Namensschilder an den Klingelknöpfen. Lisbet Enderuds Name stand ganz oben rechts.

Sie klingelte.

Nichts geschah.

Sie klingelte erneut.

Die Tür blieb verschlossen.

Lena überquerte die Straße, lehnte sich an eine Wand und sah zu den Fenstern der Wohnung im oberen Stockwerk hinauf.

Da sie nichts anderes zu tun hatte, beschloss sie zu warten.

Sie wartete zwei Stunden, ohne dass etwas geschah. Dabei lernte sie einiges über die Gewohnheiten der Norweger beim Weihnachtsbaumkauf. Mancher eilige Herr riss im Vorbeigehen einen Baum mit sich und lief dann mit krummem Rücken davon, den Blick auf den Boden gerichtet, als schämte er sich für seine Tat und wollte so schnell wie möglich außer Sichtweite sein. Andere, häufig ältere Frauen, waren mit dem Weihnachtsbaumverkäufer gut befreundet, fragten ihn, wie es ihm und seiner Familie ginge, hörten sich seine Empfehlungen und seine Meinung darüber an, dass so viele Weihnachtsbäume aus Dänemark importiert wurden – wo wir in diesem Land doch so viel Wald haben. Ab und zu kamen Familien mit Kleinkindern auf Schlitten vorbei. Diese Kunden nahmen sich viel Zeit, besichtigten einen Baum nach dem anderen, während die Kinder zwischen den Stämmen spielten. Eine ältere Frau in einem Nerzmantel beklagte sich über den Preis und erzählte wehmütig von alten Zeiten, als sie und ihr Ehemann aufs Land gefahren waren und lose Tannenzweige aufgesammelt hatten, die sie in den Stamm ihres Weihnachtsbaums steckten, nachdem sie Löcher in den kläglichen Baum gebohrt hatten, den der Vorgänger

dieses Weihnachtsbaumverkäufers ihnen am Heiligabend aufgeschwatzt hatte, als er schon fast ausverkauft war und keine Lust mehr hatte, auf seinen Hof zu fahren, um noch weitere Bäume zu holen.

Lena nahm sich vor, in den nächsten Tagen auch einen Weihnachtsbaum zu kaufen, danach bei Mama vorbeizufahren und den Baum auf ihre Veranda zu stellen. Am besten morgen, dachte sie, jedenfalls rechtzeitig vor Weihnachten.

Rechtzeitig? Es war schon fast Weihnachten, und sie hatte noch nicht alle Geschenke beisammen.

Während sie darüber nachdachte, wurde ihr bewusst, dass sie gar keine Energie hatte, sich Geschenke auszudenken. Sie hatte viel zu viel anderes im Kopf.

Nach zwei Stunden war in der oberen Etage immer noch alles dunkel.

Auf dem Weg nach Hause schaute sie kurz in der Buchhandlung am Ende der Bygdøy Allé vorbei. Sie durchquerte den Raum bis zum Ende, zu den Regalen mit den Büchern, die der Welt nur bescheidene Rücken entgegenstreckten. In solchen Regalen fand Lena die Bücher, die ihr gefielen. Auch hier fand sie gleich mehrere. Aber sie wollte sie gern selbst lesen. Also ließ sie sie stehen und fuhr nach Hause, um sich wärmer anzuziehen.

*

Es war kurz nach fünf Uhr nachmittags, als sie sich wieder ins Auto setzte und zurückfuhr. Bei der Gimle Terrasse fand sie einen freien Parkplatz und wanderte die Bygdøy Allé entlang. Etwas später nickte sie dem Weihnachtsbaumverkäufer zu, der eifrig damit beschäftigt war, Bäume durch den riesigen Trichter zu ziehen, der sie in ein Netz einpackte. Lena hatte sich genauso warm angezogen wie der Weihnachtsbaumverkäufer:

einen blauen Schneeanzug, Moonboots und Pelzmütze mit Ohrenklappen.

Es war eine harte Prüfung, bei solch einer Kälte jemanden zu beschatten. Lena hielt sich warm, indem sie sich bewegte. Sie lehnte sich abwechselnd gegen die Wand, ging kurze Strecken auf dem Bürgersteig hin und her oder hüpfte hinter den Weihnachtsbäumen auf und ab.

»Haben Sie einen besonderen Wunsch?«

Lena zuckte zusammen. Es war der Weihnachtsbaumverkäufer. Seine Augen blinzelten hellblau unter der Pelzmütze. Seine Wangen waren rot wie Äpfel, und sein schiefes Lächeln verriet, dass sein einer Schneidezahn eine Krone war, die viel weißer war als seine anderen Zähne. In der Hand hielt er einen hohen, schlanken Baum mit glänzenden Nadeln.

»Der hier passt zu Ihnen«, sagte er und zwinkerte ihr zu. »Passt zu Ihrer Persönlichkeit.«

»Ist aber wohl etwas zu hoch«, sagte Lena peinlich berührt und wusste nicht recht, wie sie auf diesen Vorstoß reagieren sollte. »Ich feiere Weihnachten mit meiner Mutter, und ihre Decken sind ziemlich niedrig.«

Der Weihnachtsbaumverkäufer nickte und drehte sich um, um nach Alternativen zu suchen.

»Der Baum ist toll«, sagte Lena schnell, »aber ich bin eigentlich gar nicht auf der Suche nach einem Baum, ich bin dienstlich hier.«

»Dienstlich?«

»Verkehrszählung«, sagte Lena schnell. »Überprüfe den Verkehr hier, in der Bygdøy Allé.«

Ein jüngeres Paar kam auf dem Bürgersteig heran und trat zwischen die Baumstämme. »Kunden«, sagte der Verkäufer mit entschuldigender Miene und ließ sie stehen.

Er kommt bestimmt gleich wieder, dachte Lena und überquerte sicherheitshalber die Straße.

Um kurz vor sieben winkte ein Schatten vom Fahrersitz eines schwarzen BMW ihr zu, fuhr langsam vorbei und hielt an der Bushaltestelle. Es war Iqbal von der Fahndungstruppe. Er ließ die Scheibe herunter.

»Du hast eine Stunde«, rief er.

»Zwei«, sagte Lena. »Ich habe noch nichts gegessen und muss dringend aufs Klo.«

»Anderthalb«, sagte Iqbal.

Sie brauchte zwei Stunden. Balkan Kebab hatte die besten Waren, aber im Bislet Kebab House kam das Essen schneller. Lena bekam ihr Essen direkt in die Hand. Sie hatte einen Bärenhunger, schaufelte alles in sich hinein und spülte es mit Cola herunter. Aber sie wurde nicht satt. Hatte Lust auf etwas Süßeres.

Ich bin krank, sagte sie sich. Ich kann mir solche Ausschweifungen erlauben. Also fuhr sie noch bei Pascal im Drammensveien vorbei und kaufte zwei Stück Sahnetorte mit Marzipanmantel, auf den unter anderem rote und grüne Blumen gemalt waren, die garantiert aus künstlichem Zucker und ungesunden Konservierungsstoffen bestanden. Sie biss genüsslich hinein, leckte sich die Finger ab und dachte, dass das Konditorhandwerk doch eine höchst unterbewertete Kunstform war. Der Geschmack von Rumcreme, Vanille, Schokolade, Mandeln, Marzipan und Erdbeeren explodierte in ihrem Mund, ließ die Kälte verschwinden und verwandelte sie zu einem sinnlichen Prickeln auf der Haut. Danach hatte sie immer noch Lust auf mehr und fragte sich, was gerade mit dem Körper geschah, in dem sie wohnte. Der führte sich normalerweise nicht so auf. Sonst gönnte sie sich an Süßem meistens nur Obst und Joghurt.

Nicht nur der Körper benahm sich anders. Ihr geliebter Micra ging unter der Kälte langsam in die Knie. Das erste Gefahrensignal, das ihr auffiel, als sie die Tür öffnete, war, dass die In-

nenbeleuchtung schwächer war als sonst. Als sie den Schlüssel im Zündschloss drehte, gab der Anlasser nur einen knatternden Klagelaut von sich. Sie versuchte es noch einmal. Mit dem gleichen Ergebnis. Angespannt ließ Lena den Anlasser ein paar Sekunden ausruhen, bevor sie den Schlüssel zum dritten Mal herumdrehte. Der Motor sprang an, und sie klopfte dem Micra kameradschaftlich auf das Armaturenbrett. »Brav, alter Junge!«

Sie fuhr zurück in die Bygdøy Allé. Dort angekommen, winkte sie Iqbal zu, musste aber zuerst noch einen Parkplatz suchen. Schließlich fand sie eine Lücke in der Gabels Gate.

Als sie wieder auf ihrem Posten ankam, war der Weihnachtsbaumverkäufer schon dabei, zusammenzupacken. Trotzdem bot er ihr Kaffee aus einer Thermoskanne an. Lena nahm dankend an und bekam einen Pappbecher in die Hand gedrückt, der zur Hälfte mit etwas gefüllt war, das an flüssigen Asphalt erinnerte. Sie bekam es nicht runter. Außerdem war sie krank und sollte sich von Kaffee und Alkohol fernhalten, nur noch Möhrensaft und konzentrierte Obstsäfte voller Antioxidationsmittel trinken.

Sobald der Weihnachtsbaumverkäufer sich umdrehte, schüttete sie die Säure in den Gully.

Jedes Mal, wenn die Haustür des betreffenden Hauses aufging, konzentrierte sie sich. Doch die Bewohner, die kamen und gingen, waren ältere Frauen in langen Mänteln oder ältliche Herren mit dünnen Beinen in Bürohosen und locker um den Hals geschlungenen Schals.

Jedes Mal, wenn die Tür hinter jemandem ins Schloss fiel, gab sie demjenigen etwas Zeit, bevor sie den Kopf in den Nacken legte und hinaufsah. Die Fenster der Wohnung im oberen Stock blieben dunkel. Ihr Eisatem bekam eine regenbogenfarbene Aura, wenn sie in das Licht der Straßenlaterne hineinatmete.

Die letzten Geschäfte schlossen. Der Weihnachtsbaumverkäufer schlug die Schiebetür seines VW Transporters zu. Er winkte ihr und fragte, ob er sie wiedersehen würde, zum Beispiel morgen.

Lena zuckte mit den Schultern.

»Hab diesen zurückbehalten«, sagte er und zeigte ihr einen Baum, der eine kürzere Ausgabe des vorigen war, dicht gewachsen, mit glänzenden Nadeln. »Derselbe Baum, nur einen Meter gekürzt.«

»Super«, sagte Lena. »Perfekt, aber ich bekomme ihn so nicht mit. Sorry.«

»Na, mal sehen«, sagte er optimistisch, winkte ihr durch die Scheibe zu und fuhr davon.

Kurz vor Mitternacht war Lena steif vor Kälte. Sie hatte sich in ihrer Phantasie lange mit den Torten im Pascal beschäftigt und gab sich noch zehn Minuten, bevor sie aufgab.

Sie hasste es aufzugeben.

Die zehn Minuten vergingen, und Lena zählte an ihren Knöpfen ab. Soll ich, soll ich nicht?

Ein Bus kam langsam herangefahren und hielt an der Bushaltestelle. Als er weiterfuhr, stand dort eine junge Frau. Lena folgte ihr mit dem Blick. Moderne Pelzmütze über einer Flut heller Haare, dir ihr bis auf den Rücken reichten. Die Frau lief über die Straße, leichtfüßig, in einer kurzen taillierten Jacke. Die enge Hose betonte schwingende Hüften und einen geschmeidigen Hintern, nach dem sich die Männer garantiert umdrehten. Die Frau schloss sich die richtige Tür auf. Dann schlug die Tür hinter ihr zu.

Lena spahte zu den Fenstern im oberen Stockwerk hinauf. Sie stellte sich vor, was wohl drinnen im Haus geschah, hörte förmlich den Fahrstuhl anhalten, stellte sich vor, dass sie den Fahrstuhl nach oben steigen hörte. Sah vor sich, wie die Frau

nach den Schlüsseln in ihrer Tasche suchte und das Licht einschaltete …

Die Fenster im oberen Stockwerk blieben dunkel.

Das war der Tropfen. Es reichte.

Lena ging langsam in die Gabels Gate zurück zu ihrem Wagen. Als sie die Wagentür öffnete, reichte die Batterie nur noch für ein fast unsichtbares Glimmen der Deckenbeleuchtung. Und auch das verglomm, während sie zusah.

Dennoch setzte Lena sich in den Wagen, trat einmal das Gaspedal durch und drehte optimistisch den Zündschlüssel herum.

Doch der alte Junge war tot. Ein trockenes Klicken ertönte, mehr nicht.

Es war einfach nicht ihr Tag.

»Nach Hause«, sagte sie laut, stieg wieder aus und schloss den Wagen ab. Ging langsam zurück, den Hügel zur Bygdøy Allé hinauf, auf der Suche nach einem Taxistand. Als sie auf der Höhe des Hauses war, warf sie einen Blick hinauf zu den Fenstern der Wohnung, die sie die ganze Zeit beobachtet hatte.

In der oberen Etage brannte Licht.

5

Das Päckchen, das er im Internet bestellt hatte, lag im Briefkasten. Wenn Gunnarstranda selten einmal ein Päckchen bekam, wurde er wieder wie ein Kind. Seine Hände zitterten, und er hatte keine Geduld, Knoten zu lösen oder eine Schere zu holen, um auf gepflegte Weise das Klebeband durchzuschneiden. Er riss das Päckchen auf. Je widerständiger die Verpackung war, desto heftiger malträtierte er das Packpapier.

Während er kämpfte, saß Tove daneben und betrachtete ihn mit hochgezogenen Augenbrauen. Sie sagte nichts.

Oben auf dem Stapel von CDs lag der Soundtrack des Films *Fahrstuhl zum Schafott* von Louis Malle.

Auch diese CD war in Plastik verpackt. Die Finger rutschten auf der dünnen Folie aus. Er versuchte es mit den Nägeln, aber ohne Erfolg.

Tove zog erneut die Augenbrauen hoch. Sie beugte sich vor und zog eine Stricknadel aus einer Tasche am Boden. Die schaffte die Plastikhülle mit einem kleinen Stich.

»Danke.«

Gunnarstranda konnte sich endlich gemütlich hinsetzen und sich die Kopfhörer über die Ohren stülpen. Er wählte die Kopfhörer, weil Tove ein Fernsehmensch war. Tove hatte den Fernseher gern rund um die Uhr angeschaltet, und ein Fluss von Geräuschen strömte unaufhörlich in den Raum – ob es nun TV-Müll, Nachrichtensendungen oder Gottesdienste waren. Ton oder kein Ton. Der Fernseher lief, auch wenn Tove telefonierte oder Zeitung oder Bücher las.

Er wusste, dass sie nichts dagegen gehabt hätte, wenn er den Fernseher ausschaltete. Aber wenn er ihn ausschaltete und zum Beispiel Miles Davis auflegte, würde Tove wahrscheinlich zu reden beginnen.

Das wiederum würde dazu führen, dass er entweder die Musik ausmachen oder sie bitten musste zu schweigen.

Er wollte Tove nicht bitten zu schweigen. Aber so tickte er nun einmal. Er konnte nicht mit jemandem reden, wenn Miles Davis spielte.

Also lautete die Lösung, den Klang der Musik durch Kopfhörer zu isolieren, während Toves Fernseher lief.

Miles Davis war schon tot, als CDs zu einer Normalität wurden. Miles hatte immer Schallplatten aufgenommen und darauf Rücksicht genommen, dass die Menschen aufstehen und seine

Platten per Hand umdrehen mussten. Die Aufnahmen hatten in der Regel zwei Konzepte, eins auf Seite 1 und eins auf Seite 2. Die Titelseite von *In a silent way* war ein 19 Minuten langes Stück, das von einem hektischen Trommelbeat getragen wurde. Die Rückseite war eine ganz andere lyrische Komposition in drei Sätzen. Gunnarstranda hatte immer die Meinung vertreten, dass es ein Unding sei, Miles Davis zu hören, wenn man die Platte nicht umdrehen konnte. Andererseits war diese CD der Soundtrack zu einem Film, also mussten die Übergänge nicht an eine A- und eine B-Seite gebunden sein.

Gunnarstranda war beeindruckt davon, dass ein französischer Filmregisseur Ende der 50er Jahre Miles dazu gebracht hatte, die Musik für einen ganzen Film zu schreiben. Außerdem war es ein wunderbarer Soundtrack. Die Tonfolge war dumpf und mollgestimmt, nicht unähnlich dem Klangbild des Klassikers *Kind of Blue*. Doch der einzige Mitspieler, den Gunnarstranda von früher kannte, war der Drummer Kenny Clarke.

Er genoss die Trompetensoli, während er an einem Glas Upper Ten mit Eis nippte und dabei abwesend den Fernsehbildschirm betrachtete, auf dem die Nachrichten vorbeiflimmerten. Er klopfte leicht mit dem linken Fuß im Takt – und hielt inne.

Plötzlich füllte das Gesicht von Frikk Råholt den gesamten Bildschirm.

Gunnarstranda zog sich die Kopfhörer von den Ohren und fragte Tove, was geschehen sei.

Sie sah desinteressiert von ihrer Zeitung auf, weil sie gerade dabei war, ein Sudoku zu lösen. »Er tritt zurück.«

»Er tritt zurück? Aus der Politik?«

Das Gesicht von Frikk Råholt war wieder vom Bildschirm verschwunden. Jetzt gab es den Wetterbericht.

Gunnarstranda suchte nach der Fernbedienung und zappte durch die Kanäle.

Beim Nachrichtensender von TV 2 war der Fall noch warm.

Nach Informationen von TV 2 *wird Frikk Råholt als Konsulent beim* PR-*Büro First in Line einsteigen. Råholt, der sich im Laufe seiner langjährigen Politikerlaufbahn ein großes Netzwerk erarbeitet hat, wird zu einem Lobbyisten mit großem Gewicht und großer Durchschlagskraft werden. Råholts Wechsel vom Posten eines gewählten Abgeordneten zu einer Position, in der er gegen gute Bezahlung verschiedenen Auftraggebern zur Verfügung steht, wird garantiert die Debatte über die Realitäten in der Demokratie wieder neu entfachen, äußerte –*

Gunnarstranda dämpfte die Lautstärke.

»Warum interessiert dich das?«, fragte Tove.

»Das weiß ich eigentlich auch nicht«, sagte er. »Ich weiß nur, dass es mich interessiert.«

»Was hast du dir angehört?«, fragte sie.

»Miles.«

Tove griff nach der CD-Hülle, auf dem Fotos aus dem Film abgebildet waren. »Den hab ich gesehen«, sagte sie. »Die Frau, die da mitspielt, ist diese Französin …«

Tove schnippte mit den Fingern, als ihr der Name einfiel. »Jeanne Moreau, die Trompete spielt, während sie allein in der Nacht durch Paris wandert.«

Tove grinste, als sie sein Erstaunen bemerkte. »Du bist ein Fan von der Musik, ich bin ein Fan von Jeanne Moreau, und ab und zu passt beides zusammen. Nett, oder?«

Über den Bildschirm flimmerten Archivaufnahmen aus Frikk Råholts politischer Karriere.

Gunnarstranda drehte den Ton wieder lauter. Råholts Stimme war angenehm, als er erklärte, dass es in der Politik darum ginge, ein Ziel zu erreichen.

»Was viele vergessen, ist, dass wir Politiker eigentlich Verkäufer sind«, sagte die angenehme Stimme.

Gunnarstranda seufzte.

»Was ist?«, fragte Tove.

»Mein Bruder war ’76 bei Linjegods Streikwache und wurde von der Polizei angegriffen.«

Tove lächelte. »Wie gut, dass du damals noch nicht bei der Polizei warst.«

Gunnarstranda schüttelte den Kopf. »Der Punkt ist nur, dass mein Bruder meinte, dass er aus ideologischen Gründen in die Politik hineingezogen wurde. Der Vogel da«, Gunnarstranda zeigte auf Råholt, der lächelnd auf die nächste Frage eines unterwürfigen Journalisten wartete, »der gehört zu einer Generation, die die Politik zu einer Frage von Angebot und Nachfrage gemacht hat.«

Tove antwortete nicht.

»Warum müssen wir immer Leute sehen, die im Fernsehen interviewt werden?«, fragte sich Gunnarstranda. »Früher hatten sie solche Aquariumsfische, bei denen sich unsere Augen erholen konnten. Die hätten sie behalten sollen.«

Tove hob die Fernbedienung und wollte den Fernseher ausschalten.

Gunnarstranda zog beeindruckt beide Augenbrauen hoch. »Schaltest du den Fernseher aus? Freiwillig?«

»Ich hab den Wink verstanden«, sagte Tove und ging zur Stereoanlage. »Holen wir uns ein bisschen kulturellen Input.«

6

Lena drückte auf den obersten rechten Klingelknopf. Nach wenigen Sekunden summte das Türschloss. Sie zog die Tür auf und ging hinein.

Das Treppenhaus hatte keinen Fahrstuhl.

Ihr wurde fast heiß, als sie die vielen Treppen bis in die obere Etage hochlief.

Lena wollte gerade klingeln, als die Tür geöffnet wurde.

Die Frau, die in der Tür stand, befand sich in dem unbestimmbaren Alter zwischen 27 und 35. Sie trug eine schwarze enge Hose und einen kurzen Pullover, der ihren Bauchnabel frei ließ. Ihr Haar war honigblond mit einem dunklen Ansatz an der Kopfhaut. Sie lächelte abwartend mit einer Reihe spitzer Oberkieferzähne und leichtem Überbiss.

Fast wie ein Hai, dachte Lena und sagte: »Lisbet Enderud?«

Die Frau nickte.

Lena fragte sich, wie sie ihr Anliegen vorbringen sollte. Das führte dazu, dass sie sich ein paar Sekunden lang schweigend gegenüberstanden. Die blonde Frau ergriff zuerst das Wort.

»Sie sind von der Polizei«, sagte sie. »Ich habe Sie im Fernsehen gesehen.«

Lena nickte. »Es geht um Sveinung Adeler.«

Die Frau verzog entschuldigend das Gesicht. »Habe Ihre Nachricht auf dem AB gehört und wollte Sie morgen anrufen.« Sie sah schnell auf die Uhr, wie um zu signalisieren, wie spät es war.

»Kann ich reinkommen?« Lena war schon dabei, den Reißverschluss ihres Skianzugs zu öffnen.

Die Wohnung hatte Stil. Es gab nur wenige Möbel, aber sowohl das Sofa als auch der breite Lehnsessel hätten auch im Schaufenster eines der hippen Geschäfte in diesem Viertel ste-

hen können. Klares Design, gedämpfte Farben. Regalwände aus Glas. Ein paar Zeitschriften und viele Lehrbücher lagen auf einem Esstisch aus grobem Holz. Brennende Teelichte auf einer Bank. Eine Musikanlage mit Minilautsprechern.

Ein paar CDs lagen vor der Anlage verstreut auf dem Boden. Lena versuchte erfolglos, die Titel zu lesen. Was aus den Lautsprechern strömte, war Indie-Pop, den Lena kannte: Arcade Fire. Sie setzte sich auf das Sofa.

Die Frau blieb mitten im Raum stehen und betrachtete sie. Offensichtlich fühlte sie sich unwohl.

»Könnten Sie die Musik etwas leiser stellen?«

Die Frau griff nach der Fernbedienung, die auf einem Regal lag. Die Musik verklang.

»Sie hätten sie nicht ganz auszuschalten brauchen.«

Die Frau antwortete nicht.

»Ich bin gekommen, um Sie zu fragen, ob Sie für Mittwoch, den 9. Dezember nach 23 Uhr mit Sveinung Adeler ein Treffen vereinbart und die Nachricht mit L. unterzeichnet haben.«

Die Frau zögerte einige Sekunden, dann nickte sie und setzte sich ebenfalls auf das Sofa.

»Das war das zweite Mal, dass wir uns getroffen haben.«

Lena schwieg, wartete auf die Fortsetzung.

»Das erste Mal war vor einem Monat. In der Stadt. Ganz blöd – eigentlich. Ich war mit Freundinnen unterwegs. Ein letzter Drink sozusagen, in einer Bar. Treffe da einen Typen und, na ja, er kam mit zu mir.«

»Und Sie haben sich noch einmal getroffen?«

»Nach ein paar Tagen hat er eine SMS geschickt, wollte, dass wir uns wieder treffen. Eigentlich war ich mir nicht so sicher, ob das eine gute Idee war.«

»Eine gute Idee?«

»Ich habe eine Beziehung mit einem anderen Mann. Wir sind verlobt.«

Lena schwieg.

»Aber dann hat er angerufen, und wir haben geredet ... und dann hat er wieder angerufen. Schließlich habe ich ja gesagt. Jetzt ist mir klar, dass ich mich bescheuert benommen habe. Ich habe Sveinung sogar erzählt, dass ich eine feste Beziehung habe, und alles Mögliche andere auch noch. Aber ich wollte es auch – Sveinung treffen.«

»Wissen Sie, dass er tot ist?«

»Ja.«

»Wann haben Sie es erfahren?«

»Vor ein paar Tagen.«

Lena schwieg und wartete auf eine Erklärung.

»Ich habe mich grad ziemlich isoliert.« Sie nickte zu dem Stapel Bücher. »Ich lese rund um die Uhr, wenn ich nicht am Flughafen arbeite. Dadurch kriege ich nicht alles mit. Habe Sie in den Nachrichten gesehen und war völlig baff. Sveinung tot?«

»Wir haben alle, die etwas wissen, gebeten sich zu melden.«

Lisbet antwortete nicht.

»Aber Sie haben sich nicht gemeldet?«

»Nein.«

»Warum nicht?«

»Ich war total unter Schock. Das ist das eine. Und außerdem bin ich schließlich verlobt. Soll ich da einfach die Polizei anrufen und erzählen, dass ich meinen Freund betrogen habe? Sollte unsere Beziehung irgendwann auseinandergehen, dann will ich nicht, dass es auf diese Weise passiert. Wenn, dann will ich das selbst in die Hand nehmen. Mein Freund braucht von dieser Geschichte nichts zu wissen.«

Lisbet sah auf die Uhr. »Er kommt übrigens gleich.« Sie stand auf. »Ich dachte, es wäre er, als Sie geklingelt haben.« Sie griff nach einem Handy, das auf der Fensterbank lag. »Und ich habe das Gefühl, dass wir hier nicht so schnell fertig werden, oder?« Sie sah Lena fragend an.

Lena nickte.

Die Frau tippte eine Nummer ein und hielt das Handy ans Ohr. Als der Angerufene sich meldete, ging sie ins Nebenzimmer und schloss die Tür hinter sich.

Lena saß da und hörte sie mit leiser Stimme hinter der Tür sprechen. Sie war unglaublich genervt. Diese Frau hatte also nebenbei mit einem anderen gebumst und sich dann einfach nicht gemeldet, als die Polizei Informationen brauchte!

Lena ließ ihren Blick an den Wänden entlang wandern. Neidvoll betrachtete sie zwei Designer-Kerzenständer, die auf dem Tisch standen.

Lisbet hatte ihr Gespräch beendet und stand nun in der Tür und betrachtete sie.

»Ja?«, sagte Lena.

»Kann ich Ihnen etwas anbieten? Vielleicht etwas zu trinken?«

Lena schüttelte den Kopf.

Lisbet setzte sich ebenfalls. So verharrten sie eine Weile, jede in einer Ecke des Sofas, und sahen schweigend vor sich hin.

»Erzählen Sie mir, was in der Nacht zum Donnerstag passiert ist.«

»Sveinung kam so gegen halb zwölf hierher.«

»Wie lange ist er geblieben?«

»Bis irgendwann frühmorgens.«

»Uhrzeit?«

»Vielleicht so gegen fünf.«

»Hat er gesagt, wohin er wollte, als er ging?«

»Nach Hause, denke ich. Er hat es nicht gesagt, aber ich habe ihn gefragt, ob ich ein Taxi rufen sollte. Das wollte er auf keinen Fall. Er wollte zu Fuß gehen. Ich glaube, er war einfach so, ein Sportfreak ... Klar ist es traurig, dass er ins Wasser gefallen ist, aber ...«

In der darauf folgenden Stille schwieg Lena abwartend.

»Nachdem ich Sie im Fernsehen gesehen hatte und gehört habe, was Sie gesagt haben, saß ich hier und habe an Sveinung gedacht. Das war total heftig. Ich habe nichts empfunden. Ich habe gemerkt, dass ich eigentlich nichts von Sveinung wusste, nichts Privates, nicht einmal, ob er zum Frühstück gern Spiegeleier isst. Ich meine, wir hatten einfach Spaß miteinander. Aber er hat nichts von sich erzählt. Und dann hab ich mich gefragt, ob ich denn überhaupt etwas von mir preisgegeben hatte. Hätte er zum Beispiel etwas über mich sagen können, etwas Gutes? Ich hatte keine Ahnung. Das war erschreckend. Weiß nicht, ob Sie das verstehen können.«

Lisbet sah Lena an, die statt zu antworten eine weitere Frage stellte: »Was haben Sie gemacht, nachdem er an dem Morgen gegangen war?«

Lisbet antwortete nicht, sondern starrte vor sich hin. Mit feuchten Augen. Sie blinzelte.

»Können Sie zum Beispiel Zeugen dafür nennen, die bestätigen können, dass Sie Sveinung Adeler nicht gefolgt sind?«

»Wer sollte das bestätigen? Olaf – also mein Freund? Er war ja schließlich in Berlin.«

»Was hat er in Berlin gemacht?«

»Gearbeitet. Er arbeitet beim Norwegischen Exportrat.«

»Kann ich seinen Namen und seine Adresse haben?«

»Wozu?«

»Weil Sie ihn mit einem Mann betrogen haben, der möglicherweise eine halbe Stunde, nachdem er aus Ihrem Bett gestiegen ist, von einem Kai gestoßen wurde.«

Lisbets Augen waren nicht mehr feucht.

»Sie verstehen sicher, dass wir Ihren Olaf überprüfen müssen, um ihn als Täter auszuschließen.«

»Aber ich weiß, dass er in Berlin war. Er hat ein Handy mit deutscher SIM-Karte. Ich habe ihn an dem Abend angerufen, in Berlin, eine halbe Stunde, bevor Sveinung kam.«

»Ich brauche trotzdem seinen Namen und seine Adresse.«

Lisbet zögerte immer noch. »Muss er den Grund dafür erfahren, warum Sie ihn ausfragen?«

Lena sprang vom Sofa auf.

»Was ist?«, fragte die blonde Frau beunruhigt.

»Sie haben uns genug Zeit gekostet!«

Lisbet stand wortlos auf, ging zu der Anrichte mit den vielen Büchern und griff nach einem Stift, der neben ein paar losen Blättern lag.

*

Als Lena kurz darauf zur Kreuzung Bygdøy Allé – Gabels Gate ging, warf sie einen Blick auf ihr erfrorenes Auto. Mit einer grauen, dicken und harten Schicht Raureif auf allen Fenstern, sogar auf dem Lack, sah es tatsächlich aus wie eine Leiche.

Lena schlenderte in Richtung Zentrum. Es war nach Mitternacht, und kein Mensch war mehr unterwegs. Sie schleuste alle Gedanken an Sveinung Adeler und Lisbet Enderud aus ihrem Kopf. Vor ihr lag ein ganzer freier Tag. Jetzt musste sie nur noch ein Taxi finden und nach Hause kommen. Dann würde sie sich im Bett noch eine kleine Flasche Schampus gönnen. Am liebsten hätte sie mehrere Tage geschlafen.

MONTAG, 21. DEZEMBER

1

Erst als sie am Montagmorgen im Bus saß, dachte Lena wieder an Sveinung Adeler und die Frau, mit der er in der Nacht, bevor er ertrank, zusammen gewesen war. Sie war gerade in den Bus gesprungen, da klingelte ihr Handy.

Es war Gunnarstranda.

»Hast du den Zettel gesehen, den ich in Adelers Wohnung gefunden habe?«, fragte Lena. »Die mysteriöse L., die ihn unterschrieben hat, heißt Lisbet Enderud und wohnt in der Bygdøy Allé. Sie und Adeler …«

»Ich wusste doch, dass ich die Handschrift schon mal irgendwo gesehen hatte!«, unterbrach sie Gunnarstranda.

Lena schwieg und fiel auf den Sitz, als sich der Bus in Bewegung setzte.

»Ich habe ihre Notizen gesehen. Lisbet Enderud ist die Frau, die den Drohbrief an Vestgård unterzeichnet hat. Ich habe ihre Notizen mit dem Drohbrief verglichen, um zu sehen, ob es ihre Handschrift war.«

Lena wurde schwindelig.

Gunnarstranda lachte glucksend. »Das Mädel wohnt in der Bygdøy Allé? Blond und süß und mit vielen Lehrbüchern überall in der Wohnung?«

»Genau.«

»Das ist sie«, sagte Gunnarstranda.

Lena schluckte. Die Spur, die sie am Samstagabend verfolgt hatte, wurde immer heißer.

Die Stille am anderen Ende der Leitung sagte ihr, dass Gunnarstranda dasselbe dachte.

»Ich rufe dich wieder an«, sagte Lena und sah auf die Uhr. »Nein. Wir sehen uns in zehn Minuten.«

Danach rief sie Lisbet Enderud an. Es klingelte zweimal, dann meldete sich Lisbet.

»Hallo, ich bin's, Lena Stigersand.«

»Hei«, sagte Lisbet. »Was gibt es?«

»Ich rufe an, weil ich Sie etwas fragen muss. Letzten Freitag hat sich ein kleiner, kahlköpfiger Bulle mit Holzschuhen an den Füßen bei Ihnen gemeldet und Sie wegen eines Drohbriefs befragt, stimmt das?«

Lisbet konnte das bestätigen.

»Hat Sie sonst noch jemand nach diesem Brief gefragt?«

»Nein. Ich war total baff, erstmal natürlich wegen des Briefes, aber auch, weil der komische Typ behauptet hat, er sei Polizist.«

Lena dankte ihr.

»Kann ich Sie noch etwas fragen?«, fragte Lisbet.

»Ja.«

»Haben Sie mit Olaf gesprochen?«

»Wenn wir das tun, werden wir Ihnen Bescheid geben.«

Lena beendete das Gespräch und konzentrierte sich darauf, mögliche Ursachenketten zu durchdenken:

Gunnarstranda war am Freitag, dem 11. Dezember, bei Lisbet Enderud aufgetaucht. Zwar hätte Fartein Rise das eigentlich schon am Donnerstag tun sollen, aber der hatte den Auftrag nicht ausgeführt. Rindal musste diesen Auftrag also *wenige Stunden,* nachdem Sveinung Adelers Leiche gefunden wurde, vom Sicherheitsdienst im Parlament bekommen haben.

Wann konnte der Brief im Parlamentsgebäude eingegangen sein? Da der Brief eine Drohung gegen eine Abgeordnete ent-

hielt, war er sofort dem Sicherheitsdienst übermittelt worden, der ihn wahrscheinlich schnell begutachtet und dann an Rindal geschickt hatte, der wiederum …

Der Brief *musste* am Donnerstag morgens oder vormittags im Stortinget angekommen sein – am selben Tag, an dem Sveinung Adelers Leiche gefunden wurde. Das war nicht nur wahrscheinlich. Es konnte gar nicht anders gewesen sein. Wenn der Brief am Tag davor, am Mittwoch, angekommen wäre, dann wäre noch am selben Abend oder in der Nacht zum Donnerstag jemand bei Lisbet Enderud aufgelaufen.

Lena konzentrierte sich darauf, den Handlungsverlauf zu rekonstruieren:

Am Mittwochabend geht Sveinung Adeler mit Aud Helen Vestgård und Asim Shamoun aus. Um 23 Uhr gehen sie wieder auseinander. Eine halbe Stunde später kommt Sveinung Adeler in Lisbet Enderuds Wohnung an. Sie verbringen die Nacht miteinander, und er verlässt die Wohnung erst gegen fünf Uhr morgens. Höchstens eine halbe Stunde später wird er vom Kai gestoßen, mit einem Brett unter Wasser gedrückt und ertrinkt. Der Täter folgt der Augenzeugin Nina Stenshagen in die T-Bahn, in einen Zug, wieder heraus und dann in einen Tunnel. Er erschießt Nina, täuscht einen Unfall vor und verschwindet spurlos.

Kurz darauf, wahrscheinlich gegen neun Uhr morgens, wird die Post im Parlament geöffnet, und Aud Helen Vestgård erhält eine Morddrohung, die mit Lisbet Enderud unterzeichnet ist.

Gunnarstranda meinte, Lisbet könne den Brief nicht geschrieben haben. Er vertrat die Theorie, dass die Morddrohung ein Hinweis war – ein Brief von einer unbekannten Person an Vestgård im Parlamentsgebäude adressiert –, um Lisbet zu diskreditieren.

Mit anderen Worten: *Jemand* – der Briefschreiber – wollte die Polizei auf Lisbet Enderud ansetzen. Warum? Weshalb aus-

gerechnet Lisbet? Und warum bekam ausgerechnet Aud Helen Vestgård diesen Drohbrief?

Drei Fragen. Lena kannte die Antworten nicht. Aber ihr war klar, was diese Fragen und deren Antworten in jedem Fall bedeuteten: Die Morddrohung *musste* mit Sveinung Adelers Tod in Verbindung stehen.

Selbstverständlich musste sie noch das Alibi von Lisbets Verlobtem überprüfen. Das ist ein Job für Yttergjerde, dachte sie und rief Emil sofort an.

Mit dem Handy am Ohr ließ sie ihren Blick über die Werbeplakate im Bus wandern. Nächste Haltestelle. Es wurde voller.

Auf dem Sitz vor ihr saß ein Mann und las eine Zeitung mit rosa Seiten, Dagens Næringsliv.

Lena reckte den Hals und sah ihm über die Schulter. Sie sah ein Foto von Aud Helen Vestgård und Asim Shamoun.

Der Passagier blätterte um.

Ihr brach der Schweiß aus. Was hatte die Zeitung wohl diesmal zu berichten?

2

Lena stieg am Jernbanetorget aus und ging gegen den Strom in die Halle des alten Ostbahnhofs, um eine Zeitung zu kaufen.

Der Fall wurde mit einem kleinen Teaser am Rand der Titelseite erwähnt: *Vestgård entdramatisiert umstrittenes Treffen.*

Lena wunderte sich über Steffens defensive Wortwahl. Was er zuvor als politische Konspiration dargestellt hatte, wurde jetzt zu einem *umstrittenen Treffen* reduziert. Lena kaufte die Zeitung und blätterte sofort zu der Seite, auf der der Artikel

stand. Der Teaser stellte sich außerdem als irreführend heraus. Vestgård entdramatisierte gar nichts. Sie war weder interviewt noch über irgendetwas befragt worden. Der Journalist, Steffen Gjerstad, war es, der entdramatisierte, und das mit einer – in Lenas Augen – ungewöhnlich hässlichen Enthüllung: Dagens Næringsliv hatte *erfahren*, dass die Parlamentsabgeordnete Aud Helen Vestgård ein Kind mit dem Mann hatte, der in Skandinavien die zivile Fassade einer militärischen und sehr umstrittenen Widerstandsorganisation vertrat. Auch hier hatte Steffen seine Wortwahl gedämpft. Das Wort Terrorist tauchte nicht mehr auf.

Was Lena jedoch Magenschmerzen bereitete, war, dass Steffen offenbar von Aud Helen Vestgårds höchst geheimer Erklärung erfahren hatte. Das war alles andere als eine gute Nachricht. Sie hatten ein Leck im Team. Daran bestand kein Zweifel. Irgendjemand informierte Steffen über den Stand der Ermittlungen. Lena hatte keinen Zweifel daran, wer es war. Sie wusste, wen Steffen kannte und wer ihm willig Bericht erstattete. Aber etwas zu wissen oder konkrete Beweise zu haben waren zwei verschiedene Dinge.

Als sie den Weg zum Polizeipräsidium hinaufging, rief sie Steffen an.

»Hei Lena, hab mir gedacht, dass du anrufen würdest.«

Lena kam sofort zur Sache: »Von wem hast du die Information, dass Vestgård und Asim Shamoun ein gemeinsames Kind haben?«

»Du weißt doch, ich bin Journalist, Lena. Ich verrate meine Quellen nicht.«

Mistkerl, dachte Lena.

»Ich wollte dich etwas ganz anderes fragen«, sagte Steffen.

Lena unterbrach die Verbindung, bevor er ausgeredet hatte, ging durch die Tür und die Treppe hinauf.

Auf der fünften Stufe schon rief Steffen zurück.

Sie schaltete das Handy aus.

Im dritten Stock angekommen, ging sie direkt in Rindals Büro.

Die Zeitung lag auf seinem Schreibtisch.

Rindal stand am Fenster und warf ihr einen kurzen Blick zu. »Auch wenn es ziemlich offensichtlich ist, muss ich dich trotzdem fragen«, sagte er. »Bist du seine Quelle?«

Sie schüttelte den Kopf.

»Ich will deine Antwort hören«, sagte Rindal kalt.

»Nein«, sagte sie. »Ich habe ihm nichts erzählt.«

»Irgendjemand hat es aber getan«, sagte er. »Jemand hat diesem Journalisten Informationen weitergegeben, die dir und mir höchst vertraulich übermittelt wurden. Du kennst diesen Journalisten persönlich, das hast du schon zugegeben.«

Lena zuckte zusammen, als er *zugegeben* sagte. War das hier ein Verhör?

Sie wappnete sich und antwortete ruhig: »Zugeben ist das falsche Wort. Ich habe dir im Vertrauen erzählt, dass ich diesen Journalisten kenne. Aber du kannst dir einer Sache ganz sicher sein: Ich bin *nicht* seine Quelle.«

Rindal betrachtete sie einen Moment lang stumm. Dann räusperte er sich. »Du und ich hatten ein vertrauliches Gespräch mit Irgens und Vestgård. Wir haben ihnen Diskretion versprochen.«

»Alle Mitglieder der Ermittlungsgruppe wurden hinterher darüber informiert«, wandte Lena ein. »Es gibt viele, die es wissen, viele, die mit Steffen Gjerstad gesprochen haben können und …«

Er hob abwehrend eine Hand.

Sie schwieg. Sie redete Blödsinn. Es gab nicht viele, die Kontakt zu Steffen Gjerstad hatten. Es gab nur zwei. Sie und Fartein Rise. Da Lena nicht die Quelle war, musste es Fartein Rise sein. Aber sie brachte es nicht über sich, das laut auszusprechen. Sie

war keine Verräterin. Sie würde Fartein Rise persönlich darauf ansprechen.

Rindal griff nach einem Blatt Papier, das auf dem Schreibtisch lag.

»Wir sind wegen Verletzung des Dienstgeheimnisses verklagt worden. Genauer gesagt, du bist verklagt worden.«

»Ich?«

»Von Irgens.«

»Von Irgens?«

»Er sagt, dass Vestgårds Aussage unter der Bedingung äußerster Diskretion gemacht wurde. Er verlangt, dass wir untersuchen, wer das Leck ist, und hat den Internen Sicherheitsdienst darüber informiert, dass du eine intime Beziehung zu dem Journalisten pflegst, der diese Dinge veröffentlicht hat. Die wiederum haben angeordnet, dich zu überprüfen.«

»Was sagst du da?«, rief Lena ungläubig.

»Lena, du hast Recht. Es gibt viele, die als Quelle dieses Journalisten in Frage kommen. Aber du leitest die Ermittlungen. Du warst dabei, als Vestgård bei Irgens die Aussage gemacht hat, und du kennst den Journalisten. Ihr habt ein Verhältnis, stimmt's?«

»Ein Verhältnis?«

»Wach auf, Mädel. Du kennst doch die Buschtrommeln. Es ist im ganzen Haus bekannt, dass du was mit diesem Journalisten laufen hast. Sogar Irgens weiß das!«

Lena schwieg und dachte: Woher kann Irgens so etwas wissen?

»Ich bin gezwungen, dich vom Dienst freizustellen, solange die Ermittlungen laufen«, sagte Rindal.

Sie schloss die Augen und atmete tief durch, um mit klarer Stimme zu sprechen. »Hör mir zu«, sagte sie konzentriert. »Wir machen Fortschritte. Ich habe am Samstag bis Mitternacht eine Verdächtige beschattet. Ich weiß jetzt, wo sich Adeler nach dem

Essen mit Vestgård und die ganze Nacht zum Donnerstag aufgehalten hat. Ich brauche nur etwas Zeit …«

»Du kannst über diese Dinge einen Bericht schreiben und dann Gunnarstranda darüber informieren.«

»Hör mir zu«, bat sie ihn erneut.

»Ich kann nicht, Lena. Es liegt eine Anklage vor. Gegen dich wird gerade wegen eines möglichen Dienstvergehens ermittelt. Ich kann nichts anderes tun, als dich so lange zu suspendieren, wie die Ermittlungen laufen. Es muss sein. Und das verstehst du auch, wenn du mal nachdenkst!«

Lena wollte nichts mehr hören. Sie ging zur Tür. Hielt inne. Drehte sich auf dem Absatz herum und sagte: »Du warst auch dabei.«

Rindal sah sie an, ohne etwas zu sagen. Sie senkte den Blick.

Die Stille dauerte an. Sie holte tief Luft und begegnete seinem Blick erneut. Er sagte nichts. Sein Blick war unmöglich zu deuten. Aber er wollte ihr offensichtlich nicht antworten.

»Was machst du, wenn weiter Informationen durchsickern, nachdem ich draußen bin?«, fragte sie.

Er schüttelte leicht den Kopf, als würde er gerade aus einer tiefen Gedankenversunkenheit auftauchen. »Was meinst du?«

»Wen feuerst du, wenn weiter Informationen durchsickern?«, fragte sie mit fester Stimme.

Falsches Wort, dachte sie im selben Moment. Jetzt kann er sich rausreden.

Rindal atmete tief durch. »Du wirst doch nicht gefeuert. Du wirst suspendiert, weil gegen dich ermittelt wird. Niemand verurteilt dich wegen irgendetwas!«

Lena ging wortlos hinaus.

Sie marschierte den Korridor entlang, ohne nach links oder rechts zu schauen. Sie hatte Krebs. Sie musste sich auf Dinge konzentrieren, die sie verändern konnte. Was Hackman Rindal tat oder nicht tat, lag nicht in ihrer Hand.

Plötzlich stand sie direkt vor Fartein Rise und blieb abrupt stehen. Er hielt ebenfalls inne.

Sie sahen einander in die Augen. Rises Blick flackerte.

»Soll von Steffen grüßen«, sagte Lena.

»Ach ja, grüß zurück.«

»Eigentlich triffst du Steffen doch viel öfter als ich, oder?«

Er antwortete nicht.

»Gestern zum Beispiel – weißt du, dass sie mir die Schuld dafür geben?«

»Was meinst du überhaupt?«, fragte Fartein Rise bedächtig.

Lena trat ganz dicht an ihn heran. »Du bist seine Quelle hier im Haus, ich weiß das«, sagte sie leise. »Wenn du Manns genug bist, dann gibst du es jetzt zu«, fuhr sie fort. »Ich muss die Schuld sowieso auf mich nehmen. Warst du's?«

Er schüttelte herablassend den Kopf. »Ich? Ob ich es war? Bist du übergeschnappt? Kehr vor deiner eigenen Tür und versuch nicht, andere in dein persönliches Chaos zu verwickeln. Halt jedenfalls mich da raus!«

Sie hatte nicht die Kraft, mit ihm zu streiten, und zwängte sich an ihm vorbei, ohne ihn eines weiteren Blickes zu würdigen.

»Du hast Probleme«, rief er hinter ihr her. Den Rest hörte sie nicht mehr. Seine Worte ertranken in ihren eigenen chaotischen Gedankenwirbeln.

Vor ein paar Wochen wäre es eine Katastrophe für sie gewesen, vom Dienst suspendiert zu werden. Keine Sekunde lang hätte sie es ausgehalten. Jetzt war es ihr egal.

Ihre Gedanken kreisten angestrengt um das Gespräch mit Rindal: *Es ist im ganzen Haus bekannt, dass du ein Verhältnis mit diesem Journalisten hast.* Steffen hatte sich nach ihrer Begegnung im Asylet nicht mehr bei ihr gemeldet. Stattdessen hatte er einen Artikel geschrieben, der sie ihren Job gekostet hatte, was sie in den Augen einiger Kollegen sehr angreifbar

machen würde. Der so genannte ›Anhänger‹ schrieb so, dass andere ihren Job verloren.

Doch das konnte Steffen nicht wissen. Schließlich war sie nicht seine Quelle.

Und jetzt? Ich bin suspendiert. Ich werde niemals diesen Täter hinter Schloss und Riegel bringen.

Doch, dachte sie sofort darauf. Das hier geht über meinen Job hinaus. Ich werde es herausfinden!

Ihr Ansatzpunkt war, dass Sveinung Adeler seine letzte Nacht mit einer Frau verbracht hatte. Und irgendjemand hatte dieser Frau einen Drohbrief an eine Parlamentsabgeordnete untergeschoben. Wozu? Und was steckte dahinter?

Lena wusste, was sie zu tun hatte. Sie musste jedes einzelne Ereignis für sich betrachten – als lägen sie alle auf einem Tisch ausgebreitet. Es war, wie in einen flimmernden Sternenhimmel zu schauen. Als würde man Punkte sehen, die eigentlich keine Punkte waren. Es kam ausschließlich darauf an, lange genug hinzuschauen, immer nur ein Element zu betrachten. Dann würden irgendwann die richtigen Bilder, die Verbindungslinien und das System aus dem Chaos hervortreten. Sie spürte es ganz deutlich. Sie hatte alle Informationen. Es ging nur darum, sie richtig zu sortieren.

Die Suspendierung – das, was in Rindals Büro geschehen war – war auch ein Teil der noch unerkannten Logik dieses Falles. Ein fingierter Drohbrief an Aud Helen Vestgård.

Ein Zeitungsartikel, der sie – eine Polizeikommissarin – vorsichtig ausgedrückt in ein schlechtes Licht setzte.

Das war alles. Die Antwort lag vor ihr. *The big what's it*. Es ging nur darum, sie herauszufiltern.

3

An der Haltestelle Frogner Kirche stieg sie aus dem Bus. Der Verkehr strömte dicht und laut an ihr vorbei, als sie an der Fußgängerampel auf Grün wartete. Es dauerte. Als sie sich umdrehte, begegnete sie dem Blick des Weihnachtsbaumverkäufers.

»Wie geht's dem Verkehr?«, rief er.

Sie verstand nicht, was er meinte, und hielt fragend den Kopf schief.

»Haben Sie nicht eine Verkehrszählung gemacht?«

»Doch, ja.« Lena wies mit dem Arm auf den vorbeirauschenden Verkehr. »Dem geht's nicht schlecht«, rief sie zurück. »Er nimmt zu.«

Der Weihnachtsbaumverkäufer grinste und hob fragend seine Thermoskanne.

Sie lächelte zurück und schüttelte den Kopf.

Grün. Lena überquerte die Straße und stellte sich vor den Hauseingang, aus dem Sveinung Adeler am Donnerstagmorgen gekommen sein musste, eine halbe Stunde, bevor er starb.

Wenn Adeler von hier aus zu Fuß gegangen war, wie lange hätte er wohl bis zum Rathauskai gebraucht?

Sie nahm sich vor, die Strecke abzulaufen und die Zeit zu stoppen.

Sie warf einen prüfenden Blick auf die Uhr und ging mit raschen Schritten die Bygdøy Allé entlang. Es war eine extrem kalte Nacht gewesen, und Sveinung Adeler hatte nur sein weißes Hemd und den Anzug angehabt. Keinen Mantel, keine Skiunterwäsche unter der Anzughose, kein Unterhemd aus Wolle, nicht einmal Winterstiefel. Er musste sehr schnell gegangen sein, in der Hoffnung, sich warm zu laufen.

Warum war er zu Fuß gegangen? Wahrscheinlich hatte er

gehofft, unten am Solli Platz eine Straßenbahn oder einen Bus zu erreichen.

Als Lena die Gabels Gate überquerte, warf sie einen Blick nach rechts. Ihr Auto stand immer noch da. Ein weiterer Strafzettel leuchtete gelb unter dem Scheibenwischer. Der Strafzettel war ihr egal, nur würde sie später Hilfe brauchen, um den Wagen wieder zu starten.

Sieben Minuten mit schnellen Schritten, und sie erreichte Lapsetorvet. Sie folgte den Straßenbahnschienen nach links – blieb aber nach wenigen Metern stehen.

Das hier war nicht der kürzeste Weg zum Rathauskai. Am schnellsten wäre es, von hier aus geradeaus zu gehen.

Warum hatte sie beschlossen, links abzubiegen?

Die Antwort lag auf der Hand: Sie war links abgebogen, weil das auch für Adeler der logische Weg gewesen wäre, wenn er nach Hause wollte. Wenn eine Straßenbahn herangeschaukelt gekommen wäre, hätte er nur hineinspringen müssen. Aber das Wichtigste war: *Der Weg über den Hafen war ein Umweg.*

Lena blieb stehen und dachte nach.

Es war also nicht logisch, dass Sveinung Adeler den Weg am Hafen entlang gewählt hatte. An jenem Morgen war es so kalt gewesen, dass jeder Mensch, der einigermaßen bei Sinnen war, ein Taxi angehalten hätte oder in Straßenbahn oder Bus gestiegen wäre – auch wenn er noch so durchtrainiert und sportlich war.

Warum also hatte Sveinung Adeler einen Umweg gewählt?

Die Antwort lag auf der Hand: Sveinung Adeler wollte gar nicht nach Hause.

Lena stand reglos da und sah die Szene vor sich:

Es ist zwischen fünf und sechs Uhr morgens. Fast noch Nacht. Sveinung Adeler hat gegessen, getrunken, geliebt. Es ist mitten in der Woche. Zwei, drei Stunden später muss er bei der

Arbeit sein. Es wäre logisch, wenn er nach Hause ginge, um sich umzuziehen.

Plötzlich war die Gewissheit da: *Sveinung Adeler war auf dem Weg zur Arbeit!*

Jetzt war sie auf der richtigen Spur, das spürte sie im ganzen Körper. Das Büro lag in der Rådhusgata. Der Weg dorthin war nicht weit von Lisbets Wohnung in der Bygdøy Allé. Er brauchte nur zum Solli Platz zu gehen, dann einige hundert Meter weiter geradeaus und dann schräg an den Rathauskais vorbei. Es hätte keinen Sinn gehabt, ein Taxi zu nehmen. Sveinung Adeler war fit und zielstrebig nach einer durchfeierten Nacht.

Er ging direkt zur Arbeit – natürlich! Er wäre zu früh gewesen, aber was machte das schon? Beamte hatten Gleitzeit. Adeler wäre ein paar Stunden früher gekommen und hätte natürlich auch ein paar Stunden früher wieder gehen können.

Doch Adeler kam gar nicht dort an. Er traf unterwegs jemanden, landete im Hafenbecken und ertrank.

Lena konzentrierte sich. Sveinung Adeler war allein die Bygdøy Allé hinuntergegangen. Unterwegs hatte er seinen Mörder entweder getroffen, oder der hatte ihn eingeholt.

Eine Verabredung? Das war unwahrscheinlich. Wenn eine zufällige Begegnung zu dem Mord geführt hatte, dann eher als Ergebnis eines Raubüberfalls. Doch die Leiche hatte ihre Brieftasche mit Scheckkarte, über tausend Kronen und eine wertvolle Armbanduhr bei sich gehabt.

Adeler wurde eingeholt. Jemand hatte vor dem Haus in der Bygdøy Allé gewartet, war ihm gefolgt und hatte bei den Kais zugeschlagen. Genauso, wie jemand auf mich gewartet hatte, dachte Lena düster.

Es vibrierte in ihrer Tasche. Das Handy. Sie zog es heraus. Das Display zeigte die Nummer von Gunnarstranda.

»Ich möchte dir vor allem mein Beileid aussprechen«, sagte

Gunnarstranda. »Ich weiß, dass Rindal einen Fehler gemacht hat, du brauchst mir also nicht zu erzählen, dass er ein Arschloch ist. Aber ich werde deine Arbeit übernehmen, während du rumsitzt und Däumchen drehst, und dafür brauche ich ein Briefing.«

4

Sie fand Gunnarstranda im Café Justisen mit einer Tasse schwarzen Kaffees vor sich.

Lena setzte sich.

Sie sahen sich an.

Er sagte kein Wort. Umständlich pulte er das Papier von einem Stück Würfelzucker.

Ab und zu konnte das Schweigen dieses Mannes einem auf die Nerven gehen. »Du wolltest ein Briefing?«, sagte sie, während er eingehend den Würfelzucker studierte. Lena winkte ärgerlich der Kellnerin.

Diese verschwand hinter dem Tresen. Das machte Lena noch ärgerlicher. Wo hatte die Frau ihre Augen? Im Hinterkopf?

»Ich glaube, die Zeit ist reif, dass du Otta hinter dir lässt«, sagte Gunnarstranda geistesabwesend.

»Hm?«

Plötzlich stand die Kellnerin am Tisch. Sie hielt eine dampfende Tasse Tee in den Händen und stellte sie vor Lena.

»Tee«, sagte Gunnarstranda. »Ich habe für dich bestellt. Grüner Tee mit Apfelgeschmack. Den trinkst du doch immer, oder? Ich weiß, dass du außerhalb der Mahlzeiten nichts isst. Deshalb habe ich nichts zu essen bestellt. Sieh dich um.«

Lena sah sich um. Ein paar müde Bierbäuche saßen mit braunen Gläsern vor sich an der Fensterfront. Am Nachbartisch

hockten drei Jugendliche, die über irgendetwas diskutierten. Hinter ihnen saß ein adrett gekleideter Herr und aß eine so genannte *Portion*, Brot mit Schinken und Ei.

Gunnarstranda ließ den Würfelzucker langsam die Kaffeeoberfläche durchbrechen. Als der Würfel sich mit Kaffee vollgesogen hatte, steckte er ihn in den Mund und nippte an der Tasse. Setzte sie wieder ab. »Edel, meine Frau, die vor ein paar Jahren gestorben ist«, sagte er, »Edel und ich, wir haben immer eine Hütte im Gudbrandsdal gemietet. Jedes Mal, wenn wir etwas brauchten, mussten wir nach Otta hinunter fahren, um einzukaufen. Tja, Otta ist ein kleiner Ort, und das Gudbrandsdal ist eine populäre Touristenfalle. An den Wochenenden und zu Ostern gab es sicher genauso viele Autos in den engen Straßen wie in halb Oslo. Die Leute waren stinksauer. Sie fuhren in der Schlange, standen Schlange, kauften in der Schlange ein, aßen in der Schlange. Eine solche Einkaufstour konnte bei manchen so viel Adrenalin und Stress mobilisieren, dass es Schlägereien gab, wenn sich jemand in der Schlange an der Kasse oder bei der Post vordrängelte. Edel hat solche Dinge immer klarer erkannt als ich. Irgendwann sagte sie, sie hätte keine Lust mehr dazu. – Okay, sagte ich – wo wollen wir uns stattdessen eine Hütte mieten, oder willst du vielleicht, dass wir eine kaufen? – Nein, sagte sie. – Aber wir kaufen lieber woanders ein. Sie hatte natürlich Recht.«

Gunnarstranda lächelte sanft und rührte in seiner Tasse. »Wir ließen Otta hinter uns und fuhren nie wieder hin.«

Dann hob er seine Tasse und sah Lena in die Augen.

»Was willst du mir damit sagen?«, fragte Lena und begegnete seinem Blick ohne zu blinzeln.

Gunnarstranda stellte seine Tasse ab, ohne daran zu nippen, und suchte nach Worten. »Edel konnte keine Kinder bekommen. Das war der größte Schmerz ihres Lebens, ein Schmerz, den sie mitnahm, als sie krank wurde. Es wurde auch mein

Schmerz, eine lange Zeit. Aber jetzt ist das mit den Kindern nicht mehr so wichtig. Edel ist schon lange tot, und ich bin über das Kinderthema hinweggekommen.«

Lena arbeitete schon einige Jahre mit diesem Mann zusammen, aber sie hatte noch nie erlebt, dass er sich öffnete. Sie hatte nicht einmal gewusst, dass er verheiratet war. Allerdings war sie sich gar nicht sicher, ob sie solche Dinge überhaupt wissen wollte. »Vielleicht solltest du nicht so persönlich werden«, sagte sie langsam. »Wir, deine Kollegen, sind daran nicht gewöhnt.«

»Wenn du mal innehältst und dich umsiehst«, sagte Gunnarstranda, »und dich dann selbst betrachtest, was erscheint dir dann wichtig?«

»In meinem Leben? Es zu schaffen. Wenn du meine Arbeit meinst, dann ist die Antwort dieselbe – sie zu schaffen.«

Endlich nippte Gunnarstranda an seinem Kaffee. »Aber wenn du etwas weiter denkst als an deine Arbeit und den heutigen Tag. Was erscheint dir dann wichtig?«

Lena sah auf die Tischdecke. Gesund zu werden, dachte sie, aber darüber wollte sie nicht sprechen. Nicht jetzt. Egal, wie persönlich Gunnarstranda werden wollte. Sie beschloss, das Thema zu wechseln. »Ich möchte darüber nicht sprechen.«

»Ich meine jetzt nicht die eine konkrete Krankheit – oder die Todesangst – oder die Bedrohungen außerhalb deiner selbst.«

Lena hob den Kopf und sah ihm in die Augen. Wusste er es? Nein. Gunnarstranda konnte es nicht wissen. Außer ihr selbst konnte es niemand wissen.

Gunnarstranda begegnete ihrem Blick, lächelte leicht und schüttelte ein wenig herablassend den Kopf. »Hab keine Angst«, sagte er dann. »Ich weiß nichts, von dem du nicht willst, dass ich es weiß. Aber ich habe dich hierhergebeten, weil ich sehe, dass etwas los ist. Ich mag dich, Lena. Aber ich bin mein ganzes erwachsenes Leben lang ein Bulle gewesen, und

jetzt sitze ich hier und sehe eine Kollegin vor mir, die dabei ist, die Kontrolle zu verlieren, oder nennen wir es, auf den falschen Zug aufzuspringen. Deshalb möchte ich, dass du innehältst und dich umsiehst. Etwas oder jemand nimmt dich gerade heftig mit. Gerade in solchen Situationen ist es wichtig innezuhalten, den Kopf zu heben und sich vorzustellen, man sei ein Vogel, der irgendwo da oben schwebt und hinunterschaut. Der Vogel sieht eine große Landschaft mit endlosen Möglichkeiten. Aber genau da unten liegt dieser kleine Ort, wo ein Haufen Menschen sich zusammendrängen und rempeln und knuffen und fluchen und schreien, nur um ein Brot oder eine Zeitung zu kaufen. Mitten in der schwitzenden Horde verärgerter Menschen stehst du und trittst auf der Stelle und verbrauchst einen Haufen Kräfte an den völlig falschen Stellen. Es ist so unglaublich einfach. Man muss nur einen Schritt zur Seite treten, einen neuen Blickwinkel finden. Du musst dich selbst zur Hauptperson deines Lebens machen und dich nicht zur Statistin im Leben anderer reduzieren. Um das hinzukriegen, musst du dich in einem Zusammenhang sehen, der etwas größer ist als nur dieser eine Fall oder die eine konkrete Krankheit oder die Todesangst, die dich gerade erfasst hat und die dich blind macht.«

Er schwieg.

Sie schwieg.

Sie sahen einander lange an. Sie wusste nicht, was sie sagen sollte, aber es gefiel ihr, was er gesagt hatte. Es gefiel ihr, dass er da saß und verstand.

Schließlich brach Gunnarstranda das Schweigen. Er entblößte seine Zähne zu einem breiten Grinsen. »Das hier war unser erstes und hoffentlich auch das letzte Raus-aus-Otta-Gespräch«, sagte er. »Jetzt bin ich bereit für dieses Briefing.«

5

Sie ging die Internetzeitungen durch. Zwang sich dazu, nach Todesfällen, Ertrunkenen, Unfällen zu suchen. Sie fand nichts. Die Nachricht von dem Mann, der bei Kattertangen draußen vor Sandvika tot an Land geschwemmt worden war, hatte die Zeitungen noch nicht erreicht.

Also hatte der Geheimdienst den Fall offensichtlich vertuscht.

War das möglich? Lena stand vom Küchentisch auf. In der Pfanne zischte es. Die Küche begann nach frisch gebratenem Speck zu duften. Lena gab Zwiebeln und Knoblauch dazu. Der Duft, der sich jetzt ausbreitete, erinnerte an Ferien in Italien. Als die Nudeln kochten, hatte sie noch ein paar Minuten Zeit und manövrierte den Weihnachtsbaum durch die Terrassentür nach draußen. Lehnte ihn an die Wand. Er blieb nicht von allein stehen. Sie ging in die Hocke und hielt ihn gerade. Es war wirklich ein kleiner Weihnachtsbaum. Aber mit Mamas altem Weihnachtsbaumständer würde er etwas erhöht stehen und perfekt in ihre Wohnung passen. Lena nahm einen Tonkrug als Stütze, so dass der Baum einigermaßen sicher stand.

Sie ging wieder hinein, fischte eine Spaghetti aus dem Topf und probierte. Al dente. Perfekt. Sie schreckte die Nudeln ab.

Lena gönnte sich ihr Lieblingsessen, Spaghetti alla Carbonara: Nudeln, Schinken, gebratene Zwiebeln und Knoblauch, das Ganze gekrönt mit rohem Eigelb. Dazu: ein Vollkornbrötchen von der Åpent Bakeri. Zu trinken: reines norwegisches Wasser.

Lena aß konzentriert. Als äße sie zum ersten Mal. Zum Schluss tunkte sie den Rest der Sauce mit einem Stück Brötchen auf und steckte es in den Mund. Sicher, sie war krank, aber an ihrem Appetit war nichts auszusetzen.

Als ihr Teller leer war, hatte sie Lust auf mehr, beherrschte

sich aber. Goss sich statt dessen eine Kanne grünen Tee auf und setzte sich noch einmal an den Laptop.

Jetzt öffnete sie das Lesezeichen, das sie gesetzt hatte, als sie nach Steffen Gjerstads Zeitungsartikeln gesucht hatte. Zielbewusst ging sie Artikel für Artikel durch. Sein Spitzname ›Der Anhänger‹ passte tatsächlich. Der Name Steffen Gjerstad wurde oft neben anderen Namen erwähnt. Sie reduzierte die Suche auf Artikel, die er allein verfasst hatte. Begann zu blättern. Sie gähnte vor Langeweile, richtete sich aber plötzlich auf, als sie auf einen Artikel über Obdachlose in Oslo stieß.

Das Foto war an einem Sommertag bei Spikersuppa aufgenommen worden. Zwei Menschen auf einer Bank: Nina Stenshagen und Stig Eriksen.

Lena betrachtete das Foto lange. Nachdem sie den Artikel einmal gelesen hatte, las sie ihn sehr aufmerksam noch ein zweites Mal.

Der Sternennebel war nicht mehr nur ein Nebel. Sie hatte Abstand zu den Dingen bekommen und erkannte die Konturen eines Systems im Chaos. Sie hob den Kopf und schloss die Augen, spürte nach, wie es sich anfühlte, die Verbindungen hervortreten zu sehen.

Mit diesem Mann war ich im Bett, dachte sie, und ihr wurde speiübel. Sie schluckte und stand auf. Stand mit der Stirn an die Wand gelehnt und schluckte, bis ihr nicht mehr übel war. Versuchte, normal zu atmen. Das war leichter gesagt als getan. Aber es musste gehen. Sie fühlte sich leer wie nach einer erschöpfenden Skitour. Hob ihre Hände und betrachtete sie. Wartete, bis ihre Finger nicht mehr zitterten. Erst dann griff sie nach dem Telefonhörer und wählte Steffens Nummer.

Es klingelte und klingelte. Endlich nahm er ab. »Hier Gjerstad.«

Sein formeller Ton klang so künstlich, dass es fast peinlich war. Sie räusperte sich, unsicher, ob ihre Stimme tragen würde.

»Sie haben mir die Schuld gegeben«, sagte sie. Ihre Stimme trug. Trotzdem räusperte sie sich noch einmal und fragte: »War das der Sinn der Sache?«

»Oh, du bist es. Wovon redest du?«

»Ich rede von deinem letzten Artikel. Man hat mich bezichtigt, deine Quelle zu sein, und es wird gegen mich ermittelt. Hat dich noch niemand dazu vernommen?«

»Suspendiert?«

»Ja, suspendiert. Soll ich es dir buchstabieren?«

Jetzt dauerte die Stille einige Sekunden länger. »Kann ich dich zum Lunch einladen?«

Lena sah auf den Artikel mit den Fotos von Nina Stenshagen und Stig Eriksen hinunter. Sie lächelte still vor sich hin.

»Unter einer Bedingung«, sagte sie.

6

Gunnarstranda öffnete Rindals Bürotür einen Spalt und wurde hineingewunken.

Auf dem Flachbildschirm an der Wand lief eine Sondernachrichtensendung.

»Ich habe lange und ausführlich mit Lena gesprochen«, sagte Gunnarstranda. »Sie macht gute Arbeit. Ich wollte dich bitten, dir das mit der Suspendierung noch mal zu überlegen.«

»Pssst«, sagte Rindal und zeigte auf den Bildschirm.

Frikk Råholt gab eine Pressekonferenz. Er bestätigte, dass er eine Stelle als Medienberater bei der PR-Firma *First in Line* angenommen hatte.

Frikk Råholts fein geschnittenes Gesicht füllte den Bildschirm aus. Er erzählte, wie froh er sei, dass der heutige Presseartikel die Wahrheit über die Beziehung seiner Frau Aud Helen zum

Stockholmer Büro von Polisario zur Sprache gebracht hatte. Die Wahrheit sei etwas Schönes und Wertvolles. Die Wahrheit sei also, dass seine Frau weder politisch subversiv agiert habe noch an irgendwelchen anderen phantastischen Szenarien beteiligt gewesen sei. Die Sache wurde undramatisch eingekocht, bis schließlich etwas so Einfaches herauskam wie die Fürsorge für ein gemeinsames Kind und die Verantwortung zweier Menschen, die durch eine Liebesbeziehung in Paris vor etwas über zwanzig Jahren zu Eltern geworden waren. Leider habe die Presse wilde Behauptungen aufgestellt bezüglich irgendwelcher dubioser Dinge, die sich zwischen dem Ölfonds und einer völlig legalen politischen Organisation abspielten! Die Zeitungsartikel seien der eigentliche Skandal! Der arme Staatssekretär, der bedauerlicherweise ertrunken sei, habe schließlich nur seine Arbeit gemacht! Wer wüsste, wie die Segregation im besetzten Westsahara abliefe, der könne nicht fassen, wie es möglich gewesen sei, die politische Situation dieses bedauernswerten Landes dazu zu benutzen, die einfache Tatsache, dass eine norwegische Politikerin mit einem früheren Partner essen geht, zu einem Medienereignis aufzublasen!

Frikk Råholt hob den Kopf und starrte direkt in die Kamera. Das hier sei ein Skandal, aus dem die norwegische Presse ihre Lehren ziehen müsse.

»Viele Redakteure und Journalisten sollten einmal in sich gehen«, sagte Råholt. »Der norwegischen Presse fehlt es an Selbstkritik. Die Schwelle für das, was sich die Presse erlaubt, wird immer niedriger. Nur die Presse selbst kann an dieser Situation etwas ändern. Wir brauchen Meinungsfreiheit, aber noch mehr brauchen wir eine Diskussion über Medienkultur«, sagte Frikk Råholt, den Blick weiterhin fest auf die Kamera gerichtet. »Meine Frau ist ein lebendes Beispiel dafür, was für eine schwere Belastung es ist, in der Öffentlichkeit die Politik zu vertreten«, fügte er noch hinzu. Dann musste er der nächs-

ten Nachricht den Platz räumen: welche enormen Geldsummen die Norweger für Weihnachtsgeschenke ausgaben.

Gunnarstranda sah zu Rindal hinüber, der nahm die Fernbedienung und regelte die Lautstärke herunter.

»Was meinst du?«, fragte Rindal.

»Ich glaube, dass die Information über die Vergangenheit dieser Dame und Herrn Shamoun überhaupt nicht von uns durchgesickert ist.«

Rindal lugte skeptisch über seinen Schreibtisch. »Warum glaubst du das?«

»Weil Råholt sich da einfach so ausbreiten kann, ganz ohne Sicherheitsnetz. Der wird jetzt zum fettesten Lobbyisten, den dieses Land jemals hervorgebracht hat.«

Rindal saß ein paar Sekunden lächelnd da und schüttelte dann den Kopf. »Ich verstehe den Gedankengang nicht.«

»Es kann kein Zufall sein, dass das gerade jetzt passiert«, sagte Gunnarstranda. »Ich spüre es im Bauch und im Rückenmark gleichzeitig. Da kommt bestimmt noch mehr. Wir haben noch nicht die ganze Geschichte gehört. Jedenfalls bin ich mir sicher, dass dieser Mann das Schiff selbst schaukeln will. Da kommt noch mehr, glaub mir.«

»Und was zum Beispiel?«

»Der tote Sekretär hat Informationen über eine Bergbaugesellschaft gesammelt, die aus ethischer Sicht in Grauzonen operiert.«

Rindal lächelte herablassend. »Soll jetzt Sveinung Adelers Job damit zu tun haben? Tickst du noch ganz richtig?«

Gunnarstranda nickte und tippte mit dem Zeigefinger auf seinen Bauch.

Rindal schüttelte den Kopf. »Dein Bauch lügt. Behalte die Füße auf dem Boden und benutze deinen Kopf.«

»Glaubst du wirklich, dieser Lobbyist da gibt ohne Grund eine Pressekonferenz?«, fragte Gunnarstranda rhetorisch.

Rindal seufzte. »Nun hör mir mal zu: Frikk Råholt ist Politiker. Das ist alles. Natürlich macht er Stimmung. Er nutzt die Situation aus. Er ist ein Matador, der in der Arena tanzt. Er ist ein Winner. Es ist ganz einfach so: Die Informationen kommen von hier.« Rindal tippte mit dem Zeigefinger auf den Tisch. »Wir sind beide erwachsene Menschen. Wir sehen nicht am helllichten Tag Gespenster.«

»Wem hat dieser Fall bis jetzt genützt?«, fragte Gunnarstranda düster. »Sowohl Frikk Råholt als auch Aud Helen Vestgård. Es gibt nur eine einzige Verliererin, und das ist Lena.«

Rindal sah Gunnarstranda mit dunklem Blick an. »Wir wissen beide, dass Lena mit diesem Journalisten im Bett war.«

»Lena ist loyal. Sie ist nicht seine Quelle.«

»Ich kann verstehen, dass du für eine Kollegin kämpfst, die du magst«, sagte Rindal. »Ich mag Lena auch. Aber es muss nicht einmal eine bewusste Illoyalität von ihr gewesen sein. Der Journalist kann an ihren PC gegangen sein oder ein Telefongespräch mit angehört haben. Der Punkt ist, dass Lena an irgendeiner Stelle schlechte Menschenkenntnis bewiesen hat. In der momentanen Situation müssen du und ich die Schlussfolgerungen dem Internen Sicherheitsdienst überlassen. Die Welt ist nicht für Verschwörungstheorien gemacht, und das weißt du, wenn du ein wenig nachdenkst. Jetzt hör mir mal ernsthaft zu: Wir haben eine Anzeige wegen Veröffentlichung vertraulicher Informationen am Hals. Ich habe eine Ermittlungsleiterin, die mit dem Journalisten ins Bett geht, der eben diese Informationen veröffentlicht. Da muss ich handeln. Ich kann es mir nicht leisten, die Kontrolle zu verlieren! Capisci?«

Gunnarstranda sah ihn an und sagte: »Sayonara.«

»Wie bitte?«

»Du musst Lena nicht suspendieren. Du kannst sie von dem Fall abziehen und ihr zwei Wochen lang administrative Aufgaben geben, bis es vorbei ist.«

Rindal betrachtete Gunnarstranda mit einer ärgerlichen Falte zwischen den Brauen.

»Wir denken hier bei der Polizei viel zu konventionell«, sagte Gunnarstranda. »Wir sind viel zu sehr mit Strafe oder Belohnung beschäftigt, statt uns über Führungsqualitäten Gedanken zu machen.«

»Jetzt reicht's«, sage Rindal scharf. »Tu du deine Arbeit, und ich mache meine.«

»Es gibt übrigens noch jemanden, der von diesem Fall profitiert«, sagte Gunnarstranda und stand auf. Er ging zur Tür, öffnete sie und verließ den Raum.

»Wer?«, tönte es hinter ihm.

Gunnarstranda hielt inne, drehte sich noch einmal um und lehnte sich in den Türrahmen. »Eine dieser Firmen, über die Adeler Informationen gesammelt hat, heißt McFarrell. Aber den Namen findest du weder in den Zeitungen noch sonst irgendwo.«

»Und woher hast du den Namen?«

»Von der Verliererin. Von Lena. Der Einzigen, die nicht klug genug war, diesen Namen zu verschweigen.«

7

Lena verließ ihre Wohnung und trat hinaus in den Tag, der schon so dunkel war, wie er im Winter nur sein kann. Sie überquerte die Salz-Schneeschicht auf der Stortingsgata und lief weiter den Bürgersteig entlang in Richtung Hotel Continental.

Lenas Geburtstag war der erste April – der Tag der Scherze in aller Welt. Die meisten Lehrer, Freunde, Trainer, Liebhaber hatten im Laufe der Jahre Anspielungen darauf gemacht. Nur ein Mensch hatte niemals Witze über ihren Geburtstag gemacht.

An dem Tag, als sie vierzehn wurde, wartete ihr Vater auf die Röntgenbilder. Er hustete oft, aber das war auch alles. An dem Tag feierten ihre Mutter, ihr Vater und sie im Theatercafé. Lena hatte sich einen Sony-Walkman gewünscht und ihn auch bekommen. Sie hatten Walnusskuchen zum Nachtisch bestellt. Als der Kellner kam, ging im Restaurant das Licht aus. Das Orchester spielte das Geburtstagslied. Der Kellner servierte den Kuchen mit sprühenden Wunderkerzen.

In den Jahren danach waren sie immer nur zu zweit gewesen, um ihren Scherztag zu feiern.

Das Theatercafé hatte Lena wohlweislich gemieden. Sie hatte immer wieder neue Argumente dafür gefunden, dort nicht hingehen zu müssen Das Theatercafé ist ein teures Lokal. Ein Lokal, wo Leute aus der Provinz hingehen in der Hoffnung, einen Promi zu Gesicht zu bekommen. Das Theatercafé ist ein Treffpunkt für Banker, Presseleute, Stars und Groupies in allen Schattierungen. Jetzt trat sie zum ersten Mal seit fast zwanzig Jahren wieder durch das klassische Portal. Ihr graute davor, die bekannten Dinge wieder zu sehen: die hohen Fenster, das Mezzanin mit dem Orchester, die Rotunde, den Buffettresen.

Doch zugleich war Lena ein wenig stolz. Sie war zufrieden damit, dass die Gedanken an das Wiedersehen mit diesem Ort sie aufwühlten, nicht aber die Gedanken an den Mann, den sie hier treffen sollte.

Zielstrebig ging sie auf die Garderobe zu, zog sich den roten Wollmantel aus und reichte ihn dem Mann hinter dem Tresen.

Alle Modeblogger schworen auf das kleine Schwarze. Lena war dem Tipp gefolgt. Ihr kleines Schwarzes reichte bis eine Handbreit überm Knie, wo es schwarze Strümpfe ablösten, die sich weiter unten in knöchelhohe Stiefeletten mit leichtem Absatz schmiegten. Sogar die kleine Handtasche passte zum Kleid, ein Kleinod, das sie an ihrem dreißigsten Geburtstag in Paris gekauft hatte – Chanel 2.55 – schwarz und chic.

Sie drehte sich um und betrat das Restaurant, genau zehn Minuten verspätet.

Ein paar Sekunden lang stand sie nur da und schaute. Es fühlte sich an, wie einen steilen Berg ihrer Kindheit hinaufzugehen. Die Steigungen der Realität sind oft kürzer und sanfter als man glaubt.

Das hier war nur ein Lokal, ein Raum voller Menschen.

Die Gespräche der Gäste versammelten sich zu einem lauten Summen unter der Decke. Der Lärm war eingepackt in konzentrierten Weihnachtsduft: ein Bouquet, das den Geruch parfümierter Menschen mit einen kräftigen Dunst von Aquavit, Lutefisk, Erbsenpüree, gebratenem Bauchspeck, Schweinerippchen und Hammelrippchen verband, das stundenlang auf Birkenholz gezogen hatte, dazu der Duft von Sauerkohl mit Kümmel und Steckrübenmus und mit Ingwer gewürzte Medisterwürstchen, abgerundet mit mehligen Kartoffeln, das Ganze gekrönt durch den Duft frischen Kaffees und einen feinen Hauch von exklusivem Cognac. Es war brechend voll. Es musste sein Presseausweis gewesen sein, der Steffen zu einem Tisch verholfen hatte. Der Oberkellner begegnete ihr mit einem breiten Lächeln. Sie übersah ihn und reckte den Hals, um Steffen ausfindig zu machen. Entdeckte ihn an einem der Vierertische, die an den Fenstern zur Stortingsgata standen. Er kehrte ihr den Rücken zu, sprang aber vom Stuhl auf, als sie sich neben den Tisch stellte. Sein Blick bestätigte ihr, dass sie mit ihrem Outfit ins Schwarze getroffen hatte. Als er sich anschickte, sie zu umarmen, trat sie einen Schritt zurück.

Er ließ sich die Zurückweisung nicht anmerken, sondern hielt ihr galant einen freien Stuhl hin, als habe er sein ganzes Leben nichts anderes getan, als Frauen zu Diensten zu sein.

Sie setzten sich.

Ein Kellner kam an den Tisch. »Möchten Sie schon etwas trinken?«, fragte er höflich.

»Ich habe einen Chablis bestellt.« Steffen hob sein Glas am Stil hoch.

Sie zögerte. Sowohl der Kellner als auch Steffen sahen sie geduldig an.

Sie zeigte auf die Karte. »Sancerre.«

Als der Kellner ihr eingeschenkt hatte, hoben sie ihre Gläser.

»Chablis, süß und fies«, sagte Lena.

Er zog die Augenbrauen hoch. »Sancerre, bös und unfair.«

Sie drehte das Glas zwischen ihren Fingern.

Er sah sie nur an.

»Wir hatten eine Verabredung«, fuhr sie fort. »Ich bin unter der Bedingung gekommen, dass du mir sagen würdest, wer deine Quelle ist.«

»Fartein Rise«, gab er unumwunden zu.

»Beweise es«, sagte sie.

»Was soll ich beweisen?«

»Gib mir einen Beweis dafür, dass es Rise war, der dir den Tipp mit Shamoun, Vestgård und dem gemeinsamen Kind gegeben hat! Wegen dieser Sache bin ich suspendiert worden. Deine Behauptung reicht nicht. Ich brauche Beweise.«

Steffen fuhr mit der Hand in die Innentasche seines Jacketts, zog ein Dokument heraus und reichte es ihr.

Lena faltete die Papiere auseinander. Es war Vestgårds Aussage. Der gleiche Text, den sie Lena und Rindal bei Rechtsanwalt Irgens vorgelesen hatte.

»Du lügst schon wieder«, sagte Lena.

Er sah sie nur an.

»Das Dokument, das ich ins Archiv gegeben habe, wurde von mir persönlich abgestempelt. Diese beiden Seiten sind blank. Kein Stempel. Das hier ist keine Kopie meines Dokuments. Fartein Rise kann dir das hier nicht gegeben haben.«

Er sah auf die beiden Seiten hinunter, ohne etwas zu sagen.

Lena faltete die Papiere wieder zusammen und steckte sie in ihre Tasche.

»Ich weiß nicht, wie er es geschafft hat«, sagte Steffen. »Aber ich weiß jedenfalls, von wem ich sie habe. Von Rise.«

Sie sah ihm in die Augen. »Ich glaube dir nicht«, sagte sie kühl.

Er hob resigniert beide Arme. »Dann eben nicht!«

Als wäre ich hier diejenige, die gelogen hat, dachte Lena und sagte: »Dann erzähl mir von Rises Vorgeschichte. Warum füttert er dich mit Informationen? Was hast du gegen ihn in der Hand?«

»Fartein Rise hat ein krankes Kind.«

Endlich sagte er etwas Wahres.

»Es gibt eine Klinik in Deutschland«, sagte Steffen und rieb Zeigefinger und Daumen aneinander. »In der Nähe von Frankfurt. Naturtherapie. Blutreinigung und alles. So genannte umstrittene Medikamentierung. Keine Unterstützung durch die Krankenkasse. Das Ganze muss Rise selbst bezahlen. Diese Klinik kostet Geld.«

»Du bezahlst Rise für die Informationen?«

Er antwortete nicht.

»Weiß dein Chefredakteur davon?«

Steffen sah sie nur weiter stumm an. Seine Hand suchte nach ihrer. Eine kurze Sekunde lang sah sie auf diese Hand hinunter. Grüne und blaue Zahlen und Buchstaben, mit Kugelschreiber geschrieben. Das erinnerte sie an etwas, das sehr lange her war. Sie lächelte leicht. Wollte schon wegsehen, schaute aber noch einmal auf die Hand:

Ein Handrücken voller Kugelschreiberschrift. Zahlen und Buchstaben in blauer und grüner Tinte. Zahlen, die sie schon einmal gesehen hatte. Wo hatte sie diese Zahlen gesehen? Es war eine Telefonnummer. Es war eine Nummer, die sie selbst schon gewählt hatte.

Es war die Nummer von Bodil Rømer – der Mutter des Mannes, der versucht hatte, sie zu töten.

Eine Sekunde lang stand die Welt um sie herum still. Die Geräusche verstummten. Der Kellner, der auf den Nachbartisch zu ging, bewegte sich nicht.

Der Moment dauerte nur eine Sekunde. Aber er musste es bemerkt haben. »Was ist los?«, fragte er.

Lena stand auf. »Bin gleich wieder da«, sagte sie, schob sich die Tasche unter den Arm und ging durch die Glastür. Dahinter blieb sie stehen und holte tief Atem. Steuerte dann direkt auf die Garderobe zu. Gab dem Mann hinter dem Tresen eine Münze, griff ihren Mantel mit beiden Händen und wankte hinaus.

DIENSTAG, 22. DEZEMBER

1

Sie folgte ihm mit raschen Schritten, den Blick starr an seinen Rücken geheftet. Sie erhöhte ihr Tempo, um aufzuholen. Der Mann ging immer schneller, der Abstand wurde nicht kleiner. Lena begann zu laufen. Sie kam näher. Sie streckte die Hand aus, um ihn an der Schulter zu packen. Sie schaffte es nicht. Er kletterte in das Führerhaus eines Lastwagens. Der Mann trug eine Art Uniform. Er erinnerte sie an den Feuerwehrmann, der in das Feuerwehrauto gestiegen war, vor dem Haus, in dem Steffen wohnte. Der Mann drehte sich um. Endlich würde sie sehen, wer es war. Der Mann drehte den Kopf. In dem Moment sah sie weg. Nein, nicht wegsehen! Sie richtete den Blick wieder auf den Mann. Noch einmal sah sie ein Profil, das sich gerade zu ihr umdrehte.

In dem Moment ertönte ein Knall, und sie wachte mit einem Ruck auf.

Sie war schweißnass, blieb aber reglos liegen, voller Angst vor dem, was den Knall verursacht haben mochte, der sie geweckt hatte.

Bewegungslos lag sie da und lauschte in die Dunkelheit. In der Wohnung war es vollkommen still. Sie hörte nichts, nicht einmal Verkehrsgeräusche.

Der Knall muss in den Traum gehören, dachte sie. War das möglich? Konnte man im Traum so einen wirklichkeitsgetreuen Knall hören?

Endlich wagte sie es, sich zu bewegen. Streckte den Arm

aus und griff nach der Armbanduhr auf dem Nachttisch. Die kleinen, leuchtenden Zeiger sagten ihr, dass es zehn nach zwei war.

Sie blieb wach liegen. Versuchte, sich auf gewöhnliche, normale, vertraute Dinge zu konzentrieren. Zum Beispiel musste sie sich um ein erfrorenes Auto kümmern. Das war dringend nötig. Sie stand auf, holte ihr Handy aus dem Wohnzimmer und schrieb eine SMS an Frank Frølich. Dann ging sie wieder ins Bett.

Sie wachte auf, als das Telefon klingelte. Draußen war es hell. Lunchzeit für arbeitende Menschen. Sie griff nach dem Handy.

Es war Gunnarstranda. »Ich habe eine gute und eine schlechte Nachricht«, sagte er. »Welche willst du zuerst hören?«

»Die schlechte.«

»Du musst aufstehen.«

»Und die gute?«

»Deine Suspendierung ist aufgehoben.«

Sie blieb liegen und spürte in sich hinein.

»Du wirst nur ein paar Tage Büromaus sein, das ist alles«, sagte Gunnarstranda.

»Es gibt da etwas, worüber ich mit dir reden muss«, sagte Lena und nahm Anlauf. »Es geht um Steffen Gjerstad, den Journalisten.«

»Was ist mit ihm?«

»Vor anderthalb Jahren hat er Nina Stenshagen und Stig Eriksen interviewt.«

Es blieb ein paar Sekunden still, bevor Gunnarstranda sich räusperte und fragte: »Hat er dir das erzählt?«

»Nein. Ich habe den Artikel im Internet gefunden. Eine Reportage im Rahmen einer Serie über Menschen, die unter extremen Bedingungen leben. Ein Typ, der das ganze Jahr in einer Jagdhütte auf Spitzbergen wohnt, ein Mann, der in der

Finnmarksvidda nach Gold gräbt, und diese beiden Junkies, Obdachlose in der Großstadt.«

»Du meinst also, dass die beiden Obdachlosen Gjerstad kannten?«

»Ja«, sagte Lena und fasste sich zum ersten Mal seit langem an die Brust. Sie spürte den Knoten. Er schmerzte. Die ganze Brust tat weh.

Dieses Mal dauerte die Stille ein paar Sekunden länger.

»Was willst du eigentlich damit sagen?«, fragte er.

»Ich glaube, dass Steffen Gjerstad der Täter ist.«

Stille.

»Warum sagst du nichts?«

»Ich denke nach«, sagte Gunnarstranda.

Hatte er Zweifel an dem, was sie gesagt hatte? Lena hatte sich noch nie so sicher gefühlt. »Ich rechne damit, heute den endgültigen Beweis zu bekommen«, sagte sie.

»Wie das?«

»Ich fahre nach Drammen, um eine Zeugin zu vernehmen.«

*

Frank Frølich hatte auf ihre Nachricht geantwortet.

Er holte sie um kurz nach zwei Uhr ab.

Lena bat ihn, an der Shell-Tankstelle im Østre Aker Vei zu halten. Er fuhr vor und hielt vor dem Eingang. Sie sprang aus dem Wagen und kaufte ein paar Überbrückungskabel.

»Ich habe mehrere davon«, seufzte er, als sie sich wieder in den Wagen setzte. »Das Geld hättest du sparen können.«

»Ich brauche sie sowieso«, sagte Lena und wollte nicht weiter darüber diskutieren.

Der Micra stand noch an seinem Platz, allerdings war er vereister als je zuvor. Sie steckte den Strafzettel in die Tasche, bevor Frank Frølich ihn kommentieren konnte.

Während er seinen Toyota vor ihrem Wagen in Position brachte, schloss sie die Tür auf und öffnete die Kühlerhaube. Lena hasste alles, was mit Elektrizität zu tun hatte. Allein der Gedanke daran, eventuell einen Stromschlag zu bekommen, konnte sie hysterisch machen. Außerdem war sie manchmal besonders empfindlich für statische Elektrizität. Nicht selten knisterte es, wenn sie ihren Wagen nur berührte. Jetzt sollte sie zwei Autobatterien aneinander anschließen und hatte schon im Vorhinein die Schnauze voll von der männlichen Herablassung gegenüber ihrer Unwissenheit.

»Nun pass mal auf«, sagte Frank und beugte sich über den Motor.

Lena öffnete die Packung mit den Überbrückungskabeln. »Ich muss das selbst hinkriegen«, sagte sie und schob ihn zur Seite, griff nach einem Kabel und befestigte die Klammer am Pol mit dem Pluszeichen an der Batterie. Dann griff sie nach der anderen Klemme und sah in den Motorraum von Frølichs Wagen.

»Da«, sagte er und zeigte mit dem Finger.

»Ich seh's schon«, sagte sie, während sie nach dem Pluszeichen suchte. Frank war ungeduldig. »Da«, sagte er.

»Ich sag doch, ich seh's schon«, sagte Lena und wollte die Klemme befestigen.

»Nicht da«, sagte er ärgerlich. »Da!« Er wollte ihr die Klemme aus der Hand nehmen.

»Ich mach das!«

Sie befestigte die Klemme am Pol, ohne dass er protestierte. Das lief ja wie am Schnürchen. Sie betrachtete das andere Kabel forschend.

Frølich betrachtete sie mit milder Herablassung.

»Ja?«

»Das ist die Erde.«

»Das weiß ich auch!« Sie befestigte das Kabel am entgegengesetzten Pol seiner Batterie. Das Kabel war zu kurz, also be-

festigte sie das andere Ende am Rand der Kühlerhaube. »Jetzt geht's in die Erde.«

»Schlau«, sagte er. »Wir versuchen es.«

Lena hatte keine Ahnung, was daran schlau gewesen war, aber sie setzte sich ans Steuer ihres Wagens und drehte den Zündschlüssel herum. Der Starter sprang an, als wäre die Batterie frisch aufgeladen. Der Motor ebenfalls. Sie gab Gas. Der Wagen lief wie geschmiert. Frank Frølich machte die Kabel wieder ab und ließ die Kühlerhaube fallen.

»Jetzt kommst du zurecht?«, rief er durch den Motorenlärm.

Sie nickte. »Danke dir!«

»Fahr noch eine halbe Stunde herum, bevor du den Motor wieder ausmachst«, sagte Frølich, »dann kann die Batterie sich aufladen.«

Sie nickte, winkte ihm zu, gab Gas und drehte die Heizung voll auf.

2

In der Wohnung war es warm wie in einer Sauna. Lena hatte sich den Pullover ausgezogen, aber auch das kurzärmelige T-Shirt klebte ihr am Rücken.

»Sie brauchen mir nichts anzubieten«, rief sie.

»Was haben Sie gesagt?«, tönte die Stimme aus der Küche.

Die Frau war tatsächlich schwerhörig. Lena gab es auf, sich verständlich zu machen. Sie lehnte sich im Sofa zurück. Eine Ameise! Sie riss die Augen auf. Es war Ende Dezember, Winter, eiskalt draußen und der Boden gefroren. Wie konnte eine Ameise einfach so hier drinnen herumwandern? Sie folgte ihr mit den Blicken. Die Ameise lief unverzagt weiter. Lena streckte den Arm aus und legte einen Finger direkt vor die Ameise, die

über den Finger kletterte und auf der anderen Seite wieder herunter. Huch! Die Ameise fiel von der Fensterbank und verschwand in einer Rille über dem Heizkörper.

Lena sprang auf, zog das Sofa einen halben Meter vor, kniete sich hin, um die Ameise zu suchen. Keine Ameise auf dem Boden. Wahrscheinlich war sie tot. Im Heizkörper verbrannt. Nun hatte sie entgegen aller Wahrscheinlichkeit einen halben Winter überlebt und wurde dann wegen Lenas neugierigem Zeigfinger massakriert. Das war eine Katastrophe. Sie versuchte in den Spalt zwischen Wand und dem Heizkörper zu spähen.

»Was machen Sie denn da?«

Bodil Rømer stand in der Küchentür. In den Händen hielt sie ein Porzellantablett mit zwei Porzellantassen, Sahnekännchen und Zuckerschale.

Lena errötete und setzte sich auf.

»Ich fand, dass es ein wenig zieht«, sagte sie, »und wollte nachsehen, woher.«

»Mein Mann hat ständig an dieser Ecke herumgebastelt«, sagte sie und kam näher. Sie setzte das Porzellantablett auf dem kleinen runden Tisch ab. Stellte jedem eine Tasse hin.

»Sie brauchen mir nichts anzubieten«, sagte Lena. »Ich möchte Ihnen keine Umstände machen.«

»Eine Tasse Kaffee nehmen Sie doch sicher, und ein paar Pfefferkuchen. Hinter dem Sofa steht ein Ofen. Diese Pfefferkuchen sind von Kiwi, viel besser als die von Rema. Es stimmt, es zieht ein bisschen. Und ich kann mich so schwer bücken, drehen Sie die Heizung ruhig ein bisschen höher.«

Lena, die immer noch vor Hitze fast einging, stand auf und kniete sich neben das Sofa. Keine Ameise. Doch, da war sie, und sie war nicht allein. Eine kleine Kolonie arbeitete im Staub hinter dem Heizkörper. Ein Ameisenhaufen im Wohnzimmer! Wie mochte es unter dem Bett der Frau in ihrem Schlafzimmer aussehen?

»So«, sagte Lena und stand wieder auf. »Jetzt wird es sicher schön warm hier drinnen!«

Sie drehte sich um und blickte direkt in das Gesicht von Bodil Rømer, die ihren Kopf vorstreckte, um besser zu hören. »Nehmen Sie einen Pfefferkuchen«, sagte sie.

Lena nahm einen herzförmigen Pfefferkuchen und legte ihn auf ihren Teller. Sie überlegte, welche Worte sie wählen sollte, um das Gespräch in die gewünschte Richtung zu lenken. Sie beschloss, zunächst ein bisschen Konversation zu treiben, nach einem Anknüpfungspunkt zu suchen. Aber die Hitze raubte ihr noch immer fast den Atem. Diese Wohnung mit ihren schweren Gardinen, den noch schwereren Portieren, ebenso schweren Möbeln und Ameisen auf dem Boden verursachten ihr langsam Platzangst. Plötzlich hatte sie das Gefühl, dass die Ameisen ihre Beine hinauf krabbelten, spürte akuten Juckreiz und wäre am liebsten geflüchtet.

Sie stand auf, zwängte sich zwischen Sofa und Tisch hindurch und trat in den freien Raum in der Mitte des Zimmers.

»Was ist denn?«, fragte Bodil Rømer.

»Der Zug«, sagte Lena. »Ich bin etwas empfindlich gegen Zug.«

»Na so was«, sagte Bodil Rømer. »Es ist kalt, das stimmt, ich werde die Heizung hochdrehen!«

Lena hörte kaum zu. Sie befand sich wieder in der Szene, als der Sohn dieser Frau über sie hinweg fiel und sie sich an die Felsen klammerte.

Nein, sagte sie schnell zu sich selbst. Was passiert ist, war nicht meine Schuld. Er war es, der mich zum Abgrund gezerrt hat. Er war es, der mich ins Meer werfen wollte.

Lena stand mit geschlossenen Augen da. Sie zählte die Tage. Bodil Rømer glaubte augenscheinlich, ihr Sohn sei im Ausland und am Leben. Warum? Warum hatte Ingrid Kobro sie nicht

vom Ableben ihres Sohnes informiert? Und warum hatte diese Frau so traurige Augen?

»Also dass Sie Stian im Urlaub getroffen haben und jetzt zu mir zu Besuch kommen … Sie sind ein nettes Mädchen.«

»Total blöd von uns, nicht die Telefonnummern auszutauschen«, sagte Lena. »Aber so ist es manchmal mit den Ferien. Ehe man sich's versieht, muss man schon wieder abreisen, und dann erst erinnert man sich daran, was man eigentlich noch alles tun wollte.«

»Ich werde Stian erzählen, dass Sie hier waren, wenn er das nächste Mal kommt. Ich werde ihm sagen, dass er an Ihnen festhalten soll!«

Ich muss bald zur Sache kommen, dachte Lena. »Leckerer Kaffee«, sagte sie und versuchte ein Lächeln.

»Ach, ich bin so tüdelig«, sagte Bodil Rømer und schenkte ihr nach. Sie hielt die Kanne mit beiden Händen. Lena bemerkte, dass die eine Hand verkrüppelt war. Drei Finger rollten sich auf unnatürliche Weise in die Handfläche hinein. Gicht, dachte Lena. In dem Moment begegneten sich ihre Blicke. Als Bodil Rømer die Kanne absetzte, verbarg sie ihre Hände verschämt unter der Tischplatte.

Lenas Schuldgefühl wuchs. Sie wandte sich ab, sah an die Wand.

Dort fiel ihr Blick auf ein Abiturfoto. Der Text besagte, dass es sich um die Abschlussklasse des Gymnasiums Drammen handelte. Sie nahm das Bild von der Wand und betrachtete es. Bodil Rømer lächelte. »Ja, das ist Stians Schulfoto.«

Lena scannte die Köpfe mit den Abitursmützen. Das Foto war neunzehn Jahre alt. Sie hatte keine Ahnung, wie Stian Rømer vor neunzehn Jahren ausgesehen hatte.

Dann wurde ihr schwindelig, und sie musste sich an der Wand abstützen.

»Was ist denn, ist Ihnen nicht gut?«

Lena schüttelte den Kopf. Wenn sie vorher geschwitzt hatte, dann war ihr jetzt eiskalt. »Ich glaube, ich hab Stian gefunden«, sagte sie, legte das Foto auf den Tisch und zeigte darauf.

»Nein«, sagte Bodil Rømer und schob das Foto mit ihrer verkrüppelten Faust zurecht. »Das hier ist Stian«, sagte sie und zeigte mit einem schiefen kleinen Finger auf einen Kopf. »Der andere ist Steffen, sein Freund, aber die beiden sehen sich ziemlich ähnlich, das muss ich zugeben.«

Lena bewahrte ein Pokerface und schaffte es sogar zu lächeln. »Ich bin ja doof, jetzt sehe ich es natürlich. Ich habe beide dort getroffen, auf Ibiza, Stian und Steffen waren zusammen in Urlaub.«

»Ja, wie damals«, sagte Bodil Rømer. »Steffen und Stian, sie waren wie siamesische Zwillinge, ganz unzertrennlich.«

»Hat Steffen in letzter Zeit versucht, Kontakt zu Stian aufzunehmen?

»Er hat angerufen, aber ich konnte ihm ja nur sagen, was ich Ihnen auch gesagt habe, dass Stian im Ausland ist.«

3

Als sie durch Lierskogen fuhr, die Hügel in Richtung Asker hinunter, und Oslo sich wie ein spiegelverkehrter Sternenhimmel vor ihr ausbreitete, hatte Lena eine Idee. Sie durchdachte sie erst einmal und dann noch einmal. Mit jedem Mal wurde die Idee besser. Als sie sich Sandvika näherte, holte sie ihr Handy heraus und rief Gunnarstranda an. Er war in der Buchhandlung Tanum auf der Karl Johans Gate und kaufte Weihnachtsgeschenke. Sie verabredeten sich bei der Eisbahn von Spikersuppa.

Sie fand einen Parkplatz ganz unten in der Roald Amundsens Gate und fand Gunnarstranda im Gespräch mit Frank Frølich neben der Statue von Henrik Wergeland. Aus den Lautsprechern strömte metallische Musik. Eine Menge Kinder liefen immer im Kreis auf der kleinen Eisbahn herum, die in weißes Licht getaucht war.

Lena stellte sich zu den beiden Kollegen.

»Hab gehört, du bist rehabilitiert«, sagte Frølich. »Gratuliere.«

Lena zuckte mit den Schultern. Falls Frølich bitter war, konnte sie ihn verstehen. »Liegt sicher daran, dass ich eine Frau bin, wie alles andere auch.«

Beide sahen Gunnarstranda zu, der in einer Tragetasche Bücher sortierte. »Das war Rindal«, sagte Gunnarstranda. »Er hat sich überreden lassen. Ich glaube, er hat tatsächlich eine Schwäche für dich, Lena.«

Frølich wollte am Universitetssplassen in den Bus steigen.

Sie verabschiedeten sich von ihm und gingen langsam in Richtung Stortinget.

»Hat deine Idee etwas mit Gjerstad zu tun?«, fragte Gunnarstranda.

Sie nickte.

Gunnarstranda schnitt eine misstrauische Grimasse. »Und du meinst immer noch, dass es Gjerstad war, der Adeler ertränkt hat?«

Sie nickte.

»Und er hat auch Nina Stenshagen erschossen und sie vor den Zuge geworfen? Und Stig Eriksen erschossen?«

Lena antwortete nicht.

»Wo hatte er denn die Waffe her? Ich will nicht zu viel über das Privatleben meiner Kollegen wissen. Aber als ihr zusammen wart, hast du da eine Pistole gesehen? Und ich meine nicht *Pistole* im übertragenen Sinne.«

Lena sagte immer noch nichts. Sie erinnerte sich an den Mann, der mit einer Waffe in der Hand hinter ihr her gelaufen war – und der Steffen Gjerstad kannte. Und dann in Steffens Wohnung auf sie gewartet hatte.

Sollte sie Gunnarstranda davon erzählen? Lena konnte den Gedanken nicht weiter verfolgen.

»Wenn du meinst, dass Steffen Gjerstad der Täter ist, dann reicht es nicht, dass er die Opfer irgendwann interviewt hat. Du brauchst Beweise. Du musst beweisen, dass Steffen Gjerstad zusammen mit Adeler auf dem Kai war. Und du brauchst ein Motiv. Warum hat er Adeler umgebracht? Außerdem brauchst du die Waffe, mit der Nina und Stig erschossen wurden. Und du musst erklären, was es mit der Morddrohung gegen Aud Helen Vestgård auf sich hat. Hast du die Antworten?« Gunnarstranda hatte keine Lust zu warten. »Lass uns gehen«, sagte er. »Mir wird langsam kalt.«

Lena spürte, dass der Moment gekommen war. »Warte«, sagte sie. »Wie gesagt, ich habe eine Idee.«

Gunnarstrada blieb wieder stehen.

»Ganz egal, wer Adeler vom Kai gestoßen hat. Ich glaube, ich weiß, wie wir den Betreffenden aus der Reserve locken können«, sagte sie.

»Wie?«

»Stig Eriksen und Nina Stenshagen müssen nicht die Einzigen gewesen sein, die mit angesehen haben, was an dem Morgen geschah. Wir könnten einen weiteren Namen durchsickern lassen«, fuhr sie fort. »Wir benutzen Informanten und andere Quellen, um den Namen zu verbreiten. Der Täter hat bis jetzt alle Augenzeugen eliminiert. Wenn wir einen weiteren Zeugen benennen, wird er garantiert versuchen, auch diesen auszuschalten.«

Gunnarstranda konnte nicht verbergen, dass ihm der Vorschlag missfiel. »Solche Provokationen sind nicht legal. Außer-

dem«, fuhr er nachdenklich fort, »wenn wir einen dritten Augenzeugen erfinden, bräuchten wir einen Lockvogel, und den bekommen wir nicht, denn dann müssten wir Rindal informieren, und die ganze Aktion wäre geplatzt.«

Lena drehte sich zum alten Universitätsgebäude um. Unter der Weihnachtsdekoration konnten sie Frølich stehen sehen, der mit den Händen in den Jackentaschen auf den Bus wartete. Lena streckte eine behandschuhte Hand aus und zeigte auf ihn.

»Ein Polizist, der schon vom Dienst suspendiert worden ist, kann nicht noch einmal suspendiert werden«, sagte sie.

Gunnarstranda schüttelte den Kopf. »Provokationen sind ein Unding«, sagte er. »Ein Schuss ins Blaue. Du weißt nie, ob du triffst, und wenn du triffst, dann weißt du erst sehr viel später, wen oder was du getroffen hast.«

»Du bist also dagegen?«

Gunnarstranda antwortete nicht.

»Du bist *nicht* dagegen?«

Gunnarstranda holte tief Luft und wollte antworten. Aber sie kam ihm zuvor.

»Wenn Frank ja sagt, bist du dann immer noch dagegen?«

Ohne seine Antwort abzuwarten, ließ Lena ihn stehen und marschierte auf das Universitätsgebäude zu.

Gunnarstranda sah ihr nach. Lena ging bei Rot über die Straße. Rief nach Frølich, der ihr sofort entgegenkam. Frølich hörte ihr zu, ohne eine Miene zu verziehen. Dann nickte er.

Gunnarstranda atmete seufzend aus. Frølich hatte also zugestimmt – wie er befürchtet hatte. Gunnarstranda verschränkte die Hände auf dem Rücken, drehte sich um und wanderte in die entgegengesetzte Richtung auf das Storting zu.

Lena holte ihn ein.

»Wir haben einen Plan«, sagte sie und lächelte breit.

»Das hatte ich befürchtet«, sagte Gunnarstranda.

Sie spürte seinen Missmut sofort und fragte: »Aber was kann denn eigentlich schiefgehen?«

»1949 haben drei Forscher ein Raketenexperiment in Kalifornien durchgeführt«, sagte Gunnarstranda. »Einer von ihnen hieß Edward J. Murphy. Hinterher formulierte er etwas, was bis heute Murphys Gesetz heißt.«

Lena seufzte.

Sie gingen schweigend nebeneinander her, erreichten den Egertorget.

»Hast du einen besseren Vorschlag?«, fragte Lena schließlich.

Gunnarstranda schüttelte den Kopf. »Lass uns morgen weiter darüber sprechen.«

Sie trennten sich. Lena ging noch ein paar Meter die Karl Johans Gate entlang. Aber der Gedanke an ihre Idee ließ sie nicht mehr los.

Sie blieb stehen. Menschen strömten dicht gedrängt in alle Richtungen.

Sie mussten Steffen aus seinem Versteck locken. Aber wie konnte sie Gunnarstranda dazu bewegen, zuzustimmen? Die Antwort lag auf der Hand. Sie musste ehrlich sein. Alle Karten mussten auf den Tisch. Sie konnte die Geschichte mit Stian Rømer nicht mehr verschweigen. Lena schloss die Augen. Etwas in ihr wollte widersprechen. Warum? Wovor hast du Angst? Du musst sagen, was passiert ist, und es dir von der Seele reden.

Es war klar. Sie hatte die Wahl: Entweder sie ging nach Hause und vergaß die ganze Geschichte – oder sie ging den Weg zu Ende. Was sollte sie tun?

Lena drehte um und ging zurück. Erst langsam, dann schneller. Sie musste ihn einholen. Wo war er? Wohin konnte er gegangen sein? Sie versuchte es an der Bushaltestelle in der Akersgate und bog nach rechts ab.

Gunnarstranda war nicht zu sehen. Sie ging schneller.

Da entdeckte sie seine charakteristische Gestalt vor den Glasfenstern in der unteren Etage des VG-Zeitungshauses. Gunnarstranda stand mit dem Handy in der Hand und gab eine Nummer ein.

4

Gunnarstranda nutzte das Licht der Schaufenster, um die richtige Nummer zu finden. Er rief den Sicherheitsdienst im Regierungsgebäude an. Dort wurde ihm berichtet, dass sich Frikk Råholt immer noch in seinem Büro aufhielt.

Gunnarstranda ging zur Møllergata hinunter und stellte sich vor das Tor zur Tiefgarage des Regierungsgebäudes. Ob Frikk Råholt nun mit seinem Privatwagen fuhr oder nicht – Gunnarstranda nahm an, dass er diese Ausfahrt benutzen würde. Er wartete nicht einmal eine Viertelstunde, während ein gleichmäßiger Strom von Beamten an ihm vorbeizog, manche im Auto, manche zu Fuß.

Råholt kam zu Fuß. Die Ausfahrt der Tiefgarage leuchtete gelb hinter der Silhouette im dunklen Wintermantel, die mit schnellen, zielstrebigen Schritten auf die Straße trat. Als das Tor wieder zuglitt, waren bald Råholts feine Gesichtszüge im Halbdunkel zu erkennen.

Als sich ihre Blicke trafen, blieb Råholt stehen.

»Ja bitte?«, fragte er.

»Gunnarstranda, Kriminalpolizei Oslo.« Gunnarstranda machte sich die Mühe, seinen Ausweis hervorzuholen, den er um den Hals hängen hatte.

Råholt seinerseits machte sich die Mühe, ihn genau zu studieren.

»Worum geht es?«

»Um Verschiedenes. Sie sollten ein paar Minuten dafür opfern.«

Råholt sah ihn fragend an.

»Es geht in erster Linie um einen Auftrag, den Sie für *First in Line* übernommen haben.«

»Ich habe die Stelle noch nicht angetreten.«

»Und wie kommt es dann, dass ich Ihre Klientenliste kenne?«

Råholt verzog keine Miene.

»Ich kann Ihnen zuerst den Zusammenhang erklären«, sagte Gunnarstranda. »Meine Kollegin wurde vom Dienst suspendiert, weil sie angeblich vertrauliche Inhalte eines Dokuments an die Presse weitergegeben haben soll. Ich weiß, dass sie das niemals getan hat. Allerdings habe ich jetzt das Dokument vorliegen, das Sie persönlich an den Journalisten gefaxt haben, von zuhause aus. Ich habe es von dem Journalisten bekommen.«

Frikk Råholt sagte immer noch nichts. Er betrachtete den Polizeibeamten lediglich aufmerksam.

»Und Sie streiten es nicht ab«, sagte Gunnarstranda entgegenkommend. »Einer Ihrer Klienten ist die Firma MacFarrell. Das brauchen Sie auch nicht abzustreiten. Ich bin wie die Detektive in den alten Comics. Ich weiß alles.«

Råholt sah ihn an. »Nicht schlecht«, räumte er mit einem leichten Lächeln ein.

Gunnarstranda verschränkte die Hände hinter dem Rücken. »Diese Bergbaugesellschaft hat *First in Line* engagiert – also Sie –, um den Regierungsausschuss dahingehend zu beeinflussen, dass der Staatliche Rentenfonds sich dort weiterhin engagiert, wie es so schön heißt.«

»Wie um Himmels willen können Sie so etwas behaupten?«

»Sehen Sie mir in die Augen und sagen Sie mir, dass ich mich irre«, sagte Gunnarstranda.

Råholt schwieg.

»MacFarrell hat Sie angeheuert, und Sie haben Ihren Teil der Arbeit getan, indem Sie einen Journalisten namens Steffen Gjerstad systematisch mit geheimen Informationen versorgten.«

»Das behaupten Sie«, sagte Frikk Råholt. »Ich behaupte, dass ich ausschließlich einen multinationalen Konzern dabei beraten habe, wie er sich der öffentlichen Meinung in Norwegen gegenüber verhalten sollte.«

»Beraten? Zuerst machen Sie einem Sekretär des Ethikrates einen Heidenstress. Und dann geben Sie unter der Hand ein Dokument an einen Journalisten weiter, das Ihre Frau als vertraulich behandelt sehen wollte. Ziemlich ausgeklügelte Beratung.«

»Das sind alles nur Behauptungen von Ihnen«, sagte Råholt.

Gunnarstranda wandte sich ab, um zu gehen. »Jedenfalls haben Sie bestätigt, was ich wissen wollte.«

Råholt hielt ihn zurück.

Gunnarstranda blieb stehen.

»Was haben Sie jetzt vor?«, fragte Råholt.

»Was glauben Sie, was ich vorhabe? Was glauben Sie, wofür ich bezahlt werde?«

Råholt lächelte ihn an. »Dann machen Sie Ihre Arbeit vielleicht besser als Ihre rothaarige Kollegin? Vielleicht sammeln Sie Beweise, bevor Sie Menschen mit Anklagen bedrängen?«

Sie standen einander gegenüber und maßen sich mit den Blicken. »Sagen wir mal so, Herr Råholt: Wenn Sie von meinem Stande wären, hätte ich gefragt, ob Ihre Frau ab und zu Brot backt.«

»Warum würden Sie das fragen?«

»Weil ich ihr raten würde, sich darin zu üben, Werkzeuge mit einzubacken, beispielsweise eine Feile.«

»Na so was«, sagte Råholt lachend. »Sie sind mir ja ein richtiger Spaßvogel!«

»Aber Sie sind nicht von meinem Stand. Sie gehören zu dem

Kreis von Menschen, die immer davonkommen. Ich bin schon viel zu lange Bulle, um mich darüber noch zu ärgern.«

Ein Wagen hielt vor der Einfahrt.

Råholt winkte dem Chauffeur zu, und der winkte zurück.

»Meine Frau«, sagte Råholt.

Gunnarstranda betrachtete den Wagen. »Weiß Sie es?«, fragte er.

»Ob sie was weiß?«

»Weiß Ihre Frau, dass Sie sie benutzt haben, um Adeler in die Scheiße zu reiten? Dass Sie den Journalisten Steffen Gjerstad angerufen und ihm erzählt haben, dass Ihre Frau und Asim Shamoun am 9. Dezember zusammen essen gehen würden?«

»Sie geben nicht auf, was? Haben Sie vielleicht ein Mikro dabei?«

Gunnarstranda schüttelte den Kopf. »Wir Polizisten sind naiv genug, uns an das Gesetz zu halten.«

»Lassen Sie es mich mal so ausdrücken«, sagte Råholt. »Ich habe keine Geheimnisse vor meiner Frau.«

»Aber Shamoun wusste es nicht?«

Råholt warf einen kurzen Blick zum Wagen.

»Er wusste es nicht«, sagte Gunnarstranda. »Im Gegensatz zu Ihnen und Ihrer Frau ist er ein redlicher Mensch. Sie haben clever gespielt, dass muss ich Ihnen lassen. Als Gjerstad das so genannte Treffen zwischen Rentenfonds, Finanzkomitee und Polisario aufdeckte, bekam Ihr Auftraggeber MacFarrell den ›Skandal‹, der das richtige Resultat brachte. Dass Polisario sozusagen mit einer Parlamentsabgeordneten konspirierte, um den Ethikrat zu beeinflussen, machte den Sachbearbeiter befangen, und seine eventuellen Ermittlungsergebnisse würden in den Augen der Öffentlichkeit wertlos. So würde MacFarrell in den Augen der norwegischen Öffentlichkeit sozusagen stubenrein. Die Firma nach dieser ›Entlarvung‹ aus der Liste des Rentenfonds herauszustreichen, hätte einen politischen Auf-

stand ohnegleichen ausgelöst. Und sobald das Ziel erreicht war, konnten Sie Ihre Frau elegant freisprechen und den Kritikern den Wind aus den Segeln nehmen. Sie konnten die Wahrheit ans Licht lassen. Die Verbindung zwischen Polisario und Ihrer Frau hatte nichts mit Politik zu tun, sondern mit der elterlichen Fürsorge für ein gemeinsames Kind.«

Råholt nickte mit angestrengtem Gesichtsausdruck zu dem wartenden Wagen. »Sie sehen, ich werde erwartet.«

»Aber Sie müssen einen Schock bekommen haben, als Sie hörten, dass Sveinung Adeler an dem Morgen ertrunken ist«, sagte Gunnarstranda. »Die Komödie, die Sie inszeniert hatten, nahm eine Wendung, die Sie nicht eingeplant hatten. Was haben Sie empfunden in dem Moment, als Sie begreifen mussten, dass Sie nicht allmächtig sind?«

Råholt holte tief Luft und sagte herablassend: »Sveinung Adelers Tod hatte mit der ganzen Sache nie etwas zu tun. Es ging die ganze Zeit nur um Adelers Bericht.«

Gunnarstranda nickte.

»Natürlich. Das glaube ich Ihnen sogar. Der Sekretär hat Sie nicht interessiert. Auch sein Tod tat im Grunde nichts zur Sache. Dass Sie die Öffentlichkeit betrogen haben, war auch unerheblich. Sie und der Journalist haben den ganzen Dreck zusammengekocht und dann auch noch obendrauf gesetzt, Adeler sei unredlich und befangen gewesen – obwohl der Mann tot war und sich nicht mehr verteidigen konnte. Alles bedeutungslos. Sie haben weitergemacht.«

»Moralisieren ist etwas für Heuchler«, sagte Råholt tonlos. »Und Sie sehen nicht wie ein Heuchler aus, Gunnarstranda.«

Der Polizeibeamte nickte. »Erklären Sie mir zumindest noch eines«, sagte er.

»Fragen Sie, dann werden wir sehen.«

»Warum?«

»Warum was?«

»Warum haben Sie Ihre Frau und das Kind auf so zynische Weise benutzt? Warum ist dieser neue Job so ungeheuer wichtig? Was hat diese Position an sich, das Lügen rechtfertigt, Manipulation, posthume üble Nachrede und die Veröffentlichung vertraulicher Informationen, die für andere Menschen dramatische Folgen hat?«

Råholt trat zwei Schritte vor. Sie standen jetzt so dicht voreinander, dass Gunnarstranda den Geruch seines Rasierwassers wahrnehmen konnte.

»Mein Gott, was für ein scheinheiliger und lächerlicher Typ Sie sind«, flüsterte Råholt. »Sie haben selbst gesagt, dass ich zu einem andern Stand gehöre als Sie. Okay, das stimmt. Und dann fragen Sie mich, warum ich einen Job aufgebe und einen anderen antrete? Das kann doch nicht so schwer zu begreifen sein? Ich will ein gutes Selbstwertgefühl haben, ich will mich selbst verwirklichen, und ich will Macht! Wissen Sie, was das bedeutet? Ich will entscheiden. Ich will Resultate sehen. Wer Macht und Einfluss haben will, muss da sein, wo Beschlüsse gefasst werden. So einfach ist das.«

»Aber Sie haben Gjerstad doch nicht gratis bekommen«, sagte Gunnarstranda. »Sie haben den Journalisten gekauft. Etwas anderes konnten Sie nicht riskieren. Wie viel haben Sie gezahlt?«

Råholt antwortete nicht.

»Lassen Sie mich raten«, sagte Gunnarstranda grinsend. »Er hat einen Platz in der Gemeinde bekommen, er geht mit ins Büro von *First in Line*?« Gunnarstranda nickte anerkennend. »Logisch. Das erklärt auch, warum er getan hat, was er getan hat. Und Sie glauben tatsächlich, dass das ein smarter Schachzug war?«

Råholt schwieg weiterhin.

»Vielleicht weiß ich nicht so viel über moderne Kommunikation wie Sie. Aber ich bin Bulle und weiß einiges über Verbre-

cher. Sie und Ihre Frau entwischen dem Rechtsapparat dieses Mal. Da bin ich mir ziemlich sicher. Aber vergessen Sie nicht, dass dieser Journalist jetzt etwas gegen Sie in der Hand hat. Er weiß, wer Sie tief im Inneren eigentlich sind, und kennt Ihre Methoden. Sind Sie sicher, dass Sie den Schachzug nicht irgendwann bereuen werden?«

Råholt sah nachdenklich zu Boden.

Die Wagentür wurde geöffnet. Aud Helen Vestgård stieg aus und lehnte sich mit einem etwas ängstlichen Gesichtsausdruck an die offene Wagentür. »Kommst du, Frikk?«

»Ich komme«, sagte Råholt und lächelte Gunnarstranda freundlich zu. »Sonst noch etwas, Herr Detektiv?«

Gunnarstranda schüttelte den Kopf.

Frikk Råholt ging zum Wagen und setzte sich auf den Rücksitz. Der Wagen setzte vor der Garageneinfahrt zurück und wendete. Drei Frauen saßen schon darin. Aud Helen Vestgård und ihre beiden Töchter.

Frikk Råholt winkte Gunnarstranda zu, als der Wagen an ihm vorbeifuhr.

»Sayonara«, sagte Gunnarstranda und sah dem Wagen nach, bis er verschwand. Dann erst drehte er sich um. »Du kannst jetzt rauskommen«, sagte er mit erhobener Stimme.

Lena trat aus dem Schatten ins Licht.

»Es ist nicht nett, anderer Leute Gespräche zu belauschen«, sagte Gunnarstranda.

»Råholt kommt davon«, sagte sie. »Ich werde beschuldigt, aber er kann einfach machen, was er will.«

»Die Macht siegt«, sagte Gunnarstranda.

»Bist du immer noch dagegen, eine getürkte Pressekonferenz über einen dritten Zeugen abzuhalten?«, fragte sie.

»Warum willst du das tun?«, fragte Gunnarstranda und sah ihr direkt in die Augen. »Ganz ehrlich.«

»Ich bin hundertprozentig sicher, dass Steffen Gjerstad der Täter ist«, sagte sie.

»Du willst Rache?«

Lena schüttelte den Kopf. »Das ist doch unser Job! Er ist ein Mörder und muss bestraft werden.«

»Eine solche Provokation ist gegen das Gesetz. Und was ist mit deiner Rolle als Polizeibeamtin und deinem Verhältnis zu Recht und Ordnung?«

»Klar, aber ...«

»Aber?«

»Ich bin sicher, dass Steffen Gjerstad einen Menschen umgebracht hat, und ich will nicht, dass er davonkommt!«

»Drei Menschen wurden ermordet«, wandte Gunnarstranda ein. »Welchen von ihnen hat der Journalist umgebracht?«

»Es muss Steffen gewesen sein, der Adeler vom Kai gestoßen und mit dem Brett unter Wasser gehalten hat.«

»Das glaubst du, aber du kannst es nicht beweisen.«

»Aber Nina Stenshagen hat alles gesehen. Sie kannte Steffen ...«

»Und wer hat Nina erschossen, wer hat Stig erschossen?«

Lena und Gunnarstranda standen sich gegenüber und starrten sich in die Augen.

Lena holte tief Luft und nahm Anlauf. »Ein Mann namens Stian Rømer«, sagte sie.

Lena schloss die Augen. Sie hatte es getan. Hatte die Katze aus dem Sack gelassen. Sie öffnete die Augen. Aber sie konnte in Gunnarstrandas Augen nichts lesen.

»Du meinst also, dass zwei Täter an dem Morgen auf dem Kai waren?«, fragte er.

»So muss es gewesen sein«, sagte Lena. »Nina hat mit angesehen, wie Steffen Adeler umgebracht hat. Sie kannte Steffens Identität und war deshalb gefährlich für ihn. Ich glaube, Stian Rømer hat Nina auf Steffens Befehl hin erschossen.«

»Lass uns über Stian Rømer sprechen«, sagte Gunnarstranda. »Ich weiß, dass er und Steffen sich kannten. Sie waren Jugendfreunde.«

»Der gleiche Stian Rømer, der mit einer Waffe in der Hand in der Schweigaardsgate hinter dir hergelaufen ist?«

»Glaubst du das etwa nicht?«, fragte Lena wütend.

»Natürlich glaube ich dir, aber Stian Rømer hat Norwegen doch verlassen«, sagte Gunnarstranda.

Lena antwortete nicht.

Gunnarstranda sah ihr in die Augen. »Das behauptet jedenfalls der Geheimdienst.«

Lena sah an ihm vorbei. »Und was glaubst du?«

»Ich habe erfahren, dass Stian Rømer nach seinem missglückten Angriff auf dich in Gamlebyen einen Flug nach London genommen hat.« Gunnarstranda ließ die Stille ein paar Sekunden in der Luft hängen. »Wenn das stimmt, gehört schon einiges dazu, um ihn jetzt wegen Mordes zu verhaften.«

Sie sahen sich in die Augen. Es war ein Kampf.

»Ich weiß, dass sich der Geheimdienst irrt«, sagte Lena schließlich. »Er ist nie in den Flieger gestiegen.«

Der Machtkampf dauerte an. Lena wartete auf die Frage, vor der ihr graute. Die Gedanken rasten durch ihren Kopf. Wie sollte sie bloß darstellen, was passiert war?

Doch die Frage kam nicht.

»Gehen wir mal davon aus, dass du Recht hast«, sagte Gunnarstranda. »Gehen wir davon aus, dass Steffen Gjerstad Sveinung Adeler ertränkt hat und der Berufssoldat Stian Rømer der Mann war, der die Zeugen erschossen hat. Was sollte Steffen Gjerstand für ein Motiv gehabt haben, Adeler zu töten?«

»Ich weiß es nicht«, sagte Lena und war sich nicht sicher, ob sie über diesen Themenwechsel froh sein sollte oder nicht.

»Dann verstehst du sicher, warum ich dich frage, ob du nicht gerade drauf und dran bist, eine verschmähte Liebe zu rächen.«

Lena schüttelte den Kopf. »Es geht mir nicht um Rache. Ich bin fertig mit Steffen, und das meine ich ernst«, sagte sie. »Frikk Råholt hat gerade zugegeben, dass er und Steffen ein gemeinsames Interesse daran hatten, dem Ethikrat und Polisario eine schlechte Presse zu verschaffen. Also – Steffen hat die Fotos im Restaurant gemacht. Steffen ist auf dem Kai aufgetaucht, als wir gerade dabei waren, die Leiche aus dem Wasser zu bergen. Er hat mich direkt angesprochen, aber nichts davon gesagt, dass er den Toten kannte. Das hat er mir erst ein paar Stunden später erzählt, als er vor Adelers Wohnung stand und darauf wartete, dass ich herauskam. Erst da hat er behauptet, Adeler wiedererkannt zu haben, als wir ihn aus dem Wasser zogen. Erst da hat er mir erzählt, dass Adeler in Jølster aufgewachsen ist. Da wusste er auch zu berichten, dass Adeler ein eitler Namedropper und ein Workaholic war. Plötzlich wusste Steffen unheimlich viel über Adeler. Warum hat er davon auf dem Kai nichts gesagt? Alle Journalisten, die vor der Absperrung standen, wollten wissen, ob wir die Identität des Toten kannten. Steffen wusste, wer da ertrunken war, hat aber geschwiegen. Und warum hat er vor Adelers Wohnung auf mich gewartet?«

Gunnarstranda nickte nachdenklich. »Du stellst eine Menge Fragen«, sagte er. »Aber die müssen nicht unbedingt alle die gleiche Antwort haben. Gehen wir also mal davon aus, dass du dieses Täuschungsmanöver durchziehst, um den Journalisten aus der Reserve zu locken. Vergiss nicht, dass der Journalist mit Rise verbandelt ist. Wie willst du diese Aktion durchführen, ohne zu riskieren, dass die Lüge ans Licht kommt?«

Lena dachte nach. »Man könnte die Freundschaft zwischen Rise und Gjerstad nutzen«, sagte sie. »Wenn wir dem falschen Zeugen einen Namen geben, müssen wir Rise außen vor halten – er darf nur den Namen erfahren.«

»Und wie sollen wir das machen?«

»Du hast gerade ›wir‹ gesagt«, sagte Lena mit einem Lächeln um die Lippen. »Du bist fast überzeugt.«

Gunnarstranda schüttelte den Kopf und sagte: »Es reicht nicht aus, das *Gefühl* zu haben, dass Gjerstad der Täter ist. Du musst beweisen, dass er vor Ort war, dass er die Möglichkeit und ein Motiv hatte, den Mord zu begehen. Und du *weißt* nicht, ob Steffen Gjerstad auf dem Kai war, als der Mord geschah.«

»Wenn er dort war, dann hatte er auch die Möglichkeit«, sagte sie.

»Aber kennst du sein Motiv?«, fragte Gunnarstranda.

»Ich bin sicher, dass es ein Motiv gibt«, antwortete Lena.

»Aber du kennst es nicht.«

»Nein. Aber derjenige, der Adeler getötet hat, hat auch die Augenzeugen aus dem Verkehr geschafft. Wenn wir durchsickern lassen, dass es einen dritten Zeugen gab, wird der Täter auch auf den dritten Zeugen losgehen.«

»Aber du hast noch immer keine Motiv für den Mord an Adeler. Denk an Murphys Gesetz. Wenn es eintritt, dann kommt am Ende dabei raus, dass die Anzeige zurückgezogen wird, weil der Angriff auf den Lockvogel auf illegale Weise provoziert wurde. Dann kommt der Täter frei, und du hast alle Chancen verspielt, den Kerl dingfest zu machen.«

»Aber es wird immer noch ausreichend Gründe für einen Verdacht geben. Wir können ihn verhören.«

»Aber der Mann wird alles abstreiten und eine Erklärung abgeben – auf Empfehlung der Verteidigung. Und dann ist es nur eine Frage der Zeit, wann er freikommt. Nein, Lena. Das Risiko ist zu groß«, schlussfolgerte Gunnarstranda. »Es wird keine Aktion mit einem dritten Augenzeugen geben.«

Ohne ein weiteres Wort drehte sich Gunnarstranda um und ging. Lena blieb enttäuscht stehen und sah der kleinen, schiefen Gestalt hinterher.

Doch plötzlich drehte er sich um und sah sie noch einmal an. »Wie kannst du behaupten, dass Stian Rømer nicht in dem Flieger gesessen hat?«

Sie schluckte und rief laut, damit ihre Stimme trug. »Ich musste Ingrid Kobro versprechen, darüber nicht zu reden.«

Eine feige Antwort, dachte sie und legte den Kopf in den Nacken. Der fallende Schnee war am Nachthimmel unsichtbar, wirkte aber unter den Straßenlaternen, die in einer langen Reihe standen, dicht und undurchdringlich.

Sie senkte den Blick, bereit für eine Konfrontation. Aber Gunnarstranda entfernte sich ohne ein weiteres Wort.

Der Schnee legte sich wie eine feine Puderschicht auf die Straße und dämpfte die Geräusche. Ein Traktor mit Schneepflug vorn und Schneefräse hinten fuhr auf den Youngstorget. Die orange blinkenden Scheinwerfer wurden von den umliegenden Wänden reflektiert. Sogar das Dröhnen des Dieselmotors war nur ein gedämpftes Brummen.

Weihnachtsstimmung, dachte Lena und versuchte sich zu erinnern. Eine solche Stille hatte sie bei Schnee nicht mehr wahrgenommen, seit sie ein kleines Mädchen war.

Lena lehnte sich an die Mauer und sah Gunnarstranda hinterher, der ein paar Sekunden zögernd vor der Treppe zur alten Møllergata 19 innehielt, dann aber abdrehte und die Straße überquerte. Bald war die Silhouette des Polizeibeamten mit dem Schatten des hoch aufragenden Gebäudes verschmolzen, das durch den Schnee jetzt niedriger erschien. Bald würden seine Fußspuren nur noch kleine Vertiefungen in der dicker werdenden Schneedecke sein.

Lena atmete tief durch, drehte sich um und ging in die entgegengesetzte Richtung davon.

5

Eine Weihnachtsmelodie schallte durch die Korridore: John Lennon und Yoko Onos *Happy Xmas War Is Over*.

Das ist sicher richtig, dachte Lena und ging zu den Postfächern. In ihrem Fach hatte sich ein ganzer Stapel angesammelt. Es war bis oben hin voll. Sie nahm den Stapel mit und blätterte ihn auf dem Weg zu ihrem Büro durch.

Mittendrin lag ein dicker brauner A4-Umschlag.

Sie wollte ihn gerade zurückschieben, als ihr der Absender auffiel: Finanzministerium – Sekretariat des Ethikrates. Lena zog die Augenbrauen hoch.

Sie ging in ihr Büro und öffnete den Umschlag.

Darin lag ein Konvolut zusammengehefteter bedruckter Blätter. Auf der ersten Seite klebte ein gelber Merkzettel:

Hei Lena,

dachte, dies würde Sie interessieren. Der Bericht ist fertig, wie Sie sehen, wurde aber noch nicht abgeschickt. Nach Sveinungs Tod wurde der Fall einem anderen Sachbearbeiter übergeben, der seine eigene Einschätzung abgeben wird. Da dieser Bericht nun nicht mehr offiziell zur Fallbearbeitung gehört, können wir, denke ich, eine Ausnahme machen, so dass Sie ihn einsehen können. Voraussetzung ist natürlich, dass Sie dieses Dokument als vertrauliche Information behandeln. Frohe Weihnachten,

Soheyla M.

Das muss ein Zeichen sein, dachte Lena. Soheyla Moestue war sehr korrekt und formell gewesen, als Lena sie im Sekretariat des Ethikrates befragt hatte. Soheyla hatte noch nicht einmal prüfen wollen, ob ihr Kollege Sveinung Adeler seinen Bericht

über die Reise nach Westsahara schon geschrieben hatte. Und jetzt schickte sie ihr den gesamten Bericht über MacFarrell Ltd.

Der Bericht ist fertig, wie Sie sehen, wurde aber noch nicht abgeschickt.

Lena las den Satz noch einmal.

Sie betrachtete das Datum auf der ersten Seite: Mittwoch, 9. Dezember.

Fertig – noch nicht abgeschickt.

Vom Sekretariat des Ethikrates nicht abgeschickt. Warum nicht?

Lena musste mit Soheyla Moestuen sprechen. Sie sah auf die Uhr. Es war spät. Niemand arbeitete jetzt mehr, aber Weihnachten stand vor der Tür, und die Menschen waren von früh bis spät auf den Beinen. Lena zog ihre Schreibtischschublade auf und fand die kleine Mappe, in der sie alle Visitenkarten aufbewahrte. Yes!

Auf der Karte von Soheyla Moestuen stand eine Handynummer.

»Danke für den Bericht«, sagte sie und kam dann direkt zur Sache. »Ich frage mich nur eines: Warum wurde der Bericht nicht rausgeschickt? Hat man ihn wirklich gestoppt?«

»Kann ich Sie zurückrufen? Ich stehe in einem Geschäft«, sagte Soheyla.

»*Please*«, sagte Lena. »Ich glaube, ich weiß, warum, aber ich muss es aus Ihrem Mund hören.«

»Der Fall wurde an einen anderen Sachbearbeiter übergeben«, sagte Soheyla mit gestresster Stimme. Lena konnte Kindergeschrei und die Geräusche einer Kasse im Hintergrund hören. »Weil Sveinung tot ist, kann er auch seine Schlussfolgerungen nicht mehr vertreten. Deshalb haben wir darum gebeten, seinen Bericht zurückzubekommen, als wir von seinem Tod erfuhren.«

»Ihn zurückzubekommen?«

»Ja, er ist mit der Post am Mittwoch, dem 9. Dezember, rausgegangen. Am nächsten Tag, am Donnerstag, als klar war, dass Sveinung tot ist, haben wir darum gebeten, all seine Fallberichte zurückzubekommen, da er sie ja nicht mehr vertreten kann. Der Bericht, den Sie bekommen haben, war noch nicht bearbeitet. Aber von alledem wusste ich noch nichts, als wir vor einer Woche miteinander gesprochen haben.«

»Vielen Dank«, sagte Lena und ließ Soheyla in Ruhe weiter einkaufen.

Sie lehnte sich zurück und spürte, wie die Puzzleteile sich plötzlich sortierten. Das Datum auf dem Bericht erklärte, was geschehen war.

Sveinung Adeler, der im Auftrag des Ethikrates eine Firma überprüfte, die im besetzten Westsahara operierte, war von Aud Helen Vestgård gebeten worden, noch einmal einen Vertreter von Polisario zu treffen. Ein Treffen mit Polisario wäre an und für sich eine einfache, problemlose Sache gewesen. Aber ein Treffen in einem Restaurant in Oslo, auf Initiative – und gemeinsam mit – einer Parlamentsabgeordneten war etwas ganz anderes. Solch ein Setting verlieh dem Treffen eine politische Bedeutung mit Schlagseite. Was ursprünglich zur ganz normalen Recherche eines Sachbearbeiters gehörte, konnte in diesem Rahmen als politischer Akt und Lobbyismus gedeutet werden. Das hatte Sveinung Adeler selbstverständlich bedacht. Er war ein junger Mann, der seine Karriere im Blick hatte, ein Streber und Namedropper, ein Parteimitglied. Natürlich hatte er keine Lust, eine Parlamentsabgeordnete abzuweisen, die sich dazu herabließ, ihn anzurufen und zu einem Essen einzuladen. Doch das brachte ihn in ein Dilemma. Sveinung Adeler ahnte wohl kaum, was Vestgård mit einem solchen Treffen für Ziele verfolgte, aber er hatte garantiert nach einem Ausweg gesucht, um zu verhindern, dass dieses Treffen in den Augen der Öffentlichkeit einen merkwürdigen Beigeschmack bekäme.

Wie konnte er also einem möglichen politischen Druck entgehen? Wie konnte er Spekulationen über seine eigene Neutralität und Verlässlichkeit vermeiden?

Lena musste lächeln. Sveinung Adeler hatte das einzig Richtige getan. Er hatte den Bericht über MacFarrell Ltd. vor dem Treffen fertig gemacht. Dadurch hätte er später eventuelle Kritik widerlegen können: Das Treffen hatte seine Arbeit nicht beeinflusst, der Bericht war nämlich vorher abgeschickt worden! Es war offensichtlich. So musste es gewesen sein. Daran war nichts Mysteriöses. Adeler hatte seine Arbeit einfach vorher erledigt!

Lena blätterte den Bericht durch. Beschloss zunächst einmal, die Schlussfolgerungen zu lesen, und schlug die letzte Seite auf. Danach überflog sie die anderen Seiten und atmete tief durch.

Sie war jetzt weder müde noch bedrückt. Sie fühlte sich hellwach, als sie den Hörer abhob.

6

Aus den Lautsprechern klang Elvis' *Blue Christmas*, und Tove saß mit einer riesigen Weihnachtskarte in der Hand im Wohnzimmer, als Gunnarstranda nach Hause kam.

Tove stand auf, drehte die Musik leiser und zeigte ihm das Motiv auf der Karte. »Von Torstein«, sagte sie. Die Karte war ein A4-Porträt von Elvis Presley. Sie schlug die Karte auf. »Voilà«, sagte sie und grinste.

Eine dunkle und etwas schnarrende Elvis-Stimme stieg aus der Karte auf: »Merry Christmas, baby!«

Gunnarstranda nickte anerkennend und hängte seinen Wintermantel auf, nachdem er es geschafft hatte, den Schnee fast vollständig abzubürsten.

»Weihnachtsstimmung«, sagte er, kniete sich hin und zog die Reißverschlüsse seiner Winterboots herunter.

»Soll dich übrigens grüßen von Torstein«, sagte Tove. »Es geht ihm besser.«

»Gibt's was Neues?«

Gunnarstrand stand auf und stellte die Boots in das Schuhregal. Dann ging er in die Küche und drehte den Warmwasserhahn auf, um sich die Hände zu wärmen, die von der Kälte ganz rot waren.

»Neues?« Tove dachte nach. »Torsteins neueste Theorie ist, dass alle Genies sterben, wenn sie 37 Jahre alt sind. Er hat Rimbaud, Mozart, Henrik Wergeland und Jesus Christus als Beweise aufgezählt und behauptet, die Ursache dieses Phänomens sei, dass die Quersumme von 37 10 ist und die Zahl 1 das Symbol für das Genie.«

Gunnarstranda drehte den Hahn wieder zu, griff nach einem Handtuch und trocknete sich die Hände ab. »Die Quersumme von 28 ist auch 10«, sagte er.

Tove nickte. »Das Argument hab ich auch angebracht. Aber Torstein hatte eine Antwort darauf. Seine Theorie lautet, dass Genies sterben, wenn sie 19, 28, 37, 46, 55, 64, 73, 82 oder 91 sind.«

»Und was ist mit 100?«

»Kein Genie wird 100«, sagte Tove und fügte hinzu: »Sagt Torstein. Und das siebenunddreißigste ist eine Art Spitzenjahr – was das Alter angeht.«

Gunnarstranda dachte nach. »Miles Davis wurde 65. Die Quersumme ist 11 und die Quersumme davon ist 2. Die Theorie stimmt nicht.«

»Torstein hat noch nie etwas von Jazz verstanden«, sagte Tove.

Das Telefon klingelte. Tove stand wieder auf und ging hin. Gunnarstranda betrachtete bewundernd ihren schwingenden

Hintern. Sie nahm ab und drückte nachdenklich einen Finger an ihr Kinn. Sie wechselten einen Blick. »Für dich«, sagte sie und streckte ihm den Hörer entgegen.

»Ich sitze in der Badewanne«, sagte Gunnarstranda.

Tove schüttelte den Kopf. »Lena Stigersand«, sagte sie.

Gunnarstranda seufzte schwer. »Ich bin gerade rausgegangen, und du kannst mich bei dem schlechten Wetter nicht sehen.«

Sie schüttelte wieder den Kopf.

Gunnarstranda griff nach dem Hörer.

»Mach's kurz«, sagte er.

»Ich hab das Motiv«, sagte Lena mit einem Lachen in der Stimme. »Es liegt hier vor mir auf dem Tisch.«

7

Es war wenige Minuten nach Mitternacht, als Gunnarstranda vom Østre Aker Vei abbog und in Richtung der Trabantenstadt Haugenstua weiterfuhr.

Er fand den Ole Brumms Vei und fuhr den kleinen Hügel hinauf zum Gästeparkplatz vor dem Bahnübergang. Dort stellte er den Wagen ab und stapfte auf die freigeschaufelten Gehwege zu, die zwischen den Hochhäusern hindurchführten. Gelbe Flecken entlang der Schneewälle ließen erkennen, dass diese Wohnungsgenossenschaft Hundehaltung zuließ.

Er wollte zu Fartein Rise – falls der Mann sich denn an diesem Tag in Oslo befand und nicht in Bergen.

Gunnarstranda kannte nur die Hausnummer, in welcher Etage Rise wohnte, wusste er nicht.

Der Hauseingang war der mittlere in dem Hochhaus, das am nächsten an der Bahnlinie und am Wald lag.

Als Gunnarstranda unten klingelte, passierte gar nichts. Als er zum zweiten Mal auf den Klingelknopf drücken wollte, wurde die Eingangstür von zwei Jungen in etwas zu großen Jacken geöffnet, die ihrem Aussehen nach aus dem mittleren Osten stammten. Beide grinsten und warfen sich bei seinem Anblick einen viel sagenden Blick zu.

Gunnarstranda trat ins Treppenhaus. Es roch nach Bratöl. Der Fahrstuhl stand unten. Er stieg ein und drückte auf den obersten Knopf. Oben stieg er aus und machte sich zu Fuß auf den Weg nach unten. Er las die Namensschilder an allen Türen, Etage für Etage. Dummerweise hatten manche der Bewohner kein Namensschild an ihrer Tür.

Auch Fartein Rise nicht. Aber Gunnarstranda erkannte die Motorradstiefel wieder. Sie standen säuberlich geparkt auf einer Plastikmatte vor einer Tür im vierten Stock.

Gunnarstranda klingelte.

Nichts geschah.

Gunnarstranda sah auf die Uhr. Es war eine halbe Stunde nach Mitternacht. Er war müde und ungeduldig. Also zog er seinen Schlüsselbund aus der Tasche und benutzte den Schlüsselring, um mehrmals hart an die Tür zu klopfen, während er brüllte: »Polizei! Aufmachen, im Namen des Gesetzes!«

Kurz darauf konnte er durch die Tür jemanden mit Bergenser Dialekt fluchen hören.

Die Sicherheitskette rasselte.

»Du? Was fällt dir denn ein?«, stöhnte Rise und blinzelte schläfrig in das grelle Licht. Er trug nichts außer einer hellblauen Boxershorts und einem Haarnetz.

»Meine Oma hatte auch so eins«, sagte Gunnarstranda und zeigte auf das Haarnetz. »Aber das hat sie nur benutzt, wenn sie Lockenwickler im Haar hatte. Sind denn Lockenwickler nicht aus der Mode?«

Rise fasste sich automatisch an den Kopf und lächelte

schließlich peinlich berührt. Gleichzeitig klirrten Türschlösser. Zwei Nachbartüren wurden einen Spalt geöffnet. Erschrockene Gesichter spähten heraus.

Rise seufzte. »Komm lieber rein.«

Gunnarstranda trat in eine dunkle, schlecht gelüftete Einzimmerwohnung, die ein breites Bett fast vollkommen ausfüllte. Vor dem Bett stand auf einem Stativ ein fast genauso breiter Flachbildschirm.

Keine Stühle, kein Tisch.

Fartein Rise zog sich ein paar Jeans über, die auf dem Boden lagen. Er ging in die Küchenecke und öffnete den Kühlschrank. »Kann ich dir was anbieten?«

Gunnarstranda schüttelte den Kopf.

Rise holte eine rote Dose Weihnachtsbier und setzte sich auf das Bett. Mit seinem langen Haar im Haarnetz, nacktem Oberkörper, unbehaart, abgesehen von einem großen haarigen Muttermal zwischen den Brustwarzen, war er ein eindrucksvoller Anblick. Der Fleck erinnerte an ein Amulett – wie der Skalp eines Glückstrolls.

Gunnarstranda blieb stehen.

»Was treibt so feine Herren in diese Gegend?«, fragte Rise.

»Wir haben ein Leck«, sagte Gunnarstranda.

»Was an der Blase?«, fragte Rise grinsend. »Willst du deshalb kein Bier?«

»Ich glaube, du weißt genau, was ich meine, und ich glaube, dass du mir helfen kannst, das Problem zu lösen«, sagte Gunnarstranda.

Rise griff nach einer Fernbedienung, die auf dem Boden lag, und schaltete den Fernseher ein. Dann zappte er, bis er einen Kanal fand, auf dem ein dramatisches Autorennen gezeigt wurde. Er setzte sich bequemer zurecht und sagte: »Nimm die Tür mit, wenn du gehst.«

Gunnarstranda stellte sich vor dem Fernseher auf. »Acht-

zig Prozent der Weltbevölkerung sind Idioten«, sagte er. »Das nennt sich die Achtzig-Zwanzig-Regel. Mit zwanzig Prozent der Bevölkerung kann man ein Gespräch führen. Die verbleibenden achtzig Prozent sind allesamt Matschbirnen. Ist das nicht deprimierend?«

»Du stehst im Weg«, sagte Rise genervt.

»Ich habe mal eine Zeugin gefragt, wo sie wohnt«, sagte Gunnarstranda. »Sie hat gesagt, sie wüsste nicht mehr, ob es Nesodden oder Notodden war, sie bekäme immer alles durcheinander. Ich hab zu ihr gesagt, dass Nesodden einige hundert Meter von hier liegt – ich habe sogar über den Oslofjord gezeigt. Nesodden ist das Stückchen Land, das man da draußen im Oslofjord sieht, hab ich gesagt. Notodden dagegen ist eine Stadt und liegt hundertfünfzig Kilometer von Oslo entfernt, da ist die Frage ja wohl ganz einfach, hab ich gesagt. Wohnen Sie hundertfünfzig Kilometer von hier entfernt oder fünfhundert Meter? Und weißt du, was sie geantwortet hat? *Woher soll ich denn das wissen?*«

»Wovon redest du eigentlich?«, fragte Rise.

»Ich mache dir ein Angebot: Die Ermittlungen im Fall Adeler stehen vor einem Durchbruch. Der wird morgen passieren. Wenn du mir hier und jetzt, ohne irgendwelche Mätzchen erzählst, warum du deinen Job nicht gemacht hast, als du den Auftrag hattest, die Morddrohung gegen Aud Helen Vestgård zu überprüfen, dann bleibst du im Team und bist bei der Aufklärung des Falls dabei. Wenn nicht, dann bist du draußen. Und du bist nicht nur draußen. Ich werde auch alle darüber informieren, warum du draußen bist. Das wird die Hölle für dich, nicht nur in Oslo, sondern in jedem verdammten Polizeidistrikt, in dem ich jemanden kenne. Du hast dreißig Sekunden.«

Gunnarstranda zog seinen Jackenärmel hoch und nahm die Zeit.

Rise sah ihn vom Bett aus an. »Du bist verdammt noch mal echt ein komischer Kauz«, sagte Rise.

»Die Zeit ist um«, sagte Gunnarstranda und ging zur Tür.

»Na gut«, brüllte Rise vom Bett her.

Gunnarstranda drehte sich um.

Rise schaltete den Fernseher aus. Ein paar Sekunden saß er da und konzentrierte sich. »Ich bin zu ihrem Haus gefahren, direkt bei der Frogner Kirche. Als ich da stehe und grade klingeln will, kommt Steffen Gjerstad – ein alter Kumpel. Er klopft mir auf die Schulter. Er hat da gestanden und gewartet, dass jemand von der Polizei auftaucht. Er fragt mich, ob ich die Aussage von einer Frau aufnehmen will, die einer Parlamentsabgeordneten einen Drohbrief geschrieben hat. Ich frage, woher weißt du das? Steffen erzählt, dass er das Mädchen kennt. Sie gehen ab und zu zusammen aus und haben Spaß. Den Brief hätte er in ihrem Namen geschrieben. Die Drohung sei nur Quatsch, er habe es aus Spaß gemacht.«

»Steffen Gjerstad? Der Journalist? Und er wartet vor ihrem Haus? Auf die Polizei?«

»Ja«, sagte Rise. »Er hat da gewartet, um ein Missverständnis aufzuklären! Es tat ihm leid, dass er den Brief geschrieben hatte, der Einfall sei idiotisch gewesen. Er hat erwartet, dass die Polizei darauf reagieren würde, und hat auf sie gewartet, um genau das aufzuklären!«

Gunnarstranda musste grinsen. »Stell dir vor, wie glücklich Gjerstad gewesen sein muss, als er sah, wer da kam. Ein Polizist, den er von früher kannte. Wohnst du auf Nesodden oder in Notodden, Rise?«

Rise war vom Bett aufgestanden. Seine Augen funkelten. »Das Ganze war eine Bagatelle. Steffen hatte den Drohbrief verfasst und aus Spaß mit ihrem Namen unterschrieben. Aber nachdem er den Brief in den Briefkasten vom Storting geworfen hatte, hat er es bereut. Ihm war klar, dass die Frau doch etwas

zu viel Ärger kriegen würde. Deshalb hat er sich vor das Haus gestellt, um das Missverständnis aufzuklären, wenn die Polizei auftauchte. Als ich kam, hat er mich um einen Gefallen gebeten – nämlich ob ich einen Haufen Ärger und Arbeit mit Verhören und Zeugenaussagen und so weiter verhindern könnte, die sowieso zu nichts führen würden. Der Fall war geklärt. Er hat gestanden, dass er den Brief geschrieben hat. Das Ganze war nur ein Streich – die beiden haben immer noch Spaß miteinander. Ich hab den Fall sofort zu den Akten gelegt.«

»Aber er hat dich angelogen. Die Frau hat keine Ahnung, wer Steffen Gjerstad ist. Das hättest du rausbekommen, wenn du dir die Mühe gemacht hättest, deine Arbeit zu tun und mit ihr zu sprechen.«

Rise antwortete nicht. Er blinzelte mit schweren Augenlidern.

Gunnarstranda schüttelte den Kopf. »Wo ist der Polizist in dir? Immerhin hattest du einen Brief in der Hand, in dem einer Parlamentsabgeordneten mit Mord gedroht wurde. Und du machst dir nicht einmal die Mühe, mit der Frau zu sprechen?«

»Steffen ist mein Freund.«

Gunnarstranda kehrte ihm den Rücken zu und ging zur Tür. Rise folgte ihm bis ins Treppenhaus. Gunnarstranda drückte auf den Fahrstuhlknopf.

»Warum willst du, dass ich dich informiere, wenn du nichts zurückzugeben hast?«

»Was willst du wissen?«

»Du hast gesagt, es wird einen Durchbruch geben. Was passiert? Wann? Wo?«

»Solltest du nicht eher daran interessiert sein, herauszufinden, warum Steffen Gjerstad dir ins Gesicht gelogen hat?«

Rise blinzelte wieder.

Gunnarstranda wartete ab.

»Sag mir, was läuft«, wiederholte Rise mit brennendem Blick.

Seine gebeugte Gestalt, die die Tür bewachte, wirkte in diesem Moment so tragisch, dass Gunnarstranda Mitleid mit ihm bekam. Er räusperte sich und sagte mit leiser Stimme, um die Nachbarn nicht zu stören: »Lena bekommt einen Anruf. Ein Typ sagt, er hätte Informationen im Fall Sveinung Adeler. Er behauptet, er sei auch auf dem Rathauskai gewesen und habe gesehen, was in der Nacht zum Donnerstag, dem 10. Dezember, geschah. Lena bleibt kalt und meint, wir hätten es mit einem PR-geilen Arschloch zu tun, das auf diese Weise in die Zeitung kommen will. Sie sagt, er solle ins Präsidium kommen und erzählen, was er zu erzählen hat. Da legt er auf. Lena denkt: *so what*. Aber dann rede ich mit einem anderen Junkie. Und der erzählt mir, dass ein Kumpel von Stig Eriksen häufig mit den beiden herumgehangen hat – mit Stig und Nina – und dieser Typ würde irgendwas herumlabern, dass er was wüsste über den Mann, der da am Kai aus dem Wasser gezogen wurde und dass die Bullen ihren Job nicht ordentlich machten. Das hat die Situation etwas verändert. Höchstwahrscheinlich haben wir einen lebenden Zeugen für den Mord an Sveinung Adeler. Sobald wir den Mann haben, ist der Fall geklärt. Es geht nur darum, ihn ausfindig zu machen. Er wohnt offenbar im Hospiz, wenn er nicht auf der Straße schläft. Möglicherweise sage ich zu früh zu viel. Aber wir haben ihn morgen, und sobald wir ihn haben, haben wir einen Augenzeugen. Zusammen mit dem Material, das wir schon gesammelt haben, bin ich hundert Prozent sicher, dass wir im Laufe des morgigen Tages eine Verhaftung vornehmen können.«

Der Fahrstuhl klingelte.

Gunnarstranda griff nach dem Türgriff, ohne ihn zu öffnen. »Wer ist es? Wie heißt er?«

»Er heißt Dag Enoksen.«

In dem Moment als er das sagte, wollte Rise schon wieder in seiner Wohnung verschwinden.

Gunnarstranda hob die Stimme: »Du kannst beruhigt sein. Die Szene am Bahnhof ist klein. Lena findet den Mann, vielleicht schon heute Nacht.«

Fartein Rise drehte sich in der Tür noch einmal um.

Gunnarstranda öffnete die Fahrstuhltür. »Wenn du dir selbst einen Gefallen tun willst«, sagte er und versuchte, Rises Blick einzufangen, »dann frag deinen Journalistenfreund, warum er dir ins Gesicht gelogen hat. Frag ihn, warum er den Drohbrief geschrieben hat. Frag, warum er ausgerechnet Aud Helen Vestgård bedroht hat und warum er den Brief mit dem Namen dieser Frau unterzeichnet hat, die er überhaupt nicht kannte und noch nie gesehen hat!«

Rise antwortete nicht. Er schloss die Tür.

Doch, dachte Gunnarstranda. Krankes Kind hin oder her. Der Mann kann einem wirklich leidtun.

MITTWOCH, 23. DEZEMBER

1

Lena hob den Plastikbecher und probierte den Gløgg. Er schmeckte nach Schulentlassungsfeier: eine lauwarme Gewürzmischung, an deren Oberfläche ein paar gehackte Mandeln und Rosinen schwammen. Vor Weihnachten gibt es überall Gløgg. In Kindergärten, Schulen, bei der Arbeit, in Geschäften. Man kann sich in Oslos Einkaufsstraßen kaum umdrehen, ohne dass jemand versucht, einem dieses lauwarme, süße Zeugs anzudrehen. Klar bin ich jetzt ziemlich negativ, dachte sie. Aber irgendwas an den Mandeln verursachte ihr einen trockenen Hals. Vielleicht war sie einfach nur allergisch?

Der junge Typ mit dem Frank-Sinatra-Hut und der Piratenhose fand die Stille offensichtlich quälend. Er saß vornübergebeugt da und holte tief Luft, als suche er verzweifelt nach einem Thema. Er wirkte etwas zu zart, um ein Hospiz für obdachlose Junkies zu leiten. Aber Lena kannte ihn nicht. Wahrscheinlich machte er seinen Job sehr gut.

Lena schlürfte noch etwas von dem süßen Trunk und lehnte dankend ab, als der junge Mann sich gerade hinsetzte und sie bat, sich doch bitte an den Pfefferkuchen zu bedienen.

Der Geschmack gekaufter Pfefferkuchen erinnerte auch an Schulabschlussfeiern. Theaterstücke einstudieren, sich in einer Rolle deplatziert fühlen, ein selbst genähtes Kostüm tragen, das einem nicht passt, blöde Sätze herunterleiern, in dem Bewusstsein, dass jemand, den man liebt, loyal im Dunkel des Festsaales sitzt. Das waren Anforderungen an die Familienkonvention.

Komm zu Schulabschlussfeiern, trinke lauwarmen Gløgg und mache ein Foto von unseren Hoffnungsträgern, die gerade Josef oder Maria oder den Engel Gabriel darstellen.

Lena bekam nie die Rolle der Maria oder des Engels. Rotes Haar und Sommersprossen waren eine schlechte Voraussetzung für die Rollenbesetzung. Nicht einmal einen der drei Könige aus dem Morgenland konnte sie vorweisen. Sie bekam gerne die Rolle von Schafhirte 1 oder Schafhirte 2. Sie war der Wirtshausbesitzer gewesen, der Maria und Josef die Herberge verwehrte. Meistens stand sie mit Pfeifenputzer-Heiligenschein auf dem Kopf in der Herde der Evangelisten und sang *Ihr Kinderlein kommet.*

Wenn sie ihre Mutter fragte, konnte die sich an all das nicht erinnern. In der Regel war Lenas Vater derjenige, der gekommen war und das Foto gemacht hatte.

War das das Geheimnis hinter dem Unbehagen? Dem Verlust? Die Tatsache, dass sie keine Erinnerungen mehr mit ihm teilen konnte? Sie schob den Gedanken beiseite.

Eines stand allerdings fest: Es war mal wieder der Tag vor Weihnachten. Sie hatte die meisten Weihnachtsgeschenke gekauft, aber noch nichts für ihre Mutter.

Wenn sie das am Nachmittag schaffte, würde sie gleich mit dem Weihnachtsbaum bei Mama vorbeifahren, damit die ihn rechtzeitig vor dem großen Tag schmücken konnte.

Morgen würden sie von früh bis spät zusammen sein. Gemeinsam zum Friedhof gehen und eine Kerze auf Papas Grab stellen. Danach würden sie in Mamas Wohnung gehen und die Hammelrippchen fertig machen. Die hatte sie Gott sie Dank schon gekauft, geräucherte und gesalzene Hammelrippchen von Schafen, die garantiert frei in den Bergen gegrast hatten. Jetzt musste sie das Fleisch nur noch am Abend in Wasser legen. Das durfte sie auf keinen Fall vergessen.

Lena sah auf die Uhr. Außerdem durfte sie nicht vergessen,

Steckrüben für das Steckrübenmus zu kaufen. Das würde sie auch morgen noch schaffen. Aber sie mussten geschält und geschnitten werden, bevor die immer gleichen Sängerknaben morgen mit ihrem Gesang Weihnachten einläuteten – sonst käme Mama in Stress.

Auf der Fensterbank stand ein Radio. Modern, mit einer digitalen Uhr ausgestattet. Lena stellte fest, dass es noch nicht einmal fünf Uhr nachmittags war. Sie hatte also immer noch viel Zeit. Die Geschäfte hatten am Tag vor Heiligabend bis spät abends geöffnet.

Der junge Mann mit dem Frank-Sinatra-Hut hielt die Stille nun wirklich nicht mehr aus und schaltete das Radio ein.

Glockenläuten. Erst ertönten Streicher, dann erfüllte Jussi Björlings samtene Stimme den Raum. Er sang von der heiligen Nacht. Da gab es kein Halten mehr.

Der Junge erschrak so sehr, dass er fast vom Stuhl fiel. »Was ist los?«

Lena antwortete nicht. Sie war nicht in der Lage zu sprechen.

»Tut Ihnen was weh?«

Lena schüttelte den Kopf. Es stürzte aus ihr heraus. Tränen, Rotz. Sie stand auf, ging zum Radio und schaltete es aus. Die Stirn an die Wand gedrückt, stand sie da und schluchzte.

Sie hörte den jungen Mann unruhig auf und ab gehen. Drehte sich um. Er sah blass und verstört aus.

Lena richtete sich auf. »Haben Sie eine Serviette oder so was?«, presste sie hervor.

»Ja, klar.« Der Junge drehte sich schnell um die eigene Achse und verschwand aus dem kleinen Büro. Kam wieder zurück – mit einer Rolle Küchenpapier in der Hand.

Lena nahm sie entgegen. Wischte sich die Tränen aus den Augen und putzte sich die Nase. Sie hatte es noch nie ertragen können, wenn Jussi Björling Papas Lied sang. Das war einfach so. Aber sie war niemandem eine Erklärung schuldig.

Sie setzte sich wieder.

Auch der junge Mann setzte sich und sah sie unsicher an. »Hab auch schon von anderen gehört, die einfach so anfangen zu weinen. Ganz ohne Grund irgendwie. Muss schrecklich sein.«

Lena sagte nichts. Saß nur da und schniefte. Dann warf sie einen Blick auf die Uhr. Ihre Geste inspirierte den jungen Mann, das Thema zu wechseln.

»Die Zeit vergeht«, sagte er.

Wieder erfüllte Stille den Raum.

»Ja ja«, sagte der Junge. Er wirkte plötzlich nervös und schielte unsicher zu ihr herüber. Wusste nicht wohin mit seinen Händen. Er nahm seinen Hut ab und spielte damit.

Lena kam langsam wieder zu sich. »Cooler Hut«, sagte sie und wischte sich noch einmal mit dem Papier unter den Augen entlang. »Wo haben Sie den gekauft?«

»In Kiel, im Einkaufszentrum, Karstadt.«

Lena nickte. Diese Sängerknaben, dachte sie, die konnte sie ertragen. *Stille Nacht, Oh du fröhliche*, sogar das Lied vom Weihnachtsstern, der über dem Haus der Hebamme leuchtete. Aber nicht *O Holy Night*.

Das hatte er gesungen, in der Kirche, mit dem ganzen Chor hinter sich. Der Gedanke und die Erinnerung riefen einen weiteren Schluchzer hervor. Tränen drängten aus ihren Augen.

Der Junge mit dem Hut zuckte nervös.

Sie konnte auch den nächsten Schluchzer nicht unterdrücken. Dann holte sie tief Atem.

Denk an etwas anderes! Denk an ein Thema ohne Gefühle. Denk an die Ereignisse in Steffens Wohnung. Das Gefühl, als du die Armbanduhr umgebunden hast und der Fußboden dir entgegenkam.

Sie lehnte sich zurück und betrachtete den Stuhl, auf dem der Junge saß. Über dem Stuhlrücken hing eine Umhängetasche.

Lenas Mutter mochte Taschen mit vielen Fächern. Ich kaufe ihr eine Tasche, dachte Lena, schloss die Augen und atmete auf, erleichtert, dass sie endlich eine Geschenkidee für ihre Mutter hatte.

Da ertönte laut und schrill eine Klingel über ihren Köpfen.

Lena und der Junge mit dem Frank-Sinatra-Hut sahen sich an.

»Ein Klient?«, fragte Lena.

Der Junge sah zu der Klingel hinauf, die hoch oben an der Wand hing. »Etwas früh dafür«, sagte er.

Es klingelte erneut.

»Glaube nicht, dass das ein Klient ist. Klingt etwas zu energisch.«

Der Junge stand auf und ging in den Flur. Lena trank ihren Plastikbecher mit dem lauwarmen Gløgg aus und schnitt eine Grimasse.

Kurz darauf kam der Junge wieder zurück. Er lächelte über das ganze Gesicht.

»Was war los?«, fragte Lena.

»Der Typ hat nach Dag Enoksen gefragt.«

Lena stand auf, ging zum Fenster und zog die Gardine ein wenig zur Seite. Sie schaute hinaus. »Und Sie haben gesagt, was wir abgesprochen hatten?«

»Ja.«

»Danke«, sagte Lena und holte ihr Handy aus der Tasche. In der Tür zögerte sie, drehte sich noch einmal um.

»Also dann, frohe Weihnachten«, sagte sie.

»Ihnen auch frohe Weihnachten«, sagte der Junge.

Lena verließ hastig das Haus.

In der Waldemar Thranes Gate war niemand zu sehen, nur die roten Rücklichter eines Wagens, der zum St. Hanshaugen hinauffuhr.

Ein paar Sekunden lang schaute sie dem Wagen nach, dann

drehte sie sich um und lief den Bürgersteig entlang. Jetzt ging es los. Sie hatten den Köder ausgeworfen, und der Fisch hatte angebissen. Sie rief Gunnarstranda an.

2

Gunnarstranda fuhr mit hohem Tempo aus der Stadt hinaus, die E6 in Richtung Norden entlang. Er dankte Lena und wünschte ihr viel Glück.

»Wo bist du?«, fragte Lena, deutlich überrascht.

»Im Auto«, sagte Gunnarstranda. »Ich rufe dich später wieder an.«

Er fuhr an Skedsmovollen vorbei und nahm die nächste Ausfahrt in Richtung Zentrum. Nach ein paar Kilometern verließ er die Hauptstraße und fuhr auf einer schmalen, aber gut ausgebauten Straße, die in ein kleines Dorf mit flachen Fertighäusern führte. Dann wurde die Straße noch schmaler und der Abstand zwischen den Häusern größer. Kurz darauf kam er an einem älteren Holzhaus vorbei, vor dessen verfallener Garage ein kleiner roter Traktor mit vorgebautem Schneepflug stand. Gunnarstranda war schon oft dort gewesen und kannte den Weg. Sein Ziel war das nächste Haus auf der linken Straßenseite. Das Haus leuchtete, wie jedes Jahr zu Weihnachten, wie eine amerikanische Cola-Reklame. Massen von roten, grünen und gelben Lichterketten schmückten den Dachfirst und den Hauseingang.

Gunnarstranda bog auf den Hof ein.

Dort wendete er und stellte den Wagen an der Seite ab. Er schaltete den Motor aus. Die Scheinwerfer erloschen. Durch die breiten Fenster konnte er ins Haus hineinsehen. Drinnen liefen die Vorbereitungen für eine Feier. Ein Teenager ging mit einer Streichholzschachtel herum und zündete Kerzen an. Das

Hölzchen war bis gefährlich nah an seine Fingerspitzen heruntergebrannt. Die nächste Kerze war eine zu viel. Der Junge verbrannte sich, ließ das Streichholz los und pustete hektisch auf seine Fingerspitzen, bevor er das nächste anzündete.

Gunnarstranda nahm das Handy, das auf dem Beifahrersitz neben ihm lag. Er rief eine eingespeicherte Nummer auf. Ingrid Kobros private Handynummer.

Bevor er die Nummer wählte, warf er einen weiteren Blick auf das Haus. Durch die Fenster konnte er jetzt Ingrid Kobro sehen, die aus der Küche kam und etwas zu einem anderen Teenager sagte.

Er wandte sich vom Fenster ab.

Gleich darauf hörte er ihre Stimme an seinem Ohr.

»Ich stehe draußen«, sagte Gunnarstranda. »Ich kann sehen, dass du nicht allein bist. Deshalb ist es viel einfacher, wenn du rauskommst, als wenn ich reinkomme.«

»Dann siehst du sicher auch, dass ich ziemlich beschäftigt bin?«, fragte Ingrid Kobro zögernd.

»Wir sind gefährlich nah an einer Verhaftung«, sagte Gunnarstranda.

»Gib mir nur ein paar Minuten«, sagte Ingrid Kobro.

3

Die Weihnachtsbeleuchtung tauchte die Straße in ein gelbes, fast orangefarbenes Licht. Ein Weihnachtsmann mit einem Sack auf dem Rücken kam Lena entgegen. Sie ging an ihm vorbei, blieb stehen und spähte um sich.

Er war verschwunden. In welche Richtung konnte er gegangen sein?

Egal, es bestand kein Zweifel, wohin er unterwegs war.

Sie ging schnell zum Kiellands Plass. Wusste, dass sie Verstärkung brauchte. Sie hatte ein schlechtes Gefühl.

An einer Kreuzung wartete eine Handvoll Menschen auf Grün. Eine Familie. Die Mutter in schwarzer Burka. Der Vater bugsierte einen Kinderwagen auf den schneebedeckten Gehweg. Ein kleines Mädchen hielt die Mutter an der Hand und sah zu Lena auf, die nach wie vor nach dem Mann in der Lotsenjacke Ausschau hielt. Der Verkehr wurde dichter, Busse und Taxis fuhren vorbei.

Sie rief Emil Yttergjerde an.

»Hier passiert nichts«, sagte Emil. »Ich frier mir nur den Arsch ab.«

»Er trägt eine marineblaue Lotsenjacke«, sagte Lena. »Er ist unterwegs, garantiert, aber ich hab ihn aus den Augen verloren.«

Grün. Lena überquerte die Straße.

»Wo bist du?«

Lena rief laut in den Hörer, um den Verkehrslärm zu übertönen. »Kiellands Plass, bin gerade am Ila-Hochhaus vorbei.«

»Dann müsste er bald auftauchen«, sagte Emil.

»Sag Frank Bescheid«, rief Lena und zögerte.

»Hab ich schon gemacht.«

»Sag, dass …«

»Was soll ich sagen?«

»Sag, es ist völlig okay, wenn er aussteigen will.«

Yttergjerdes Lachen ertrank fast im Dröhnen eines Busses. »Ist das dein Ernst?«

»Ja, das ist mein Ernst. Gefällt mir nicht, dass der Kerl verschwunden ist. Das ist ein schlechtes Zeichen.«

Sie wollte nicht mit Emil diskutieren, unterbrach die Verbindung und ging mit schnellen Schritten weiter den Maridalsveien hinunter.

Der Gedanke, dass Frølich jetzt ganz allein dort saß, ließ

sie noch schneller gehen. Es hatte alles so einfach ausgesehen. Nichts konnte schiefgehen. Aber ehe man sich's versah, lief plötzlich alles anders.

Sie joggte weiter. Das war schwierig im Neuschnee. Die Räummannschaften sparten natürlich die Gehwege aus. Lena warf einen Blick über ihre Schulter. Die Autos hinter ihr hielten vor der roten Ampel. Sie sprang über den Schneewall und lief über die Fahrbahn. Während sie lief, kreisten ihre Gedanken um das, was wenige Minuten zuvor geschehen war:

Durch das Fenster hatte sie den Rücken des Mannes gesehen. Keine Minute später stand sie auf der Straße, und es war niemand mehr zu sehen. Warum?

Ein Auto! Natürlich!

Sie lief noch schneller. Eine Hupe ertönte. Sie sprang wieder auf den Gehweg. Es war ein Taxi. Sie winkte. Das Taxi hielt. Sie warf sich auf den Rücksitz. »Oslo S«, sagte sie atemlos. »Zum Parkhaus.«

4

»Ja«, sagte Frølich tonlos. »Ich werde gut aufpassen, wenn ich ein Auto sehe.« Er unterbrach die Verbindung und sah sich um. Autos überall.

Er fingerte an seinem Handy herum. Aus reiner Langeweile begann er ein altes Spiel zu spielen. Mittlerweile saß er schon einige Stunden auf einem Sprossenstuhl in diesem Parkhaus. Die Luft war schlecht, und das einzige Geräusch, das durch das Rauschen des Ventilators drang, war das Rasseln rollender Reifen auf Beton, wenn ein Auto die Rampe am anderen Ende der Halle hinunterrollte. Jedes Mal falscher Alarm.

Er hoffte, dass das Spiel auf dem Handy ihm die Zeit ver-

treiben würde. Eine komische Figur lief hin und her, während Bomben auf sie herabfielen. Frank Frølich hielt das Handy mit beiden Händen und drückte mit den Daumen auf die Pfeiltasten. Er war ganz offensichtlich aus der Übung und hatte das Spiel kaum angefangen, da zermalmte schon eine hinterlistige Bombe das arme Geschöpf, und er musste wieder von vorn beginnen. Es war nicht besonders kalt, aber er fror trotzdem an den Fingern und sein Hintern fühlte sich langsam an, als sei er aus Holz. Wenn man längere Zeit ganz still dasaß, schlich sich der Frost irgendwann unter die Haut. Frank Frølich setzte sich auf seinem Küchenstuhl bequemer zurecht und spähte durch das riesige, fast leere Parkhaus. Es standen fast keine Wagen mehr in der Halle.

Er begann das Spiel von neuem und schaffte es fast eine ganze Minute lang. Langsam bekam er es wieder in den Griff. Unglaublich, wie schnell man süchtig wird, dachte er, hob den Kopf und lauschte. War da ein Geräusch?

Nein. Es war eine Bombe, die den armen Kerl auf dem Display umbrachte.

Er schauderte und wollte das Spiel erneut starten, als das Geräusch eines Wagens, der in der Etage über ihm Gas gab, die Stille durchbrach. Kunde im Anmarsch. Sicher der fünfzigste in der letzten halben Stunde.

Frølich steckte das Handy in die Tasche. Kurz darauf leuchtete es gelb von der Rampe, und das Geräusch knisternder Spikes übertönte den Leerlauf des Motors. Frølich sah auf. Wurde vom Scheinwerferlicht geblendet, das ihm entgegenkam.

Achtung!

Der Wagen fuhr an ihm vorbei und parkte weit hinten.

Frank Frølich hörte, dass der Wagen weiterhin im Leerlauf lief. Er wartete darauf, dass der Fahrer den Motor ausschaltete.

Warum tat er das nicht? Merkte er nicht, dass die Abgase die Luft verpesteten?

In dem Moment, als er dies dachte, reagierte sein Autopilot. Erst jetzt war er auf der Hut. Sprang instinktiv auf. Trat zwei Schritte zurück und ahnte den Schatten, der sich auf ihn stürzte, eher, als dass er ihn sah. Er drehte sich um neunzig Grad herum und rettete damit sein Leben. Das Messer, das auf seinen Rücken gerichtet war, durchstach seine Jacke und riss die ganze Seite auf.

Frølich griff den Mann am Arm, drehte ihn herum und warf ihn zu Boden. Bekam einen neuen Stich ab. Diesmal in den Oberschenkel. Es schrie auf, als das Messer in sein Fleisch drang. Der Mann entwand sich, als Frølich fiel.

Frølich blieb liegen und umfasste mit beiden Händen seinen Oberschenkel. Zwischen seinen Fingern pumpte Blut hervor.

Da sah er Lena heranlaufen. Hob den Kopf. Hinter Lena kam Emil Yttergjerde.

»Ich brauche jemanden, der eine Wunde verbinden kann«, stöhnte Frølich. »Sag, dass es eilt.«

Emil Yttergjerde kniete sich hin, riss sich den Schal vom Hals und band ihn fest um Frølichs Schenkel, in der Nähe der Leiste. Das gesamte Hosenbein war nass und rot, und es war unmöglich zu erkennen, ob die Blutung gestillt war.

In dem Moment ertönte das Klirren einer Gitterpforte, die ins Schloss fiel. Der Mann war auf dem Weg nach draußen!

Frølich und Emil wechselten einen Blick. »Das kriegen wir hin«, sagte Emil ohne große Überzeugungskraft.

Frølich drehte den Kopf und sah Lena auf die Gitterpforte zu sprinten.

5

Die Halle war voller Menschen, die langsam hin und her wogten. Eltern, die ihre Kinder oder sich gegenseitig an der Hand hielten, junge Frauen, die nebeneinander Kinderwagen schoben, Jugendliche, die sich vor Schaufenstern mit Handys und Kameras versammelten, Freundinnen, die zu viert nebeneinander her gingen und kicherten. Es war eine zähe, dichte Masse von Jackenrücken in verschiedensten Farben, und die Freiräume zwischen den Menschen waren fast überall mit prallen Einkaufstüten voller Weihnachtsgeschenke gefüllt. Lena zwängte sich durch die Menge, versuchte, sich auf Steffens marineblauen Jackenrücken vor ihr zu konzentrieren. Mal war er zu sehen, mal verschwand er in der Menge. Er ging ohne Mütze, und sein Haar schlug bei jedem Schritt gegen seinen Nacken. Der Versuch, den Abstand zwischen ihnen zu verringern, fühlte sich an, wie gegen eine starke Strömung zu schwimmen. Die Menschen trotteten bedächtig dahin, schoben Einkaufswagen vor sich her, blieben stehen oder standen schon, um sich zu unterhalten. Es war so voll, dass Lena schieben musste, um durchzukommen. Dafür erntete sie Knuffe und ärgerliche Worte. Ihre Gedanken waren blockiert. Sie dachte an Frølich und machte sich Vorwürfe.

Warum war sie nicht sofort ins Parkhaus gelaufen?

Warum hatte sie sich nicht sofort die Nummer des Wagens aufgeschrieben, als sie ihn das erste Mal sah? Und wo war Steffen jetzt geblieben?

Da. Er war auf dem Weg zur Rolltreppe und warf einen Blick über seine Schulter. Für den Bruchteil einer Sekunde trafen sich ihre Blicke.

Jetzt bewegte er sich auf die T-Bahnstation zu. Lena versuchte zu laufen. Erreichte die langen Rolltreppen. Nahm zwei Stufen

auf einmal in schnellem Takt. Weiter unten schubste Steffen Leute zur Seite. Lena lief hinterher und bekam von einem ärgerlichen Mann, der sich mit einem Koffer abmühte, einen Stoß in den Rücken. Einen kurzen Moment sah sie Steffen ganz unten zwei Kinder umrunden und mit einer Frau zusammenstoßen, die ihre Einkaufstaschen verlor. Er lief in die T-Bahnstation hinein. Lena sprang über die Einkaufstaschen und folgte ihm. Sie hörte den einfahrenden Zug schon heranrauschen. Hörte die Türen aufschlagen. Sie nahm die Treppe zum Bahnsteig in drei Sprüngen. Der Zug stand da und wartete. War er in den Zug gesprungen oder nicht? Sie ging an den Wagen entlang. Spahte durch alle Fenster und jede offene Tür, an der sie vorbeikam, suchte den Bahnsteig ab. Sie sah ihn nicht. Verdammt noch mal, sie sah ihn nicht!

Das Pfeifen signalisierte, dass die Türen geschlossen wurden. Da ahnte sie nur vage eine Bewegung am Ende des Bahnsteigs. In dem Moment warf sie sich in den Zug. Die Türen knallten zu.

Der Zug fuhr los. Jetzt war es zu spät, um abzuspringen. War er im Zug oder nicht? Sie sah hinaus auf den Bahnsteig. Keine Lotsenjacke zu sehen. Aber der Zug fuhr immer schneller. Bald waren die Menschen auf dem Bahnsteig ein zusammenhängender Schatten. Dann fuhr der Zug in den Tunnel.

Sie ging langsam nach vorn. Bahnte sich einen Weg zwischen den Passagieren hindurch. Manche sahen sie an, andere sahen an die Decke, wieder andere klammerten sich an ihre Einkaufstaschen. Sie drängte sich weiter nach vorn.

Es war unmöglich, in den Wagen vor ihr zu sehen. Sie zweifelte wieder. Hatte sie ihn verloren?

Der Zug fuhr schneller. Der Wagen wackelte in den Kurven. Lena musste sich festhalten.

Dann fuhren sie in die Station Stortinget ein.

Der Zug hielt.

Die Türen öffneten sich. Lena trat auf den Bahnsteig hinaus und ging weiter nach vorn.

In der Menschenmenge, die ausstieg, war er nicht zu sehen.

Sie stellte sich vor die Tür des ersten Wagens. Einen Fuß auf dem Bahnsteig, einen im Wagen.

An einer Tür weiter vorn bewegte sich jemand.

Wieder trafen sich ihre Blicke. Zehn Meter lagen zwischen ihnen. Er stand an einer Tür. Sie an einer anderen.

Sie hielten Blickkontakt. Er hob eine Hand zum Gruß.

Sie stand bewegungslos und starrte ihn an.

Der Ausdruck in seinen Augen war leer und kühl. Nicht der Hauch eines Gefühls, dachte sie. Wahrscheinlich waren da nie Gefühle gewesen.

Einige Nachzügler kamen die Treppe heruntergelaufen und sprangen in den Zug.

Würde er aussteigen oder wieder in den Wagen springen?

Sie stand ganz still.

Die Passagiere hatten sich gesetzt.

Lena und Steffen standen immer noch und sahen sich an.

Ein scharfes Pfeifen signalisierte, dass die Türen geschlossen wurden.

Sie wartete, wartete, wartete.

Als er hinaussprang, machte sie einen Schritt nach rechts. Die Türen knallten zu. Er versuchte, sie aufzudrücken und sich wieder hineinzuzwängen. Ohne Erfolg. Der Zug setzte sich in Bewegung. Er ließ die Tür los.

Der Zug verschwand in den Tunnel.

Sie standen allein auf dem Bahnsteig und sahen sich an. Jetzt konnte sie einen fremden Ausdruck in seinem Gesicht erkennen. Er zog eine Art beschämter Grimasse. Sie begriff. Sie hatte gerade einen Moment der Hilflosigkeit beobachtet. Der ertappte Ausreißer.

Als er begann, auf sie zuzugehen, stand sie ganz still.

Bald trennte sie nur noch ein Meter.

»Ich soll von Bodil grüßen«, sagte Lena.

»Von wem?«

»Bodil Rømer, der Mutter deines besten Freundes.«

Er antwortete nicht. Aber sein Blick flackerte kurz.

»Das war ein kleiner Exkurs«, sagte sie. »Was ich meine, ist: Du bist verhaftet.«

Ihr Handy klingelte. Sie zog es aus der Tasche und betrachtete das Display.

»Geh ruhig dran«, sagte Steffen, der die Fassung wiedererlangt zu haben schien.

Es war Rindal. Er wollte wissen, wo sie war. »Haltestelle Stortinget«, sagte sie, »T-Bahn.«

Rindal wollte wissen, ob sie alles unter Kontrolle hatte.

»Ja«, sagte sie und unterbrach die Verbindung.

»Und was jetzt?«, fragte Steffen, als sie das Handy wieder in die Tasche steckte.

Lena blieb die Antwort schuldig. Er hatte gehört, was sie gesagt hatte. Wenn er so tun wollte, als sei nichts geschehen, war das seine Sache. Sie nickte mit dem Kopf zur Treppe. »Gehen wir?«

Er blieb ein paar Sekunden stehen und sah sie an, als frage er sich, ob sie es ernst meinte. Schließlich zuckte er mit den Schultern und setzte sich in Bewegung.

Sie gingen langsam Seite an Seite die Treppe hinauf in die große Halle. Hier waren nur wenige Menschen. Steffen steuerte auf die Rolltreppe zu.

Lena stellte sich neben ihn, auf dieselbe Stufe.

»Meine Güte«, seufzte er. »Jetzt übertreibst du aber ein bisschen, findest du nicht?«

Lena antwortete nicht.

Ein dunkelhaariges Mädchen im Teenageralter kam langsam

gleitend auf der Rolltreppe neben ihnen herunter. Das Mädchen sah erst sie und dann Steffen an. Da streckte er den Arm aus, zeigte auf sie und rief: »Guck nicht so!«

Das Mädchen zuckte zusammen und lief mit gesenktem Blick weiter.

Lena fragte sich, wie sie diesen Ausbruch deuten sollte. Sie hatte ihn noch nie so erlebt. Aber danach wirkte er wieder so ruhig, als habe es diesen Zwischenfall gar nicht gegeben.

Sie erreichten das Ende der Rolltreppe. Blieben beide stehen. Menschen, die hinter ihnen gestanden hatten, gingen an ihnen vorbei zum Ausgang.

Sie blieben allein. »Gib mir das Messer«, sagte Lena.

Er brauchte einen Moment, um zu antworten. »Und wenn ich abhaue?«, fragte er schließlich.

Sie sah ihn von der Seite an. Seine Wortwahl war kindisch. Sein Gedanke war kindisch. Sie antwortete nicht.

»Was machst du, wenn ich jetzt abhaue?«

»Dies hier ist, wie ich schon gesagt habe, eine Verhaftung. Wenn du dich der Verhaftung widersetzt, wird die Anklage erweitert.«

»Die Anklage? Welche Anklage?«

Noch ein Mensch kam gleitend die Rolltreppe herauf. Ein Angestellter der T-Bahn, in Uniform und mit einem Rucksack auf dem Rücken.

Lena wartete, bis sie wieder allein waren. »Du hast einen Menschen im Parkhaus angegriffen und verletzt«, sagte sie. »Du hast gezeigt, dass du gefährlich bist. Es wird für alle am besten sein, wenn du mir das Messer freiwillig gibst.«

Er lächelte leicht. »Komische Situation, findest du nicht?«

»Gib mir das Messer«, wiederholte sie ruhig.

»Herrgottnochmal, hör dich mal selber reden!«

»Steffen!«

»Ich habe es nicht mehr. Ich hab es weggeworfen.«

Sie sah ihm in die Augen. Sein Lächeln war eine erstarrte Grimasse, und sein Blick war kalt. Die Situation entwickelte sich in die falsche Richtung. Und jetzt war Lena sich nicht mehr sicher, was sie tun sollte. Das Denken fiel ihr schwer. Die Rolltreppen dröhnten. An der Mauer hinter Steffen hing ein Werbeplakat für Damenunterwäsche. Das Model betrachtete sie herausfordernd, mit erhobenem Kinn.

Er bewegte sich ungeduldig. »Gehen wir?«

»Du musst mir erst das Messer geben.«

Er schüttelte herablassend den Kopf. »Es war dein Vorschlag«, sagte er. »Du hast vorgeschlagen, dass wir gehen sollen.«

Was er sagte, war Blödsinn. Aber Lena schwieg. Wenn er das Messer immer noch bei sich hatte, musste er es in einem Halfter tragen. Den hat er entweder am Gürtel oder in einer Tasche. Da er jetzt beide Hände frei hatte, würde er sich mit einer Handbewegung verraten.

In dem Moment stoppten die Rolltreppen. Das Dröhnen verstummte mit einem Klick.

Die plötzliche Stille dröhnte wie ein Alarm in ihren Ohren, und sie sah in eine andere Richtung, um sich nicht zu verraten.

Aber hatte Steffen die Veränderung wahrgenommen? Sie konnte es nicht erkennen.

Jede Sekunde, die verging, ließ die Stille in Lenas Ohren lauter dröhnen. Kein Schritt, kein Rauschen eines Zuges, kein Windhauch von einem einfahrenden Zug.

Ihr Mund war trocken. Sie musste etwas sagen, um ihn abzulenken. Aber sie hatte keine Worte. Da bemerkte sie, dass Steffen etwas wahrnahm. Er hob den Kopf, lauschte und versuchte herauszufinden, was anders war. Sie trat einen Schritt zurück, um ihren Schwerpunkt zu finden. Doch ihre Bewegung wirkte wie ein Signal. Für den Bruchteil einer Sekunde fing sie seinen

Blick ein. Las, was er dachte, und sah seine Bewegung, bevor er in die Hocke ging.

Er hatte das Messer im Stiefel.

Aber jetzt hatte sie ihr Gleichgewicht wiedergefunden.

Stahl blitzte auf, als er sich erhob.

Sie trat zu. Traf ihn an der Kniescheibe. Er schrie vor Schmerz und fiel um wie ein Stock. Sie warf sich nach vorn. Bekam ihn unter sich. Verschränkte seine Arme auf seinem Rücken. Er wand sich wie eine Schlange.

»Sowas trainiere ich zweimal die Woche«, zischte sie. »Lieg still!«

Er war dabei, sich umzudrehen. Da setzte sie ein Knie in sein Kreuz, machte sich schwer und riss seine beiden Unterarme hart nach oben. Er schrie wieder vor Schmerz. Sie ließ ihn schreien. Zählte langsam bis drei und ließ dann ein paar Zentimeter lockerer.

In dem Moment hörte sie laufende Schritte. »Ich hab doch gesagt, ich hab alles im Griff«, sagte Lena ärgerlich.

Sie kamen zu dritt. Polizisten, gekleidet wie Roboter, mit Visier, Weste und Helm. Alle drei mit dem Gewehr im Anschlag.

Steffen lag jetzt ganz still.

Sie entdeckte das Messer. Es lag auf dem Boden. Die Klinge war lang und breit. Es klirrte, als ein Fuß es wegtrat.

Der Fuß trug verschlissene Boots.

»Jetzt verstehst du vielleicht, warum ich Lockvogelaktionen nicht mag«, sagte Gunnarstranda, zog eine Hand aus der Tasche und legte Steffen Handschellen an.

Lena ging zuerst die Treppe hoch. Ihre Beine taten weh, und sie zitterte. Puh, dachte sie. Ich hatte eine Riesenangst, aber keine Zeit, es zu bemerken.

Hinter der Polizeiabsperrung hatte sich eine neugierige Menschenmenge versammelt.

Lena und Gunnarstranda bahnten sich einen Weg durch die Zuschauer und setzten sich in den Wagen des Einsatzleiters. Vom Rücksitz aus sahen sie zu, wie ein bewaffneter Polizist einem humpelnden Steffen Gjerstad in einen Kastenwagen half, der dann mit ihm davonfuhr. Lena war übel. Ihre Hände zitterten. Sie legte sie in den Schoß, um sich nicht zu verraten.

»Und Frank«, fragte sie.

»Dem geht's gut, den Umständen entsprechend. Wurde beim Arzt genäht. Er ist wohl auf dem Weg nach Hause.« Gunnarstranda sah auf die Uhr. »Wenn er Glück hat, dann kann er noch *Dinner for One* gucken. Aber so was interessiert ihn bestimmt nicht.«

6

Lena ging in den Überwachungsraum und setzte sich. Auf dem Bildschirm waren die Gesichter von Gunnarstranda und Steffen Gjerstad im Profil zu sehen. Unten rechts blinkte die digitale Zeitanzeige. Mittlerweile war es fast 23 Uhr.

»Fartein Rise und Frikk Råholt lassen Sie hochgehen«, sagte Gunnarstranda. »So ist die Lage.«

Steffen antwortete nicht.

»Fartein Rise hat ausgesagt, Sie hätten ihm gegenüber zugegeben, am Donnerstag, dem 10. Dezember, einen gefakten Drohbrief an Aud Helen Vestgård verfasst und in den Briefkasten des Parlamentsgebäudes geworfen zu haben. Frikk Råholt wiederum hat zugegeben, Ihre Dienste gekauft zu haben. Er bestellte eine Reportage, für die Sie Fotos von Vestgård, Adeler und dem Vertreter von Polisario bei einem Essen gemacht haben, sowie einen Artikel, in dem Sie später über dieses Treffen berichten sollten.«

Gunarstranda schob ein paar Papiere über den Tisch. »Sie können die Protokolle gern lesen.«

Steffen faltete seine Hände im Nacken. »Und weshalb werde ich angeklagt?«, fragte er grinsend. »Illegale Aufführung einer Studentenrevue und Paparazzitätigkeit zu Unzeiten?«

»Wir haben noch mehr«, sagte Gunnarstranda sachlich. »Fartein Rise hat ausgesagt, dass Sie ihm Geld gegeben haben, damit er Ihnen den Namen des Zeugen mitteilt, der den Mörder von Adeler erkennen konnte. Sie haben Rise erklärt, Sie wollten einen Zeitungsartikel darüber lancieren und bräuchten deshalb den Namen für ein Interview. Fartein Rise nannte Ihnen den Namen des Zeugen, Dag Enoksen. Aber Sie haben kein Interview gemacht. Stattdessen haben Sie Enoksen mit einem Messer angegriffen. Warum?«

»Glauben Sie tatsächlich, dass ich Adeler vom Kai gestoßen habe?«, fragte Steffen.

»Wir können auch gern erst über Sveinung Adeler sprechen«, sagte Gunnarstranda. »Auf Enoksen kommen wir noch zurück. Vielleicht können Sie mir sagen, wer Adeler ins Wasser gestoßen hat, da Sie ja gerade einen Augenzeugen mit einem Messer verletzt haben?«

»Ich kann Ihnen viel mehr als nur einen Namen sagen«, sagte Steffen. »Ich kann Ihnen sagen, was passiert ist. Der Mann, der Adeler ermordet hat, heißt Stian Rømer. Er ist spurlos verschwunden, und die Person, die ihn zuletzt lebend gesehen hat, ist eine Kollegin von Ihnen, Lena Stigersand.«

Lena stand auf und dachte ein paar Sekunden nach. Dann ging sie auf den Korridor hinaus, marschierte zum Verhörraum, öffnete die Tür und trat ein.

»Lena Stigersand schließt sich dem Verhör von Steffen Gerstad an«, sagte sie zum Aufnahmegerät. »Es ist jetzt 23 Uhr«, fügte sie hinzu und setzte sich.

Steffen lächelte sie an.

»Ich habe einen Vorschlag«, sagte er.

»Ach ja?«, sagte Gunnarstranda.

»Ich lege ein Geständnis ab.«

»Nichts würde mich mehr freuen«, sagte Gunnarstranda.

»Ich gestehe, dass ich Fartein Rise für gewisse Dienste bezahlt habe, aber ich tue es unter einer Bedingung.«

»Und die wäre?«

»Sie hören sich an, was ich zu sagen habe. Ich erzähle Ihnen, was mit Sveinung Adeler passiert ist, und Lena Stigersand erzählt, was mit Stian Rømer passiert ist.«

Steffen sah ihr direkt in die Augen.

Stille erfüllte den Raum, bis Gunnarstranda sich räusperte. »Je mehr Klarheit wir in Bezug auf diesen Rømer bekommen, desto besser, meinst du nicht auch, Lena?«

Lena sah ihn an. Dann wandte sie den Blick ab. »Klar.«

Steffen sah jetzt zu Gunnarstranda. »Aber ich spreche mit Ihnen allein«, sagte er.

Gunnarstranda wandte sich an Lena. »Lässt du uns einen Moment allein?«

Lena schluckte die Demütigung herunter, stand auf und verließ den Raum ohne ein weiteres Wort.

7

Als sie die Tür hinter sich schloss, stieß sie fast mit Ingrid Kobro zusammen.

Beide blieben abrupt stehen.

Die Situation war merkwürdig. Zwei alte Freundinnen standen sich Auge in Auge gegenüber und wendeten dann beide voller Unbehagen den Blick ab. Schließlich war es Lena, die die Situation auflöste und sich wortlos an Ingrid vorbeischob. Sie

ging ein paar Schritte, blieb dann aber stehen und warf einen Blick über ihre Schulter.

Ingrid Kobro stand noch an derselben Stelle und sah sie an.

»So schlimm ist es doch wohl noch nicht mit uns, oder?«, sagte Ingrid. »Wir können uns doch wohl weiterhin grüßen?«

Lena senkte den Blick. »Hei«, sagte sie tonlos.

Ingrid antwortete: »Hei, Lena.« Es sah aus, als suche sie nach Worten.

»Ist etwas?«, fragte Lena.

Jetzt war es an Ingrid, den Blick zu senken. »Ich höre, du hast eine Verhaftung vorgenommen?«

Lena nickte. »Entschuldige, wenn ich so direkt bin, aber morgen ist Heiligabend, und es ist fast Mitternacht ...«

Ingrid Kobro nickte.

»Was machst du denn eigentlich noch hier?«

Ingrid Kobro legte ihr Gesicht in nachdenkliche Falten.

»Ist es wegen dieser Verhaftung?«

Ingrid sah sie nur an.

Lena hatte keine Lust, auf eine Antwort zu warten. Sie drehte sich um und ging wieder in den Überwachungsraum.

Auf dem Bildschirm fragte Gunnarstranda: »Wer ist Stian Rømer?«

Steffens Gesicht antwortete: »Ein Kumpel von mir. Wir sind in derselben Straße groß geworden.«

Lena setzte sich.

Kurz darauf machte sich jemand an der Tür zu schaffen. Auf der Schwelle stand Ingrid Kobro und balancierte eine Tasse Kaffee in jeder Hand. »Hilfst du mir?«

Lena erhob sich und hielt ihr die Tür auf.

Ingrid Kobro setzte sich, lächelte und sagte: »Fast wie im Kino, was?« Sie nickte zu der einen Kaffeetasse. »Die ist für dich.«

Lena starrte auf den Bildschirm. Steffens Kopf sprach:

»Nach dem Abitur habe ich an der Uni in Oslo Politikwissenschaften belegt. Stian machte seinen Wehrdienst und ging dann auf die Offiziersschule. Er verpflichtete sich, tat Dienst in Bosnien und im Kosovo, dann in Afghanistan. Hörte beim Militär auf, um sich selbständig zu machen. Danach war bei Stian nur noch Action angesagt. Er war viel in Südamerika und Nordafrika. Da haben wir uns getroffen, ganz zufällig, vor ein paar Wochen. Ich habe für eine Serie über die norwegischen Staatsfinanzen recherchiert und bin durch Marokko, Mauretanien und Westsahara gereist. Habe in Marrakesch im Kenzi Fara gewohnt – ziemlich geiles Hotel. Ich liege da am Pool, auf der Sonnenliege, entspanne mich, öffne die Augen und sehe Stian, meinen alten Kumpel, an der Pool-Bar. Dachte erst, es sei wirklich ein Zufall. Aber das war es natürlich nicht. Egal. Stian und ich haben ein paar Bier getrunken, und er hat erzählt, dass er für die Sicherheit mehrerer Firmen da unten verantwortlich war. Er organisierte groß angelegte Beschattungsaktionen und Recherchen. Zwei Abende später tauchte er wieder auf, im Hotelzimmer, jetzt mit den Taschen voller Dollarscheine. Er wollte mich dafür bezahlen, dass er mir diktierte, was ich schreiben sollte.«

Steffen änderte seine Sitzposition. »Stians ganzes Projekt war völlig daneben. Das habe ich auch gesagt. Ich bin Journalist, habe ich gesagt, ich schreibe nicht für Geld, habe ich gesagt. Aber Stian war Soldat und verstand so etwas nicht.

Am 6. Dezember war ich wieder in Oslo. Ein oder zwei Tage später tauchte er wieder auf – hier in Oslo. Total paramilitärische Geschichte, Undercover und der ganze Kram. Ich habe zu Stian gesagt, dass ich sein Geld nicht haben will.«

Gunnarstranda räusperte sich. »Als er Ihnen in Marrakesch Geld angeboten hat, war das auch für diese Firma MacFarrell Ltd.?«

Steffen schüttelte den Kopf. »Stian hätte mir niemals erzählt, wer dahintersteckte.«

»Aber der Artikel, den er sie bat zu schreiben, sollte von den Transaktionen dieser Firma handeln?«

»Ja.«

»Frikk Råholt hat ausgesagt, dass er Sie dazu aufgefordert hat, Fotos von Adelers Treffen mit Polisario und Aud Helen Vestgård zu machen.«

Steffen nickte.

»Sagen Sie es bitte laut«, sagte Gunnarstranda, »wegen des Tonbands.«

»Ja«, sagte Steffen mit klarer Stimme und holte mit geschlossenen Augen tief Luft.

»Wir sprechen von Mittwoch, dem 9. Dezember?«, fragte Gunnarstranda.

»Ja. Er brauchte Fotos und einen Artikel, um Adeler unglaubwürdig zu machen und seine Recherchen über Westsahara in den Dreck zu ziehen.«

»Und Sie haben die Fotos vor einem Restaurant in Grefsen gemacht?«

»Ja.«

»Waren Sie allein, als Sie fotografiert haben?«

»Nein.«

»Wer war noch dabei?«

»Stian Rømer.«

»Erzählen Sie mir, was passiert ist.«

»Stian hatte einen Leihwagen. Da drin saßen wir und haben gewartet. Ungefähr um elf Uhr abends haben die drei ihr Treffen beendet. Sie kamen raus, gaben sich die Hand und brachen auf. Gute Stimmung. Sind auch gute Fotos geworden. Na ja. Die beiden, Vestgård und Shamoun, setzten sich in ein Taxi und fuhren los. Sveinung Adeler blieb noch ein paar Minuten stehen. Dann stieg auch er in ein Taxi, das einen anderen Kunden abgesetzt hatte. Stian und ich sind hinter diesem Taxi her in die Stadt gefahren. Das Taxi hielt in der Bygdøy Allé. Sveinung

Adeler ging zu einer Haustür und klingelte. Stian stieg aus dem Wagen und tat so, als würde er im selben Haus jemanden besuchen. Er stellte sich neben Adeler. Als die Tür geöffnet wurde, gingen beide rein. Kurz darauf kam Stian zurück. Er erzählte, Sveinung Adeler mache einen Damenbesuch. Der Name an der Tür sei Lisbet Enderud. Also was sollte ich tun? In jedem Fall musste ich Adeler mit dem Restaurantbesuch konfrontieren, mit den Fotos, und ihn um einen Kommentar bitten. Aber ich hatte keine Ahnung, wie lange er bei der Dame bleiben würde. Ich überlegte, einfach dort zu klingeln, beschloss dann aber, zu warten und mit ihm allein zu sprechen. Stian fand einen Parkplatz, von dem aus wir die Haustür im Auge hatten. Wir blieben im Auto sitzen. Die Zeit verging. Sveinung Adeler blieb ziemlich lange. Stian weckte mich um kurz nach fünf Uhr morgens. Da stand Sveinung in der Tür. Ich musste aussteigen, um mit ihm zu sprechen. Ich war völlig benebelt, aber ich schaffte es auszusteigen. Als ich die Straße überquert hatte, war er schon ein ganzes Stück gelaufen. Ich sah nur den Typen, wie er davonlief und folgte ihm. Das war leichter gesagt als getan, aber am Ende ging er etwas langsamer, und ich habe ihn unten bei den Kais eingeholt. Wir gingen nebeneinander weiter, und er fragte, was ich wolle. Ich war höflich und sagte ihm, dass ich Fotos von dem Treffen im Restaurant gemacht hätte und dass ich nur wissen wollte, worüber sie gesprochen hätten. Er wollte nicht antworten. Aber schließlich hatte er mich zuerst angesprochen. Also machte ich etwas mehr Druck. Fragte, warum der Mann von Polisario während dieses Gesprächs von einer norwegischen Toppolitikerin unterstützt wurde. Ob das also seine Art der Recherche sei? Ich fragte, ob der Kontakt zu Vestgård und ihre Parteizugehörigkeit seinen Bericht nicht zweifelhaft machte. Konnte die Opposition sich darauf verlassen, dass alles mit rechten Dingen zuging? Ich fragte, wer das Essen bezahlt hatte, ob er ein Angebot von Polisario bekommen habe,

zum Beispiel Geld? Er wurde bei jeder Frage etwas blasser. Offensichtlich verstand er den Ernst der Lage. Dann änderte der Mann seinen Charakter. Er wurde wütend und begann mir zu drohen. Das war ganz schön beängstigend, denn er war ein kräftiger Typ. Da sagte ich wahrheitsgemäß, dass die Zeitung die Sache auf jeden Fall bringen würde. Er hatte die Wahl, die Klappe zu halten, was allerdings dumm wäre, sagte ich, denn dann hätte er ja keinen Einfluss mehr darauf, was ich schriebe.«

Steffen beugte sich vor und tippte mit seinem Zeigefinger auf den Tisch, um seine Darstellung zu unterstreichen:

»Adeler ist auf mich losgegangen. Ich habe nichts getan. Aber Stian war da. Stian war uns gefolgt. Als Sveinung Adeler auf mich losging, war Stian sofort zur Stelle. Ich habe nicht gesehen, was passiert ist. Ich weiß nur, dass Sveinung plötzlich im Wasser zappelte, obwohl er gerade noch vor mir gestanden hatte. Verstehen Sie? Dass Sveinung Adeler ins Wasser fiel, war seine eigene Schuld. Und ich konnte es nicht verhindern. Ich bin den Kai entlanggelaufen, um einen Rettungsring zu suchen. Der Wasserstand war tief, und Sveinung hätte keine Chance gehabt bei der Kälte, also musste ich einen Rettungsring finden. Und dann? Dann laufe ich direkt in diese Junkiefrau hinein. Hilf mir, hab ich gesagt, aber sie stand völlig ratlos da und hat nur geguckt.«

»Wohin sind Sie gelaufen?«

»Den Kai entlang. Ich bin mit der Frau zusammengestoßen.«

»Welchen Kai?«

Die Frage brachte Steffen aus der Fassung. »Welchen Kai?« Schließlich beantwortete Steffen die Frage nicht, sondern fuhr mit seinem Bericht fort.

»Ich bin direkt in die Frau reingerannt. Wo sind die Rettungsringe?, hab ich gefragt, aber die Frau ist bloß vor mir zurückgeschreckt. Ich hab mich umgesehen. Hab keinen Ring gefunden, gar nichts. Ich meine, da hängen doch Rettungsringe

an den Kais, oder nicht? Aber da war kein Ring. Ich bin zurückgelaufen und habe niemanden mehr gesehen. Stian war weg, die Junkiefrau war weg, und Sveinung Adler bewegte sich nicht mehr. Er schwamm auf dem Bauch, mausetot. Was sollte ich machen? Es gab nichts mehr zu tun. Also bin ich weg.«

Gunnarstranda räusperte sich.

Steffen sah ihn an.

»War es vielleicht der Kai direkt unterhalb der Festung?«

Steffen brauchte Zeit, um nachzudenken. »Ja.«

»Sicher?«

»Was spielt das für eine Rolle, welcher Kai es war?«

»Ihre Glaubwürdigkeit spielt schon eine gewisse Rolle, besonders weil Sie eine andere Geschichte als Gegenleistung verlangen.«

Das brachte Steffen erneut aus der Fassung. »Ja, es war der Kai bei der Festung. Ich bin sicher. Können wir weitermachen?«

»Und Sie sind direkt in Nina Stenshagen rein gelaufen?«

»Ich weiß nicht, wie sie hieß.«

Gunnarstranda hantierte mit den Papieren herum. Dann schob er eines über den Tisch. »Ich glaube, Sie wissen, wie sie hieß. Sie haben sie selbst interviewt.«

Gunnarstranda hob abwehrend die Hand, um Gjerstads Reaktion zu dämpfen. »Lassen Sie uns einfach durchgehen, was geschehen ist. Sie sind den Kai unterhalb der Festung entlanggelaufen und mit dieser Frau zusammengestoßen, stimmt das?«

Steffen betrachtete das Foto, auf das Gunnarstranda zeigte.

»Ja.«

Gunnarstranda verzog zweifelnd das Gesicht.

»Was ist denn jetzt wieder?«, fragte Steffen ungeduldig.

»Das passt irgendwie nicht zusammen. Wir haben nämlich einen Teil des Handlungsablaufs rekonstruiert, und wir können belegen, dass die Frau sich auf dem Rathauskai 2 befand, dem Kai daneben.«

Steffen schwieg.

Lena nutzte die Gelegenheit, um an ihrem Kaffee zu nippen, der völlig geschmacklos war. Sie warf einen Blick zu Ingrid, die sagte: »Koffeinfrei, sorry«, und dann zum Bildschirm nickte. »Das ist spannend, oder?«

Lena antwortete nicht. Ihr ganzer Körper war ein Knoten, aber sie hatte kein Bedürfnis, das auszusprechen.

Steffens Gesicht auf dem Bildschirm sprach. »Sie irren sich«, sagte er.

Gunnarstranda schüttelte den Kopf. »Wie gesagt, wir haben den Tathergang rekonstruiert. Derjenige, der Sveinung Adeler ins Wasser geworfen hat, griff nach einem Brett, das auf dem Kai 1 lag. Das Brett hat er benutzt, um Adeler unter Wasser zu halten. Sie behaupten also, das sei Stian Rømer gewesen?«

»Das behaupte ich nicht!«

»Wer war es dann?«, fragte Gunnarstranda. »Sie haben gerade erklärt, dass Sie zu dritt waren. Sveinung Adeler, Stian Rømer und Sie selbst.«

»Ich meinte, dass er dieses Brett nicht benutzt hat.«

»Aber jetzt widersprechen Sie sich. Gerade haben Sie gesagt, Sie hätten nicht gesehen, was passiert ist.«

Steffen schwieg wieder.

»Einer von Ihnen hat es getan«, sagte Gunnarstranda.

»Die Rekonstruktion ist falsch.«

Gunnarstranda schüttelte den Kopf. »Ich glaube Ihnen vieles von Ihrer Geschichte«, sagte er. »Ich glaube zum Beispiel, dass Sie und Rømer im Auto gewartet haben, während Adeler bei der Frau war. Ich glaube, dass Sie eingeschlafen sind und dass Sie hinter Adeler her gelaufen sind. Ich glaube, dass Sie ihn eingeholt haben«, sagte Gunnarstranda. »Ich glaube, dass Stian Rømer Ihnen und Adeler gefolgt ist. Ich glaube auch, dass er gesehen hat, dass Sie und Adeler wegen irgendetwas stritten. Aber – ich glaube nicht, dass Stian Rømer Adeler ins Wasser

geworfen hat. Ich glaube, er hat zugesehen, wie Sie es taten. Dann hat er reagiert und ist den Kai 2 entlanggelaufen – möglicherweise, um einen Rettungsring zu suchen. Dabei stieß er auf Nina Stenshagen. Die beiden haben zugesehen, wie Sie das Brett benutzt haben, um Adeler unter Wasser zu drücken. Nina Stenshagen ist geflohen, und Stian Rømer ist hinter ihr her.«

Steffen schüttelte den Kopf. »Sie stellen alles ganz falsch dar.«

»Okay«, sagte Gunnarstranda. »Sie geben jedenfalls zu, dass Sie sich zwischen fünf und halb sechs auf dem Rathauskai befanden. Ein paar Stunden später standen Sie wieder am selben Ort, als Lena Stigersand und Emil Yttergjerde von der Osloer Kriminalpolizei am Tatort ankamen. Was geschah in der Zwischenzeit?«

Steffen betrachtete ihn mit leeren Augen.

»Sie haben schon gestanden, dass Sie einen Teil dieser Zeit genutzt haben, um einen Drohbrief zu schreiben. Warum taten Sie das?«

Steffen zuckte mit den Schultern. »Aus Spaß.«

Gunnarstranda schüttelte den Kopf. »Vergessen Sie nicht, dass alles, was Sie sagen, Einfluss auf Ihre Glaubwürdigkeit hat. Ich glaube, dass Sie den Drohbrief wegen dem hier geschrieben haben.« Er schob einen Stapel Papiere über den Tisch und drehte ihn herum, so dass die Vorderseite zu sehen war. Es war Sveinung Adelers Bericht.

»Was ist das?«

»Das ist Sveinung Adelers Bericht über die Firma MacFarrell Ltd.«

Steffen blinzelte. Er betrachtete den Bericht und blinzelte erneut.

Lena wurde durch kleine Knusperlaute wieder in die Realität zurückgeholt. Ingrid Kobro hatte sich von einem Teller auf dem Tisch einen Pfefferkuchen genommen.

Ein Geräusch vom Bildschirm übertönte das Knuspern. Es war Steffen, der nach dem Stapel Papier griff und ihn dann wieder auf den Tisch legte.

»Sie wollten wissen, warum ich den Drohbrief geschrieben habe. Also. Sveinung Adeler schwamm im Wasser. Er war tot, da gab es keinen Zweifel. Es hatte also keinen Sinn mehr, einen Artikel über den vorherigen Abend zu schreiben. Ich brauchte einen anderen Ansatz.«

»Ansatz wofür?«

»Für meine Story. Darüber, wie eine norwegische Politikerin ihre Macht und ihren Einfluss missbraucht, um die Neutralität des Ethikrates zu untergraben. Und Sveinung Adeler war schließlich in der Nacht bei dieser Frau gewesen. Der Sinn der Sache war, dass der Drohbrief Lisbet Enderuds Namen mit Aud Helen Vestgård in Zusammenhang brachte. Wenn ich diese Geschichte zuerst veröffentlichte, dann konnte ich danach damit weitermachen, das Treffen aufzudecken und dann die anderen Dinge – nach und nach. Ganz einfach journalistische Taktik. Erst die Verbindung zwischen Lisbet Enderud und Adeler herstellen und dann die Fotos von Adeler, Vestgård und Shamoun veröffentlichen.«

»Ich fasse es nicht«, sagte Ingrid Kobro und nahm sich einen weiteren Pfefferkuchen vom Teller. »Das ist aber wirklich ein kalter Fisch. Ein Mörder, der sich einfach seine eigenen Nachrichten bastelt.«

Lena streckte die Hand nach der Kaffeetasse aus. Aber ihre Hand zitterte. Sie ließ die Tasse stehen.

»Sie haben sich also vor Lisbet Enderuds Haus gestellt«, sagte Gunnarstranda. »Als mein Kollege Fartein Rise ankam, haben Sie ihn gebeten, die Frau nicht wegen des Drohbriefes zu verhören. Warum?«

Steffen hob beide Hände in die Luft. »Ich hatte ein wenig nachgedacht. Der Drohbrief war eine übereilte Lösung gewe-

sen. Ein tollpatschiger Versuch. Ich war nicht klar im Kopf. Erstens konnte ich nicht sicher sein, ob die Sache mit dem Drohbrief überhaupt veröffentlicht oder der Presse mitgeteilt würde. Und wenn, dann konnte die Geschichte immer noch eine ganz andere Wendung nehmen als die, die ich mir wünschte.«

»Sie hatten also einen besseren Ansatz gefunden?«

»So könnte man sagen, ja.«

»Und welchen?«

»Ich hatte Lena Stigersand kennen gelernt.«

Ingrid Kobro und Lena wechselten einen Blick.

»Wie hatten Sie sie so schnell kennen gelernt?«

»Im Grunde zufällig. Ich habe sie getroffen, als sie aus Adelers Wohnung kam. Und habe sie angesprochen. Sie war ein guter Typ, wir haben uns verstanden, und sie schien irgendwie Interesse an mir zu haben.«

Gunnarstranda setzte sich gerade hin. »Gjerstad, Sie werden wegen Mordes angeklagt.«

»Ich war das nicht«, sagte Steffen zum wiederholten Mal.

»Ich glaube, Sie haben Adeler aus Eigennutz getötet, weil er an dem Morgen, als Sie mit ihm auf dem Kai standen, gesagt hat, er hätte den Bericht über MacFarrell schon abgeschickt. Damit hatten Sie nicht gerechnet. Da er seinen Bericht schon geschrieben hatte, war Ihr geplanter Artikel nichts mehr wert. Abgesehen davon, dass Ihnen die Sensationsnachricht verloren ging, hätten Sie auch noch den lukrativen Job verloren, den Råholt Ihnen angeboten hatte. Ich glaube deshalb, dass Sie Sveinung Adeler umgebracht haben, um ihn zum Schweigen zu bringen. Wenn Adeler tot war, dann konnten Sie die Story trotzdem bringen. Wenn er tot war, konnte er weder irgendetwas dementieren noch Beweise gegen den Inhalt ihres Artikels liefern – nämlich dass er von einer der Konfliktparteien gekauft und bezahlt worden sei. So konnten Sie Ihren Auftrag für Råholt trotzdem ausführen

und die Bezahlung einheimsen, die Ihnen versprochen worden war.

Sie haben zugegeben, dabei gewesen zu sein, als Sveinung Adeler getötet wurde. Die Augenzeugin Nina Stenshagen wurde kurz darauf von Ihrem Freund Stian Rømer erschossen. Diese Augenzeugin hatte die Nacht zusammen mit einem anderen Augenzeugen auf dem Rathauskai verbracht – mit Stig Eriksen. Beide wurden erschossen – mit derselben Waffe. Ich glaube, dass Stig Eriksen sich bei Ihnen gemeldet hat, nachdem ich ihm gesagt hatte, dass Nina Stenshagen ermordet wurde. Als Stig sich meldete, haben Sie beschlossen, auch ihn aus dem Weg zu räumen. Stian Rømer hat ihn auf Ihr Kommando hin erschossen.«

Gunnarstrand drehte sich um und hob eine Schachtel vom Boden auf. Er stellte sie auf den Tisch zwischen sich und Gjerstad und hob den Deckel ab. »Sowohl Nina Stenshagen als auch Stig Eriksen wurden mit dieser Waffe getötet – die Stian Rømer gehört.«

Er nahm eine halbautomatische Pistole aus der Schachtel und legte sie auf den Tisch. »Haben Sie diese Waffe schon einmal gesehen?«

Steffen betrachtete die Pistole und schwieg. Im Überwachungsraum stand Ingrid Kobro auf. »Das sollte das Signal für mich sein«, sagte sie freundlich. »Du musst zusehen, Lena, und mir hinterher sagen, ob ich gut war.«

Ingrid Kobro verließ den Raum.

Lena betrachtete den Bildschirm. Es gab offensichtlich Menschen, die in diesem Fall viel mehr wussten als sie.

Die Tür des Verhörraums wurde geöffnet.

Ingrid Kobro trat mit einer Akte in der Hand ein und setzte sich.

Steffen war immer noch so auf die Waffe fixiert, dass er kaum reagierte.

Ingrid Kobro streckte den Arm aus und schaltete das Aufnahmegerät aus.

Steffen folgte ihrer Hand mit dem Blick.

»Ich heiße Ingrid Kobro und arbeite beim Norwegischen Geheimdienst«, sagte Ingrid. »Wir schalten das Tonband gleich wieder ein, keine Sorge. Die Waffe auf dem Tisch gehört Ihrem Freund Stian Rømer. Daran besteht kein Zweifel. Er hatte die Waffe bei sich, als diese vor ein paar Tagen bei Kadettangen außerhalb von Oslo beschlagnahmt wurde. Und hier ist mein Angebot an Sie: Sie haben gerade gehört, wie die Polizei Ihre Rolle in dem Fall einschätzt. Die Staatsanwaltschaft ist allerdings bereit, die Anklage unter bestimmten Bedingungen in gewissen Punkten abzumildern.«

Steffen betrachtete sie weiterhin schweigend.

»Es steht Ihnen selbstverständlich frei, dieses Angebot abzulehnen. Sie können abstreiten, Adeler vorsätzlich getötet zu haben, und damit möglicherweise ein Zwangsverwahrungsurteil vermeiden. Aber – auch wenn Sie abstreiten, Adeler vorsätzlich ermordet zu haben, werden Sie kaum widerlegen können, dass Sie an seinem Tod beteiligt waren. Dann stehen die Behauptungen der Staatsanwaltschaft gegen Ihre. Um ihre Mittäterschaft wegzuerklären, müssten Sie sich für mehr als den Mord verantworten. Sie haben schon zugegeben, an einer Verschwörung gegen eine Parlamentsabgeordnete mitgewirkt zu haben. Sie haben zugegeben, eine Morddrohung gegen eine Volksvertreterin geschrieben zu haben. Auch wenn Sie persönlich die Waffe nicht gehalten haben, als sie abgefeuert wurde, haben Sie dennoch an den vorsätzlichen Morden an Nina Stenshagen und Stig Eriksen mitgewirkt und sie mit geplant. Außerdem haben Sie eine Verschwörung gegen die Polizeibeamtin Lena Stigersand geplant. Sie und Stian Rømer haben in Ihrer Wohnung einen Überfall auf sie vorbereitet. Stian Rømer hat den Überfall ausgeführt, nachdem Sie den

Ort verlassen hatten. Ich möchte, dass Sie sich diese Fotos anschauen.«

Lena zuckte zusammen. Wie konnte Ingrid das wissen?

Ingrid Kobro öffnete die Mappe, wie eine Marktfrau ihre Geldbörse öffnet. Schließlich hielt sie einen Stapel Fotos in der Hand. Lena stand von ihrem Stuhl auf, aber es war unmöglich, auf dem Bildschirm zu erkennen, was auf den Fotos zu sehen war.

Sie drehte sich abrupt vom Bildschirm weg und ging zur Tür. Als sie sie öffnete, kollidierte sie mit einem Mann, der ihr den Weg versperrte.

Lena versuchte, ihn zur Seite zu schieben.

Er wich keinen Zentimeter.

»Gehen Sie zur Seite.«

Der Mann schüttelte den Kopf. Irgendwie kam er ihr bekannt vor. Er hatte über der Oberlippe eine Narbe von einer Hasenscharte.

»Ich habe Sie schon mal gesehen«, sagte Lena.

»Norwegischer Geheimdienst«, sagte er. »Ich würde es begrüßen, wenn Sie wieder reingehen und sich hinsetzen würden.«

»Es gibt Fotos da drinnen im Verhörraum, die ich unbedingt sehen will.«

Ingrids Stimme brachte sie dazu, sich wieder umzudrehen.

»Die Fotos zeigen Ihren Freund Stian Rømer, wie er eine scheinbar leblose Lena Stigersand zu ihrem Auto schleppt. Wie Sie sehen, sind ihre Hände mit Klebeband gefesselt. Sie wird abgeführt, gegen ihren Willen. Was ich versuche, Ihnen klarzumachen ist, dass Stian Rømer sich der Freiheitsberaubung, des Kidnappings schuldig gemacht hat. Die Freiheitsberaubung fand in Ihrer Wohnung statt. Nachdem die Fotos entstanden, fuhr Stian Rømer den Wagen dieser Frau aus der Stadt zu einem Strandgebiet in Asker. Diese Fotos zeigen, dass er dieselbe Frau

zum Wasser zerrt. Einer unserer Mitarbeiter hat dann beschlossen einzugreifen. Damit wurde ihr gemeinsamer Plan vereitelt.«

Lena drehte sich wieder zur Tür.

»Das war ich«, sagte der Mann mit der Hasenscharte und tippte sich an die Brust. »Ich war der Feuerwehrmann an dem Morgen.«

Lena erinnerte sich. Der Mann, der vor ihr stand, war der Rauchtaucher, der vor Steffens Haus mit den Bewohnern gesprochen hatte.

»Also«, sagte Ingrid Kobros Stimme vom Bildschirm her. »Die Staatsanwaltschaft ist bereit, von einer Anklage wegen vorsätzlichen Mordes an Sveinung Adeler abzusehen. Wir sind ebenfalls bereit, von einer Anklage wegen Mithilfe zu vorsätzlichem Mord an Nina Stenshagen und Stig Eriksen abzusehen. Die Anklage wegen der Morddrohung gegen Vestgård, die notwendigerweise unter den Terrorparagraphen fällt, sind wir auch bereit zurückzuziehen, dasselbe gilt für die Verschwörung gegen Stigersand. Alles für den Fall, dass Sie diese Erklärung unterschreiben.«

Sie schob ein Papier über den Tisch.

Steffen sah sie fragend an.

»Sie erklären hier und jetzt, dass Sie Stian Rømer am 3. Dezember in Marrakesch im Hotel Kenzi Farah das letzte Mal lebend gesehen haben.«

Steffen nahm sich Bedenkzeit. Stille breitete sich im Verhörraum aus.

»Was glauben Sie?«, fragte der Mann mit der Hasenscharte. »Wird er unterschreiben?«

Lenas Mund war trocken. Sie hörte die Frage kaum.

»Wie lautet in diesem Fall die Anklage?«, fragte Steffen geschäftsmäßig.

»Wenn Sie unterschreiben, werden Sie wegen Totschlags im Fall Sveinung Adelers angeklagt, indem Sie ihn bei einer Raufe-

rei ins Wasser gestoßen haben, sowie wegen grober Fahrlässigkeit mit Todesfolge, weil Sie nicht eingegriffen haben, um ihn zu retten.«

Steffen saß eine Weile nachdenklich da.

»Zusammen heißt das vorsätzlich«, sagte der Feuerwehrmann mit trockener Stimme. »Aber er kapiert es nicht.«

»Das Brett macht es also zum vorsätzlichen Mord?«, fragte Steffen.

Ingrid Kobro nickte.

»Dieses Brett wird also in der Anklage nicht erwähnt?«, fragte Steffen mit schrägem Blick.

»Korrekt«, sagte Ingrid.

Steffen dachte immer noch nach. Schließlich sagte er: »Ich weiß nicht mehr, ob ich an dem Tag im Hotel Kenzi Farah war.«

»Wir waren da«, sagte Ingrid. »Wir haben Sie beide auf Video aufgezeichnet. An dem Tag haben wir uns allerdings nicht für Sie interessiert, sondern für Stian Rømer.«

Lena schaltete den Fernseher aus.

Der Mann mit der Hasenscharte hielt sie zurück. »Stian Rømer darf nicht auffliegen«, sagte er. »Das Leben und die Sicherheit vieler Menschen hängen davon ab, dass er sich heute offiziell in Mogadischu in Somalia aufhält. Viele Menschen, die täglich ihr Leben riskieren und das Leben ihrer Nächsten, sind davon anhängig, dass Gjerstad hier und jetzt dieses Dokument unterschreibt.«

»Wie können Sie das behaupten?«

Der Mann dachte ein paar Sekunden nach, dann sagte er:

»Was wäre, wenn gerade jetzt ein Mann in Mogadischu sich für Stian Rømer ausgibt? Was glauben Sie, würde mit ihm und seinen Helfern passieren, wenn der wirkliche Stian Rømer in Oslo auftaucht – tot?«

Lena holte schwer Atem. Sie war sprachlos. Der Mann sah sie schweigend an.

»Sie waren da?«, fragte Lena schließlich. »In Asker? Als ich das Pfefferspray ins Gesicht bekam?«

Der Mann nickte. »Wir haben Rømer beschattet. Wir waren auch am Tag vorher in der Nähe, als er den Ort aussuchte, wo er Sie entsorgen wollte. Wir wussten nicht, was er dort vorhatte. Erst als er den Wagen nahm und Sie aus der Stadt fuhr, wurde uns klar, wohin er wollte. Wir waren schon da, als Sie ankamen. Wie gesagt, wir wollten Stian Rømer nicht verletzen, aber es ließ sich nicht verhindern, als er versuchte, Sie ins Meer zu werfen.«

»Wir?«

»Wir waren zu zweit.«

»Sie haben ihn ins Meer geworfen?«

Der Mann schüttelte den Kopf.

»Sie haben geschossen?«

Der Mann mit der Hasenscharte nickte.

»Ich habe keinen Schuss gehört.«

»Es war auch nicht vorgesehen, dass Sie einen Schuss hören.«

»Es war dunkel.«

»Wir haben Laser benutzt.«

»Ich hätte runterfallen können!«

Der Mann nickte wieder.

»Ich hätte sterben können.«

»Das bezweifle ich. Wir waren wie gesagt zwei Leute – beide bereit einzugreifen, wenn Sie es nicht allein geschafft hätten.«

»Aber Sie haben ihn das ganze Projekt durchziehen lassen, das Feuer unter der Treppe, den Überfall, die Autofahrt …«

»Wir hatten keine Ahnung, was er vorhatte. Als erkennbar wurde, dass er plante, Sie zu töten, haben wir eingegriffen.«

Lena betrachtete ihre Hände. Sie zitterten.

»Ich dachte, es sei meine Schuld gewesen, dass er ins Meer gefallen ist.«

Der Mann antwortete nicht.

»Er hätte mich in der Wohnung erschießen können.«

»Das bezweifle ich«, sagte der Mann. »Das hätte seinen Kumpel Gjerstad in eine sehr schwierige Situation gebracht.«

Lena schloss die Augen. Sie griff nach der Türklinke.

»Wo wollen Sie hin?«

»Raus«, sagte Lena. »Weg von hier!«

Doch Lena ging nicht weg. Sie blieb reglos im Korridor stehen, bis sich die Tür öffnete und Ingrid Kobro aus dem Verhörraum trat.

»Hat er unterschrieben?«

»Ja.«

Ingrid Kobro faltete ein Blatt Papier zusammen und sah auf die Uhr. »Es ist schon nach Mitternacht. Jetzt können wir einander wirklich frohe Weihnachten wünschen.«

Lena nickte matt. Sie drehte sich um und ging in ihr Büro. Das Wort Weihnachten hatte einen Alarm in ihrem Kopf ausgelöst.

Es war Weihnachten, und sie hatte es tatsächlich geschafft zu vergessen, die Hammelrippchen ins Wasser zu legen. Das würde Mama ihr niemals verzeihen.

Sie schüttelte über sich selbst den Kopf. Mama um Vergebung bitten? Wegen Hammelrippchen. Wie tickte sie eigentlich?

Sie schloss die Tür hinter sich und lehnte sich dagegen. Lange stand sie so da. Schließlich hörte sie Schritte auf dem Korridor. Die Schritte entfernten sich.

Das musste Gunnarstranda sein, der Steffen in die Untersuchungshaft brachte. Sollte sie? Sollte sie nicht? Keine Frage, sie musste!

Sie riss die Tür auf und ging schnell den Korridor entlang. Im Treppenhaus sah sie, dass der Fahrstuhl schon auf dem Weg nach unten war. Sie lief die Treppen hinunter und kam unten

an, als Gunnarstranda gerade die Schleuse zum Zellentrakt öffnen wollte.

»Steffen!«

Beide blieben stehen und drehten sich um.

Lena fragte: »Warum hast du das getan?«

Steffen sah sie mit leerem Blick an. »Was getan? Die Buchhaltung wurde beträchtlich revidiert, aber ich weiß nicht, ob du das weißt?«

»Warum hast du den Brand mit geplant? Warum hast du den Mann in deiner Wohnung auf mich warten lassen?«

Steffen drehte sich fragend zu Gunnarstranda herum, der mit den Schultern zuckte und sagte: »Ich höre sowieso nichts von dem, was hier gesagt wird.«

»Geteilte Schuld«, sagte Steffen. »Stian konnte nicht akzeptieren, dass du seine Identität kanntest, und wollte etwas dagegen tun. Tatsächlich hast du mich selbst auf die Idee gebracht, als du dich an dem Kirschkern verschluckt hast.«

Lena musste innerlich bis zehn zählen. Sie stützte sich gegen die Wand.

Sie und Gunnarstranda wechselten einen Blick.

Dann fasste Gunnarstranda Steffen am Arm, um weiterzugehen.

»Warte«, sagte sie.

Beide drehten sich um. »Du hältst dich offenbar ja für unglaublich schlau, Steffen«, sagte Lena. »Aber es gibt da eine kleine Sache, die du wissen solltest.«

Er sah sie fragend an.

»Du hättest Sveinung Adeler gar nicht umbringen müssen.«

Steffen starrte sie mit leerem Blick an.

»Er schreibt es in seinem Bericht. Hast du den nicht gelesen? Dann erzähle ich dir, was er auf der letzten Seite schreibt: *In diesem Falle*, schreibt er, *ist es notwendig, an eine Grenze zu gehen*. Ich kann es auswendig, Steffen, ich habe es mir einge-

prägt, um es dir zu sagen, wenn wir uns treffen. *MacFarrell Ltd. hat ausschließlich Interessen an den Produktionsanlagen, sie haben selbst keinen Anteil an der Produktion*, schreibt Adeler. *Weil die Firma notwendigerweise Erträge aus diesen Aktivitäten erwirtschaftet und durch ihre Besitzanteile indirekt auch die Produktion in den besetzten Gebieten aufrechterhält, wird es immer strittig sein, ob solche Interessen gegen anerkannte völkerrechtliche Prinzipien verstoßen oder nicht. Andererseits*, schreibt er, *sind diese Besitzanteile vom Volumen her nicht groß genug, um direkten Einfluss auf die Beschlussfassung der Produktionsgesellschaft auszuüben.*«

Lena machte eine Kunstpause, bevor sie fortfuhr: »Deshalb kam Sveinung Adeler zu der sensationellen Empfehlung, dass der Ölfonds die Firma MacFarrell nicht von seiner Liste streichen müsste. Auch wenn alle das Gegenteil glaubten. MacFarrell hatte Angst, rausgekickt zu werden. Frikk Råholt war sicher, dass der Ölfonds MacFarrell rauskicken würde, und bekam ein Spitzenhonorar dafür, die Beschlussgremien zu beeinflussen. Er war sich so sicher zu wissen, was die Ermittlungen des Sekretariats ergeben würden, dass er dich dafür bezahlte, einen Sachbearbeiter zu blamieren. Als Sveinung Adeler dir gesagt hat, dass er den Bericht schon abgeschickt hatte, hättest du dir die Mühe machen sollen, nachzufragen, wie denn sein Votum schließlich lautete. Wenn du das getan hättest, dann hättest du gewusst, dass es gar keinen Sinn mehr machte, ihn umzubringen.«

Gunnarstranda zog Steffen mit sich in den Zellentrakt, während Lena ihnen hinterherrief: »Es war völlig sinnlos! Hörst du, Steffen. Du hast dich selbst verarscht!«

Die Tür knallte ins Schloss.

Lena blieb stehen.

Es dauerte zehn Minuten.

Dann kam Gunnarstranda zurück.

»Stehst du immer noch hier?«

Sie nickte.

Gunnarstrandas Stimme war leise und teilnahmsvoll, als er sprach: »Steffen Gjerstad hat mir erzählt, dass du krank bist, Lena. Stimmt das?«

Sie nickte.

»Es ist vollkommen verständlich, dass die Nerven blank liegen, wenn man so eine Diagnose ins Gesicht geschleudert bekommt«, sagte Gunnarstranda. »Ich habe Menschen verloren, die mir nahestanden, ja, im Grunde haben alle, die ich kenne, jemanden, der von dieser Krankheit betroffen ist. Alle können das verstehen. Du hast Arbeitskollegen, die für dich einspringen werden. Du brauchst Ruhe und Entspannung, Lena. Du wirst eine verdammt harte Behandlung durchlaufen. Ich kenne dich und bin mir sicher, du wirst das schaffen. Aber nur, wenn du dich auch darauf konzentrierst! Tu etwas Vernünftiges. Geh nach Hause und feiere Weihnachten wie andere Menschen. Denk positiv. Melde dich krank und werde gesund. Das Leben ist keine Autobahn in der Po-Ebene. Das Leben hat viele Kurven, und ab und zu gibt es eine Steigung. Manchmal lösen wir die Dinge im Nu. Und manchmal brauchen wir verdammt viel Geduld. Das ist die wichtigste Eigenschaft für einen Polizisten. Seine eigenen Grenzen anzuerkennen. Wir sollen für Recht und Ordnung sorgen. Die Macht liegt woanders. Die liegt beim Parlament, bei der Regierung und bei den Gerichten.«

Lena stand still da und sah ihn an.

»Manchmal auch bei der Presse«, sagte Gunnarstranda mit seinem charakteristischen kleinen Lächeln. »Jedenfalls glaubt sie das selbst. Komm«, sagte er und fasste sie am Arm. »Wir haben den gleichen Weg, wir teilen uns ein Taxi.«

Schweigend saßen sie nebeneinander auf dem Rücksitz des Taxis. Der Wagen fuhr durch stille Straßen. Es roch nach Wun-

derbaum. Der Fahrer hatte das Radio leise gedreht und die Scheibenwischer wegen des Schneefalls auf Intervallschaltung eingestellt.

Gunnarstranda räusperte sich. »Du feierst Weihnachten mit deiner Mutter?«

Lena antwortete nicht.

»Was ist?«, fragte Gunnarstranda.

»Der Mann mit der Hasenscharte, woher kommt der?«

Gunnarstranda zuckte mit den Schultern. »Klingt so, als sei er aus Fredrikstad.«

»Ich meine, aus welcher Abteilung?«

»Keine Ahnung. Glaube, er ist schon lange beim Geheimdienst. Wieso?«

»Ich frage mich, was für eine Sorte Mensch das ist oder wie sie so werden.«

Gunnarstranda sah sie von der Seite an.

»Mir kam plötzlich der Gedanke, dass diese Leute Stian Rømer sicherlich jede Minute beschattet haben, seit er in Gardemoen gelandet ist.«

Das Taxi hielt vor einer roten Ampel.

Der Fahrer drehte das Radio wieder lauter. Bing Crosby sang *White Christmas*.

«Und wenn der Geheimdienst nun alles mit angesehen hat, was an dem Morgen auf dem Kai passiert ist?«

Gunnarstranda antwortete nicht.

»Ich würde tippen, sie waren da und haben alles gesehen«, sagte Lena. »Aber sie haben nicht eingegriffen, und sie haben uns nichts gesagt. Überleg mal, was alles passiert ist, nur weil diese Leute glauben, sie hätten den wichtigsten Job der Welt, und meinen, das Wichtigste im Leben sei, zu schweigen.«

»Ich bezweifle, dass sie da waren und alles gesehen haben.«

»Aber wenn sie nun doch da waren?«

Gunnarstranda seufzte schwer. »Wenn es die Sonne nicht

gäbe, dann würden wir nicht existieren«, sagte er. »Aber die Sonne geht jeden Morgen auf. Denk nach vorn, Lena. Morgen ist Heiligabend, und der wird schöner für deine Mutter und für dich, wenn du nicht vergisst, die Hammelrippchen ins Wasser zu legen.«

SONNTAG, 7. MÄRZ

Schritte knirschten auf dem schneebedeckten Wegstück. Das Brummen des Motors, der im Leerlauf lief, war das einzige Geräusch, das die winterliche Stille durchbrach, als die Frau den Eispickel und die Schaufel über die Schulter legte, über den Schneewall am Wegrand stieg und durch den knietiefen Schnee watete. Die weiße Fläche glitzerte. Die Sonne hing tief am Himmel und ließ die Rinde der Baumstämme golden leuchten.

Langsam bahnte sich die Frau einen Weg hinunter zur Eisdecke, kniff die Augen zusammen, um sie vor dem grellen Sonnenlicht zu schützen, und stapfte vorwärts. Sie musste sich warm laufen. Unter der losen oberen Schneeschicht lag eine ältere, komprimierte Schicht, die viel Muskelkraft erforderte. Die Frau arbeitete systematisch und rhythmisch, schaufelte sich ein rechteckiges Stück von zwei mal vier Metern frei. Sie grub tiefer. Bald reichte ihr der Schnee bis zur Taille.

Dann begann die Arbeit mit der Eishacke. Bei jedem Schlag spritzten feine Eisstücke in die Luft. Die Sonnenstrahlen reichten nicht bis in das Loch hinunter. Glanzlos blieben die Splitter liegen, bis sie weggeschaufelt wurden oder unter ihren Füßen zu feinem Pulver zerbröselten. Die Eishacke war wie ein Speer mit dem Blatt einer schmalen Axt. Der Schaft saß etwas locker in der schmiedeeisernen Fassung. Am Anfang waren die Eisstücke leicht wegzuschippen, aber je tiefer die Hacke ins Eis vordrang, desto mehr Arbeit machte es, die lose Masse wegzuschaufeln. Sie arbeitete sich warm. Ihr Atem wurde am Rand der Pelzmütze zu Reif. Manchmal streckte sie den Rücken und maß mit dem Schaft der Eishacke. Dreißig Zentimeter blauen

Eises und noch immer kein Wasser. Vierzig Zentimeter und noch kein Wasser, fünfzig Zentimeter und noch kein Wasser. Da! Plötzlich steckte die Eishacke fest, und ein dünner Strahl Wasser sprudelte hervor. Der Anblick gab ihr neue Energie. Sie riss die Hacke los und schlug das Loch größer. Jetzt schob sie loses Eis und Schmutz einfach unter die Eiskante, wenn das Wasser hochdrückte. Als das Loch sauber und quadratisch war, kam die Treppe dran. Das Eis spritzte zur Seite, als sie die Stufen ausschlug.

Dann stellte sie die Hacke wie einen Ast schräg in den Schnee. Wieder war der laufende Motor das einzige Geräusch. Die Abgase stiegen wie eine graue Skulptur in die eisige Luft. Sie ging zum Auto zurück, setzte die Stiefel in die alten Spuren.

Auf dem Sitz lagen Handtuch, Wolldecke und Eispickel. Der Weg zurück zum Loch ging schneller. Davor blieb sie stehen, betrachtete das schwarze Wasser, zog die Hacke heran und hackte einen scharfen Eiszapfen weg, der gleich neben der Treppe ins Wasser ragte. Sie zog sich die Wollhandschuhe aus. Sofort biss ihr die Kälte in die Finger. Die Jacke wurde auf den Schnee gelegt. Der Reißverschluss an der Seite der Thermohose wurde geöffnet. Die Kleider wurden fein zusammengelegt. Die Schnürbänder wurden gelöst und die Stiefel abgeschüttelt. Sie stand barfuß auf der Thermohose. Bürstete Schnee weg. Zog sich den Wollpullover aus, die Skiunterhose, das Wollhemd. Zum Schluss schälte sie sich aus BH und Slip. Dann stand sie nackt in der eisigen Kälte. Von ihrer Haut dampfte es, der Schweiß verwandelte sich innerhalb von Sekunden in unsichtbaren Eisrauch. Sie spürte, wie die Kälte in ihre Haut drang und sie fast gefühllos machte, trotzdem blieb sie still stehen. Sie wollte kalt und abgekühlt sein, bevor sie sich bewegte. Die Wassertemperatur würde zwei, vielleicht drei Grad betragen. Sie wollte, dass es sich dennoch warm anfühlte, wenn sie hinein stieg. Deshalb badete sie ihren Körper in der sibirischen Kälte, wartete nackt

unter dem blauen Himmel, weiße Haut, eine gelbweiße Gestalt vor weißem Schnee. Rotes, kurzes Haar, blaue Augen, rote Lippen, rote Brustwarzen und eine kleine rote Narbe auf der linken Brust. Die Sonne ging schon langsam unter. Ein fast unsichtbarer, aber dennoch schwerer Schatten hatte sich über die Landschaft gelegt. Die Abenddämmerung des späten Winters nahte. Die Baumstämme an Land leuchteten nicht mehr golden. Die Schneekristalle in dem weißen Schneeteppich glitzerten nicht mehr, die Baumstämme warfen keine Schatten mehr. Grauer Dunst am Himmel färbte sich rosa, wie die letzten Zuckungen einer sterbenden Sonne. Sie wartete immer noch. Aber ihr war nicht mehr warm. Sie zitterte. Die Hände zitterten, und die Oberschenkelmuskeln waren bis zum Äußersten gespannt, als sie sich in Bewegung setzte. Sie stieg die Eistreppe hinunter und senkte ihren Körper ins Wasser. Der Körper war ein weißer Stock, der in schwarzer Materie versank, Füße, Waden, Knie, Schenkel, Taille, Brüste, Arme, Hals, Kopf. Der ganze Körper sank unter Wasser, hinein in den entscheidenden Augenblick. Jetzt konnte sie beschließen, zu sterben, alles zu beenden, einfach dort bleiben, die Reise durch dieses Fegefeuer von knisterndem Schmerz weiterführen, weiter hinuntersinken zur großen Mutter aller Schmerzen, die wartete, als sie mit offenen Augen sank, das Loch da oben schimmern sah, wie ein helles Feld in einem dunklen, alles verschlingenden Nichts.

In dieser Sekunde besiegte sie den Tod noch einmal. Ihr Körper begann zu steigen, auf ein helles Feld zu, das weiß wurde, das zu dem Faden wurde, an dem ihr Leben hing. Sie schnappte nach Luft, als ihr Kopf die Wasseroberfläche durchstieß. Die Bewegungen kamen wie von selbst: Ihre Hände griffen nach den Eispickeln, alle Muskeln spannten sich, als sie sich mit einem kräftigen Schwung aus dem Wasser hob, über die harte Eiskante kroch und sich die Brüste und den Bauch aufschürfte. Sie fühlte nichts, konzentrierte sich nur aufs Atmen. Trocknete

ihren Körper ab, wickelte ihn in die Wolldecke, konzentrierte sich darauf, ein- und auszuatmen und so dem Blut Sauerstoff zuzuführen, während ihre Finger nach den Kleidern tasteten, sie anzogen. Slip, Hemd, Leggins, Strümpfe, alles ging langsam, der Stoff wollte nicht leicht über die feuchte Haut gleiten, atmen, ein, aus, ein, aus. Nicht dem Wunsch nach einem trägen Schlaf nachgeben, der sie beschlich. Sie zwängte die Füße in die Stiefel, schaffte es, ohne das Gleichgewicht zu verlieren und zu fallen. Es wurde immer schwerer, der Lust zu widerstehen, sich hinzulegen. Sie hielt die Schmerzen nicht mehr aus. Griff nur noch ihre Jacke und die Hose und hastete zurück zum geheizten Auto. Ihre Finger zitterten, die Unterlippe vibrierte. Ihre Beine bewegten sich schwerfälliger, der Widerstand des Pulverschnees wirkte fast unbezwingbar. Die Oberarmmuskeln wurden steif vom Gewicht der Kleider. Ihre Finger waren taub und gefühllos. Es war ein Kampf, die Autotür zu öffnen, sich hineinzuhieven. Die Tür hinter sich zu schließen. Dann – endlich – kam die Wärme, die Haut prickelte, als das Blut sich den Weg durch die feinsten und dünnsten Adern in ihrem Körper, diesem Schöpferwerk Gottes, bahnte. Mit geschlossenen Augen saß sie da und gab sich dem Augenblick hin, genoss es, wie das Leben zurückkehrte, die Lähmungen des Frostes zur Seite drängte und die Haut warm machte, zitternd, lebendig und elektrisiert.

Werde Teil der Bastei Lübbe Welt
You Tube
www.luebbe.de/Meinewelt
Lesen, rezensieren, Bücher gewinnen
Lerne Autoren, Verlagsmitarbeiter und andere Leser kennen